小学館文庫

ランナウェイ

ハーラン・コーベン
田口俊樹／大谷瑠璃子 訳

小学館

＊主な登場人物＊

サイモン・グリーン……………… マンハッタンに住む金融アナリスト。
イングリッド……………………… サイモンの妻、小児科医。
ペイジ……………………………… グリーン家の長女。
サム………………………………… グリーン家の長男。
アーニャ…………………………… グリーン家の次女。
イヴォン・プレヴィディ………… サイモンの同僚で、イングリッドの姉。
アーロン・コーヴァル…………… ペイジのボーイフレンド。
ワイリー…………………………… アーロンの父、樹木農園と宿を経営。
イーニッド………………………… ワイリーの妻。
ヘスター・クリムスティーン…… 刑事弁護士。
アイザック・ファグベンル……… ニューヨーク市警殺人課の刑事。
エレナ・ラミレス………………… 私立探偵。
ヘンリー・ソープ………………… エレナの依頼人の息子。
ロッコ……………………………… ブロンクスの麻薬ディーラー。
ルーサー…………………………… ロッコの手下。
コーネリアス……………………… ブロンクスのアパートの住人。
アッシュ…………………………… 里子育ちの男。
ディーディー……………………… アッシュの里子仲間。
ダミアン・ゴース………………… ニュージャージーのタトゥー店経営者。
キャスパー・ヴァーテージ……… 〈真理の聖域〉の預言者。
マザー・アディオナ……………… 〈真理の聖域〉の女性。
アリソン・メイフラワー………… もとケースワーカー。
ルイス・ヴァン・デ・ビーク…… ランフォード大の遺伝学の教授。

ランナウェイ

類《たぐ》い稀《まれ》なるエージェント、
リーサ・アーバック・ヴァンスに
愛と感謝を込めて

1

セントラルパーク——正確に言えば、ストロベリー・フィールズ——のベンチに腰かけ、サイモンには自分の心がどこまでも砕けていくのがわかった。そのことに気づいた者はいなかったが。もちろん。少なくとも最初のうちは。パンチが繰り出され、よりにもよってフィンランドからはるばるやってきて、それを目撃したふたりの観光客が叫び声をあげ、そこに居合わせたさらに九人のヴァラエティに富む国籍の人々がスマートフォンで、その恐ろしい出来事の一部始終を撮影するまでは。

しかし、それはまだ一時間ほどさきのことだ。

ストロベリー・フィールズ——イチゴ畑——にイチゴはない。この造園された二・五エーカーの区画《グラウンズ》を（ひとつの）畑《フィールド》と呼ぶのはむずかしい。〝フィールズ〟などと複数形で呼ぶのも同様。しかし、この場所の名前は文字どおりの意味ではなく、ビートルズの曲のタイトルに由来している。ストロベリー・フィールズは、七十二丁目通りとセントラルパーク・ウェスト通りが交わるすぐそばにある三角形の一角で、セントラルパーク・ウェスト通りをはさんで、その真向かいで射殺されたジョン・レノンに捧《ささ》げられている。そして、この記念エリアの中心には、石を嵌《は》め込んで造られた円形のモザイクがあり、その真ん中にひとつの短いことばが石で描かれている。

イマジン

サイモンはしきりとまばたきをして、まっすぐまえを見つめた。とことん打ちのめされた気分だった。観光客が次々とやってきては、その有名なモザイクと一緒に写真を撮っていた――数人で、あるいは自撮りで。嵌め込まれた石の上にひざまずく者もいれば、寝転がる者もいた。今日もいつもと同じように誰かが〝イマジン〟ということばのまわりを生花で飾りつけていて、赤いバラの花びらが、どういうわけか風に飛ばされることもなくピースサインを形づくっていた。観光客は――おそらくはここがあの悲劇の記念の場所だからだろう――互いに辛抱強く順番を待って、モザイクに近づいていた。そうして特別な写真を撮って、スナップチャットやインスタグラムといったお気に入りのSNSにアップするのだ。ジョン・レノンのことばを添えて。ビートルズの曲の歌詞にしろ、すべての人が平和に暮らす世界について歌ったあの歌の一節にしろ。

サイモンはスーツを着てネクタイをしめていた。ヴィージー通り沿いのニューヨーク世界金融センターにあるオフィスを出たあとも、ネクタイをゆるめようとはしなかった。彼とちょうど向き合う形で、同じようにモザイクの近くに坐《すわ》っている、ひとりの若い女性――最近はああいう人種をなんと呼ぶのだろう？　路上生活者？　浮浪者？　麻薬依存者？　精神障害者？　物乞い？　いったい……？――が投げ銭めあてにビートルズの曲を弾いていた。その〝ストリート・ミュージシャン〟――たぶんこれがもう少し思いやりのある呼び名だろう――は音程の狂ったギターを掻《か》き鳴らし、黄ばんだ歯のあいだからかすれた声を出して、ペニー・レインは彼女の耳の中にも眼《め》の中にもあると歌っていた。

サイモンには妙な――少なくとも笑える――こんな思い出があった。子供たちがまだ小さかった頃、彼はしょっちゅうこのモザイクのそばを通っていた。たぶんペイジは九歳で、サムは六歳、アーニャは三歳の頃のことだ。サイモンたち家族は、彼が今いる場所から南にわずか五ブロックのところにある自宅のアパートメントを出ると、コロンバス・アヴェニューとセントラルパーク・ウェスト通りのあいだの六十七丁目通りを歩き、ストロベリー・フィールズを横切って、セントラルパークの東側にあるモデルボート・ポンド（模型ヨット遊びのできる池）のそばに建てられた不思議の国のアリス像のところまでよく出かけたものだった。世界じゅうのほぼすべての彫像とちがって、そこでは子供たちが三・五メートルほどの高さのアリスといかれ帽子屋《マッドハッター》と白ウサギ、それにどこかしら場ちがいに見えるお化けキノコに登ったり、その上を歩きまわったりすることが許されていた。サムとアーニャはこうした像に群がるのを大いに愉《たの》しんだ。ただ、サムは遊ぶたび必ず一度はブロンズでできたアリスの鼻の穴に二本の指を突っ込んで、サイモンに向かって叫んだ。「パパ！　パパ！　見て！　ぼく、アリスの鼻をほじってあげてるんだ！」それを聞くたび、サムの母親のイングリッドはため息まじりにつぶやいたものだ。「まったく男の子というのは」

一方、彼らのひとり目の子供であるペイジは、下のふたりに比べて物静かだった。この頃からすでにそうだった。塗り絵の本と新品のままのクレヨン――クレヨンが折れたり、巻いてある紙を剝がすのが嫌なのだ――を抱えてただベンチに坐っていた。だから塗り絵の〝線〟の外にはみ出すことは決してなかった。今となってはなんとも皮肉な暗喩《あんゆ》になってしまうが。やがて十五歳、十六歳、十七歳と成長すると、今サイモンがしているようにベンチに腰かけ、物語や歌詞をつくっては、コロンバス・アヴェニューにある〈パピルス〉で彼が買い与えたノートに書きとめるようになった。ただ、彼女が坐るのはただのベンチではなかったが。今やセントラルパークには、高額の寄付金を介して〝養子縁組〟されたベンチが四千ほどあり、そこには個人個人が好きなことばを記したプレートが取り付けられている。そのほとんどがシンプルな記念のことばで、たとえば、サイモンが今坐っているベンチのプレートにはこう書かれていた。

カールとコーキーの思い出に捧ぐ

ほかにも、ちょっとしたストーリーが語られ、ペイジの心を特に惹《ひ》きつけたこんなベンチもある。

C&Bに——ホロコーストを生き延びて、この市《まち》で新しい人生を始めたふたりに……

ぼくの可愛《かわい》いアン——きみを愛している。きみを熱烈に愛している。きみを心から大切に思っている。

ぼくと結婚してくれる？……

一九四二年四月十二日、わたしたちの愛の物語はこの場所から始まった……

ノートを手にペイジが何時間でも坐っていた、一番のお気に入りのベンチには——あれはある種の予兆だったのだろうか？——謎めいた悲劇を物語るこんなことばが記されていた。

十九歳の愛《いと》しいメリルへ。もっとずっといい人生が送れたはずなのに、こんなに早く死んでしまうなんて。あなたを救うためならどんなことだってしたのに。

ペイジは、こちらのベンチからあちらのベンチへと移動しては、そこに書いてあることばを読んで、物語づくりのヒントを見つけていた。サイモンも同じことをやってみた。娘との絆《きずな》を深めるために。しかし、あいにく彼にはペイジが持っているような想像力がなかった。それでも、彼女が猛烈な勢いでペンを走らせるあいだ、彼もベンチに腰かけて新聞を広げ、あるいは携帯電話を操作して、相場をチェックしたり、ビジネス関連のニュースを読んだりしたものだった。

あのときの何冊ものノートはどうなったんだろう？　今どこにあるのだろう？

サイモンにはまったくわからなかった。

『ペニー・レイン』の演奏が慈悲深く終わった。が、投げ銭稼ぎのシンガーは休むことなく『愛こそはすべて』に移った。サイモンの隣りのベンチに坐っていた若いカップルの男が聞こえよがしに言った。「お金をあげて彼女を黙らせようか？」連れの女は鼻でせせら笑いながら言った。「ジョン・レノンがもう一度殺されているみたい」彼女のギターケースに小銭を入れる人もいなくはなかったが、ほとんどの人は近寄らないようにしていた。あるいは、関わりになりたくないと思わせる何かを嗅ぎつけたような顔をして、距離を置いていた。

サイモンは、ほんのかけらでもいいからメロディや歌声、歌詞、演奏の中に何か美しいものを見つけられないかと一心に耳を傾けた。観光客やツアーガイドにも気づかないほど一心に。上半身裸で（ほんとうはそういうことは許されていないのだが）ミネラルウォーターを一ドルで売っている男にも、下唇の下にひげをたくわえ、ジョークひとつを一ドル（〝特価、ジョーク六つで五ドル！〟）で売っている痩せた男にも、香を薫《た》いてよくわからない方法でジョン・レノンを讃《たた》えているアジア人の老女にも、ジョギングをしている人にも、犬を散歩させている人にも、日光浴をしている人にも気づかないほど一心に。

しかし、彼女の音楽に美しさはなかった。かけらもなかった。

それでも、サイモンの眼はジョン・レノンの遺産を台無しにしている投げ銭稼ぎの少女に釘《くぎ》づけになっていた。少女の髪はもつれ、鳥の巣のような塊がいくつもできていた。頬はげっそりとこけていた。がりがりに痩せた体に薄汚れて破れたぼろ服をまとっていた。徹頭徹尾誰にも顧みられないホームレスの少女だった。

それがサイモンの娘、ペイジだった。

サイモンがペイジを見るのは半年ぶりのことだ――弁明の余地のないことを彼女がして以来のことだ。

イングリッドにはそれが決定的な断絶となった。

「もう放っておきましょう」ペイジが出ていったあと、イングリッドはそう言い放った。

「どういう意味だ？」

イングリッドはすばらしい母親であり、親身になって患者に接することのできる小児科医でもあり、自分を必要とする子供たちのために人生を捧げてきた女性だ。その彼女がこう言ったのだ。「あの子にはこの家に帰ってきてほしくない」

「本気で言ってるのか?」

「ええ、そうよ、サイモン。わたしは本気よ」

それ以来、サイモンは何ヵ月もペイジを捜してきたのだった。イングリッドに気づかれないようこっそりと。そのために人の手を借りたこともあった。私立探偵を雇ったのだ。が、それ以外はだいたいのところ行きあたりばったりの捜索だった。薬物がはびこる危険な地区を歩きまわり、ラリった不快な連中に娘の写真を見せてまわるといったような。

結局、手がかりは何ひとつ得られなかった。

ペイジの誕生日がやってきたときには(誕生パーティ? ケーキ? それともドラッグ? いや、そもそも彼女には自分の誕生日が今日であることがわかっていたのだろうか?)サイモンはふとこんなことを思った——もしかしたら、ペイジはマンハッタンを離れ、人生が悪いほうに向かいはじめたあの大学の町へ戻ったのではないか。で、イングリッドの病院のシフトが重なり、あれこれ問い質《ただ》されずにすむ二度の週末、サイモンは車で出かけ、大学の隣りにある〈クラフトボロ・イン〉という宿に泊まったこともあった。その大学のキャンパスを歩くと、家族五人が熱に浮かされたようにはしゃいでいたあの日のことがどうしても思い出された。サイモン、イングリッド、入学間近のペイジ、サム、それにアーニャの五人でこの大学町にやってきて、ペイジが新しい生活を始める手伝いをしたのだ。そのときの彼とイングリッドの愚かしくもなんと楽天主義的だったことか。ふたりとも広く開放的な緑地と森こそ、マンハッタンで育った娘には持ってこいの場所だなどと思っていたとは。言うまでもなく、そんな楽観主義はとっくに萎《しお》れていた。今や影も形もない。

今では――口に出すことはおろか、そんな思いのあることを認めることすらなかったが――彼は心の一部で娘を捜すことをあきらめたがっていた。改善されたとは言えなくても、日々の生活がペイジがいなくなって以来、明らかにおだやかになっていたからだ。サムはホーレス・マン校をこの春卒業したのだが、姉のペイジの話をすることはまずなかった。友達や卒業やパーティがもっぱら彼の関心の中心で、今はアマースト大学の一年生になることしか頭にないようだった。アーニャは、そう、彼女は何を考えているのか、サイモンにはまったくの謎だ。ペイジに関することだけでなく、アーニャとはそもそもほとんど会話がなかった。何を話しかけても、返ってくる返事はそっけないひとことだけだった。「別に」か「だね」か「普通」か。

そんな中、サイモンは妙な話をたまたま聞いたのだ。

三週間まえのある日の朝、彼は上の階に住むチャーリー・クラウリー――ダウンタウンで開業している眼科医――と同じエレヴェーターにたまたま乗り合わせた。隣人同士の挨拶を交わすと、チャーリーは誰もがするようにエレヴェーターの扉のほうを向いて、階数表示の数字が下がるのを見た。そのとき、おずおずとほんとうに残念だといった口調で言ったのだ、ペイジを見たような〝気がする〟と。

サイモンもまた階数表示の数字を見ながら、できるだけ平静を装ってそのときの仔細《しさい》を尋ねた。

「たぶん、そう、セントラルパークだったと思う」とチャーリーは言った。

「なんだって？　つまり歩いていた？」

「いや、そういうわけじゃない」エレヴェーターが一階に着いて扉が開いた。チャーリーはひとつ大きく息を吸ってから言った。「ペイジが……ストロベリー・フィールズで演奏してたんだ」

チャーリーはそのときサイモンのとことん当惑しきった表情に気づいたにちがいない。

「つまり、その、投げ銭をもらうような」

サイモンは心の中で何かが裂けたような気がした。「投げ銭を？　それって――」

「で、私もお金をあげようと思ったんだが……そうは思ったんだが……」

サイモンはわかったというふうにうなずき、話を続けるように促した。

「だけど、ペイジは心ここにあらずといった感じで、私が誰かもわからなかった。だから、お金をあげたら、そのお金はきっと……」

サイモンとしてもチャーリーのことばを最後まで聞く必要はなかった。

「なんと言ったらいいか、サイモン。ことばがないよ」

それが始まりだった。

サイモンは、チャーリーとペイジのこの遭遇をイングリッドに話したものかどうか、熟慮したものの、思いがけず転がり込んできたこの手がかりを妻に話す気にはなれなかった。そうするかわりに、時間ができるとストロベリー・フィールズに行くようになったのだった。が、ペイジの姿を見かけることはなかった。

まず演奏をしていた数人のホームレスにペイジを見かけたことがあるかどうか訊《き》いてみた。彼らのギターケースに数枚の紙幣を入れる直前、携帯電話にはいっているペイジの写真を見せて。見たことがある、と言う者もいないではなかった。そういう者たちは、もう少し実のある寄付をしてくれたら、もっと詳しい話をしてもいいとも言った。彼は言われたとおりにした。が、見返りは何もなかった。ペイジの写真を見せてもわからない者が大半だった。が、今、本人を眼のまえにして、サイモンにはその理由がわかった。かつての愛らしい自分の娘と今眼のまえにいる骨と皮だけになった女とのあいだに物理的に重なり合うところなど、皆無に等しかった。

サイモンは、ストロベリー・フィールズに行くと、むしろユーモラスに無視されている看板のまえのベンチによく坐った。その看板には――

騒音禁止エリア——アンプの使用もしくは楽器の演奏を禁ずる

——と書かれているのだが、それはともかく、そのうち彼は奇妙なことに気づいた。ミュージシャンたちは——どの人物も汚くて臭くてだらしのないホームレスと言ったほうがよさそうだったが——同時に演奏することも、ほかの奏者の演奏にかぶせて演奏することもないのだ。ひとりのストリート・ギタリストから次のストリート・ギタリストへ、実に円滑に演奏交替がおこなわれているのだ。毎正時《しょうじ》になると、演奏者はほぼ正確に規則正しく交替していた。

まるでちゃんとした香盤表《こうばんひょう》がつくられているかのように。

そのあとサイモンがデイヴという男に出会うには五十ドルを要した。デイヴはみすぼらしいストリート・ミュージシャンのひとりで、巨大なヘルメットのような白髪をポニーテールにし、三つ編みにして、背中の真ん中に垂らし、ひげを輪ゴムでまとめているような男だったが、そのデイヴが——日に焼けたくたびれた五十代半ばの男にも、気楽に生きてきた七十代の男にも見えた——その交替の仕組みを教えてくれた。

「昔は、ゲイリー・ドス・サントスという男が……やつを知ってるか？」

「名前は聞いたことがある」とサイモンは言った。

「そうだろうとも。あの当時ここを通ったことがあったら、そりゃ誰だって覚えてるよな。

ゲイリーは自称、ストロベリー・フィールズの市長だった。大したやつだったよ。そう、二十年ものあいだ、この場所の平和を守ってたんだから。それは同時に、平和を守ることで、ここの連中を震え上がらせていたってことだ。やつは最高だった。おれの言う意味、わかるか？」

サイモンは黙ってうなずいた。

「だけど、何年だっけ、そう、二〇一三年に死んじまった。白血病でな。まだ四十九だった。そのあとこの場所は──」ディヴは指なし手袋をはめた手であたりを示して言った。「混乱状態に陥った。独裁者がいなくなったあとの無政府状態だ。マキャヴェリの本は読んだか？あんな感じだ。ミュージシャンは毎日喧嘩《けんか》をするようになった。縄張り争いだ。おれの言う意味、わかるか？」

「わかるよ」

「ミュージシャンは自分たちで管理しようとしたんだが──わかるだろ、ミュージシャンというのは、その半分はひとりじゃ服もまともに着られないようなやつらだ。ひとりのくそったれの演奏時間が長くなりすぎると、別のくそったれがそいつにかぶせて演奏しはじめて、互いにわめいたり、罵《ののし》ったりするようになった。小さな子供がいるまえでさえ。ときには殴り合いになったりもして、お巡《まわ》りが来ることもあった。わかるだろ、ああ？」

サイモンはわかるとばかりにうなずいた。

「それでおれたちのイメージはダメージを受けた。イメージだけじゃなく財布にもな。で、おれたちは解決策を考えた」

「どんな？」

「タイムテーブルだ。午前十時から午後七時まで一時間ごとに交替する」

「嘘《うそ》じゃなく？」

「嘘じゃなく」

「それがちゃんと機能してるわけか？」

「完璧にとは言わないが、ほぼ完璧にな」

経済的利益。金融アナリストのサイモンはそう思った。この世に一定不変のもののひとつだ。「申し込みはどうやるんだね？」

「メールだ。常連が五人。そいつらが人気のある時間帯にはいる。ほかの連中は空いている時間にはいる」

「管理はきみがやってるのか？」

「おれがやってる」と言って、ディヴは誇らしげに胸を張った。「それはな、どうやったらうまくいくか、おれにはわかるからだ。おれの言う意味、わかるか？　つまり、ハルの時間帯の次にジュールズを入れたりはしないってことだ。なんたって、別れたおれのカミさんたちがおれを憎んでる以上にやつらは憎み合ってるからな。それと、いわゆる多様性っていうのにも気をつけてる」

「多様性?」

「黒人、若い女、スペイン系、同性愛の男、それから、東洋系も何人かいる」と彼は腕を広げて言った。「浮浪者は全員白人の男だなんてな。おれたちは世間にそんなふうに思われたくないんだ。そんなのはよくない思い込みだ。おれの言う意味、わかるか?」

サイモンには彼の言っている意味がよくわかった。そしてこう思った——半分に破いた二枚の百ドル札を彼に渡し、サイモンの娘が登録の申し込みをしてきたときに連絡をくれたら残りの半分をやる。そんな約束をすれば、もしかしたら何か進展があるのではないか。

そして今朝、デイヴがメッセージを寄こしたのだった。

今日の午前十一時だ。おれは何も言ってないからな。おれはタレコミ屋じゃないからな。

さらに——

けど、金は午前十時に持ってきてくれ。十一時からヨガをやっててね。

それで今、サイモンはここにいるのだった。

ペイジの正面に。彼は思った――私に気づいたとたん逃げ出したらどうする？　まるで予測できなかった。ただ、ペイジに最後まで演奏させ、ギターとわずかな投げ銭をしまうまで待ち、それから近づくのが一番無難な策とは思っていた。

腕時計を見た。午前十一時五十八分。ペイジの演奏はまもなく終わる。

サイモンは頭の中であらゆる台詞《せりふ》を練習していた。すでに州北部の〈ソレマニ・クリニック〉に電話をして、ペイジのために病室の予約もしてあった。必要ならどんなことでも言い、どんな約束もする。なだめすかしもする。懇願もする。ペイジを連れて帰れるなら手段は選ばない。

東側から別のミュージシャンが登場して、ペイジの隣りに腰をおろした。色褪《いろあ》せたジーンズに破れたフランネルのシャツ。ギターケースはビニールの黒いゴミ袋。その男はペイジの膝を軽く叩《たた》くと自分の手首を指差して、ありもしない腕時計を示してみせた。ペイジはうなずき、『アイ・アム・ザ・ウォルラス』の最後の歌詞の「グ、グー、グジューブ」を引き伸ばして歌うと両手を高く掲げ、聴衆に向かって「サンキュー！」と叫んだ。ペイジに注目している者は誰もいなかった。拍手をする者など言うに及ばず。ペイジは哀れを誘うしわくちゃの一ドル札数枚と小銭を掻き集めてギターケースから取り出すと、驚くほど丁寧にそのギターケースにギターをしまった。そんな単純な動き――ギターをケースに収める動作――にさえサイモンは強い衝撃を受けた。ギターは〈タカミネ〉のGシリーズで、西四十八丁目通りにある〈サム・アッシュ〉でサイモンが買い与えたものだった。ペイジの十六歳の誕生祝いに。サイモンは記憶をたどり、当時の自分の気持ちを思い出そうとした——あのときペイジは壁に掛けられていたギターを手に取ると、にっこり笑った。それから眼を閉じて試し弾きした。買ってあげる、と彼が言うと、「ありがとう、パパ、ありがとう、ありがとう!」と叫んで、彼の首に腕をまわし、抱きついてきたのだった。

しかし今、そのときの気持ちは戻ってこなかった。実際に彼が感じた気持ちなのに。それだけではない。もはやサイモンには可愛かったそのときの娘を思い描くことすらできなかった。

そう、この一時間ずっと思い出そうとしているのに。サイモンはペイジを見て、今度はもっと幼い頃の娘——まさに天使のようだった頃の娘——を思い出そうとした。たとえば、九十二丁目のユダヤ・コミュニティ・センターの水泳教室に連れていったときの娘とか。労働者の日の三連休をハンプトンズで過ごしたとき、彼がハリー・ポッターシリーズの中の丸二冊を読み聞かせるのをハンモックに坐って聞いていた娘とか。ハロウィーンの二週間まえから、顔を緑色に塗って、自由の女神像の衣装を着させてくれと駄々をこねた娘とか。しかし、思い出そうとしても——たぶん心理学で言う防衛機制が働くのだろう——彼には昔の娘を思い出すことがまったくできなかった。

ペイジがよろよろと立ち上がった。

すぐにこっちも動かなければ。

モザイクの反対側でサイモンも立ち上がった。心臓が胸骨を激しく叩いていた。頭痛がしてきた。まるで巨人の手に頭をはさまれ、こめかみを押さえつけられているような気がした。左右に眼をやり、男を捜した。

ペイジのボーイフレンドを。

この負《ふ》のスパイラルがどうやって始まったのか。サイモンにはわからなかった。それでも、すべてはあの男のせいだとは思っていた。あの男が彼の娘と彼の家族全員に災厄をもたらしたのだと。薬物依存症者は自らの行動にどうやって責任を取らなければならないのか。それはあらゆる本を読んで学んでいた。すべては依存症者本人の過《あやま》ちなのだ。依存症者本人だけの。たいていの依存症者（ひいては家族）にも言いたいことはあるだろう。手術後の痛みを和らげるための薬物療法がきっかけだったとか。さかのぼればピア・プレッシャー（仲間からの心理的圧力や断わりきれない誘い）だったとか。ただ一度試してみただけなのに、それがどういうわけかどんどんひどくなったなどと主張する者もいるかもしれない。

言いわけは常にある。

しかし、ペイジの場合は――性格が弱かったにしろ、あるいは親の育て方が悪かったにしろ、なんでもいいが――原因はもっと簡単だった。

アーロンに出会う以前のペイジ。それと現在のペイジ。

アーロン・コーヴァルは人間のくずだ――どこから見ても、疑う余地のないくずだ――くずと純潔を混ぜると、純潔は永久に汚れたままになる。サイモンは初めからアーロンのどこがいいのか理解できなかった。歳《とし》は三十二、ペイジより十一歳も年上だった。ふたりがつきあいはじめてまだ間もない頃、サイモンはこの歳の差が気になった。イングリッドのほうはただ肩をすくめただけだったが、それは彼女にはモデルをしていた経験があり、そういうことに慣れていたからだ。今となっては言うまでもない。歳の差などもはや問題でもなんでもなかった。

アーロンがいる気配はなかった。

希望の小鳥が飛び立った。ついにアーロンはいなくなったのだろうか？　あの有害男、あの癌《がん》細胞男、娘を食いものにしていた寄生虫男はもう食べ尽くし、もっと壮健な宿主のところに移ったのだろうか？

それなら大歓迎だ。言うまでもない。

ペイジが公園を横切る遊歩道を東に向かって歩きだした。まるでゾンビのように足を引きずっていた。サイモンは行動を開始した。

もしペイジが一緒に行くのを拒んだら？　それは可能性ではなく、いかにも起きそうなことだった。これまでに彼は彼女自身の協力を求めたこともあった。が、それは逆効果だった。無理強《じ》いはできない。それはわかっている。義兄で訴訟専門弁護士のロバート・プレヴィディに頼んで、ペイジを施設に収容する裁判所命令を得ようと試みたこともあった。それもうまくいかなかった。

サイモンはペイジのすぐうしろまで近づいた。娘は肩を剝《む》き出しにして、くたびれたワンピースをだらしなく着ていた。肩には茶色い跡が見えた――日焼けか？　病気か？　虐待を受けている？――染みひとつなかった肌に跡があった。

「ペイジ？」

娘は振り返らなかった。躊躇《ちゅうちょ》する様子さえ見せなかった。サイモンは一瞬思った。もしかしたらまちがいではないのか？　自分もチャーリー・クラウリーもまちがっていて、このだらしのない、嫌なにおいがする、ひどい声の痩せこけた女性は自分の最初の子供ではないのではないか？〈アバナシー・アカデミー〉でミュージカル『屋根の上のヴァイオリン弾き』のホーデルを演じた十代の娘、芳《かぐわ》しさと若さを振り撒《ま》きながら、ソロで『愛する我が家を離れて』を歌い、観客の心を震わせた、わが娘ではないのではないか？　サイモンは娘が五回出演したうち一回として、最後まで涙を浮かべずに見おえることができなかった。ペイジ演じるホーデルが父親のテヴィエと向かい合って「パパ、次にいつ会えるかは神さまだけがご存じなのね」と言い、劇中の父親が「では、それは神に委ねることにしよう」と答える場面では、すすり泣きを洩《も》らしそうになったほどだった。

サイモンは咳払《せきばら》いをして娘に近づいた。「ペイジ？」

彼女は歩をゆるめたが、振り返りはしなかった。サイモンは震える手を娘に伸ばした。ペイジは背を向けたままだった。サイモンはペイジの肩に手を置いた。紙のように薄い肌に覆われた細い骨しか感じられなかった。もう一度声をかけた。

「ペイジ？」

彼女は立ち止まった。

「ペイジ、パパだ」

パパ。ペイジにパパと最後に呼ばれたのはいつだっただろう？　娘からは父さんと呼ばれていた。記憶にあるかぎり、三人の子供全員からそう呼ばれていたにもかかわらず、〝パパ〟ということばが口を突いて出た。今にも泣きだしてしまいそうな声になっていた。涙ながらに懇願しそうな。

ペイジはそれでも振り返ろうとはしなかった。

「頼む、ペイジ――」

彼女はいきなり走りだした。

彼は不意を突かれた。すばやく反応したものの、それでもペイジはすでに三歩先を行っていた。ただ、このところサイモンはかなり体を鍛えていた。オフィスの隣りにスポーツクラブがあり、娘をなくしつつあるというストレスから――彼はそう思っていた、〝娘をなくしつつある〟と――昼休みの時間、さまざまなレヴェルのカーディオ・ボクシングのクラスに出るようになっていた。まるで取り憑《つ》かれたかのように。

彼はすばやく駆けだし、あっというまに娘に追いついた。娘の葦《あし》のような二の腕をつかむと——華奢《きゃしゃ》な二頭筋は親指と人差し指でつくった輪の中に収まりそうだった——引っぱった。力が少しはいりすぎたのかもしれない。が、すべては——走ったのも手を伸ばしたのも——反射的な行動だった。

ペイジが手を振りほどこうとしたので、娘を立ち止まらせるために必要なことをしたのだ。

「痛い!」と彼女は叫んだ。「放して!」

まわりには大勢の人がいた。彼女の声に数人が振り返った。それはサイモンにもわかった。が、気になどならなかった。ただ、急いでことを進めなければ、とは思った。迅速に行動してここから娘を連れ出さないと、善《よ》きサマリア人がペイジを〝助ける〟ために割り込んできかねない。

「ペイジ、父さんだ。一緒にきてくれ。いいね?」

ペイジはまだ彼に背を向けていた。サイモンは自分と向かい合うようペイジを振り向かせた。が、ペイジは曲げた腕で眼を覆った。まるでサイモンが彼女の顔にまぶしい光を向けているかのように。

「ペイジ? ペイジ、頼むから父さんを見てくれ」

彼女の体が一瞬強《こわ》ばり、そのあと急に力が抜けた。ペイジは顔から腕を下げ、ゆっくりと父親に視線を向けた。また希望の小鳥が飛び立った。娘の眼は深く落ちくぼみ、白眼も黄ばんでしまっていたが、その一瞬、サイモンは初めてその眼に生気を見た気がした。命そのものを。

そこでやっと初めて、自分がかつて知っていた少女を見た。

ペイジが声を発した。サイモンはまぎれもない自分の娘の声を聞くことができた。「父さん？」

彼は黙ってうなずき、口を開けかけた。が、そこで感情が込み上げ、開いた口をいったん閉じ、改めて開いて言った。「おまえを助けにきたんだ、ペイジ」

娘は泣きだした。「ごめんなさい」

「大丈夫だ」彼は言った。「大丈夫だ」

彼が腕を伸ばして娘を抱き、守ろうとしたとき、誰かの声が死神の大鎌《おおがま》のように公園を切り裂いた。

「何をやってる？」

サイモンの心は一気に重く沈んだ。彼は右のほうに眼をやった。

アーロンだった。

アーロンのその声にペイジはサイモンから逃れようとした。サイモンは娘を捕まえようとした。彼女は腕を彼の手から振りほどこうとした。ギターケースが娘の脚にあたった。

「ペイジ……」とサイモンは言った。

ほんの数秒まえに娘の眼の中に見た、澄んだものがなんであったにしろ、それはすでに無数のかけらとなって砕け散っていた。

「放っておいて！」とペイジは怒鳴った。

「ペイジ、頼む――」

ペイジはあとずさりした。サイモンはまた娘の腕を捕まえようとした。崖から落ち、やみくもに木の枝をつかもうとする男さながら。ペイジがそこで耳をつんざくような金切り声をあげた。

その声にまわりが振り向いた。大勢が。

サイモンはひるまなかった。

「頼む、話を――」

アーロンがふたりのあいだに割ってはいった。

ふたりの男――サイモンとアーロン――は互いに相手の眼を見すえた。ペイジは身をすくめるようにしてアーロンのうしろに隠れた。アーロンはラリっているようだった。薄汚れた白いTシャツにデニムのジャケット。ヘロイン中毒者のお洒落《しゃれ》な最新ファッションからお洒落を引いたいでたちだった。首からチェーンをさげていたが、数が多すぎた。流行に乗ったつもりの無精ひげもただだらしなく見えるだけだった。ワークブーツを履いていたが、まっとうに働《ワーク》くことの意義を見いだせそうにない人間が、そういうブーツを履いているというのは、いつもながら皮肉そのものだった。たとえそのブーツで蹴られても。

「安心しろ、ペイジ」とアーロンはサイモンの眼を見すえたまま得意の嘲笑《あざわら》いを浮かべて言った。「もう行け、ペイジ」

サイモンは首を振って言った。「駄目だ、行くんじゃ……」

ペイジはアーロンの背中をてこがわりに押し、その反動を利用して勢いよく小径《こみち》を駆けだした。

「ペイジ？」とサイモンは叫んだ。「待て！　行かないで――」

ペイジはかまわず走りつづけた。サイモンはアーロンの脇をすり抜け、娘を追いかけようとした。が、アーロンも一緒に体を脇にずらし、サイモンの行く手を阻んだ。

「ペイジはもう大人だ」とアーロンは言った。「あんたにはなんの権利も――」

サイモンは握った拳をアーロンの顔面のど真ん中に叩き込んだ。

指の関節に鼻がつぶれる感触があった。ブーツで鳥の巣を踏みつぶしたような音がして骨が折れたのがわかった。血が噴き出した。

アーロンはその場に倒れた。

フィンランドから来た観光客ふたりが悲鳴をあげたのがそのときだった。

サイモンはまるで気にならなかった。ペイジの姿はまだ見えていた。ペイジは左に曲がると、小径をはずれ、木立の中にはいった。

「ペイジ、待つんだ!」

サイモンは倒れているアーロンの脇に跳び、娘のあとを追おうとした。が、地面から伸びたアーロンの手に脚をつかまれた。サイモンは脚を引き抜こうとした。が、まわりの人々——善意に満ちてはいても何もわかっていない人々——が大勢近づいてきた。ろくでもないスマートフォンで撮影している人もいた。

全員が大声でサイモンに動くなと言っていた。

サイモンは脚を蹴ってアーロンの手から逃れると、一度よろめいたものの体勢を立て直し、ペイジが曲がっていった方角に向かって小径を走りだした。

が、遅かった。そのときにはもう取り囲まれていた。

誰かが彼の上半身にタックルしてきた。サイモンはその相手に肘打ちを見舞った。タックルしてきた者はうめき声をあげた。サイモンをつかんでいた力がゆるんだ。すると今度は別の誰かがサイモンの腰に腕をまわしてきた。サイモンはベルトを引き抜くようにそれをかわし、娘を追って走った。ディフェンダーが総出で食い止めようと立ちはだかる中、ひとりゴールをめざすハーフバックさながら。

しかし、結局のところ、相手が多すぎた。

「娘なんだ!」とサイモンは叫んだ。「頼む……あの子を捕まえてくれ……」

騒動のさなか、彼の声は誰にも届かなかった。あるいは、取り押さえなければならない凶暴な狂人の言うことなど誰も聞いていなかった。

また別の観光客が飛びかかってきた。さらに別の観光客も。

サイモンは倒れかけた。倒れながら見やると、ペイジはまた小径に戻ってきていた。サイモンは音をたてて倒れた。起き上がろうとすると、パンチが雨あられと降ってきた。無数に。すべてが終わったときには、肋骨《ろっこつ》が三本折れ、指も二本骨折していた。脳震盪《しんとう》を起こし、全部で二十三針縫わなければならなくなった。

何も感じなかった。心がずたずたに引き裂かれたこと以外は何も。

また別の男が彼の上にのしかかってきた。叫び声と悲鳴が聞こえた。警察がやってきて彼を押さえ込み、腹這《はらば》いにさせ、背中に膝を食い込ませ、手錠をかけた。サイモンはさらに一度顔を起こした。木の陰から彼を見ているペイジが見えた。

「ペイジ！」

しかし、ペイジは彼のところに来ようとはしなかった。逆にそっとその場から走り去った。どうしておれは肝心なときに娘の役に立てないのか。サイモンはまたしてもそのことを思い知らされた。

2

しばらくのあいだ、サイモンはうしろ手に手錠をかけられ、アスファルトの地面にうつ伏せにさせられていた。警官のひとり――名札にヘイズと書かれた黒人の女性警官――がそばに屈《かが》み込み、あなたを逮捕しますとサイモンにむしろおだやかに告げ、権利の告知を始めた。サイモンは身をよじり、頼む、誰か、誰でもいいから、娘のペイジを捕まえてくれと叫んだ。ヘイズは平然とミランダ告知を続けた。

告知を終えると、ヘイズは体を起こし、サイモンに背を向けた。サイモンは娘を捕まえてくれとまた声を張り上げた。耳を貸そうとする者は誰もいなかった。取り乱しているようにしか聞こえないからだろう。サイモンは気を落ち着かせ、今度は努めて丁寧な口調で話しかけた。

「お巡りさん？　ちょっと聞いてもらえませんか？」

警官はふたりともサイモンのことなど相手にせず、目撃者から供述を取っていた。観光客の中には事件の動画を警官に見せている者もいた。おそらくはサイモンに不都合な映像が映っている動画を。それぐらいサイモンにも容易に察しがついた。

「私の娘なんだ」とサイモンは繰り返した。「私は娘を助けようとしただけだ。あの男は娘を誘拐したんだ」

最後の部分はほんとうとは言えなかった。それでも何か反応が返ってくるのではないかと期待したのだ。何も返ってこなかった。

サイモンは首を左右にねじってアーロンの姿を捜した。が、どこにも見あたらなかった。「あの男はどこだ？」とサイモンは声を張り上げた。またしても取り乱したような声になっていた。

ようやくヘイズが眼を向けてきた。「誰ですって？」

「アーロンだ」

反応はなかった。

「私が殴った男だ。あの男はどこだ？」

返事はなかった。

アドレナリンによる興奮が冷めると、吐き気を催すほどの痛みが体じゅうに広がった。やがて――どれだけ時間が経《た》ったのか、サイモンにはわからなかったが――名札にホワイトと書かれた背の高い白人の男性警察官とヘイズに体を起こされ、パトカーまで引きずっていかれ、後部座席に押し込まれた。ホワイトが運転席に着いた。ヘイズは助手席に坐ると、サイモンの財布を手にして振り向き、彼に言った。「何があったんです、ミスター・グリーン？」

「娘と話をしていたんだ。そこへ娘のボーイフレンドが割り込んできて。だから私は男を避《よ》けようとして……」

サイモンはそこで話を止めた。

「避けようとして？」ヘイズはさきを促した。

「娘のボーイフレンドは捕まえたのか？　頼むから娘を捜すのを手伝ってくれないか？」

「避けようとして？」とヘイズは繰り返した。

サイモンは感情を抑えられなくなってはいたが、正気まで失ったわけではなかった。「口論になって」

「口論」

「そうだ」

「もっと詳しく」

「何を？」

「口論のことを」

「娘の話がさきだ」とサイモンはあえて言った。「名前はペイジ・グリーン。娘のボーイフレンドで、娘の意思に反して娘を拘束しているのがアーロン・コーヴァル。私は娘を助け出そうとしただけだ」

「なるほど」とヘイズは言った。そのあと少し間《ま》を置いて続けた。「だからホームレスの人を殴ったわけ？」

「私が殴ったのは——」サイモンはそこで口を閉じた。それぐらいの冷静さはまだ持ち合わせていた。

「殴ったのね？」とヘイズはさきを促した。

サイモンはもう答えなかった。

「わかった。思ったとおりね」とヘイズは言った。「あなた、体じゅう血だらけよ。素敵なネクタイまで。それ、エルメスでしょ？」

そのとおりだった。が、サイモンはもう何も答えなかった。シャツのボタンは今も一番上までとめられていた。ネクタイの結び方もビジネスマンの鑑《かがみ》のようなウィンザーノットだった。

「娘はどこだ？」

「さあ」とヘイズは答えた。

「だったら、弁護士と話すまで話すことはもう何もない」

「ご自由に」

ヘイズはまえに向き直り、それ以上話しかけてこなかった。サイモンは五十九丁目通りに面して十番街寄りにあるマウント・サイナイ・ウェスト病院の救急処置室に連れていかれ、すぐにX線検査を受けた。ターバンを巻き、R指定の映画はまだ見られないのではないかと思われるほど若い医師がサイモンの指に添え木をあて、頭部の裂傷を縫合した。医師の説明によると、折れた肋骨については「六週間ほど安静にしている」しかないということだった。

それからあとはシュールな旋風に巻き込まれたかのような展開だった。センター通り百番地にある中央逮捕手続局までのドライヴ、被疑者写真の撮影、指紋採取、留置場への収監。そこでようやく一度だけ電話をかけることを許された。映画の場面そのままだった。サイモンはイングリッドにかけようとして思い直し、マンハッタンでも一流の弁護士として知られる義兄のロバートにかけた。

「すぐに誰かを向かわせるよ」とロバートは言った。

「義兄《にい》さんは駄目なのか？」

「あいにく刑事事件は専門外でね」

「私には刑事専門の弁護士が要《い》るとほんとうに思って——？」

「ああ、思ってる。今、イヴォンと海辺の別荘にいるんだよ。これからそっちに行くとなるとかなりかかる。とにかくじっとして待っていてくれ」

三十分後にやってきたのは七十代前半の小柄な女性だった。ちぢれたブロンドの髪はかなり白くなっていたが、眼はきらきらと輝いていた。女性はサイモンと堅い握手を交わすと、名を名乗った。

「ヘスター・クリムスティーンです。ロバートから言われて来ました」

「サイモン・グリーンです」

「ええ、わたしは超一流の弁護士なの。だから、あなたの名前もわたしの情報にはいってる。さあ、わたしのあとについて言って、サイモン・グリーン。〝無罪です〟」

「はい？」

「わたしが言ったことを繰り返せばいいだけよ」

「無罪です」

「よくできました。すばらしい。涙が出そうよ」ヘスター・クリムスティーンはそう言って、サイモンのほうに体を寄せた。「口にしていいのはそのひとことだけ――それも口にしていいのは判事から答弁を求められたときだけ。わかった？」

「わかりました」

「リハーサルをする必要があるかしら？」

「いいえ、大丈夫です」

「よかった」

法廷にはいると、彼女は言った。「弁護人のヘスター・クリムスティーンです」急に廷内がざわつきはじめた。判事が顔を上げ、意外そうに片方の眉を吊《つ》り上げた。

「クリムスティーン弁護士。これはまた光栄な。こんなつましい私の法廷にお越しいただけるとは」

「重大な誤審を阻止しにきました」

「もちろんそうでしょうとも」判事は手を組んで笑みを浮かべた。「また会えて嬉《うれ》しいよ、ヘスター」

「心にもないことを」

「そう言われれば」と判事は言った。「確かに」

ヘスターは判事のそのことばにむしろ嬉しそうに言った。「お元気そうね、判事。黒い法服のおかげね」

「なんだって？　この古くさい服のおかげ？」

「痩せて見えるわ」

「確かに、確かに」判事は椅子の上で坐り直して言った。「被告人は罪状について答弁をしてください」

ヘスターはサイモンを見やった。

「無罪です」と彼は言った。

ヘスターはうなずいて同意した。検察官は五千ドルの保釈金を求めた。ヘスターはその金額に異議を申し立てなかった。煩《わずら》わしい法的な事務手続きが終わって退出を許されると、サイモンは正面玄関に行きかけた。そこでヘスターに前腕をつかまれた。

「そっちは駄目」

「どうして？」

「彼らが待ってるから」

「誰が？」

ヘスターはエレヴェーターのボタンを押すと、扉の上の階数表示灯を見て言った。「ついてきて」

ふたりは階段まで行くと、二階下に着いた。ヘスターはサイモンを建物の裏手に導きながら、携帯電話を取り出した。

「マルベリー通りの〈エッグルー〉ね、ティム？　けっこう、けっこう。五分で行くわ」

「いったいどうなって――？」とサイモンは尋ねた。

「変ね」

「え？」

「あなた、しゃべりつづけてる」とヘスターは言った。「しゃべってはいけないとあれほどはっきり言ったのに」

ふたりは暗い廊下を進んだ。ヘスターがさきに立ち、右に曲がり、さらに右に曲がった。職員通用口に出た。はいってくる者はみなバッジを見せていた。ヘスターはただそのまま足早に通り抜けて外に出ようとした。

「待ってください」と警備員が言った。

「逮捕して」

警備員はしなかった。そのあとふたりは外にいた。バクスター通りを渡り、コロンバス公園の緑の中を抜け、三面あるバレーボールコートの横を通り、マルベリー通りに出た。

「アイスクリームは好き？」とヘスターは尋ねた。

サイモンは答えず、閉じた口を指差した。

ヘスターはため息をついた。「しゃべってもいいわ」

「嫌いじゃない」

「〈エッグルー〉のアイスクリーム・サンドは超おいしいの。車の中で食べようと思って。運転手にふたつ買うように頼んでおいた」

黒のベンツが店のまえで待っていた。運転手はアイスクリーム・サンドを持っていて、ひとつをヘスターに渡した。

「ありがとう、ティム。あなたは？」

サイモンは断わった。ヘスターは肩をすくめた。「あなたが食べて、ティム」そう言って、自分のアイスクリームを一口嚙《かじ》ると、後部座席に乗り込んだ。サイモンはその隣りに坐った。

「娘は――」

「警察は捜さないわ」

「アーロン・コーヴァルは？」

「誰？」

「私が殴った男」

「ちょっと、ちょっと、それは冗談でも言っては駄目。あなたが殴ったとされる男のことね」

「まあ、なんでも」

「まあ、なんでもよくないのよ。たとえ内々の話でも」

「そうですね。わかりました。どこにいるかわかり――」

「その男性もすぐに消えたわ」

「どういう意味です？　〝消えた〟というのは？」

「〝消えた〟ということばのどこがわからないの？　その人も逃げたわ。警察がその人のことを知るまえに。でも、それでよかったのよ。被害者がいなければ、犯罪は成立しないんだから」ヘスターはもう一口食べて唇の端を拭った。「だからこの件はすぐ片づくでしょうけど、ただ……マリキータ・ブルムバーグという友人がいるんだけど、すごいやり手で、わたしみたいにやさしい人じゃないけど、市《まち》で一番のPRエージェント《ボールバスター》よ。すぐに彼女にあなたのPRキャンペーンを頼む必要があるわね」

運転手が車を出すと、ベンツは北へ進み、そのあと右に曲がってベイヤード通りに出た。

「私のPRキャンペーン？　どうしてそんなものが――？」

「それについてはこのあとすぐに説明するけれど、それより今は事件のことね。まず何があったのか話して。全部。始めから終わりまで」

サイモンは話した。ヘスターは小柄な体を彼のほうに向けて彼と向かい合った。〝専念〟ということばを芸術の域にまで高められる人たちがいるが、彼女はまさにそれだった。それまでの彼女はまさにエネルギーと行動力の塊だった。それが今はそのエネルギーがサイモンだけに向けられたレーザー光線のようになっていた。彼の語る一語一語に集中し、手を伸ばせば触れられそうなほど明確な共感もあらわに聞いていた。

「なんてこと。心から同情するわ」サイモンが話しおえると、ヘスターはそう言った。「ほんとうに」

「わかってもらえました?」

「ええ」

「だからどうしてもペイジを見つけなきゃならないんです。あるいはアーロンを」

「改めて警察に訊いてみるわね。でも、さっきも言ったように、ふたりとも消えたみたいね」

また行き止まりだ。今になってサイモンは体が痛みはじめた。心理的防衛機制か、痛み止めの作用か、何にしろ、痛みを止めないまでも痛みを遅らせてくれていたものが、急に壊れはじめたのだろう。その痛みに治まる気配はなかった。いや増すだけだった。

「どうして私にPRキャンペーンが必要なんです？」

ヘスターは携帯電話を取り出すと、不器用に操作しはじめた。「こういう機械って大嫌い。情報も多ければ、機能も多いけれど、こういうものが人間を駄目にするのよ。お子さんはほかにもいるのよね？　だったら言うまでもないわね。子供たちが一日にいったい何時間……」彼女はそこまで言いかけて最後まで言うのをやめた。「今はそんな講義をしているときじゃないわね。見て」

ヘスターは携帯電話をサイモンに手渡した。

画面には二十八万九千回再生されたユーチューブの動画があった。画面をコピーしたプレビューを見て、そのタイトルを読むなり、サイモンは心がずしりと重くなった。

金持ち、貧乏人にパンチ

ウォール街のビジネスマン、ホームレスを打ちのめす

ダディ・ウォーバックス（ミュージカル『アニー』に登場する大富豪）、浮浪者をずたずたにする

株仲買人、ルンペンを襲う

“持てるもの”、“持たざるもの” をボコる

サイモンは眼を上げてヘスターを見た。彼女は同情するように肩をすくめてみせると、手を伸ばし、人差し指で再生ボタンを押した。動画は〈ZorraStiletto〉というハンドルネームの人物によって撮られ、二時間まえに投稿されていた。〈ZorraStiletto〉なる人物はそれまで三人の女性——本人の妻と娘ふたり?——を下からパンして撮っていたのだが、騒ぎが起こるなり、カメラをすばやく右に向けていた。彼のそのレンズは絶好のタイミングで、見るからにエラそうなサイモンをとらえていた。まったく、とサイモンは思った。どうしてスーツを別の服に着替えなかったのか。せめてネクタイをゆるめるくらいしていてもよかったのに。ペイジはサイモンの手からすり抜けようとしていた。アーロンはふたりに近づき、ふたりのあいだにはいろうとしていた。スーツを着たリッチな特権階級の男が自分よりずっと若い女性に言い寄っている(あるいはもっと悪いことをしようとしている)。若い女性のそんな窮地を勇敢なホームレスが救おうとしている。まさにそんな映像だった。

華奢な体つきの若い女性が怯《おび》え、救世主の背中に隠れると、スーツの男は叫びはじめた。若い女性が走って逃げだすと、スーツの男はホームレスの男を押しのけて女を追いかけようとした。そのあと自分は何を眼にするのか。当然サイモンにはわかっていた。それでもその

まま見つづけた、眼を大きく見開き、望みを持って。スーツを着た男は固く握った拳で勇敢なホームレスの男の顔面を思いきり殴ったりはしなかった、などという万にひとつの可能性を期待して。

しかし、そんなふうにはいかなかった。

親切な善きサマリア人のホームレスが舗道の上に倒れると、血が飛び散った。リッチで非情なスーツ男は倒れたホームレスの上をまたごうとした。善きサマリア人のホームレスはその脚をつかんだ。野球帽をかぶったアジア系の男――まちがいなく新たな善きサマリア人――が揉《も》み合うふたりのあいだに割ってはいろうとした。すると、スーツの男はそのアジア人の鼻に肘打ちを食らわせた。

サイモンは眼を閉じた。「なんてことだ」

「ええ」

サイモンは眼を開けた。そして、ネットにおけるあらゆる記事、あらゆる動画に関する基本ルール――〝コメント欄を読んではいけない〟――を無視した。

〝金持ちは何をやっても赦《ゆる》されると思ってんだよ〟

〝こいつはこの子をレイプしようとしたんだぞ！　ヒーローに助けられて、ほんとよかった〟

〝このウォーバックスは終身刑にすべきだ。以上〟

〝リッチー・リッチ（漫画に出てくる金満家の息子）はどうせ罰せられないよ。こいつが黒人だったら撃たれてただろうけど〟

〝女の子を助けたこいつは勇敢だよ。どうせ市長はこの金持ちが金の力で自由の身になるのを見逃すんだろうけど〟

「いいニュースもあるわ。あなたのファンもちゃんといるのよ」ヘスターはサイモンの手から携帯電話を取り戻すと、画面を下にスクロールして指差した。

〝このホームレスは食糧配給券をもらってるような男だよ。スーツの男が人間のくずを片づけたというのはいいことだ〟

〝こういう臭いヤク中も失業手当に頼らないで、ちゃんと職に就いていたら殴られなくてもすんだんだよ〟

サイモンの〝支持者〟なる投稿者のプロフィール画像には、愛国主義者を思わせるハクトウワシか星条旗かのどちらかが載っていた。

「すばらしい」とサイモンは言った。「異常者がわが味方とは」

「あら、そんなことを言っては駄目よ。そういう連中が陪審員になるかもしれないんだから。まあ、今回のことが陪審裁判になる可能性は低いけれど。そもそも裁判になるかどうかもわからないけれど。それよりちょっと頼みたいことがあるの」

「なんです？」

「再読み込みボタンをタップしてほしいの」とヘスターは言った。

彼女の言わんとするところがサイモンにはすぐにはわからなかった。すると、彼女は自分で画面の上の矢印を押した。動画が再度読み込まれた。ヘスターは再生回数の表示を示した。二十八万九千回から四十五万三千回にまで跳ね上がっていた。たった二分かそこらで。

「おめでとう」とヘスターは言った。「大ヒットね」

3

サイモンは車の窓から外を眺めた。見慣れた公園の緑がぼやけて見えた。セントラルパーク・ウェスト通りを左に曲がり、西六十七丁目通りにはいると、ヘスターがぼそっと言った。

「おや、おや」

サイモンは振り向いて反対側の窓の外を見た。

自宅のアパートメントのまえにテレビ局のヴァンが二重駐車して並んでいた。おそらく二十数人はいるかと思われる抗議者が木製の青いバリケードの向こうに陣取っていた。バリケードにはこう書かれていた。

立入禁止　ニューヨーク市警

「奥さんはどこにいるの？」とヘスターが尋ねた。

イングリッド。サイモンは妻のことをすっかり忘れていた。今回のことを知ったらどんな反応を示すだろうか。そもそも今何時なのかもサイモンはわかっていなかった。腕時計を見た。午後五時三十分。

「まだ職場ですね」

「小児科医だったわよね？」

サイモンはうなずいた。「百六十八丁目通りのニューヨーク・プレスビティリアン病院です」

「仕事は何時に終わるの？」

「七時に終わります」

「車通勤？」

「地下鉄です」

「奥さんに電話して。ティムが迎えにいくから。子供たちはどこにいるの？」

「わかりません」

「じゃあ、電話してちょうだい。ミッドタウンにわたしの事務所が所有しているアパートメントがあるから、今夜はみんなでそこに泊まるといいわ」

「ホテルに泊まりますよ」

ヘスターは首を振って言った。「そんなことしたらすぐに見つかってしまう。アパートメントのほうがいいわ。それも弁護費用に含まれるけれど」

サイモンは何も言わなかった。

「この馬鹿騒ぎもすぐに収まるわ、こっちが火に油を注ぐような真似《まね》さえしなければ。明日か、遅くとも明後日《あさって》にはもういかれた連中も新しい怒りの矛先を見つけてるはずよ。それが今のアメリカの集中力の持続度よ」

サイモンはイングリッドに電話をした。彼女は今日は緊急治療担当で、すぐに留守番電話に切り替わった。彼は詳しい事情をメッセージに残すと、そのあとサムに電話した。彼の息子はすでにこの件を知っていた。

「動画の再生回数が百万回を超えてる」サムは驚きもし、感心もしているようだった。「父さんがアーロンを殴ったなんて信じられない」そう言って繰り返した。「父さんが殴ったなんて」

「おまえの姉さんを連れて帰ろうとしただけだ」

「みんなは父さんのやったことを金持ちの弱い者いじめって言ってる」

「それは事実じゃない」

「うん。わかってる」

ふたりとも沈黙した。

「いずれにしろ、ティムという運転手が迎えに――」

「ぼくは大丈夫だよ。ラリーのところに泊まるから」

「それで大丈夫なのか？」

「うん」

「ご両親はいいと言ってるのか？」

「ラリーは問題ないって言ってる。だからラリーと直接彼の家に行くよ」

「わかった。おまえにとってそれが一番いいのなら」

「そのほうが簡単でしょ？」

「ああ、確かに。それでも気が変わったら……」

「わかった」そのあとサムは声を落として言った。「動画に映ってたペイジのことだけど……なんだかまるで……」

　ふたりはまた沈黙した。

「ああ。そうだ」とサイモンは言った。

　アーニャには三度かけたが、一度もつながらなかった。それでも、ようやくナンバーディスプレーにアーニャの電話番号が表示され、折り返しかけてきたことがわかった。ただ、出るとアーニャ本人からではなかった。

「こんにちは、サイモン、スージー・フィスクよ」

　スージーはふたつ下の階の住人で、彼女の娘のディーリャとアーニャは、ふたりがともに三歳の頃から――モンテッソーリ教育の〈子供の家〉の頃から――同じ学校にかよう仲だった。

「アーニャは大丈夫ですか？」と彼は尋ねた。

「ええ、問題ないわ。その、つまり、何も心配は要らないわ。ちょっと動揺してるだけよ。その……動画のことで」

「あの子も見たんですか？」

「ええ、アリッサ・エドワーズを知ってるでしょ？　彼女が子供たちのお迎えのときに親御さんみんなに見せたのよ。でも、子供たちはそのまえからもう……わかるでしょ？　みんながその話をしてるわ」

　サイモンにも容易に想像できたことだった。「アーニャに替わってもらえませんか？」

「それはあまりいい考えとは言えないと思うけど、サイモン」

あんたが何をどう思おうと知ったことか。彼は内心そう思った。が、賢明にも――怒りを爆発させたあとの学習効果か？――それを声には出さなかった。

スージーが悪いのでもなんでもないのだから。

彼は咳払いをしてから、できるかぎりおだやかな声で言った。「アーニャに電話に出るように頼むだけでもお願いできませんか？」

「やってみるけど、サイモン。ええ、もちろん」電話から顔を離したのだろう、音が金属的になり、より遠くから聞こえるようになったことからすると。「アーニャ、パパが話し……アーニャ？」今度はまったく聞こえなくなった。サイモンは待った。「ずっと首を振ってるわ。ねえ、サイモン、アーニャには必要なだけここにいてくれていいから、またあとでかけたほうがよくない？　あるいは、仕事が終わったらイングリッドにかけてもらうとか」

無理強いしなければならない理由はどこにもなかった。「ありがとう、スージー」

「ほんとうになんて言ったらいいか……」

「ほんとうに感謝してます」

彼は電話を切った。ヘスターは隣りに坐り、アイスクリーム・サンドを手にじっとまえを見つめていた。

「わたしが勧めたアイスクリーム・サンドを断わったのを後悔してるんじゃない？　でし

ょ？」そう言って、運転手に声をかけた。「ティム？」

「なんでしょう、ヘスター？」

「さっきのアイスクリーム・サンド、まだクーラーボックスにはいってる？」

「ええ、もちろん」そう言って、ティムはクーラーボックスをヘスターに渡した。

彼女はアイスクリーム・サンドを取り出すと、サイモンに差し出した。

サイモンは言った。「もちろんそのアイスクリーム代も請求されるんですよね？」

「請求するのはわたしじゃないけど」

「あなたの事務所ですね」

彼女は肩をすくめて言った。「どうしてわたしがこんなにしつこく勧めるんだと思う？」

ヘスターはアイスクリーム・サンドをサイモンに渡した。彼は一口食べた。一瞬、気分がよくなった。

長くは続かなかったが。

法律事務所のアパートメントはオフィス・タワーに――ヘスターのオフィスのひとつ下の階に――あるこれ見よがしのアパートメントだった。カーペットがベージュで家具がベージュ、壁もベージュで、ソファに置かれたクッションも……ベージュだった。

「すばらしい内装でしょ、そうは思わない？」とヘスターは言った。

「ベージュが好きな人には」

「政治的に正しいことばで言えば〝アースカラー〟ね（〝ベージュ〟には〝没個性的〟の意もある）」

「アースカラー」とサイモンはおうむ返しに言った。「つまり泥々色《どろどろ》か」

ヘスターにはそれが受けたようだった。「わたしは〝アーリーアメリカン・ジェネリック〟って呼んでいるけど」彼女の携帯電話が鳴り、彼女はメッセージをチェックした。「奥さんはこっちに向かってるって。着いたらここに連れてくるわね」

「すみません」

ヘスターは部屋を出ていった。サイモンは思いきって携帯電話を見た。あまりに多くのメッセージにあまりに多くの着信。彼はすべて無視した。イヴォンからのメッセージ以外はすべて。彼女は〈PPGウェルス・マネージメント〉のパートナーであり、イングリッドの姉だった。彼としても彼女には説明をする義務があった。彼はメッセージを送った。

　心配しないでくれ。話せば長くなる。

イヴォンが返信を書いていることを示す小さな〝・・・〟が画面に現われた。イヴォンから返信が来た。

わたしたちにできることは?

いや、大丈夫だ。明日の仕事は誰かに代わってもらうかも。

心配ご無用。

話せるようになったら全部話すよ。

それに対するイヴォンの返事は彼を元気づける絵文字で、その絵文字は、無理をしないように、すべてうまくいくから、と言っていた。

彼は残りのメッセージにざっと眼を通した。

イングリッドからのメッセージはなかった。

しばらくアパートメントのベージュのカーペットの上を行ったり来たりし、窓の外の様子を確かめ、ベージュのソファに坐り、立ち上がり、また行ったり来たりした。電話はすべて留守番電話にしてあったが、アーニャの学校からかかってきた電話には出た。「もしもし」と答えると相手は驚いたようだった。

「ああ」声でわかった。〈アバナシー・アカデミー〉の校長、アリ・カリムだ。「あなたが電話にお出になるとは思いませんでした」

「何かあったんですか？」

「いや、何もありません。電話したのはアーニャのことではありません」

「そうですか」とサイモンは言った。アリ・カリム校長はアカデミズムを文字どおりまとった教師のひとりだった――肘あてのあるツイードのジャケットに、もじゃもじゃの頬ひげ、それにバーコードヘア。「だったら、どういったことでしょう？」

「少々申し上げにくいことなんですが」

「はい」

「来月のPTA慈善パーティのことで――」

サイモンは次のことばを待った。

「ご承知のとおり、明日の夜、実行委員会の打ち合わせがあります」

「知っています。イングリッドと私が共同委員長ですから」

「ええ。そのことなんですが」

電話を持つ手に自然と力がはいるのがサイモンにはわかった。校長はサイモンのほうから何か言わせようと、いっとき黙った。サイモンは何も言わなかった。

「あなたはいらっしゃらないほうがいいと思っておられる保護者がおられます」

「誰ですか？」

「私の口からはちょっと」

「なぜです?」

「サイモン、必要以上にことをむずかしくしないでください。みなさん、あの動画のことで動揺してるんです」

「ああ」

「なんですか?」

「ご用件はそれだけですか、アリ?」

「いや、それだけではなくて――」

校長はまたサイモンがさきに口を開くのを待った。サイモンは何も言わなかった。

「ご承知のとおり、今年度の慈善パーティではホームレス支援団体のための資金を集めます。現在のなりゆきに鑑《かんが》みて、われわれとしてはあなたとイングリッドには共同委員長を続けていただかないほうがいいと考えています」

「現在のなりゆきというと?」

「ちょっとちょっと、サイモン」

「彼はホームレスじゃありません。ヤクの売人です」

「そういうことは私は存じませんが――」

「あなたが知らないのはわかっています。だから今言ったんです」

「──しかし、たいていの場合、ほんとうかどうかということより、どう見えるかのほうが重要なものです」

「たいていの場合、ほんとうかどうかということより、どう見えるかのほうが重要」とサイモンはおうむ返しに言った。「学校では子供たちにそんなことを教えているんですか？」

「慈善事業のためにはどうするのが一番か、ということです」

「目的が手段を正当化する？」

「そんなことは言っていません」

「アリ、あなたは大した教育者だ」

「どうやら怒らせてしまったようですね」

「むしろがっかりしています。でも、わかりました。小切手を返送してくだされぱけっこうです」

「なんですって？」

「あなたは私たちが人気者だから私たちを共同委員長にしたわけじゃない。私たちが共同委員長になったのはこのパーティを開くために大金を寄付したからです」サイモンとイングリッドがそれだけの寄付をしたのは、必ずしもパーティの大義名分を支持したからではなかった。こういう類《たぐ》いのことは大義名分のためというほうが珍しい。大義名分など副産物にすぎない。学校やアリ・カリムのような管理職のご機嫌取り。それに尽きる。大義を支援したいならただ支援すればいいだけのことだ。正しいことをするのに、どこかの金持ちが表彰される退屈きわまりない夕食会みたいな促進剤など誰が要る？「私たちはもう共同委員長ではないわけだから……」

アリはいかにも信じられないといった口調で言った。「寄付金を返してほしいと？」

「ええ。翌日配送にしていただければありがたいですが、ふつうの速達にしたいのならそれでもかまいません。では、いい一日を、アリ」

彼は通話を切ると、ベージュのソファに置かれたベージュのクッションに向かって電話をぽいと放った。ホームレス支援の寄付はどっちみちするつもりだった――そこまで偽善者にはなれない――ただ、学校の寄付金集めのパーティを介してするつもりはもうなかった。

振り返ると、イングリッドとヘスターが立って彼を見ていた。

「これは弁護士としてというより個人としてのアドヴァイスだけれど」とヘスターが言った。「あと二、三時間は誰とも関わらないようにしてちょうだい。いい？　こういうプレッシャーにさらされているときには、人は軽はずみで愚かなことをしがちだから。もちろんあなたはそういう人じゃないけど、用心に越したことはないでしょ？」

サイモンはイングリッドを見た。彼女は背が高く、態度も堂々としていた。頬骨が高く、白いものの交ざった短いブロンドの髪をいつも流行のスタイルに整えていた。大学生のときには一時期モデルの仕事をしていたこともあり、当時は〝超然としてよそよそしいスカンディナヴィア風〟などと言われたりしていた。今でもその第一印象は変わらないだろう。だから、彼女が子供たちに温かく接する必要のある小児科医という職業を選んだのは、いささか変わった選択と言えなくもない。ただ、子供たちは彼女をそんなふうには見ない。イングリッドに会うなり誰もが彼女を好きになって信頼する。なんとも不思議なことに、子供たちには彼女の心の中をまっすぐに見通すことができるのだろう。

ヘスターは続けて言った。「そういうことはあなたたちに任せるけれど」

〝そういうこと〟が具体的に何を指すのか、彼女は明言しなかった。言うまでもないと思ったのだろう。ふたりきりになると、イングリッドは〝なんなの、これ?〟と言わんばかりに肩をすくめた。サイモンはことの次第を彼女に語って聞かせた。

「あなたはペイジの居場所を知ってたの?」とイングリッドは聞かせた。

「今言っただろ、チャーリー・クラウリーが教えてくれたんだ」

「で、その情報を追ったのね。そうしたらそのデイヴとかいうホームレスが——」

「彼がホームレスかどうかはわからない。わかっているのは彼がミュージシャンたちのスケジュールを管理してるということだけだ」

「あなたとしても今ここでことばの定義を話し合いたいわけじゃないと思うけど、サイモン」

そんなことをするつもりはもちろん彼にもなかった。

「そのディヴという人がペイジはそこに来るはずだと言ったのね？」

「ああ、来るだろうと思うとね」

「なのに、わたしにはそのことを黙ってた？」

「確信が持てなかったんだ。もしなんでもなかったら、無駄にきみを心配させるだけだと思ったんだ」

彼女は首を横に振った。

「なんだ？」

「あなたはわたしに嘘なんかつかない人よ、サイモン。あなたはそういうことはしない人よ」

それはほんとうだった。これまで彼が妻に嘘をついたことは一度もなかった。今も嘘をついているわけではない。が、ほんとうのことをぼかしてはいた。それはいいことではない。

「すまなかった」とサイモンは言った。

「あなたがわたしに話さなかったのはわたしが止めると思ったから？」

「それもある」

「ほかの理由は？」

「それ以外のことも話さなければならなくなるからだ。これまでどうやってあの子を捜していたか」

「そういうことはもうしないって約束したのに？」

厳密に言えば、約束はしていなかった。だいたいのところ、イングリッドが半ば頭ごなしに命じ、彼のほうはそれに異を唱えなかっただけのことだ。が、今はそんな細かいことを議論している場合ではない。

「できなかった……あの子をこのまま放っておくなんてできなかった」

「どういうこと——わたしにはそれができると言いたいの？」

サイモンは何も言わなかった。

「あなた、わたしより自分のほうが傷ついてると思ってるの？」

「いいや、もちろんそんなことはない」

「嘘よ。あなたはわたしのことを冷たい人間だと思ってる」

もちろんそんなことはない、とサイモンは言いかけた。が、そこで思い直した。もしかしたら自分は心のどこかでそう思っているのだろうか？

「で、あの子をどうするつもりだったの、サイモン？　またリハビリ？」

「ほかに何がある？」

イングリッドは眼を閉じた。「いったいこれまで何度試したと……」

「それが一回足りなかった。そういうことだ。あきらめるには早すぎる」

「あなたは彼女の助けにはなっていない。こういうことはペイジが自分からやる気にならないかぎり駄目なのよ。わからない？　わたしがあの子を〝放っておく〟のは」――イングリッドはそのことばを吐き出すように言った――「愛情をなくしたからじゃない。あの子がいなくなってしまったからよ。わたしたちには彼女を連れ戻すことはできない。わからない？　わたしたちじゃ駄目なのよ。これはあの子自身にしかできないことなのよ」

サイモンはソファに力なく坐り込んだ。イングリッドも隣りに腰をおろし、ややあってサイモンの肩に頭をあずけた。

「どうにかしようと思ったんだ」とサイモンは言った。

「ええ」

「でも、失敗した」

イングリッドのほうがサイモンを抱き寄せた。「きっといつかはよくなるわ」

サイモンは黙ってうなずいた。よくなることなどないことがわかりながらも。よくなることなどもうありえない。

4

三ヵ月後

サイモンはオフィスビルの三十八階にある自身の広々としたオフィスでミシェル・ブレイディと向かい合って坐っていた。通りをはさんだ真向かいにはかつてワールド・トレード・センター・ビルが建っていた。あの悪夢の日、サイモンはタワービルが崩落するのを目のあたりにした。が、そのことを誰かに話したことはこれまで一度もない。ドキュメンタリー番組も9・11に関する最新ニュースも記念番組も見ないようにしている。その跡地に行くことさえできない。右側には海をはさんで遠くに自由の女神が見える。女神像は近くの高層ビル群と比べると、まるで小人のようで、ただひとり水の上に浮いているように見える。同時に、感情を剝き出しにして緑の松明《たいまつ》を高くかざしているようにも見える。どれほどの壮観も来る日も来る日も同じものを見ていれば、新鮮さは失われるものだ。それはサイモンも変わらない。だから景色の大部分はもう見飽きている。ただ、いつ見ても自由の女神像だけには安らぎを覚える。

「ほんとうにありがとう」とミシェルが眼に涙を浮かべながら言った。「あなたはずっとわたしたちのよき友人でいてくれた」

厳密には友人とは言えなかった。サイモンはウェルス・マネージャーで、彼女は彼のクライアントだった。それでもサイモンは彼女のそのことばに心を動かされた。それこそ彼の聞きたいことばであり、彼の仕事のあるべき姿だった。だったらやはり友人と言えるのか？

二十五年まえ、リックとミシェルの長女エリザベスが生まれたとき、サイモンはリックとミシェルが大学費用の貯蓄を始められるように未成年口座を開設した。

二十三年まえには、彼らが初めてのマイホームを建てられるよう住宅ローンを組む手助けをした。

二十一年まえには、彼らが中国からメイを養女として迎えるための書類仕事と事務手続きをおこなった。

二十年まえにはリックが特殊印刷業を開業するための融資を受けられるよう手伝い、その結果、今では五十の州すべてに顧客がいる。

十八年まえにはミシェルが最初のアートスタジオをオープンするのを手伝った。

サイモンとリックは長年語り合ってきた――事業の拡大、給料の口座振り込み、個人事業を株式会社化すべきかどうか、また、どのような退職プランが最適か、車はリースと購入のどちらがいいか、娘たちを私立校にかよわせる余裕はあるのか、そこまでの余裕はないのか、といったことについて。投資、ポートフォリオ・バランス、会社の人件費、家族旅行の費用、湖畔のフィッシング・キャビンの購入、キッチンのリフォームについても話し合ってきた。そうして彼らはこれまでに529プラン（税制上の優遇措置が付与された、家計向けの高等教育資金形成制度）のための口座を開き、何度も財産総合計画を立ててきた。

二年まえには、サイモンはリックとミシェルがエリザベスの挙式費用を支払うための最も賢い方法を助言した。式にはもちろんサイモンも参列した。娘が教会のヴァージンロードを進む姿を見つめるリックとミシェルは涙をとめどなく流していた。

ひと月まえにもサイモンは同じ教会の同じ席に坐っていた。リックの葬儀に参列するために。

そして今、彼はまだ生涯の伴侶を失った悲しみから立ち直れずにいるミシェルを手伝い、これまで彼女がリックに任せていたこまごまとした仕事のやり方を教えていた。事業をどのように継続するか、あるいは売却すべきか、といったことはもちろんのこと、収支のバランスの保ち方、クレジットカードの申請方法、どんな性質の資金が共同口座と個人口座にはいっているかといったことも教えていた。

「お手伝いできて私も嬉しいです」とサイモンは言った。

「リックはこんな準備もしていたのね」と彼女は言った。

「そうですね」

「まるでこうなることがわかっていたみたい。だけど、彼はずっと健康そのものって感じだった。わたしに隠してた健康問題があったのかしら？　彼はそれを知っていたのかしら？　どう思います？」

サイモンは首を振った。「いえ、そうは思いません」

リックは五十八歳で重い心臓発作を起こして亡くなったのだった。サイモンは弁護士でもなければ保険代理業者でもないが、ウェルス・マネージャーとしての彼の業務内容には、クライアントの万一の事態に備えた遺産相続の準備も含まれる。だから当然、リックとはそういう話もしていた。ただ、リックも自分の死について考えることは嫌がった。彼の年代のほとんどの男性がそうであるように。

サイモンのポケットの中の携帯電話が震動した。が、彼には固く守っているルールがあった。クライアントに対応している最中には絶対に誰にも邪魔をさせないというルールだ。ことさら大げさに言うことでもないが、クライアントはみな自分たちにとってきわめて重要な案件について話しにきているのだ。

要するに金について。

笑いたければ笑えばいい。確かに金で幸せは買えないかもしれない。しかし……いや、そんなのはたわごとだ。金というのは、人が操ることのできるほかのどんなものより確実に、私たちが幸せと呼んでいる、あのなんともつかみどころのない理念をあっというまに実現して、しかもよりよいものにしてくれる。金はストレスを和らげてくれる。金があれば、よりよい教育を受けられ、よりおいしい食事ができ、より優秀な医者にかかることができる——一定レヴェルの心の平安をもたらしてくれる。金は快適さと自由ももたらしてくれる。金があれば、より多くの経験ができて、より便利な生活ができる。なにより時間が買える。金というのは家族や健康と同じぐらいかけがえのないものだ。サイモンはそう思っていた。

それが信じられるなら——あるいは信じられなくても——金の管理を誰に任せるか決めるのは、医者や牧師を選ぶのと同じくらい重要なことだ。いや、サイモンはきっとこう言うだろう、ウェルス・マネージャーはもっとずっと深く人々の日々の暮らしに関わっている、と。人は懸命に働いて、金を貯めて、将来の計画を立てる。そして、人生における重大な決定のほぼすべてが、多かれ少なかれ、その人の経済状態に基づいてくだされる。

だから、よくよく考えてみると、ウェルス・マネージャーというのは恐ろしく責任重大な仕事ということだ。

ミシェル・ブレイディは、そんなウェルス・マネージャーであるサイモンが全神経を集中させてじっくり話を聞くべき相手だった。同時に、彼のポケットの中で携帯電話が震動しているということは、何か重大なことが起きているという合図でもあった。

彼はコンピューターの画面にこっそり視線を走らせた。そこには新しいアシスタントのカリルからのメッセージが表示されていた。

刑事が面会に来ています。


しばらくそのメッセージを見つめていたのだろう、それに気づいてミッシェルが言った。

「大丈夫?」

「大丈夫です。ただちょっと……」

「ただちょっと?」

「ちょっと問題が発生したみたいで」

「あら」とミシェルは言った。「わたしなら出直してもかまわないけれど……」

「少しいいですか……?」彼はそう言って机の上の電話を指差した。

「もちろん」

サイモンは受話器を取ると、カリルの内線番号にかけた。

「アイザック・ファグベンルという刑事がそちらに向かっています」

「エレヴェーターで上がってきている?」

「そうです」

「わたしが連絡するまで受付で待たせておいてくれ」

「わかりました」

「ミセス・ブレイディのクレジットカードの申込用紙の記入はもう終わってるかな？」

「はい」

「だったら彼女に署名欄にサインしておいてもらってくれ。今日じゅうに必ず彼女とメイのカードが発行されるように手配を頼む。それから、彼女に自動引き落としについての説明もしておいてほしい」

「わかりました」

「それまでにはわたしの用事は終わってるはずだから」

サイモンは電話を切ると、ミシェルと視線を合わせた。「邪魔がはいってしまってほんとうにすみません」

「気にしないで」と彼女は言った。

気にしないわけにはいかなかった。「ご存じですよね、その、二、三ヵ月まえの私のあの件については」

彼女は黙ってうなずいた。あのことは誰もが知っていた。サイモンはライオンを撃ち殺した歯医者や、常軌を逸した振る舞いをした人種差別主義の弁護士と肩を並べて、バイラル動画（ＳＮＳなどを通してウィルス感染のように爆発的に拡散する動画）に登場する最凶の悪党の仲間入りを果たしていた。ＡＢＣ、ＮＢＣ、ＣＢＳの各局もあの日の翌日の朝の番組で、あの出来事を面白可笑《おか》しく取り上げていた。

ケーブルテレビのニュース番組も同様だった。それでも、ヘスター・クリムスティーンが予測したとおり、その炎上騒ぎも二、三日続いただけで、あっというまに燃え尽きて、その月の終わりにはほとんど忘れ去られていた。動画の再生回数も最初の一週間で八百万回を叩き出したものの、それから三ヵ月近く経った今でもまだ八百五十万回に届いていなかった。

「あの件がどうかしたの?」とミシェルは尋ねた。

サイモンとしてはわざわざ話すべきではないのかもしれない。いや、話したほうがいいのか。「刑事が私に会いに今ここに向かってるんです」

クライアントが自分に心を開いてくれることを期待するなら、その関係を一方通行にしておくのは果たしてフェアと言えるだろうか? もちろん、あの出来事はミシェルにはなんの関係もない。ただ、彼女のための時間を中断してしまったからには彼女には知る権利がある。彼はそう思った。

「あなたは起訴されなかったってリックは言っていたけど」

「ええ、そうです」

これについてもヘスターは正しかった。この三ヵ月のあいだアーロンもペイジも消息がわからなかった。被害者がいなければ、事件は成立しない。サイモンにはかなりの財産があること、アーロン・コーヴァルにはずいぶんと広範囲にわたる犯罪歴があることも害にはならなかった。アーロンの犯罪歴についてはすぐにサイモンにも知らされたが、それはサイモンにとって腹立たしくはあっても驚くべきことでもなんでもなかった。ヘスターとマンハッタン地方検事は人々の詮索の眼が及ばないところでひそかに取引きした。

もちろん署名もなければ、はっきりとした交換条件もなければ、不手際もなかった。それでも、そう、寄付金集めの催しはあった。サイモンとイングリッドが出席してもいいと思うなら。カリム校長があの一件があった二週間後にまた連絡してきたのだ。直接の謝罪はなかったものの、グリーン一家は〈アバナシー・アカデミー〉の〝家族〟の一員であると言い、力になりたいと申し出てきた。ふざけるな、とサイモンは言いたかった。が、アーニャがじきに一年生として入学するのだから、とイングリッドに諭され、笑みを浮かべて小切手をまた送ったのだった。これが人生というものだ。

ただ、マンハッタン地方検事との取引きでは、些細《ささい》なことながらひとつ、検事局としてもそうすぐには起訴を取り下げるわけにはいかないという但《ただ》し書きがついた。事件がバックミラーに映る景色のように充分遠ざかり、メディアが特別扱いだのなんだのと言ったりしなくなるまでの時間稼ぎはやはり必要だったということだ。

「どうして警察なんかがやってきたのか、それはわかってるの？」とミシェルは尋ねた。

「いいえ」とサイモンは答えた。

「弁護士を呼んだほうがいいんじゃないかしら」

「私も同じことを考えていました」

ミシェルは立ち上がって言った。「わたしには遠慮しないで」

「ほんとうにすみません」

「気にしないで」

オフィスのガラスの壁越しにパーティションで仕切られた部屋が見渡せた。カリルが歩いてやってきた。サイモンはうなずいて、はいってくるように合図した。

「書類の記入についてはカリルがお手伝いします。警察の用事が終わったら私も――」

「あなたはあなたのことに専念して」

ミシェルはそう言って机越しにサイモンと握手すると、カリルに連れられてオフィスを出ていった。サイモンはひとつ深呼吸をしてから携帯電話を取り上げ、ヘスター・クリムステイーンのオフィスにかけた。彼女はすぐに電話に出た。

「明確に言って《アーティキュレイト》」とヘスターは言った。

「ええ？」

「友人なら電話にこうして応答するものよね。気にしないで。何かあったの？」

「私に会いに刑事がここに来ている」

「ここって？」

「私のオフィスに」

「これって真面目《まじめ》な話なの？」

「いや、ヘスター、いたずら電話だ」

「すばらしい。わたしはこざかしい顧客《ワイズアス》が大好きなの」

「どうすればいい？」

「便所紙野郎《ワイプアス》」と彼女は言った。

「はい？」

「その便所紙野郎はわたしがあなたの正式な弁護士であることを知っているはずよ。あなたに会うなら、まずわたしに連絡しなければならないこともね」

「だったら私はどうすればいい？」

「すぐにそっちに行くわ。彼とは話さないで。あるいは彼女とは。こういうときには性差別主義者になりたくないんで言っておくと」

「彼だ」とサイモンは言った。「検事は起訴を見送ったと思ってたけど――だから事件にもなっていないと」

「そのとおり。見送ったから事件にはならない。でも、とにかくじっとしていて。ひとこともしゃべらないで」

オフィスのドアを静かにノックする音がして、イングリッドの姉のイヴォン・プレヴィディがはいってきた。義理の姉のイヴォンはモデルだった妹ほど美しくないが――いや、これはサイモンの偏見かもしれない――ファッションには妹よりはるかにこだわっていた。クリーム色のノースリーヴのブラウスにピンクの細身のタイトスカート、ヒールが十センチもある金色の鋲《びょう》のついたヴァレンティノのハイヒール。今日はそんな恰好《かっこう》をしていた。

そもそもサイモンが出会ったのはイングリッドよりイヴォンのほうがさきだった。ともに〈メリルリンチ〉の研修コースに参加したことがあり、すぐに親しい友人になった。以来二十六年になる。研修コースが終わるとほどなく、イヴォンの父親のバート・プレヴィディが成長過程にあった自分の会社にふたりのパートナーを加えた。娘のイヴォンと、のちに義理の息子となるサイモン・グリーンを。〈PPGウェルス・マネージメント〉――Pはふたりのプレヴィディ、Gはグリーンを表わしている。

そのため、次なることばが彼らの会社のモットーになった――われわれは誠実ではあるが、名前に関しては独創的とは言えない。

「あのカッコいいお巡りさんはどうしたの？」とイヴォンは尋ねた。

イヴォンとロバートには四人の子供がいて、ニュージャージー州ショート・ヒルズ郊外の洒落た地域に住んでいる。サイモンとイングリッドにも、短いあいだではあるものの、郊外に住もうとして、マンハッタンのアッパー・ウェスト・サイドのアパートメントからセンターホールコロニアル風（家の中央に玄関があり、大きなホールのあるコロニアル様式）の家に移り住んだ時期があった。サムが生まれてすぐのことだ。そんなことをしたのはそんなことをするのが当然に思えたからだ。子供がひとりかふたり生まれるまで都会に住み、それから杭垣《くいがき》と裏庭があり、いい学校と数多くのスポーツ施設が近所にある居心地のいい家に引っ越すというのが。とはいえ、サイモンもイングリッドも郊外が好きではなかった。だから初めからわかっていたことがすぐに恋しくなった——刺激、雑踏、喧騒《けんそう》が。都会では夜に散歩をしても、いつだって何かしら見るべきものに出くわすが、郊外では夜に散歩をしても……そう、何もない。広々とした土地が広がっているだけだ——しんと静まり返った裏庭。どこまでも続くサッカー場、市民プール、リトルリーグの野球場——それらはすべて閉所恐怖症患者の為せる業《わざ》としか思えない。静けさにもうんざりした。通勤することにも。で、郊外に丸二年住んでみて、またマンハッタンに戻ったのだった。

後知恵ながら、それがまちがっていたのだろうか。

そんなふうに自問して、どうにもたまらなくなる人もいるかもしれないが、サイモンはそんなふうには考えなかった。どちらかと言えば、郊外で退屈しきった子供たちのほうが都会に住む同じ年頃の子供たちより過激で危険な行動をしているからだ。それにペイジも高校では問題はなかった。問題が生じたのは、落ち着いた地方にある大学へ入学して大都会を離れてからだ。

もしかしたら、こういうのを心理学では〝正当化〟というのかもしれないが、そんなこと誰にわかる？

「彼を見たのか？」とサイモンは尋ねた。

イヴォンはうなずいた。「ちょうど受付に来たところをね。何しにきたの？」

「さあ」

「ヘスターには電話した？」

「した。こっちに向かってるところだ」

「とにかくカッコいいの」

「誰が？」

「さっき言ったお巡りさん。GQ誌の表紙を飾ってもおかしくないくらい」

サイモンはうなずいて言った。「有益な情報をありがとう」

「ミシェルの件、わたしが引き継ぐ？」

「カリルが応対してる。でも、ちょっとのぞいてくれると助かる」

「了解《ダン》」

イヴォンが部屋を出ようと向きを変えたところに、光沢のあるグレーのスーツを着た背の高い黒人がいきなり現われ、戸口をふさいだ。「ミスター・グリーン？」

なるほど。まさにGQ誌。スーツは体に合わせて仕立てられたというより、むしろ彼のために、彼のためだけに生み出され、デザインされ、つくられたかのように見えた。体に貼りつくスーパーヒーローの衣装か、第二の皮膚みたいに体にぴたりと合っていた。体型は岩のごとくがっしりしており、剃《そ》り上げた頭も完璧に整えられたひげも大きな手も、この男のすべてが〝おれのほうがカッコいい〟と叫んでいた。

イヴォンはサイモンにうなずいて見せた——〝言ったとおりでしょ？〟と言わんばかりに。

「ニューヨーク市警のアイザック・ファグベンル刑事です」

「警察にはもう来てもらう必要がなくなったはずだけれど」とサイモンは言った。

刑事はまばゆいばかりの笑みを浮かべた。それを見て、イヴォンは思わずあとずさった。

「ええ、まあ、そうです。私は通常の予約を取って、来たわけじゃない」そう言って、彼はバッジを取り出した。「ただ、いくつか質問をさせてもらいたいんです」

イヴォンは動かなかった。

「どうも」と刑事は彼女に言った。

イヴォンは手を振った。なんと珍しいことに、すぐには何も言えなくなっているのだ。サイモンは顔をしかめてから、刑事に言った。

「弁護士が今来ます」

「ヘスター・クリムスティーンですか？」

「そうです」

アイザック・ファグベンルはオフィスにはいると、勝手にサイモンの正面に置かれた椅子に坐った。「やり手の弁護士さんですね」

「ええ」

「超一流だそうですね」

「ええ。その彼女が私たちが会話をするのを望んでないんです」

ファグベンルは片方の眉を吊り上げ、脚を組んで言った。「駄目だと？」

「駄目だと」

「で、あなたは私と話すことを拒まれるんですね？」

「拒んではいません。弁護士の到着を待ちたいんです」

「ということは、今すぐ話すつもりはないということですね？」

「今申し上げたように、弁護士を待ちたいんです」

「で、私にも同じことをしろと？」

そう言った刑事の声には棘《とげ》があった。サイモンはイヴォンを眼の隅で見やった。彼女もその棘には気づいたようだった。

「そうおっしゃるんですね、サイモン？　それでいいんですね？」

「おっしゃっている意味がよくわからないんだけれど」

「ほんとうに私と話すのを拒否するのかということです」

「弁護士が到着するまでは」

アイザック・ファグベンルはため息をつき、組んでいた脚をほどくと立ち上がった。「では、失礼します」

「受付で待っていてください」

「いいえ、そうはいきません」

「彼女はすぐに来ますよ」

「サイモン？　そうそう、サイモンと呼んでもいいですか？」

「もちろん」

「あなたはクライアントを大切になさってる」

サイモンはイヴォンにちらりとやった眼をファグベンルに戻して言った。「それはいつも心がけています」

「つまり、あなたは彼らの金を無駄にするようなことはしない。ちがいます？」

「いえ、ちがいません」

「私も同じです。私の場合、クライアントは言うまでもなくニューヨーク市の納税者です。だから、あなたのオフィスの受付で金融雑誌を読んで過ごしたりして、彼らが苦労して稼いだ金を無駄にするような真似はしません。わかりました？」

サイモンは何も言わなかった。

「あなたと弁護士の都合のいいときに署に来てください」

ファグベンルはスーツを撫《な》でつけるようにして上着のポケットに手を入れると、名刺を取り出し、サイモンに渡して言った。

「では」

サイモンは名刺を見て驚いた。「ブロンクス？」

「はい？」

「名刺にはあなたの管轄はブロンクスと書いてある」

「そうです。あなたたちマンハッタンの人はニューヨークに五つの区があるのを時々お忘れになるようだが。ブロンクスのほかにもクイーンズにそれに――」

「でも、あの暴行事件」――とサイモンは言いかけ、すぐに言い直した――「暴行とされていた件はセントラルパークで起きたことで、あの公園はマンハッタンにある」

「ええ、そうです」とアイザック・ファグベンルは言い、またまばゆいばかりの笑みを浮かべた。「でも、この殺人は？　この殺人はブロンクスで起きたんです」

5

エレナ・ラミレスは足を引きずりながら、ばかばかしいほど見晴らしがよく、ばかばかしいほどだだっ広いオフィスにはいったところで、まずは避けられないことばに備えた。相手は予想を裏切らなかった。「ちょっと待ってくれ、きみがラミレスか？」

エレナはこんなふうに驚きまじりに疑われることには慣れていた。

「生身のエレナ・ラミレスです。でも、ちょっと〝身〟が多すぎますよね、でしょ？」

依頼人、セバスチャン・ソープ三世は、男には絶対に向けないようなあからさまな目つきで彼女を品定めした。そのさまは繊細さに欠けるといったような生やさしいものではなかった。それこそあからさまな真実を示していた。ソープは芬々《ふんぷん》たる金のにおいを全身から放っているような男だった——名前の最後につく「三世」、特別仕立てのピンストライプのスーツ、いかにも裕福そうな血色のいい顔、八〇年代のウォール街風にうしろに撫でつけた髪型、牡牛《ブル》と熊《ベア》の銀のカフスボタン（株式などの相場で市場のムードを表わすときに強気を〝ブル〟、弱気を〝ベア〟という）。

ソープは相手をたじろがせるような目つきと評されるにちがいない眼で彼女を見つめつづけた。

エレナが言った。「歯のチェックもします？」

そう言って、大きく口を開けてみせた。

「なんだって？　いや、いいよ、もちろん」

「ほんとうに？　ぐるっとまわりましょうか？」彼女は実際にやってみせた。「わたしのケツ、たっぷりお肉がついてるでしょ、でしょ？」

「もういい」

ソープのオフィスは、これ見よがしなアーリーアメリカン調の内装で、白とクロームで統一された室内の中央に、彼がその上でポーズを取るためのようなシマウマの毛皮のラグが敷かれていた。何もかもが見た目重視で、まるで実用的ではなかった。ご本尊はホンダのオデッセイが停《と》められそうなほど馬鹿でかい白い机の奥に立っており、机の上には写真立てが飾られていた――やたらと気取った結婚式の写真で、タキシード姿のソープがにやけた笑みを浮かべて、インスタグラムではフィットネスモデルと自称していそうな引きしまった体の若いブロンド女性の横に立っていた。

「きみはとても評判がいいそうだね」とソープはどこか弁解するような口調で言った。

つまり自分が使う金に見合ったもう少し洗練された人間を期待していたということだ――百五十センチそこそこのずんぐりとした体に、垢抜《あかぬ》けないジーンズと実用本位の靴といういでたちのメキシコ系ではなく。ソープのような手合いは彼女の名前を聞くと、ペネロペ・クルスか、しなやかな体のフラメンコダンサーを思い描く。自分の海岸沿いの別荘で夏だけ働いているような女性かもしれないなどとは思ってもみない。

「きみは誰よりも仕事ができるそうだね。ジェラルドがそう言っていた」とソープは言った。

「誰よりも高いとも言ってたはずなんで、さて、始めましょうか？　息子さんが行方不明と聞きましたが」

ソープはスマートフォンを手にしてタップすると、画面を彼女のほうに向けて言った。

「これがヘンリー、息子だ。二十四歳になる」

画像の中のヘンリーは青いポロシャツを着て、強ばった笑みを浮かべていた。とりあえず笑ってはいるが、本心からではない。そんな笑みだ。エレナはよく見ようと身を乗り出したが、机が大きすぎた。ふたりは窓ぎわに向かった。窓の外にはシカゴ川とダウンタウンという見事な景色が広がっていた。

「ハンサムな息子さんですね」と彼女は言った。

ソープは黙ってうなずいた。

「行方不明になってどれくらい？」

「三日だ」

「警察には届け出ました？」

「ああ」

「それで？」

「丁重に対応してくれた。こちらの話を聞いて、捜索願いを受理してくれて、システムだかなんだかにヘンリーを登録してくれた。しかし、それはただ単に私が……」

エレナは思った。それはただ単に彼が白人で金を持っているからだ。それだけのことだ。さらに言えば、それだけで充分なことだった。

「さらに〝しかし〟と続く気がするんですけど」とエレナは言った。

「私にメッセージを送ってきたんだ。ヘンリーが」

「いつ？」

「行方不明になった日に」

「内容は？」

ソープは画面を何回かタップしてからエレナにスマートフォンを渡した。彼女は受け取って見た。


友達数人と西へ向かう。二週間で戻るよ。


「これを警察に見せました？」

「ああ」

「それでも捜索願いは受け取った？」

「そうだ」

エレナには、黒人やヒスパニックの父親が、息子が行方不明だと届け出るために警察に行って、こんな内容のメッセージを見せたときの警官の対応が眼に浮かんだ。署内じゅうの笑い者になって追い返されるだけだろう。

「ほかにもある」──ソープはことばを探すかのように宙を見て言った──「そう、また

〝しかし〟と続くところだ」

「なんです？」

「ヘンリーは何回か警察沙汰を起こしてる」

「何をしたんです？」

「軽い罪だよ。ドラッグの不法所持」

「刑務所には？」

「もちろん行ってない。大したことじゃなかったからな。それでも社会奉仕活動を命じられた。少年法廷記録としては封印されてる。わかると思うが」

もちろん、エレナにはよくわかった。

「これまでに家出をしたことは？」

ソープは窓の外をじっと見つめた。

「ミスター・ソープ？」

「出ていったことはある。きみがそういう意味で言ったのなら」

「一度ならず？」

「ああ。だけど、今回はちがう」

「なるほど。息子さんとはうまくいってるんですか？」

ソープの顔に悲しげな笑みが浮かんだ。「以前はとてもうまくいっていた。〝親友〟だった」

「今は？」

ソープは人差し指で顎を叩きながら言った。「最近はそれほどうまくいっていない」

「どうして？」

「ヘンリーはアビーを嫌ってる」

「アビー？」

「私の新しい妻だ」

エレナは机に置かれた写真立てを手に取った。「この方が？」

「そうだ。きみの考えていることはわかるよ」

エレナはうなずいて言った。「彼女は超絶セクシーだって考えてることが？」

ソープは写真立てを取り上げて言った。「私の人物評価をしてくれとは頼んでないよ」

「わたしはあなたを評価なんかしていません。アビーを評価したんです。超絶セクシーだって」

ソープは顔をしかめて言った。「きみを呼んだのはまちがいだったようだ」

「かもしれない。でも、息子さんのヘンリーについてとりあえず何がわかっているかまとめておきましょう。その一、息子さんは友達数人と二週間ほど西へ旅に出るというメッセージをあなたに寄こした。その二、息子さんは過去にも家出したことがある——それも数回。その三、息子さんはドラッグに関わる容疑で何度か逮捕されたことがある。あとはなんでしたっけ？　そうそう、その四、息子さんは自分と歳の変わらないアビーと父親の関係を快く思っていない」

「アビーはヘンリーよりほぼ五歳も年上だ」とソープはぴしゃりと言った。

エレナは何も言わなかった。

ただソープが見る見る元気をなくすのを黙って見つめた。「きみがこのことを真剣に考えてくれてるとは思わなかったよ」ソープはそう言ってエレナを追い払うように手を振った。

「帰ってくれ」

「ええ、それはかまわないけれど、そう慌てることもないわ」

「なんだって？」

「あなたは明らかに息子さんのことを心配している。でも、問題は、それはどうしてなのかということです」

「もうどうでもいいよ。きみには依頼しない」

「簡単でいいですから」

「メッセージだ」

「それがどうしたんです？」

「説明すると馬鹿げて聞こえる」

「聞かせてください」

「ヘンリーがこれまで家出をしたときには……そう、ただ出ていっただけだった」

エレナはうなずいた。「家出をすることをわざわざ伝えてきたことはなかった。ただ何も言わずに出ていった」

「そうだ」

「今回のようにメッセージを送ってくるのは――息子さんらしくない」

ソープはゆっくりとうなずいた。

「それだけですか？」

「ああ」

「あまり説得力のある根拠ではありませんね」

「警察もそう思ったみたいだ」

ソープは両手で顔をこすった。それを見てエレナは彼がこのところ寝ていないことに気づいた。頰の血色はいいものの眼のまわりが青白かった。色をなくしていた。

「時間を割いてくれてありがとう、ミス・ラミレス。しかし、きみに仕事をしてもらう必要はなくなった」

「あら、必要だと思いますけど」

「ええ？」

「勝手にやったことですが、ここに来るまえに少し調べさせてもらいました」

そのことばにソープは興味を惹《ひ》かれた。「どういう意味だ？」

「息子さんはスマートフォンを使ってメッセージを送ってきたんですよね？」

「そうだ」

「ここに来るまえにそのスマホにｐｉｎｇを打ちました」

ソープは眉をひそめた。「それはなんなんだ？　ｐｉｎｇ？」

「ほんとうのところですか？　わたしにはまるでわかりません。それでも手短に言うと、わたしにはルーという仲間がいて、ルーは天才的なハッカーで、ｐｉｎｇができて——ｐｉｎｇがなんであれ——それを彼が携帯電話に送信すると、その携帯は自分の位置情報を打ち返してきます」

「ヘンリーの居場所がわかる？」

「ええ。理論上は」

「きみはそういうことをもうやってきた？」

「ええ。やったのはルーですけど」

「で、ヘンリーはどこにいるんだ？」

「それなんですけど、こちらからのｐｉｎｇに応答がなかった」

ソープは眼をしばたたいた。「よくわからないんだが。ヘンリーの携帯電話は……その……きみにｐｉｎｇで返事をするはずだ。きみはそう言ってるのか？」

「そうです」

「それはヘンリーが電源を切ってるということじゃないのか？」

「いいえ、ちがいます」

「ちがう？」

「ありがちな誤解ですけど。携帯電話の電源を切ってもＧＰＳはオフにならないんです」

「ということは、誰であれ人の居場所はいつでも誰でも特定できるということなのか？」

「理屈としては、警察がプロヴァイダーに情報の開示を請求する場合は、捜査令状とそれ相当の理由が必要ですけど」

「それでもきみにはそれができた。どうやったんだ？」

エレナは答えなかった。

ソープはゆっくりとうなずいて言った。「わかった。いずれにしろ――きみにはヘンリーの携帯電話からのｐｉｎｇを受け取れなかった。それはどういうことを意味するんだね？」

「可能性はいろいろあります。なんの心配も要らない可能性もね。あなたがわたしのような人間を雇うだろうと考えて、スマートフォンを買い替えたのかもしれません」

「しかし、きみはそうは思わない？」

エレナは肩をすくめて言った。「可能性は五分五分ですね。いいえ、あらゆることにもっともな説明がついて、ヘンリーは無事でいる可能性のほうが高いかもしれません」

「それでも私はきみを雇うべきだと思うのか？」

「家に強盗がはいる確率などというのは一パーセントの半分もないかもしれない。それでも人は盗難保険にはいる」

ソープはうなずいて言った。「なるほど」

「心の平穏のためだけでもわたしを雇う価値はあると思います。ほかには何もないとしても」

ソープはスマートフォンを操作して、一枚の写真を表示した。幼い子を抱いた、若い頃の彼の写真だった。「グレッチェン、最初の妻だ。私たちには子供ができなかった。手は尽くした。ホルモン剤も試したし、手術もしたし、体外受精も三回やった。で、結局のところ、ヘンリーを養子にしたんだ」

そう言って、彼は淋《さび》しげな笑みを浮かべた。

「グレッチェンは……？」

「八年まえに亡くなった。高校生になったばかりのヘンリーには辛《つら》い出来事だった。わたしは精一杯頑張った。できることはなんでもした。息子がどこかへ行ってしまうような気がしたんだ。長期休暇を取って、一緒に過ごす時間を増やしたりもした。だけど、しっかりつかまえておこうとすればするほど……」

「息子さんは離れていった」とエレナは言った。

顔を起こしたソープの眼は潤んでいた。「私はどうしてこんな話をきみにしてるんだ？」

「どんなことも聞かせてください」

「馬鹿げて聞こえるのはわかってる。でも、だからこそジェラルドに頼んだんだ。シカゴ一の私立探偵を見つけてくれって。ミス・ラミレス、ドラッグのこともある。メッセージのこともある。アビーとのこともある。それでもだ。私には息子のことはわかるんだよ。今度のことはどうにも変だ。ただそれだけのことにしろ、それでもだ。何かがおかしい。そんな気がしてならないんだ。わかってもらえるだろうか？」

「ええ」とエレナはおだやかに言った。「よくわかります」

「ミス・ラミレス？」

「エレナと呼んでください」

「エレナ、あの子を見つけてくれ」

6

弄《もてあそ》ばれている。それはサイモンにもわかった。

挑発されているのか、罠《わな》にはめられようとしているのか、いずれにしろ、刑事に手玉に取られていることだけはサイモンにもよくわかった。同時に、自分は何も悪いことをしていないこともわかっていた（「それは有罪判決を受けた者が最後に必ず言う有名な台詞よ」とあとでヘスターに言われたが）。とはいえ、こんな核爆弾を投下されて、みすみす黙って帰すわけにはいかなかった。それもファグベンルには織り込みずみなのだろうが。

「誰が殺されたんです？」とサイモンは尋ねた。

「おやおや」ファグベンルは人が人をたしなめるときの仕種《しぐさ》で人差し指を左右に振りながら、茶化して言った。「弁護士が来るまでは話してはいけないと言われた気がするけど」

サイモンはもう口の中ががらからになっていた。「私の娘なのか？」

「申しわけないが、あなたが弁護士を同席させる権利を放棄しないかぎり――」

「いい加減にしてよ」とイヴォンが横から嚙《か》みついた。「あなた、人間になれないの？」

「弁護士の同席を求める権利であれなんであれ、放棄するよ」とサイモンは言った。「弁護士がいなくても話すから」

ファグベンルはイヴォンのほうを向いて言った。

「あなたには席をはずしてもらいたい」

「ペイジはわたしの姪《めい》です」とイヴォンは言った。「彼女は無事なんですか？」

「無事かどうかは知りませんが」とファグベンルはパーティションで仕切られたエリアに眼

を向けたまま言った。「姪御さんはこの殺人の被害者ではありません」

サイモンはほっとした。心底ほっとした。それまで酸欠状態に陥っていた体のあらゆる部分に酸素が戻ったような気がした。

「だったら誰が？」とサイモンは尋ねた。

ファグベンルはすぐには答えず、イヴォンが部屋から出ていくのを待った。イヴォンはエレヴェーターのところでヘスターが来るのを待つと言って、出ていった。そこでオフィスのドアは閉められた。ファグベンルはいっときガラスの壁越しに、パーティションで仕切られた狭いエリアを眺めた。プライヴァシーが完全に保証されていないオフィスというのは来訪者にはどうしても奇異に見えるのだろう。サイモンはそう思った。

「昨夜どこにいたか教えてもらえますか、サイモン？」

「昨夜の何時に？」

ファグベンルは肩をすくめて言った。「一晩じゅうということで。そう、六時からでも」

「六時まではここにいました。それから地下鉄で家に帰りました」

「何線ですか？」

「一号線で」

「チェンバーズ通り駅から？」

「ええ。リンカーン・センター駅まで」

ファグベンルはそれがいかにも重要な情報であるかのようにうなずいて言った。「通勤にはどれくらいかかります？　ドア・トゥー・ドアで。二十分、三十分？」

「三十分かな」

「では、家に着くのは六時半頃？」

「ええ」

「家には誰かいました？」

「妻と下の娘がいました」

「息子さんもいますよね？」

「ええ。でも、サムは大学に行ってるんで」

「どこです？」

「アマースト大学。マサチューセッツ州の」

「ええ、アマーストがどこにあるかは知ってます」とファグベンルは言った。「いずれにしろ、あなたが家に帰ったときには、奥さんと娘さんがいた……」

「ええ」

「そのあと外出しましたか？」

サイモンはほんの少しだけ考えてから答えた。「二回外出しました」

「どこへ行ったんです？」

「公園です」

「それは何時のことです？」

「まず七時、それから十時。犬の散歩です」

「ほう。どんな犬を飼ってるんです？」

「雌のハバニーズです。名前はラズロ」

「ラズロというのは男の名前では？」

サイモンはうなずいた。確かにそうだった。ラズロは六歳の誕生日にサムに買った犬なのだが、サムが性別などおかまいなしにその名前にすると言って聞かなかったのだ。で、よくあることとながら、いざ飼いはじめると、サムもふたりの娘たちも約束をたがえ、結局、家族の一員で唯一犬を飼うことを渋った者が世話を引き受けることになったのだった。

つまりサイモンが。

さらに、これまたよくあることとながら、彼はラズロに夢中になった。犬の散歩が大好きになった。とりわけ一日の仕事を終えて帰宅したあとの散歩は格別で、ラズロはサイモンのことをまるで、解放されて滑走路に降り立った戦争捕虜みたいに玄関で出迎えると――それも毎日欠かすことなく――そのあとはセントラルパークなど行ったこともないと言わんばかりに脇目もふらず、サイモンを引っぱっていくのだった。

そんなラズロももう十二歳になり、歩くペースが遅くなった。耳も遠くなった。そのためサイモンが帰宅してもすぐには気づかない日もある。それがサイモンには悲しかった。想像していた以上に。

「犬の散歩だけですか、外出したのは？」

「ええ」

「では、家族三人、朝までずっと家にいたんですね？」

「そうは言ってません」

ファグベンルは椅子に坐り直して、さきを促すように両手を広げた。「話してください」

「妻は仕事に出かけました」

「奥さんはニューヨーク・プレスビテリアン病院で小児科医をなさってる、そうですね？で、ゆうべは夜勤だった。ということは、奥さんが仕事に出ていかれたあとは娘さんのアーニャとふたりだけだった」

今刑事が言ったことはサイモンとしても聞き逃せなかった。この刑事は妻の勤め先を知っている。娘の名前も知っている。「刑事さん？」

「アイザックと呼んでください」

〝無理、無理《ハード・パス》〟。うちの子供たちならきっとそう言うだろう。「誰が殺されたんです？」

いきなりオフィスのドアが開いた。ヘスター・クリムスティーンは体は小さくとも歩幅の大きな女性で、部屋に飛び込んでくると、すごい剣幕でファグベンルに詰め寄った。

「いったいぜんたいどういうつもり?」

ファグベンルはまるで気にする様子もなくおもむろに立ち上がると、ヘスターを見下ろして片手を差し出した。「殺人課のアイザック・ファグベンル刑事です。お目にかかれて光栄です」

ヘスターは相手の顔をまじまじと見て言った。「さっさとその手を引っ込めてちょうだい。手をなくすまえに──仕事同様」そう言うと、そのあと何もかも萎《しお》れさせるようなその眼をサイモンに向けて言った。「わたし、あなたにもむかついてるんだけど」

そのあともひとしきり怒りをぶちまけると、ヘスターは窓のない会議室に移動することを要求した。〝河岸《かし》を変えよう〟というわけだ。それは一種の心理作戦なのだろう。その効果のほどはサイモンにはわからなかったが。いずれにしろ、その部屋に移動したあとはヘスターがその場を完全に支配した。まずファグベンルを長い会議テーブルの一方の端に坐らせると、自分はサイモンとともにその反対側に陣取った。

そして、三人が席に落ち着いたところで、ファグベンルに向けて顎を突き出して言った。

「いいわ。じゃあ、始めましょう」

「サイモン──」

「ミスター・グリーンと呼んで」とヘスターはぴしゃりと言った。「友達じゃないんだから」

ファグベンルは一瞬、何か言い返したそうな顔をしたが、かわりに笑みを浮かべた。「ミスター・グリーン」そう言ってポケットに手を入れ、一枚の写真を取り出した。「この人に見覚えはありますか？」

ヘスターはサイモンの前腕に手を置いた。サイモンはヘスターの了解なしには質問に答えることも反応することもしない。そういうことになっていた。ヘスターの今の所作は彼にそのことを思い出させるためのものだった。

ファグベンルはテーブルの上をすべらせ、写真を寄こした。

アーロン・コーヴァルが写っていた。見るからに嫌ったらしい気取った笑みを浮かべていた。あのときも同じ笑みを浮かべていた。サイモンが殴り飛ばす直前まで。どこか野原に立っていて、うしろには木が何本か生えていた。誰かが隣りにいたのだろう。アーロンはその誰かに腕をまわしていた。ファグベンルは写真からその誰かを切り取っていた。ただ写真の左側にその肩が見えた。サイモンとしては思わざるをえなかった——ペイジ？

「見覚えはあります」とサイモンは言った。

「誰です？」

「名前はアーロン・コーヴァル」

「あなたのお嬢さんのボーイフレンド——ですね？」

ヘスターがサイモンの腕をぎゅっとつかんだ。「ミスター・グリーンにはふたりの関係を説明する義務はありません。続けてください」

ファグベンルはアーロンの気取った顔を指差して言った。「どうしてアーロン・コーヴァルを知ってるんです？」

「真面目に訊いてるの？」ヘスターがまた口をはさんだ。

「何か問題でも？　ミズ・クリムスティーン？」

「ええ、大いにあるわ。あなたは時間を無駄にしている」

「私はただ……」

「待って」とヘスターは言って手で制した。「さっきの質問であなたはむしろ自分自身を貶《おとし》めてる。わたしの依頼人がどうしてアーロン・コーヴァルを知ってるか、そんなことはわたしたち三人ともよく知ってることじゃないの。だからこうしましょう。魂胆が丸見えのあなたの巧みな弁舌に乗せられて、ミスター・グリーンもわたしも警戒心を解いたってことに。ふたりともあなたの言いなりになるから、さっさと本題にはいって」

「いいでしょう、私のほうもそれでまったく問題はありません」ファグベンル刑事はそう言って身を乗り出した。「アーロン・コーヴァルが殺されたんです」

サイモンはそのことを予期していた。それでも実際に言われてみると、ことばの重みにたじろいだ。「娘は……？」

ヘスターはまたサイモンの腕をぎゅっとつかんだ。

「娘さんはどこにいるか、私たちは把握していません、ミスター・グリーン。あなたはご存じなんですか？」

「いいえ」

「最後に会ったのは？」

「三ヵ月まえです」

「どこで？」

「セントラルパークで」

「あなたがアーロン・コーヴァルに暴行を加えたあの日ですか？」

「びっくりさせられるわね、あなたには」とヘスターが横から言った。「まるでわたしなんかここにいないみたいな口の利き方をするのね」

ファグベンルは言った。「もう一度訊きますが、何か問題でもあるんですか？」

「もう一度答えます。ええ、大ありよ。物事を決めつけて言わないで」

「実際に起きたことを説明するのに〝暴行〟ということばを使ったことがまずいんですか？」

「そのとおり」

ファグベンルは椅子に坐り直し、手をテーブルに置いて言った。「例の事件が不起訴になったのは承知してます」

「あなたが何を承知していようとわたしにはどうでもいいことよ」

「あんなに簡単に罪を逃れられるとはね。あれだけ証拠がそろっていたのに。実に興味深い」

「あなたにとって何が興味深いのか、それもわたしにはどうでもいいことよ、刑事さん。わたしはただあなたに決めつけないでって言ってるの。言い直してもらえるかしら？」

「時間を無駄にしてるのはどちらなんでしょうね、弁護士さん？」

「事情聴取はしかるべき形でやってもらいたいだけよ、凄腕《すごうで》刑事さん」

「いいでしょう。暴行が疑われているあの事件。例の事件。なんでもいい。これであなたの依頼人に答えていただけますか？」

これにはサイモンが応じた。「セントラルパークでの一件以来、娘とは一度も会ってません」

「では、アーロン・コーヴァルとは？　その後、会いました？」

「いいえ」

「じゃあ、この三ヵ月、あなたはお嬢さんともミスター・コーヴァルともまったく接触していない。そういうことですね？」

「ミスター・グリーンはそう訊かれて、すでにそう答えました」とヘスターがぴしゃりと言った。

「本人に答えさせてくれませんか？」

「まちがいありません」とサイモンは答えた。

ファグベンルは一瞬笑みを浮かべて続けた。「それはつまり、あなたと娘のペイジさんはあまり親密な関係ではないということですか？」

ヘスターはもちろん黙っていなかった。「あなたは自分をなんだと思ってるの？　ファミリー・カウンセラー？」

「意見を言ったまでです。もうひとりのお嬢さん、アーニャさんとはどうです？」

「アーニャがどうしたの？」とヘスターはさらに食ってかかった。

「さきほどミスター・グリーンから、一晩じゅうアーニャさんとふたりきりで自宅にいたと聞いたんでね」とファグベンルは言った。

「彼が……？」

「そう言ったんです、あなたの依頼人が」

ヘスターは何もかも萎れさせる視線をまたサイモンに向けた。

「ミスター・グリーン、あなたは午後十時頃、もう一度犬の散歩に出かけた。そうですね？」

「ええ」

「そのあと、あなた、あるいはアーニャさんは外出していますか？」

「はい、そこまで」ヘスターはそう言うと、両手でTの字をつくった。「タイムアウト」

ファグベンルはむっとして言った。「私としてはできたらこのまま続けたいんですがね」

「わたしとしてもできたらヒュー・ジャックマンを舐《な》めまわしたいわ。人は多少の失望を味わいながら生きていかなくちゃならない。それはわたしもあなたも同じことよ」そう言うと、ヘスターは立ち上がった。「ここで待っててもらえるかしら、刑事さん。すぐ戻るから」

ヘスターはサイモンを部屋から連れ出すと、ずっと携帯電話をいじりながら廊下をしばらく歩いた。「言わずもがなの忠告は言わないでおくわね」

「だったら私も弁解はしないでおきます。でも、わかってほしい。あのときはまだ殺されたのが娘ではないことがわからなかったんだから」

「それが連中の手よ」

「それはわかっていたけれど」

「すんでしまったことはしかたがないわ。あの刑事に何をしゃべったの？ ひとこと残らず話して」

サイモンは刑事とのさきほどのやりとりをすべて話して聞かせた。

「今わたしがテキストメッセージを送ったのは見てたでしょ？」とヘスターは言った。

「ええ」

「部屋に戻って愚にもつかないことをあなたが口走るまえに、コーヴァルが殺された事件についてはうちの調査員に詳細に調べさせておきたいわね。殺害日時も、犯行状況も、手口も、何もかも。あなただって馬鹿じゃないんだから、あのセクシー刑事がやってきて、いったい何がここで起きているのかぐらいわかってるでしょ？」

「私は容疑者扱いされている」

ヘスターはうなずいて言った。「あなたは殺された男と〝重大な事件〟を起こしている」〝重大な事件〟のところで彼女は両手の人差し指と中指を立ててクォーテーションマークをつくった。「あなたは彼を憎んでいた。ペイジの薬物問題は彼のせいだと思っていたから。となると、そう、あなたは容疑者よ。あなたの奥さんも。それと……まあ、ペイジも。わたしの見立てによれば、ペイジが第一容疑者でしょう。昨夜のアリバイはあなたにあるの？」

「さっきも言ったけれど、一晩じゅう家にいた」

「誰と？」

「アーニャと」

「ああ、それじゃ駄目だわ」

「どうして？」

「アーニャはアパートメントの中のどこにいたの？　正確に言うと？」

「自分の部屋。ほとんどは」

「ドアは開いてた？　閉まってた？」

サイモンにもヘスターの言いたいことがわかってきた。「閉まってた」

「アーニャは子供で、ドアは閉まってて、おそらくヘッドフォンで大音量の音楽を聞いていた。ということは、あなたはいつでもこっそり抜け出せた。アーニャは何時頃寝たの？　仮に十一時だとして、そのあとでも抜け出せる。アパートメントハウスの建物に防犯カメラは？」

「あるけれど、古い建物なので、カメラに映らずに外に出る方法はいくらでもある」

ヘスターの携帯電話が騒々しく鳴った。彼女は電話を耳にあてて出た。「明確に言って《アーティキュレイト》」通話相手がその指示に従うと、ヘスターの顔色が変わった。彼女のほうからはひとことも発しなかった。かなり長いあいだ。また口を開いた彼女の声は珍しく柔らかかった。「報告書をメールで送ってちょうだい」

そう言って電話を切った。

「何かわかったんですか？」とサイモンは尋ねた。

「警察はあなたがやったとは思ってない。いいえ、あなたがやったとは警察には思えないのよ」

7

アッシュはターゲットが今にも崩れそうな二世帯住宅のまえに車を停めるのを見つめた。

「あいつの運転してる車、キャデラック？」とディーディーが訊いてきた。

「たぶん」

「エルドラド？」

ディーディーは決して話すのをやめない。

「ちがう」

「ほんとに？」

「あれはATSだ。キャデラックは二〇〇二年にエルドラドをつくるのをやめた」

「なんで知ってるの？」

アッシュは肩をすくめた。ただ知っていただけだったので。

「あたしのパパはエルドラドに乗ってた」とディーディーは言った。

アッシュは眉をひそめた。「おまえの〝パパ〟？」

「何よ、あたしは自分のパパのことを覚えてないとでも言いたいの？」

ディーディーは六歳の頃からずっと里親の家を転々としてきた。アッシュが初めて里子に出されたのは四歳のときで、その後十四年、二十以上の里親家庭をたらいまわしにされた。ディーディーもおそらく同じようなものだろう。そのうち三回、合計八ヵ月、ふたりは同じ里親家庭で過ごしていた。

「パパは中古で買ったんだけどね、もちろん。ほんとおんぼろだった。車の底なんて錆《さ》びついててさ。でも、パパはあの車が大好きだった。で、あたしをまえに坐らせてくれた。シートベルトなしで。座席の革なんかそこらじゅうひび割れてて、坐ると脚の皮膚がすり剝けちゃうの。そういう車なんだけど、パパはラジオを大音量でつけて、歌ったりもした。一番よく覚えてるのがそのことね。声はよかったわね、あたしのパパは。まず微笑《ほほえ》んでから歌いだすのよ。それから車のハンドルを握らないで手首で運転するの。言ってること、わかる？」

アッシュにはよくわかった。〝パパ〟が片手で運転しながらもう一方の手を幼い娘の脚のあいだに差し込んでいたことも。しかし、今はそういうことを口に出すときではないと思った。

「パパはあのいまいましい車が大好きだったのよ」とディーディーはふくれっつらをして言った。「あのときまでは……」

意に反してアッシュは訊き返した。「あのとき？」

「あのときからいろいろ駄目になりはじめたんだと思う。パパがあの車の真実を知ったときから」

彼女が〝パパ〟ということばを発するたびに、アッシュは神経を逆撫でされるような気がした。

ターゲットが車から降りた。大柄な男だった。ジーンズに底がすり減ったティンバーランドブーツの模造品、それにフランネルのシャツ。顎ひげを生やしていて、カボチャみたいに大きな頭に小さすぎる迷彩柄のレッドソックスの野球帽をかぶっていた。

アッシュは顎で男のほうを示して言った。「あの男か?」

「そうみたい。手順は?」

ターゲットが車の後部座席のドアを開けると、少女がふたり降りてきた。ふたりとも鮮やかな緑色の学校指定リュックサックを背負っていた。男の娘たちであることはわかっていた。大きいほうのケルシーは十歳、小さいほうのキーラは八歳。

「まず待つ」

アッシュは運転席に、ディーディーは助手席に坐っていた。アッシュは三年ディーディーと会っておらず、少しまえに再会するまではてっきり死んだものと思っており、再会は気まずいものになるだろうとも思っていたのだが——時間が経ちすぎていたし、共通するものも少なすぎた——ふたりはすぐに昔のふたりに戻れた。

「で、何があったんだ?」とアッシュは尋ねた。

「何って?」

「おまえのパパのエルドラドだよ。いろいろ駄目になりはじめたって言っただろ? パパが知った真実ってなんなんだ?」

ディーディーは座席の上で坐り直した。その顔から笑みが消えていた。

「無理に話さなくてもいいよ」

「ううん。話したい」

ふたりは車のフロントガラス越しにターゲットの家を見ていた。アッシュは手を腰にやった。ホルスターに収めた銃がそこにあった。彼は指示だけ受けていた。だからあの大男が何をしたのか――リストに載っているほかの者たちもそれぞれ何をしたのか――は知らなかった。しかし、知っていることが少ないほうがいいこともある。

「魚料理の高級レストランに行ったときのことよ」とディーディーは話しはじめた。「お祖《ば》母《あ》ちゃんが死ぬちょっとまえだった。だから支払いはお祖母ちゃんがしたんだけど、パパはステーキ派だったのよ。いつもね。魚は大嫌いだった。ほんとに嫌ってた」

彼女の話がどこに行き着くのか、アッシュにはまるでわからなかった。

「いずれにしろ、ウェイターがやってきて、本日のお勧め料理を読み上げはじめたわけ。手に持った黒板にはチョークでお勧め料理が書いてあった。高級な感じでしょ？」

「うん」

「ウェイターは奇妙な節をつけて説明するんだけど、そんなふうに勧められた料理の中にこんな料理があったのよ。〝シェフが特別にお勧めしますのは――ここでウェイターは手で黒板を指すわけ。『ザ・プライス・イズ・ライト』（商品の値段をあてる、アメリカの長寿クイズ番組）で豪華賞品の車を指差すみたいに――クルミとパセリのソースを添えた、シイラ《ドラド》のグリル焼きでございます〟」

アッシュはディーディーを見やった。これまで過ごしてきた歳月はディーディーに必ずしもやさしくなかった。彼女のおいたちを知ったら誰もがそう思うだろう。彼女が体験してきたことを思えばそれは当然だ。が、アッシュには過去のどんなときより今のディーディーが美しく見えた。太い三つ編みにして背中に垂らした輝くばかりのブロンドの髪、ふっくらとした唇、染みひとつない肌。たいていの人がコンタクトか何かの化粧の効果だと思うような光り輝くエメラルド色の眼。

「パパはウェイターにもう一度言うように言ったわ。その魚の名前をね。それでウェイターが繰り返したらパパは――」

まったく。〝パパ〟はもういい加減勘弁してほしい。

「――パパはすごく怒っちゃったの。走って出ていっちゃったのよ、レストランから。ほんとに。椅子とか全部ひっくり返して。わかるでしょ、パパのあの車の名前が――超クールな車の名前が――魚の名前だったなんて！　パパにはとても受け入れられなかったのよ、わかる？」

アッシュはただ彼女を見つめた。「今の、マジな話？」

「もちろん、マジな話よ」

「それは魚の名前じゃないよ」

「ええ？　ドラドって魚、聞いたことないの？」

「聞いたことはあるさ。だけど、エルドラドっていうのは南アメリカにある伝説の黄金郷のことだ」

「でも、魚の名前でもあるわけでしょ？」

アッシュは返事をしなかった。

「アッシュ？」

「ああ」と彼はため息をついて言った。「そうだ、魚の名前でもある」

ターゲットの男が家の中から出てきて、ガレージに向かった。

「全員ちがう方法でやらなきゃいけないのか？」とアッシュは尋ねた。

「ちがうっていうのがどういうことかは別にして、事件が結びつけられるのは駄目よ」

それはつまりシカゴのときのような手は使えないということだった。が、それは逆に今回はやりようがいくらでもあるということだ。

「家を見張っていてくれ」と彼は言った。

「今日は一緒には行けないの？」

ディーディーは傷ついたように言った。

「駄目だ。ハンドルを握って、車のエンジンをかけっ放しにして、玄関のドアを見張っててくれ。誰か家から出てきたらすぐに電話してくれ」

彼は指示を繰り返さなかった。ターゲットはすでにガレージにはいっていた。アッシュもガレージに向かった。

彼がターゲットについて知っているのは次のようなことだった。名前がケヴィン・ガーノであること。高校時代の恋人、コートニーと結婚して十二年経っていること。マサチューセッツ州リヴィアのデヴォン通りに建つ二世帯住宅の二階に四人のガーノが住んでいること。ケヴィンは半年まえにそれまで七年働いていたマサチューセッツ州リンのオールストン食肉加工工場を馘《くび》になったこと。それ以来、職を探しているものの見つからず、そのため先月からコンスティチューション・アヴェニューにある旅行代理店で、コートニーが受付係の仕事を再開せざるをえなくなったこと。

ケヴィンは少しでも家族の役に立とうと、毎日午後二時には娘たちを学校に迎えにいっていた。労働者階級の多いこの近隣がひっそりとしているこの時間帯に彼が家にいるのはそのためだった。

作業台のそばに立って、ＤＶＤだかブルーレイだかのプレーヤーのネジをはずしているケヴィンのほうへ——ケヴィンはちょっとした修理の仕事でわずかな金を稼いでいた——アッシュは近づいた。ケヴィンは顔を上げると、親しげに微笑んだ。アッシュもケヴィンに笑みを返した。が、そのときにはもうケヴィンに銃を向けていた。

「おとなしくしていれば何も問題はない」

そう言って、ガレージにはいると、片手をうしろにまわしてシャッターを閉めた。銃口をケヴィンに向けたまま、決してケヴィンから視線をそらさなかった。ケヴィンはまだ手にドライヴァーを持っていた。

右手に。

「何が望みだ？」

「ドライヴァーを置いてくれ、ケヴィン。言われたとおりにすれば、誰にも危害は及ばない」

「嘘を言うな」とケヴィンは言った。

「ええ？」

「顔を隠してないじゃないか」

なるほど。

「ちゃんと変装してるから心配は要らないよ」

「嘘を言うな」とケヴィンは繰り返した。

そう言って、家に通じるドアを見た。そのドアに向けて逃げようとするかのように。

「ケルシーとキーラ」とアッシュは言った。

娘たちの名前を聞いて、ケヴィンは凍りついた。

「どちらかふたつにひとつだ。おまえが逃げようとすれば、おれはおまえを撃つ。そのあと強盗事件が最悪の結果になったように見せかける。つまり家にはいる。ケルシーとキーラは今何をしてる、ケヴィン？　宿題か？　テレビか？　おやつタイムか？　なんであれ、おれは家にはいって、ひどいことをする。死んでいてよかったとおまえが思うようなことを」

ケヴィンは頭を振った。眼にはもう涙があふれていた。「頼む」

「それとも」とアッシュは言った。「今すぐドライヴァーを放すか」

ケヴィンは言われたとおりにした。ドライヴァーがコンクリートの床に音をたてて転がった。

「わけがわからない。誰かの恨みを買うようなことなどした覚えはない。なぜなんだ?」

アッシュは肩をすくめた。

「娘たちには何もしないでくれ。なんでもする。だから娘たちだけは……」彼は気持ちを落ち着かせようと唾《つ》を呑《の》み込み、背すじを伸ばした。「で……で、どうすればいいんだ?」

アッシュはガレージの奥に進むと、ケヴィンのこめかみに銃口をあてた。そして、ケヴィンが眼を閉じるなり引き金を引いた。

銃声がガレージに轟《とどろ》き、残響がこだました。が、その音を外の誰かが聞きつけたとも思えなかった。

ケヴィンは床に倒れたときにはもう死んでいた。

アッシュは時間を無駄にしなかった。ケヴィンの右手に銃を握らせて引き金を引いた。撃った弾丸《たま》は床にあたった。これで手に硝煙が残るはずだった。そうしてケヴィンのズボンのうしろのポケットから携帯電話を取り出すと、ケヴィンの親指を使ってロックを解除した。

そして、すばやく画面をスクロールして、妻の連絡先を見つけた。

妻の名前は連絡先の中にあり、名前のまえとうしろにはハートマークがつけられていた。ハートマーク。ケヴィンは妻の名前にハートを添えていた。

アッシュは簡単な遺書を打ち込んだ。〝すまない。赦してくれ〟。送信ボタンを押してから、携帯電話を作業台の上に落とし、アッシュは車に向かった。慌てずに。足早になりすぎないように。

これが自殺として処理される確率は八十から八十五パーセントといったところだろう。アッシュはそう思った。頭部の銃創は——死体の右のこめかみにある。たいていの場合右利きの人間が自分を撃ったときにできる銃創だ。だからアッシュは、ケヴィンがどっちの手にドライヴァーを持っていたのかを確認したのだ。メッセージアプリで送られた遺書。手からは硝煙反応。余分な弾丸《たま》については、ケヴィンは一度自殺を試みたものの怖《お》じ気《け》づき、それでももう一度勇気を振り絞って決行したから——そんなふうに理由づけられるだろう。だから、自殺というすじがきが買われる可能性大だ。八十か八十五パーセント——ケヴィンが失業中で、落ち込んでいたにちがいないことも考慮すれば、おそらく九十パーセント近くの可能性だ。職務に励みすぎる警察官や、テレビドラマの『CSI：科学捜査班』を見すぎている警察官がいたら、自殺説の反証となる証拠を見つけるかもしれない。たとえば、ケヴィンを抱え起こしてから二発目を撃たせる余裕がなかったこととか。捜査費をたっぷり使って弾道を調べる鑑識官がいたら、床の近くから発射されたことがわかってしまうかもしれない。

今このときにもアッシュの姿か彼の車を見咎《みとが》めている者がいるかもしれない。その者の証言に捜査の眼が向けられるかもしれない。

あまりありそうにないことだが。

いずれにしろ、そういうことが問題になったときには、アッシュもディーディーももうとっくにここから立ち去っている。その頃には逃走車についた指紋もきれいに拭き取られ、車自体どこかに乗り捨てられている。彼らに結びつくものは何もない。

こういうことはアッシュにはお手のものだ。

車の助手席に乗り込んでも、住宅街にあるどの家のカーテンも揺らぐことはなかった。玄関のドアが開くこともなかった。通り過ぎる車もなかった。

ディーディーが言った。「あいつは……？」

アッシュは黙ってうなずいた。

ディーディーは笑みを浮かべ、車を発進させ、道路に出た。

8

イングリッドは帰宅したサイモンを玄関のドアのところで出迎え、サイモンに両腕をまわした。

「ちょうど寝入ったところだったのよ」と彼女は言った。「そうしたら警察がやってきた」

「ああ、わかる」

「いきなり眼が覚めたら、玄関ブザーが鳴りつづけてた。きっとわたしが眼を覚ますまでずいぶんと鳴らしてたんでしょう。まず配達員だろうと思ったわ。ただ、いつもは彼らが対応してくれるわけだけど」

〝彼ら〟とは彼らが住むアパートメントハウスのドアマンのことだ。イングリッドには週に一度緊急治療室での夜勤シフトがまわってくる。ドアマンはそのことを知っており、夜勤明けの日はイングリッドが日中眠っているのも知っている。だから配達員が来たら、荷物を一時預かってくれ、六時半に帰ってくるサイモンに手渡してくれることになっている。

「慌ててスウェットを着たら、警官がやってきて、アリバイを尋ねられた。まるでわたしが容疑者みたいに」

それはもちろんサイモンがすでに知っていることだった。どうして玄関のブザーを鳴らしたのか、ドアマンの説明を受けるなり、イングリッドはすぐさまサイモンに連絡した。その結果、イングリッドが訊き込みを受けるのに立ち会うために、ヘスターの事務所から弁護士がひとり遣《つか》わされたのだった。

「それと緊急治療室《ER》のメアリーからも電話があった。警察はわたしがほんとうに病院にいたかどうか、裏づけを取るのにわざわざ病院にも行ったのよ。信じられる？」

「警察はおれにもアリバイを訊いてきたけど」とサイモンは言った。「ヘスターはただの型どおりの捜査だと思ってる」

「わたしにはよく呑み込めてないんだけど。いったい何があったの？　アーロンが死んだの？」

「そう、殺されたんだ」

「ペイジはどこにいるの？」

「誰も知らないみたいだ」

犬のラズロがサイモンの脚に前肢を掛けてきた。ふたりはふたりを気づかうような愛犬の眼を見下ろした。

「ラズロを連れて散歩をしよう」とサイモンは言った。

五分後、ラズロに引き綱を強く引っぱられながら、ふたりは六十七丁目でセントラルパーク・ウェスト通りを横切った。色鮮やかで、よく見えるところにあるのになぜか見つけにくい小さな遊び場《プレイグラウンド》が左手にあった。はるか遠い昔のことのようにも思えるが、それほどまえでもない頃に、そこはふたりがペイジをよく連れてきた場所で、さらにサムもアーニャも遊ばせ、サイモンとイングリッドはよくそこのベンチに坐ったものだった。そのベンチからだと、大して頭を動かすことなく遊び場全体を見渡すことができた。そこはこの巨大な市《まち》の巨大な公園の中にいて、安全を感じることができる、自宅から一ブロックと離れていない場所だった。

彼らは有名なレストラン〈タヴァーン・オン・ザ・グリーン〉のまえを通り過ぎ、右に折れて南に向かった。おそろいの黄色いTシャツを着た――校外学習のときにはすぐに見つけられる――小学生の列が彼らを追い越した。サイモンは子供たちが声の届かないところに行くまで待って言った。

「彼の殺され方。聞いてぞっとしたよ」

イングリッドは着ている薄手のロングコートのポケットに両手を突っ込んでさきを促した。

「続けて」

「アーロンは切り刻まれていた」

「どんなふうに？」

「ほんとうに詳しく知りたいのか？」とサイモンは訊き返した。

イングリッドはかすかに笑みを浮かべて言った。「おかしなものね」

「何が？」

「だってR指定映画の暴力シーンがまともに見られないのはあなたのほうなのに――」

「きみのほうは医者だから血を見てもまばたきひとつしない」とサイモンはあとを引き取って言った。「今はそういうこともあるんだということがわかる気がする」

「そういうことって？」

「ヘスターから話を聞いても――それでも不快な気持ちにはならなかった。でも、それはたぶん現実のことだからだ。現実はただ受け入れるしかない。緊急治療室で患者をまえにしたきみみたいに。これが映画のスクリーンなら、眼をそらすことができる。でも、現実の世界では……」

声が徐々に小さくなった。

「あなた、時間稼ぎをしてる」とイングリッドは言った。

「意味もなく。ああ、わかってる。ヘスターの情報筋によると、アーロンは咽喉《のど》を掻き切られていたそうだ。ヘスターが言うには、それでも大人しい言い方だそうだ。ナイフが頸部《けいぶ》の奥にまで達し、首がちぎれそうになっていた。さらに指を三本切り落とされていた。さらに……」

「それは死後のこと？　それとも生前？」とイングリッドは医者らしい口調になって尋ねた。

「ええ？」

「切断されたときのこと。そのときアーロンはまだ生きていたの？」

「わからない」とサイモンは言った。「それは重要なことか？」

「もしかしたら」

「何が言いたいのかよくわからない」

ラズロが立ち止まり、ちょうど出くわしたコリーと尻を嗅ぎ合う挨拶を交わしはじめた。

「体を切り刻まれているとき、アーロンがまだ生きていたとしたら」とイングリッドは続けた。「誰かが彼から情報を引き出そうとしたのかもしれない」

「どんな情報を？」

「わからない。ただ、これでもう誰にもわたしたちの娘を見つけられなくなった」

「きみが考えてるのは……」

「わたしは何も考えてないわ」とイングリッドは言った。

彼らはそろって足を止めた。ふたりの眼が合った。人々がすぐ横を通り過ぎていた。ふたりともひどい恐怖を味わっていた。にもかかわらず、サイモンはイングリッドの眼の中に、イングリッドはサイモンの眼の中に、倒れ込んだ。サイモンは彼女を愛していた。イングリッドも彼を愛していた。単純きわまりない。が、要はそういうことだ。ともにキャリアを築いて子供を育てる。浮き沈みはあってもどうにかうまくやっていく。自分たちの人生を生きていく。一日は長くとも一年は短い。そんな中、時折立ち止まり、パートナーを見つめる。人生の伴侶を、寄り添って孤独な道のりをともに歩んでくれるその人をしっかりと見すえる。そんなとき人は気づくのだ。互いが互いにどれほど関わり合っているか。

「警察にしてみれば」とイングリッドは言った。「ペイジはただのジャンキーにすぎない。だからあの子を捜そうともしないでしょう。捜したとしたら、それは共犯者として逮捕するか、もっとまずいことのためよ」

サイモンはうなずいて言った。「ペイジに関するかぎりわれわれにもやれることがあるはずだ」

「ええ。アーロンはどこで殺されたの?」

「モット・ヘイヴンのふたりのアパートメントだ」

「住所はわかる?」

サイモンはうなずいた。ヘスターから伝えられていた。

「だったら、そこから始めましょう」とイングリッドは言った。

〈ウーバー〉の運転手は通りに紛争地帯にあるようなコンクリート防護壁がふたつ設置されたところで車を停めた。「これ以上は行けないね」運転手――名前はアフメド――は振り向き、怪訝《けげん》な顔をしてサイモンに言った。「ここでまちがいないんですよね?」

「まちがいない」

アフメドはまだ疑わしそうな様子だった。「欲しいものがあるなら、もっと安全な場所を知ってるけど――」

「大丈夫、ありがとう」とイングリッドが答えた。

「悪く思わないでくださいよ」

「思わないよ」とサイモンは言った。

「でも、今言ったことばのせいで評価がひとつ星になるなんてことはないですよね？」

「きみは五つ星の評価に値するよ」とサイモンは助手席側のドアを開けながら言った。

「できれば六つ星をあげたいところよ」とイングリッドも言った。

彼らはトヨタから降りた。サイモンはグレーのスウェットシャツにスニーカー、イングリッドはジーンズにセーターという恰好だった。ふたりとも野球帽をかぶっていた。イングリッドのはNとYが重なり合った、昔ながらのニューヨーク・ヤンキースの野球帽、サイモンのほうはチャリティイヴェントの景品で、ゴルフクラブのロゴがはいっていた。そのどれもがめだたず、さりげなくまわりに溶け込むための服装だったが、どれも功を奏しているとは言いがたかった。

エレヴェーターのない四階建ての煉瓦《れんが》のアパートは老朽化し、崩れかけているというより、剝がれ落ちそうで、着古して縫い目のほころびたコートさながらだった。非常階段はそっと押したただけでも崩れそうだった。金属は錆びている部分のほうがはるかに多かった。破傷風より火傷《やけど》のほうがひどいことなのかどうか。そんな問題提起をしているかのような建物だった。歩道に置かれた黒いビニール袋の上に、さんざん酷使されたマットレスが投げ捨てられ、ゴミ袋は押しつぶされ、もとの形をなくしたいびつな塊になっていた。玄関まえの階段はまるでコンクリートの粉塵《ふんじん》にまみれているかのようだった。メタリックグレーのドアには、なにやら凝ったグラフィティ文字らしきものがスプレーで描かれていた。隣りは雑草が伸び放題で、車の部品や古いタイヤが散乱しており、どういうわけかてっぺんに有刺鉄線を施した真新しい金網フェンスで囲まれていた——まるで古タイヤのようながらくたを盗みたがる者がいるとでもいうかのように。右手は、かつては立派な褐色砂岩の建物だったのだろうが、割れた窓にベニヤ板が張られていた。その侘《わび》しく絶望的なさまにサイモンの心はまたしても砕けた。

ペイジ、おれの可愛い娘はこんなところで暮らしていたのだ。

サイモンは振り返ってイングリッドを見た。彼女も途方に暮れた顔でその建物を見つめていた。そのあと彼女の視線は近くにそびえる高層の公営住宅の屋上に移された。

「どうする？」とサイモンは彼女に尋ねた。

イングリッドは周囲を見まわした。「わたしたち、あまり深く考えないで来てしまったわね、ちがう？」

彼女は落書きだらけのドアに近づき、ためらわずにノブをまわし、強く押した。入口のドアは不承不承開いた。心の広い人なら玄関間と呼ぶかもしれない場所に足を踏み入れると、鼻を刺すようなにおい——黴《かび》と腐敗の入り混じったにおい——がこもる淀《よど》んだ空気に包まれた。照明はと言えば、天井からぶら下がっているただひとつの裸電球がわずか二十五ワットの薄明かりを放っているだけだった。

ペイジはこんなところで暮らしていたのだ、とサイモンはまた思った。ペイジはこんなところで。

人生の選択、誤った決断、それに分岐点。どんな行動が取られ、どんなドアが開かれ、ペイジはこんな地獄が産んだような場所に導かれたのか。おれのせいだろうか？　もちろん、責任がないわけがない。バタフライ・エフェクト（非常に小さな事象が因果関係の末に大きな結果につながること）ということもある。ひとつのことが変わると、すべてのことが変わるというようなことも。「もし」には事欠かない——もし自分が過去に戻って変えられるなら。ペイジは文章を書くのが好きだった。あの地元の文芸雑誌社、寄付金で成り立っているような雑誌社にいる友人に、彼女のエッセイのひとつを送って出版させていればよかったのだろうか。そうしていれば、あの子はもっと書くことに打ち込んでいたのだろうか。ペイジは早期のコロンビア大学の単願受験が不合格だった。自分の母校にもっと働きかけて、昔の友人たちの多くに頼んで、入試課に口を利いてもらえばよかったのだろうか。イヴォンの義理の父親はウィリアムズ大学の理事だった。

自分が頼み込んでいれば、何かできていたかもしれない。こういったことは大きな問題だ。言うまでもない。が、どんなことでもあの子の人生の道のりを変えることができたのではないか？　ペイジは寮の部屋で猫を飼いたがった。が、サイモンはそれを許さなかった。七年生のとき、ペイジは親友のマーリーと喧嘩をした。が、ふたりが仲直りをするのに父親として何もしてやらなかった。あの子は七面鳥のサンドウィッチにチェダーチーズではなく、アメリカンチーズをはさむのが好きだった。が、彼はそれを時々忘れ、まちがったほうをはさんでしまうことがあった。

こんなことを考えていると頭がおかしくなる。

ペイジはいい娘だった。世界で一番いい娘だった。あの子は怒られることが嫌いで、怒られたときには、それがどれほど些細なことでも、叱っているほうが辛くなるほど両眼いっぱいに涙を浮かべたものだ。もしかしたら、それでも叱るべきだったのかもしれない。もしかしたら、そういうことが助けになっていたかもしれない。ただ、ペイジはあまりにも簡単に泣き、それが彼には苛立《いらだ》たしかったのだ。なぜなら、彼自身あまりに簡単に泣いてしまう人間だからだ。たいていコンタクトレンズに違和感があるふりをしたり、アレルギーがあるわけでもないのにあるふりをしたり、ただ部屋を出ることでごまかしたりしてきたが。その真実を――これまで明かす勇気が持てなかった真実を――打ち明けていたら、それであの子の心の負担をいくらかでも取り除くことができていたかもしれない。その結果、あの子は自分を抑え込もうとしなくなり、父娘《おやこ》の絆を深めようとしていたかもしれない。なのに、その父親は、父親が泣かなければ娘は安心し、より守られていると感じるだろうなどという誤った男らしさを選んでしまったのだ。そのためペイジはかえってより傷つきやすくなった。

イングリッドは歪《ゆが》んだ階段をもうのぼりかけており、サイモンがついてこないことに気づくと、うしろを振り返って言った。「大丈夫？」

彼は考えごとを振り払うと、ひとつうなずいてから、彼女のあとを追って言った。「三階だ。B号室だ」

一階と二階とのあいだの踊り場には、おそらく以前はソファだったと思われるものの残骸があった。それにつぶれたビールの缶と吸い殻があふれた灰皿がうずたかく積まれていた。向きを変え、次の階にのぼりながら、サイモンは廊下を見通した。突きあたりに白いタンクトップとすり切れたデニムという恰好の痩せた黒人が立っていた。白くて縮れた濃い顎ひげを生やしており、まるで羊を生きたまま食べているかのように見えた。

三階まであがると、〝B〟と表示された重たそうな金属のドアに〝事件現場・立入禁止〟と書かれた黄色いテープがX字形に貼られていた。イングリッドはためらうことも立ち止まることもなかった。手を伸ばしてノブをつかみ、まわそうとした。

ノブは動かなかった。

彼女はうしろにさがり、試すよう身振りでサイモンに示した。彼も試した。ひねったり、押したり、引いたりしてみた。

鍵がかかっていた。

廊下の壁は腐っていて、サイモンがパンチを浴びせれば簡単に穴があいて、そこからはいり込めそうにも見えたが、この鍵のかかったドアには降伏するつもりはないようだった。

「おい」

簡単なことばだった。自然な声音《こわね》でもあった。なのに銃弾のように淀んだ空気を粉砕した。サイモンもイングリッドもその声に驚いて振り返った。羊の顎ひげを生やした痩せた黒人の男だった。サイモンは逃げ道を探した。が、ふたりが来た廊下以外になく、その廊下は今やふさがれていた。

何も考えることなく、サイモンはゆっくりとイングリッドのまえに移動し、彼女と男のあいだに立った。

しばらく誰も何も言わなかった。三人ともその汚れた廊下に立ったまま動かなかった。階上《うえ》では誰かが親指で乱暴に弾くベースと怒れるヴォーカリストの歌の音量を上げていた。

やがて男が口を開いた。「あんたたちはペイジを捜してる」

それは質問ではなかった。

「あんた」男は骨張った指をイングリッドに突きつけて言った。「あんたはあの子の母親だ」

「どうしてわかったんですか？」とイングリッドが尋ねた。

「あんたはあの子にそっくりだからな。いや、あの子があんたにそっくりなのか？」と男は羊の顎ひげを撫でながら言った。「どっちがそっくりなのか、いつもそこがごっちゃになる」

「ペイジがどこにいるか知りませんか？」とサイモンは尋ねた。

「あんたたちはそのためにここへ来たんだろ？　あの子を捜しに？」

イングリッドが男のほうに一歩近づいて言った。「そのとおりです。あの子がどこにいるか知りませんか？」

男は首を振った。「あいにくだが」

「でも、ペイジのことはご存じなんですよね？」

「ああ、知ってるとも。おれはすぐ階下《した》の部屋に住んでるからな」

「ほかにあの子の居場所を知っていそうな人はいませんか？」とサイモンは尋ねた。

「ほかに？」

「友達とか」

すると男は微笑んで言った。「おれがあの子の友達だ」

「じゃあ、もうひとり別の友達とか」

「そんなやつはいない」男はそう言うと、顎ひげでドアを示して言った。「部屋にはいろうとしてるのか？」

サイモンは妻を見た。イングリッドが言った。「ええ、できれば見たいと思って……」

男は眼を細めて訊き返した。「見たい？　何を？」

「正直な話、それはわたしにもわからないけど」とイングリッドは言った。

「私たちはあの子を見つけようとしてるだけだ」とサイモンがつけ加えた。

男はまたひとしきり顎ひげを撫で、まるでひげを伸ばそうとするかのように毛先を引っぱって言った。「わかった。入れてあげよう」

そう言うなり、ポケットを探って鍵を取り出した。

「どうしてあなたが……？」

「さっきも言ったように、おれはあの子の友達だからな。あんたたちにもひとりくらいいるだろ？　万が一にも家から締め出されたとか、そういうときのために鍵を預かってくれる友達が？」男はふたりのほうに歩いてきた。「もし立入禁止のテープを破ったことで警察が文句を言ってきたら、あんたたちの仕業ということにするよ。さあ、中に入ろう」

部屋の中は狭苦しく汚かった。ペイジの寮の部屋の半分程度の広さしかなかった。シングルのマットレスがふたつ――ひとつは右の壁に沿って置かれ、もうひとつは左の壁に立て掛けられている。マットレスだけでベッドはない。それ以外の家具もひとつもない。

右側の隅にペイジのギターが立て掛けてあり、その横に彼女の衣類が三つの山に積み重なっていた。室内は目もあてられないほど散らかっていたが、彼女の服はきれいに畳まれていた。サイモンがその服の山を見つめていると、イングリッドが彼の手を取って強く握りしめてきた。ふたりとも同じことを思ったのだろう――ペイジはいつでも自分の服を大切に扱う子だった。

部屋の左の羽目板は血で汚れていた。

「あんたたちの娘は誰も傷つけちゃいない」と黒人の男は言った。「自分自身は別だが」

イングリッドが男に眼を向けて尋ねた。「あなたの名前は？」

「コーネリアス」

「わたしはイングリッド。この人はペイジの父親のサイモン。それはそうと、コーネリアス、あなたはまちがってる」

「というと？」

「あの子が傷つけたのは自分だけじゃない」

コーネリアスはそれについて考えると、うなずいて言った。「イングリッド、それは確かにそうかもしれん。だとしても、あの子にはまっとうな心がたくさん残っている。あんなふうになった今でも。あの子はよくおれのチェスの相手をしてくれた」彼はサイモンの眼を見て続けた。「父さんに指し方を教わったと言っていた」

サイモンはただ黙ってうなずいた。胸がつまって何も言えそうになかった。

「あの子はクロエを散歩させるのも好きだった。クロエはおれの愛犬だ。コッカースパニエルの。ペイジは言ってた。自分も家で犬を飼ってたって。その子に会えなくて淋しいってね。ペイジは確かに親御さんであるあんたたちを傷つけたかもしれんが、そうさせたのは本人の意思とは別の何かだ。おれはそいつを見たことがある。これからも見るだろう。そいつは悪魔だ——獲物をつかんで放さない。あの手この手でつけ入る隙を見つけちゃ、いつのまにか人の皮膚から血の中にもぐり込んでくる。それは酒の場合もあれば、ギャンブルの場合もある。癌《がん》やなんかのウィルスの場合もある。あるいはヘロイン、コカイン、メタンフェタミン《メス》、なんでもいい。どんな形であれ、そいつが悪魔であることに変わりはない」

コーネリアスはそう言うと、今度は床の血痕を見下ろして続けた。

「悪魔は人間の形をしていることすらある」

「アーロンのことも知っていたんですね?」とサイモンは尋ねた。

コーネリアスはじっと血痕を見つめたまま言った。「おれは今、悪魔が人の血の中にはいり込むという話をしてるんだよ」

イングリッドが相槌《あいづち》を打った。「ええ」

「悪魔自身は何もしなくていい場合もある。悪魔の手先になった人間がいる場合はね」コーネリアスは顔を起こしてふたりを見た。「おれとしても誰かの死を願いたくはないが、それでもだ——時々この部屋に様子を見にくると、やつがこのゴミ溜《た》めの中で横になって、ペイジと一緒にどうしようもなくラリってることがあった。おれはそんなやつを見て、やつがしたことを見て、憎しみのあまりどうしても想像してしまったよ……」

彼のことばはそこで途切れた。

「警察とは話をしたんですか？」とイングリッドが尋ねた。

「警察にはいろいろ訊かれたが、おれが話せることは何もなかった」

「あなたが最後にペイジを見たのはいつです？」

コーネリアスはためらった。「それをあんたたちが教えてくれるかと思ったんだが」

「どういうこと？」

廊下で大きな音がした。コーネリアスが部屋から顔を出した。若いカップルがふらふらと廊下を歩いて彼らのほうにやってきていた。互いの体に腕をまわし、どこからどこまでがひとりの人間かわからないほどべったりと手足をからませ合って。

「よう、コーネリアス」と若い男が陽気な口調で言った。「なんかあったのか？」

「問題ないよ、エンリケ。調子はどうだ、キャンディ？」

「コーネリアス、あんたって最高」

「ああ、おまえさんもな」

「部屋をクリーニングしてるのか？」とエンリケが尋ねた。

「いいや。何も問題がないか見にきただけだ」

「あいつはクソだった」

「エンリケ！」とキャンディが言った。

「なんだよ？」

「あの人は死んだのよ」

「じゃあ、あいつは死んだクソだ。これでいいか？」

そう言うと、エンリケは戸口から部屋をのぞき込み、サイモンとイングリッドに眼をとめた。「その人たちは？」

「警察の人たちだ」とコーネリアスは答えた。

とたんにカップルの態度が変わった。ふたりともだらだらするのをやめ、急に目的ができたかのようにそわそわしはじめた。

「どうも、こんばんは」とキャンディが挨拶した。

ふたりはからませ合っていた手足をほどくと、足早に歩いて廊下の突きあたりの部屋に消えた。コーネリアスはその間《かん》、ずっと笑みを浮かべていた。

「コーネリアス？」とイングリッドが言った。

「ああ」

「あなたが最後にペイジを見たのはいつ？」

彼はゆっくりと振り向き、侘しい部屋を見まわして言った。「おれが今から話すことは——警察にはひとことも話してない。理由は言うまでもないが」

ふたりは続きを待った。

「あんたたちにはつらい話になるだろう。さっきはペイジがクロエやおれの相手をしてくれたなんて、いかにも聞こえのいいことを言ったが、現実はこうだ。あの子はひどいもんだった。まぎれもないヤク中だった。あの子がおれの部屋に来るとき――というのは、チェスを指しにくるか、食いものめあてに立ち寄るときだが――こんなことは言いたくはないが、おれはあの子から眼を離さなかった。どういうことかわかるか？　あの子が何かくすねるんじゃないかと気がかりだったからだ。それがヤク中のすることだからだ」

サイモンにはよくわかった。ペイジは家でも盗みを働いていた。サイモンの財布からは現金がなくなった。イングリッドの宝石類がなくなったときには、ペイジは自分は何も知らないと言い張り、アカデミー賞ものの名演技をしたものだった。

それがヤク中のすることだ。

ヤク中。

娘はヤク中なのだ。サイモンはあえてその事実を認めまいとしてきた。が、コーネリアスの口から出たそのことばは情け容赦なくずしりと耳に響いた。

「アーロンが殺される二日まえ、おれはペイジを見かけた。この建物の入口で。おれが玄関にはいろうとしたとき、あの子がものすごい勢いで階段を駆け降りてきたんだ。転げ落ちそうなほどの勢いで。誰かに追いかけられてるみたいに。あまりに速かったんで、階段を踏みはずすんじゃないかと思ったよ」

コーネリアスはそこで視線を起こして宙を見つめた。まるで今も彼女の姿が見えるかのように。

「おれはとっさに手を差し出した。あの子が落ちるのを食い止めようとしたんだ」そう言いながら、手のひらを上に向け、さっと腕を差し伸べてみせた。「おれは呼び止めようとした。でも、あの子は全速力でおれの脇を駆け抜けて外へ出ていった。一瞬もスピードをゆるめなかった。もっとも、そういうことは初めてじゃなかったが」

「そういうことというのは？」とイングリッドが尋ねた。

コーネリアスは彼女のほうを向いて言った。「ペイジがあんなふうにおれの脇を駆け抜けていったことだ。そういうときはいつもひどく取り乱してるもんだから、おれが誰かもわからないふうだった。で、たいていは隣りの空き地に駆け込んでた。あんたたちもここに来たときに見たんじゃないか？」

ふたりとも黙ってうなずいた。

「正面には有刺鉄線が張り巡らされてるが、横にまわると破れ目があって出はいりできる。あそこからヤクを打ちに行くんだよ。ロッコのところへ」

「ロッコ？」

「地元のディーラーだ。アーロンはやつの手下だった」

イングリッドが尋ねた。「アーロンは麻薬の売人だったの？」

コーネリアスは片方の眉を吊り上げて訊き返した。「意外だったか？」

サイモンとイングリッドは無言で顔を見合わせた。もちろん、意外でもなんでもなかった。

「要はこういうことだ。ヤク中がヤク切れを起こしたら、NFLのディフェンス陣でも止められない。だから、いつもとちがったのはそこじゃなくて――あの子があんなふうに飛び出してきたこと自体じゃなくて――もっと別のことだった」

「何がいつもとちがったんです？」とサイモンは尋ねた。

「ペイジの顔は痣《あざ》だらけだった」

サイモンは耳がかっと熱くなるのを感じた。自分の声が遠くから聞こえた。「痣だらけ？」

「顔に血もついてた。手ひどい暴力を受けたみたいに」

知らず知らずサイモンは思いきり両拳を握りしめていた。激しい怒りが湧き上がり、全身の血がたぎった。ドラッグ、薬物依存、ヤク中、なんであれ――そういうことにはどうにか対処しようと思えばできる。あるいは、考えを遮断することができる。

しかし、娘が誰かに殴られたとなると話は別だ。

その瞬間の光景が眼に浮かんだ。残虐な手が拳となって――まさに今、自分が握りしめているように――握りしめられ、振り上げられ、そいつの顔に嘲笑《ちょうしょう》が浮かび、その拳が無力な娘に叩きつけられる瞬間が見えた。

あまりの怒りに気がおかしくなりそうだった。

もしそいつがアーロンだったら――そのアーロンが今この瞬間にも生きていて、眼のまえにいるとしたら――一瞬の躊躇《ちゅうちょ》もなく、考えるまでもなくやつを殺すだろう。なんの後悔も罪悪感もなく。

やつの息の根を止めるだろう。

イングリッドの手がそっと腕に触れてきた。怒りでわれを忘れかけた夫を現実に引き戻すかのように。

「あんたの気持ちはわかる」とコーネリアスはサイモンの眼を見て言った。

「それで、あなたは何をしたんです？」とサイモンは尋ねた。

「おれが何かしたと誰が言った？」

「私の気持ちがわかると言ったから」

「だから何かしたという意味じゃない。おれはあの子の父親じゃない」

「じゃあ、あなたはただ黙って肩をすくめて、いつもどおりの一日を過ごした？」

「かもしれない」

サイモンは首を振った。「それほどの状況をあなたが黙って見過ごしたとは思えない」

「あの男を殺したのはおれじゃない」とコーネリアスは言った。

「仮にあなただったとしても」とサイモンは言った。「その事実がこの部屋の外に洩れることはない」

コーネリアスはイングリッドをちらりと見やった。彼女は大丈夫とばかりにうなずいて言った。

「最後まで話してください」

コーネリアスは灰白色《かいはくしょく》の顎ひげをいじると、もう一度室内を見まわして顔をしかめた。まるで今初めてこの部屋に足を踏み入れ、その汚さに気づいたかのように。それから口を開いた。

「おれはここまで上がってきた」

「それで？」

「この部屋のドアを力まかせに叩いた。鍵がかかっていた。だから今日やったみたいに自分の鍵を使って、ドアを開けた……」

階上《うえ》で流れていた音楽がやみ、室内はしんと静まり返った。

コーネリアスは右側のマットレスに視線を落として言った。「アーロンがそこで意識をなくしていた。ひどいにおいがした。息もできないほどの悪臭だ。おれはただもうそこを逃げ出して、すべてを忘れてしまいたかった」

彼はそこで口をつぐんだ。

「それで、どうしたんです？」とイングリッドが尋ねた。

「やつの指の関節を確かめた」

「ええ?」

「アーロンの右手の指の関節だ。皮膚がすり剝けていた。それもたった今すり剝けたばかりの痕だった。それですぐにわかった。この男がペイジに暴力を振るっていたのはまちがいない。おれはやつを見下ろして……」

彼はそこでまた口をつぐんだ。今度は眼も閉じていた。

イングリッドが彼に歩み寄って言った。「大丈夫」

「さっきも言ったが、イングリッド、おれはその瞬間に夢想したんだ。下手《へた》をしたら……それ以上のことをしていたかもしれない。きっかけさえあれば。たとえば、そう、もしあのろくでなしが眼を覚ましていたら。もしやつが眼を覚まして、自分のしたことを正当化しようとしたら。そうなっていたら、おれはその場で怒りを爆発させていたかもしれない。おれの言ってる意味がわかるか? つまりこういうことだ。おれはそこに突っ立って、眼のまえに転がった人間のくずをじっと見下ろしていた。そして、思ったわけだ。ここまでのものを見た以上、さすがにおれも何かしてしまうんじゃないかと。ただ首を振ってこの場を離れるだけじゃすまないかもしれないってな」

コーネリアスはそこで眼を開けて言った。

「だけど、おれは何もしなかった」

「あなたはただ部屋を出ていった」とイングリッドが言った。

彼はうなずいた。「そこへエンリケとキャンディが廊下をやってきた。ちょうど今日と同じように。おれはドアを閉めて、そのまま階下《した》へ戻った」

「それで終わり？」

「それで終わりだ」

「それ以来ペイジを見ていない？」

「見ていない。アーロンも。だからあんたたちふたりがやってきたとき、おれはひょっとしたら思いちがいをしてるんじゃないかと思ったんだ」

「どういうことです？」

「ひょっとしたら、ペイジはあの空き地には行かず、ロッコにも会わなかったのかもしれない。ひょっとしたら、あの子は家に逃げ帰って、ママとパパに事情を話したのかもしれない。それで両親がここまでやってきたのかもしれない……なにしろ血を分けた娘のことだ。親とはそういうものだ。想像するだけじゃすまなかったんじゃないか。おれはとっさにそう思ったわけだ」

コーネリアスはそう言うと、ふたりの顔をじっと見つめた。

「でも、そうじゃなかった」とサイモンは言った。

「ああ、それは今わかった」

「私たちはあの子を捜しにきたんです」

「それもわかった」

「あの子がここを逃げ出したあとの足取りをたどらないと」

コーネリアスはうなずいて言った。「それはつまり、ロッコに会いにいく必要があるってことだな」

9

コーネリアスはロッコの見つけ方をふたりにこんなふうに教えた。「フェンスの破れ目をくぐって敷地の奥に進むと、廃墟《はいきょ》になった建物がある。やつはその中にいるはずだ」

いったい何が待ち受けているのか、サイモンには想像もつかなかった。

テレビでは何度となく見ていた。都心の廃墟で交わされる麻薬取引き。黒いバンダナに腰《こし》穿《ば》きジーンズ、銃を手にした黒人の男たち。未成年なら捕まっても出所しやすいからという理由で、自転車で運び屋をさせられる子供たち。もっとも、そういう〝現状〟というのは、単にテレビがでっち上げただけのものかもしれないが。そんなことを思いながら、イングリッドと一緒にフェンスの破れ目のまえに立った。あたりには誰もいなかった。武装した見張りも誰もいない。遠くのほうでかすかに声がした。奥の廃墟から聞こえてくるのだろうが、そこで待ち受ける脅威はまだ眼には見えない。

見えないからと言って、この状況が安全ということにはならない。

「さて」とサイモンは言った。「またなんの計画もなしに来てしまったけれど――ここからどうする？」

「見当もつかない」

ふたりはフェンスの破れ目を見下ろした。

「まずは私がひとりで行くよ」とサイモンは言った。「危険があるといけないから」

「わたしをここに置き去りにするの？　そうね、それなら安全ね。なんの危険もないわね」

イングリッドの皮肉はもっともだった。

「きみは家に帰れと言うこともできるけれど」とサイモンは言った。

「言うだけならね」イングリッドはそう言うなり、金網をつかんでフェンスの破れ目をくぐり抜け、荒れ放題の空き地にはいった。

サイモンも急いであとに続いた。雑草が膝の上まで生い茂っていた。ふたりとも深い雪の中を歩くように足を持ち上げながら進んだ。そこらじゅうに転がっている錆びついた車軸や軸受《じくうけ》、ずたずたのホースや溝付きタイヤ、粉々に砕けたフロントガラスやひび割れたヘッドライトにつまずかないように気をつけて歩いた。

ふたりは賢明な判断で――型どおりとも言えるが――このトレッキングに備えていた。イングリッドは身につけた宝石類をすべて取りはずしていた。結婚指輪と婚約指輪も含めて。サイモンは大した金額にはならない結婚指輪だけを身につけていた。ふたりの持ち合わせは併せて現金百ドル程度だった。これなら身ぐるみ剝がれたとしても――自分たちは麻薬取引きの巣窟《そうくつ》に足を踏み入れようとしているのだから、その可能性は充分あった――被害は知れている。

廃墟の地下に通じる鋼鉄製のドアは開いていた。サイモンとイングリッドは暗がりをのぞき込んだ。コンクリートの床が見えた。ほかには何もない。奥のほうから音が聞こえてきた。くぐもった話し声、囁《ささや》くような声、軽い笑い声。イングリッドがさきに一歩踏み出した。サイモンとしては妻に先陣を切らせるわけにはいかなかった。すぐさま彼女のまえに出て、階段を駆け降り、イングリッドが二段目を踏むより早く、じめついたコンクリートの床に降り立った。

まず悪臭が鼻をついた――いつ嗅いでも胸が悪くなるような硫黄臭。それに、腐った卵が何かもっと化学的な物質と混ざり合ったような、舌に残りつづけるアンモニアのような味もした。

さっきよりはっきりと話し声が聞こえた。サイモンは声のするほうへ歩きはじめた。足音をひそめようとも、気配を殺そうともしなかった。わざわざ忍び寄るのは得策とは言えない。

不意を突かれた連中に馬鹿な真似をされてはたまらない。

やがてイングリッドも彼に追いついた。ふたりで地下の中央の部屋まで来ると、とたんにスウィッチを切り替えたかのように話し声がやんだ。サイモンはその場の光景をまじまじと眺めた。そうするうちにも悪臭に耐えきれなくなり、努めて口で息をした。右のほうに人が四人、手足を広げて横たわっている。まるで体のどこにも骨がないかのように。あるいは脱ぎ散らかされた靴下のように。室内は薄暗かった。大きく見開かれた彼らの眼がくっきりときわだって見える。床には破れた布団と、ビーンバッグ・チェアのなれの果てのようなものが転がっている。かつて安ワインのケースとして使われた段ボール箱がテーブルがわりに置かれ、その上にスプーンやライターやバーナーや注射器が散乱している。

誰も動かなかった。サイモンとイングリッドはただそこに立ち尽くした。床に転がった四人は――ほんとうに四人？　もっといるかもしれない、この薄明かりの中ではなんとも言えない――微動だにしていない。あたかも周囲に溶け込むように偽装されていて、そのままじっとしていれば見つからずにすむとでもいうように。

さらに数秒が過ぎて、ようやく誰かが動きはじめた。床に寝ていたひとりの男だ。男は山のような巨体を起こしてのっそりと立ち上がった。海から姿を現わしたゴジラさながら。男の全存在が途方もない大きさにふくらみ、部屋の空間を一気に満たした。背を伸ばして立つと、男の頭は天井すれすれだった。重い足取りでふたりに近づいてきた。二本脚の惑星みたいに。

「これはこれは、いったいなんのご用かな?」

いかにも陽気な人あたりのよさそうな口調だった。

「ロッコという人に会いにきたんだけど」とサイモンは言った。

「そいつはおれのことだ」

大男はそう言って、手を差し出した。まるでニューヨークで毎年おこなわれるメイシーズの感謝祭パレードに登場する巨大バルーンの手だった。握手を交わしたサイモンの手はたちまち分厚い肉のひだに埋もれた。ロッコの顔は笑うとぱっくりふたつに割れた。イングリッドと同じくヤンキースの野球帽をかぶっていたが、ロッコの場合はどこぞの球団マスコットさながら、丸々とした大きな頭に小さな帽子がちょこんとのっかっているように見えた。黒い肌に黒い髪。カンガルーポケットの付いた麻のパーカーにデニムの短パン、〈ビルケンシュトック〉らしきサンダルという恰好だった。

「このおれにいったいなんの用かな?」

依然として気さくで愛想のいい口調だった。ハイになっているせいもあるかもしれない。室内にいるほかの連中はそれぞれの作業に戻ったようだった。ライターやバーナーや、得体の知れない——少なくともサイモンにはなんだかわからない——粉や何かがはいったビニール袋を使って。

「娘を捜してるの」とイングリッドが言った。「名前はペイジ」

「あの子が最近ここに来たことはわかってる」とサイモンは付け加えた。

「ほう？」ロッコはギリシャ・ローマ建築の柱を思わせる太い腕を組んで訊き返した。「どうしてそんなことがわかるのかな？」

　サイモンはイングリッドと顔を見合わせてから答えた。「そう聞いたから」

「誰《フー》？」

　すると床に寝たままの誰かが叫んだ。「〝誰から《フーム》〟！」

「なんだって？」

　白人のヒップスターがいそいそと床から立ち上がった。ソウルパッチの顎ひげを長く伸ばし、合成皮革のワークブーツにスキニージーンズの裾をたくし込んでいた。「〝誰から〟聞いただ、〝誰〟聞いたじゃない。頼むぜ、ロッコ。前置詞句は正しく使ってくれよな」

「ああ、そうだな、すまん」

「あんたがそんなくだらないまちがいを犯すとはな」

「ちょっとまちがえただけなんだから、それくらいで騒ぐなよ」ロッコはそう言うと、またサイモンとイングリッドのほうを向いて尋ねた。「なんの話だっけ？」

「ペイジ」

「そうだった」

沈黙ができた。

「ペイジのことは知ってるね?」とサイモンは尋ねた。

「ああ、知ってる」

「あの子は」——イングリッドはいったんことばを切り、どう言ったものか考えてから続けた——「あなたの顧客だった?」

「おれは客の話はしない。あんたたちがおれの商売をなんだと思ってるかは知らんが、とにかくこの商売は守秘義務で成り立ってるんでね」

「あなたの商売に興味はないわ」とイングリッドは言った。「わたしたちは娘を見つけたいだけよ」

「あんたはなかなか立派な女性のようだ、ミス……?」

「グリーン。敬称はドクター」

「ドクター・グリーン、あんたは立派な女性のようだ。悪く取らないでほしいんだが、あんたのまわりを見てごらん」そう言いながら、ロッコは腕を大きく広げてみせた。この地下全体を抱きしめようとでもいうように。「ここがあんたの大事な家族が隠れていそうな場所に見えるかな?」

「やっぱりそうなのか?」とサイモンは尋ねた。

「何が?」

「ペイジは私たちから隠れてるのか?」

「そいつはなんとも言えないな」

「一万ドルと引き換えなら教えてくれるか?」とサイモンは尋ねた。

室内が一気に静まり返った。

ロッコがふたりのほうにぬっと迫ってきた。インディ・ジョーンズの一作目の映画で転がってくる大岩のように。「もうちょっと声を抑えてくれ」

「オファーは有効だ」とサイモンは言った。

ロッコは顎をさすりながら尋ねた。「その一万ドルは今ここにあるのか?」

サイモンは顔をしかめて答えた。「いや、それは、もちろんないけれど」

「ここにはいくらあるんだ?」

「八十ドルか、せいぜい百ドルだ。どうしてそんなことを訊く? 私たちの金を奪うつもりか?」サイモンは声を大きくして続けた。「さっき言ったとおりだ。ここにいる誰でもいい。ペイジの居場所を教えてくれた人に一万ドル払う」

イングリッドがロッコを見上げ、彼の眼を自分に向けさせてから言った。「お願い。ペイジはきっと危険にさらされてる」

「アーロンがあんなことになったからか?」

とたんに部屋の空気が一変した。ロッコがその名を口にしただけで。

「そのとおりよ」とイングリッドは言った。ロッコは首を傾《かし》げて尋ねた。「ドクター・グリーン、やつの身にいったい何があったと思う?」

相変わらずおだやかで落ち着き払った口調だった。が、サイモンはそれ以上の何かを聞き取ったような気がした。ほんのわずかな険《けん》を、ごく小さな棘《とげ》を。わかりきっていたはずの事実が今ようやく実感となって襲ってきた。確かにロッコは表向きの愛想はいいかもしれない。生きて動く巨大なテディベアのように見えるかもしれない。

しかし、実際にはロッコは自分のシマを持つ麻薬ディーラーなのだ。

アーロンがあれほどむごたらしく殺されたのは、麻薬がらみの殺人だったからだ。少なくともそう考えられる。なおかつ、そのアーロンがロッコの手下だったということは……

「アーロンのことはどうだっていいの」とイングリッドが言った。「ここがどういう場所であれ、あなたの商売がなんであれ、そういったことはわたしたちにはどうでもいいの。アーロンの身に何があったにしろ、ペイジはそれとはなんの関係もないから」

「どうしてわかる?」とロッコが尋ねた。

「はい?」

「いや、真面目な話。アーロンの身に起きたことにペイジがなんの関係もなかったなんて、どうしてわかる?」

今度はサイモンが訊き返した。「ペイジを見たことがないのか？」

「あるけど」

「だったらわかるはずだ」

ロッコはゆっくりとうなずいて言った。「確かに見た目はひょろひょろだ。風が吹いたら倒れるかもしれない。だからと言って、あの子が男をクスリ漬けにできないとはかぎらない。相手が意識をなくしてるあいだに、そいつをずたずたに切り刻めばいいだけのことだ」

「一万ドルだ」とサイモンは繰り返した。「私たちは娘を家に連れて帰りたいだけだ」

じめついた地下室は依然として静まり返っていた。ロッコは無表情で突っ立っている。どうしたものか考えているのだろう。サイモンはそう思い、それ以上は何も言わずに待った。イングリッドもそのあとは何も言わなかった。

やがて誰かが言った。「あんた、見たことあるぞ」

サイモンは部屋の隅のほうを振り返った。さっきも口を出してきた、文法にうるさいヒップスター男だった。男はサイモンを指差すと、ぱちんぱちんと指を鳴らしはじめた。「やっぱりそうだ」

「なんのことだ、トム？」

「ほら、あいつだよ、ロッコ」

「どいつだ？」

ヒップスター・文法男・トムは親指をベルト通しに引っかけ、ジーンズを引っぱり上げながら答えた。「あの動画のおっさんだよ。公園でアーロンを殴った」

ロッコはパーカーのカンガルーポケットに両手を入れて言った。「おっと。言われてみりゃそのとおりだ」

「言っただろ、ロッコ。あのおっさんだ」

「まちがいない」ロッコはサイモンににやりと笑みを向けた。「あんたはあの動画のおっさんか？」

「ああ、そうだ」

ロッコはわざと降参するように両手を上げ、あとずさりしながら言った。「お願い、ボコらないで。勘弁してください」

ヒップスター・文法男・トムは声をあげて笑った。ほかの数人からも笑い声があがった。そののちにサイモンはこう振り返ることになる――次の瞬間、はっきり危険を感じたと。そのときにはまだ手遅れにはならなかったのに。

人間にはやはりそういう原始的な感覚が備わっているのかもしれない。人類が常に危険にさらされていた石器時代に発達し、今では使われなくなった生存のためのメカニズムだ。そうした第六感や本能と呼ばれるものが現代社会で呼び覚まされることはめったになくなったとしても、それ自体は今でも存在しているのかもしれない。潜在的な力はそのままに、人間のDNA構造の奥深くに眠っているだけなのかもしれない。

その若者がよろめきながら地下室にはいってきた瞬間、サイモンには首すじが総毛立つのがわかった。

ロッコが言った。「ルーサー？」

次に起きたことまで二秒もかからなかった。

ルーサーは上半身裸だった。毛のない胸がてらてらと光っていた。歳は二十代前半、体型は筋肉質で痩せていた。ゴングが鳴るのを待ちきれないバンタム級のボクサーのように爪先でステップを踏んだかと思うと、サイモンとイングリッドを見るなり眼を見開き、一瞬の躊躇もなく銃を取り出した。

「ルーサー！」

ルーサーは銃を構えた。ひとことの警告もなく、瞬時に狙いをつけ、引き金を引いた。

バン！

弾丸《たま》がサイモンの鼻先をかすめ——誇張でもなんでもなく——うなりをあげて通り過ぎた。

サイモンはとっさにゴルフ場での出来事を思い出した。義兄のロバートがシャンクしたボールが鼻先をかすめ、隣りにいたキャディを直撃して脳震盪《しんとう》を起こさせたときのことだ。比較するのもまぬけな話だが、そんな記憶が——ニュージャージー州パラマスでのゴルフ体験が——脳裏をよぎった。さらに弾丸《たま》がうなりをたてて通過した次の瞬間、サイモンの頬に血が飛び散った。

血……

イングリッドが白眼を剝いてくずおれた。

サイモンはスローモーションで倒れる妻を見つめた。闘うにしろ逃げるにしろ、そんな判断を担う原始的な生存本能などもはやどこにもなかった。イングリッドが、彼の全世界が、血にまみれてコンクリートにくずおれるのをただ呆然《ぼうぜん》と見つめた。すでに別の本能が動きだしていた。

彼女を守るんだ……

とっさに腹這いになり、妻の体に覆いかぶさった。必死で身を盾にして彼女を覆い隠そうとしながらも、まだ息があるか、傷口はどこか、出血を止められるかどうか見きわめようとした。

意識のどこかではわかっていた——ルーサーがまだそこにいて、もう一度撃つつもりで銃を構えていることはわかっていた。それでもその考えは二の次だった。

彼女を守る。死なせてはならない。それだけだ……

危険を承知で相手を盗み見た。ルーサーが歩み寄り、サイモンの頭に銃を突きつけた。いくつもの考えが頭の中を駆けめぐった——蹴り上げろ、転がれ、どうにかして攻撃するんだ、どんな手を使ってでも、こいつがもう一度撃つまえに。

しかし、できることなど何もなかった。それは自分でもわかっていた。

もはやどうあがいたところで自分は助からない。サイモンは精一杯イングリッドを引き寄せ、体を丸めて彼女をかばった。せめてイングリッドには弾丸《たま》があたらないように。顔を伏せて彼女の顔に近づけ、全身を固くして身構えた。

銃声が轟《とどろ》いた。

それと同時にルーサーが倒れた。

10

アッシュはコーヒーを注いだカップをテーブルに置いた。ディーディーは頭を垂れて祈りを捧げた。アッシュは呆《あき》れてぐるりと眼をまわしたくなるのをこらえた。ディーディーはいつもと同じフレーズで祈りを締めくくった――〝輝ける真理のとこしえならんことを〟。

アッシュは彼女と向かい合って坐っていた。次のターゲットの名前はダミアン・ゴース。ニュージャージーの小規模ショッピングモールでタトゥー店を経営している。店はふたりが今いる場所から幹線道路をはさんだ向かいにある建物。ふたりは店先に顔を向け、日除《ひよ》けに書かれた店名に眼を凝らした。

ディーディーがくすくす笑いだした。

「何がそんなにおかしいんだ？」

「店の名前が」

「名前のどこが？」

「だって、〈その場でタトゥー〉よ」とディーディーは言った。「考えてみて。その場でタトゥーを入れる以外にやりようがある？　〝よう、いっちょ頼むぜ、こいつがおれの腕だ、ここに髑髏《スカル》とクロスした骨のタトゥーを入れといてくれ、二時間後に取りにくるからよ〟？」

彼女はそう言うと、手で口を覆ってひとしきり笑った。なんともあどけなく微笑ましい仕種だった。

「言われてみれば確かに」とアッシュは言った。

「でしょ？　〈その場でタトゥー〉。第二候補はなんだったのかな？」

今やアッシュも笑いだしていた。彼女のジョークがちょっとばかり面白かったこともあるが、それより彼女のくすくす笑いにつられることのほうが多かった。まったく、ディーディーには振りまわされっぱなしだ。たまらなく苛々《いらいら》させられることがあっても――それはまちがいない――それよりアッシュは終わりが来るのが怖かった。じきにこれらの仕事が終わり、彼女がまた自分の人生から姿を消すことのほうが。

彼の思いつめたような視線に気づいて、ディーディーが尋ねた。「どうしたの？」

「そうかもしれないけど、あたしはもう決めたの」

「なんでもない」

「アッシュ……」

ややあって、彼は思いきって言った。「なあ、戻るのはやめろよ」

ディーディーはいつ見ても吸い込まれそうにきれいなグリーンの眼で彼を見上げた。「そういうわけにはいかないの」

「〝輝ける真理〟とか言ってるけど、あれはカルトだ」

「あんたにはわからないのよ」

「それこそカルト信者の決まり文句だ。どうするかは自分で決めていいんだよ」

「あたしには輝ける真理しかないの」

「そんなこと言うなよ、ディーディー」

彼女は椅子に深く腰かけて言った。「あっちではディーディーじゃないの。言ってなかったけど」

「どういうことだ?」

「〈真理の聖域〉では〝ホリー〟って呼ばれてるの」

「マジで?」

「マジで」

「名前を変えさせられたのか?」

「別に何かを変えさせられたとかじゃなくて、ホリーがあたしの真理だってことよ」

「名前を変えるなんて、それこそカルトの洗脳手段の基本中の基本だぞ」

「新しい名前はあたしが生まれ変わった証《あか》しなの。あたしはディーディーじゃないってこと。ディーディーにはなりたくないってこと」

アッシュは顔をしかめた。「じゃあ、おれにもホリーって呼んでほしいのか?」

「あんたは別よ、アッシュ」彼女はテーブル越しに伸ばした手を彼の手に重ねた。「あんたは昔からずっとホリーを見てくれてたから。あんただけよ、そんなふうにあたしを見てくれたのは」

アッシュは彼女の手のぬくもりを感じた。ふたりはしばらくそのまま動かなかった。アッシュは思った——このまま時間が止まればいいのに。馬鹿げた考えなのはわかっていた。この瞬間はすぐに終わる。何もかもがすぐに終わってしまう。それでもあと少しだけでも。そのすべてを噛みしめるように彼はじっとしていた。

そんな彼の気持ちをすっかり見通しているかのように、ディーディーがにっこりと微笑んだ。ほんとうに見通しているのかもしれなかった。ディーディーにはいつでも彼の心を読むことができる。ほかの誰にも真似できないやり方で。

「心配しないで、アッシュ」

アッシュは何も言わなかった。ディーディーは彼の腕をぽんぽんと叩くと、急に手を引っ込めたりしないよう、ゆっくりその手を離して言った。

「もうこんな時間。そろそろ準備しないと」

アッシュはうなずいた。ふたりは盗んだナンバープレートを取り付けた盗難車に乗り込み、幹線道路を北上してダウニング通りにはいった。スーパーマーケット〈ショップライト〉の裏まで来ると、監視カメラの眼が届かない出口のそばに車を停めた。そこから歩いてちょっとした雑木林を抜け、タトゥー店の裏に出た。

アッシュは腕時計を見た。閉店二十分まえ。

殺人というのはシンプルなものだ。よけいなことをしないかぎり。

アッシュはすでに手袋をはめていた。服装は頭から爪先まで黒ずくめだった。目出し帽だけはずっとかぶっていると暑いし痒《かゆ》くなるので脱いでいたが、いつでもかぶれるようにしていた。

タトゥー店の裏には錆びついた緑の大型ゴミ収集器が置いてあった。店の側面の窓に赤いネオンサインが掲げてある。〈ボディピアス――全身どこでも〉。店内を掃き掃除している人のシルエットが見える。駐車場に残っている車は二台。一台はこの日最後の客のものであってほしいトヨタ・タンドラのピックアップトラック。もう一台は幹線道路からは見えない奥のゴミ収集器のそばに停めてある、ボディに木目調パネルを張ったフォード・フレックス。ダミアン・ゴースの車だ。

ふたりが事前に情報員——と言うほどでもないが——から得た情報によると、店じまいはいつもゴース自身がしているとのことだった。

ふたりの計画は次のとおり。まずはダミアン・ゴースが店を閉めるのを待つ。それから車に乗り込もうとする彼に歩み寄って殺害する。そうして強盗事件が最悪の結果になったように見せかける。

アッシュの耳に店のドアベルがちりんと鳴る音が聞こえた。赤毛の長髪をポニーテールにした男が玄関ドアから出て店内を振り返り、大声で言った。「ダミアン、ありがとな」

ダミアンもポニーテールの男に向かってなにやらことばを返したが、何を言ったかまでは聞き取れなかった。ポニーテールの男はうなずくと、砂利を踏みしめながらトヨタ・タンドラに向かった。腕一面がアフターケアの包帯で覆われていた。男は満面の笑みを浮かべて自分の腕を眺めながら歩いていた。

「あの人、受け取りに戻ってきただけかもよ」とディーディーが囁いた。

「ええ?」

「腕を。〝その場で〟じゃないパターンかも」

店内で立ち動いていたシルエットが掃き掃除をやめた。

ディーディーはくすくす笑いながら、ポニーテールの男がトヨタに乗り込み、エンジンをかけて幹線道路に出ていくのを見送った。

それからアッシュのほうに身を寄せてきた。きれいな女だけが発するにおいがした。スイカズラやライラックに似た、なんとも言えずかぐわしい香り。あまり近寄られると気が散ってしまう。それは困る。

アッシュは少しばかり彼女から離れ、目出し帽をかぶった。

店内の明かりが消えた。

「いよいよね」とディーディーが言った。

「おまえはここにいろ」

そう言うと、アッシュは身を低くして駐車場の奥に近づき、木のうしろにしゃがんで待った。待ちながらフォード・フレックスに眼をやった。偽の木目が張られているおかげでファミリーカーのように見える。ゴース自身は未婚で子供もいないが。ひょっとしたら彼の母親の車なのかもしれない。あるいは父親の。事前にもっと時間があれば、アッシュ自らそうした情報を調べ上げていただろう。とはいえ、そこまで知ることが——駄洒落《だじゃれ》になるが——やりすぎ《オーヴァーキル》になることもある。

黙って仕事をしろ、片づけたら次に行け、なんの痕跡も残すな。

それ以外のことはどうでもいい。アッシュは自分にそう言い聞かせた。

順を追って考えることも役に立つ。車まで近づくのには十秒もかからないはずだ。ためらうな。相手に反応する隙を与えてはいけない。まっすぐ歩み寄って、胸に二発ぶち込め。通常なら頭を一発で撃ち抜くところだが、そうしない理由はふたつある。第一に、強盗はおそらくそんなやり方はしないからだ。第二に、すでにケヴィン・ガーノが頭を一発撃たれて死んでいるからだ。

同じ手口は繰り返さない。

もちろん、ダミアン・ゴースとケヴィン・ガーノを結びつける要素はひとつもない。アッシュはメーカーも構造もまったく異なる拳銃をまったく異なる手段で入手して使っている。片やガーノの死はボストン地区で起きた〝自殺〟、片やゴースの死はニュージャージーで起きた〝強盗致死〟。

警察がふたつの事件の関連性に気づくことはない。

それだけではない。ケヴィン・ガーノとダミアン・ゴースだけでなく、それ以外の全員についても、アッシュは互いになんの関連も見いだせなかった。年齢は二十四から三十二までと幅があり、居住地も全国ばらばらだった。それぞれ異なる学校を出て、異なる仕事に就いていた。とはいえ、何かしら重なる点はあるはずだ。ターゲット同士を結びつける何かが。もっとしかるべき情報があれば、あるいはもっと時間があれば、それが何かわかるかもしれないが。

残念ながら、今のアッシュにはそのどちらもないが、それならそれで一向にかまわない。

タトゥー店のドアベルがちりんと鳴った。

アッシュは手袋をはめた手に銃を握っていた。目出し帽もかぶっていた。かぶると周辺視野が狭くなることを経験から学んでいたので、眼の部分の穴は若干広くしてあった。彼はしゃがんだままの体勢で待った。いつのまにかディーディーが視界の左端に来ていた。アッシュは顔をしかめた。あっちで待っていろと言ったのに。とはいえ、ディーディーがじっとしていないのはいつものことだ。

ゴースは右からこっちに向かってくる。ディーディーは左にいる。ゴースが撃たれるまえに彼女に気づくことはありえない。

ディーディーはその瞬間を近くで見たいだけなのだ。

それでも、アッシュとしては気に入らない。

砂利を踏みしめる音が聞こえ、アッシュはすばやく建物の側面を振り返った。

ダミアン・ゴースがやってくる。

完璧だ。

あとはタイミングを見計らって襲撃するだけだ。ただ、しくじる可能性もなくはない。とりわけ遅れた場合。出ていくのが早すぎれば、ゴースは道路に向かって逃げるか店の中に駆け戻るかするかもしれない。その可能性は低いが。逆に出ていくのが遅すぎれば、ゴースはすでに車の中だ。車の窓ガラスで弾丸《たま》は防げないにしろ。

問題ない――タイミングは心得ている。

ゴースが車のリモコンキーを持った手を突き出した。車が解錠されるときのおなじみのブザー音が聞こえた。アッシュは待った。そうしてダミアン・ゴースがリアバンパーに到達した瞬間に立ち上がり、早歩きで彼に向かって突き進んだ。走ってはいけない。走ると狙いをはずすことになる。

ゴースは車のドアハンドルに手を伸ばしかけたところだった。そこでアッシュに気づき、訝《いぶか》るような表情で振り返った。アッシュは銃を構え、ゴースの胸に二発撃ち込んだ。予期した以上に大きな音が響いた。それ自体は別に大した問題ではなかったが。ゴースは車に倒れかかり、一瞬、ドアにもたれ、そのあとずるずると砂利の地面にすべり落ちた。

アッシュは急いで死体に歩み寄った。ディーディーがまた視界にはいってきた。右に移動しながら、死体をもっとよく見ようとしている。そんなことをしている場合ではないのに。アッシュは屈み込んでゴースが死んでいるのを確かめると、相手のポケットを次々に探り、財布を取り上げた。ゴースはタグ・ホイヤーの腕時計も身につけていた。アッシュはそれも失敬した。

ディーディーがさらに近づいてきた。

「来るなと言っただろ?」と彼はきつい口調で言った。

そのあと立ち上がりかけた次の瞬間、彼女の表情に気づいた。アッシュの胃がずしりと重くなった。ディーディーは彼の肩越しにじっと一点を見つめていた。

った。

そう言って、彼女は顎をしゃくってみせた。

「アッシュ？」

アッシュは振り向いた。緑の大型ゴミ収集器の横に、男がひとりゴミ袋を持って立っていた。

男は——いや、こいつはどう見ても十代の小僧だ、なんてこった——ゴミを捨てに店の裏口から出てきたにちがいない。袋を宙に持ったまま固まっていた。放り捨てる途中で、たった今眼にしたものに凍りついたのだ。

小僧はまじまじとアッシュを見つめた。目出し帽をかぶったアッシュを。

それからディーディーを見つめた。何もかぶっていないディーディーを。

くそ。

やむをえない。アッシュは銃を構えて撃った。が、若者はとっさにゴミ収集器のうしろに身を隠した。アッシュは相手に向かって歩きだしながら、さらに撃った。弾丸《たま》は四つん這いになって逃げる若者の頭上をかすめた。若者はそのままもと来た店の裏口に逃げ込み、中からドアを閉めた。

ちくしょう！

アッシュは今回の殺人に六連発のリヴォルヴァーを選んでいた。すでに四発使って、残るは二発だ。これ以上弾丸《たま》を無駄にはできない。が、時間も無駄にはできない。ほんの数秒のうちにあいつは警察を呼ぶだろう。あるいは……

警報音が鳴り響いた。

あまりのけたたましさにアッシュは立ち止まって両手で耳をふさいだ。ディーディーのほうを振り向いて怒鳴った。

「行け！」

彼女は命令を理解してうなずいた。〝ずらかれ〟。アッシュもできることならそうしたかった――警察が来るまえにこの場を逃げ出したかった。が、あの小僧はディーディーの顔を見てしまっている。彼女の特徴を警察に話してしまう。

だから小僧は死ななければならない。

アッシュは裏口のドアノブをまわしてみた。簡単にまわった。一発目に撃ちそこなってから十秒も経っていない。店のどこかに銃があるとしても、小僧にそれを探すだけの時間があったとは思えない。アッシュはドアを開けて中に飛び込み、店内を見まわした。

若者の気配はない。

どこかに隠れているはずだ。

時間はあとどれだけ残されている？　大して残されてはいない。それでも……

頭脳はひとつのコンピューターだ。アッシュが次の行動を決めるまでの一瞬のうちに、いくつもの可能性や結果が脳内を駆けめぐった。その最初のひとつ、最も明白で直感的なもの——小僧はディーディーの顔を見てしまった。彼女を特定できるかもしれない。やつを生かしておくのはディーディーにとって差し迫った脅威以外の何物でもない。

結論——小僧は始末しなければならない。

しかし、次の一歩を踏み出しながらアッシュは思った——今の直感的反応はちょっと極端すぎたかもしれない。確かに小僧は彼女を見てしまった。外見の特徴を描写することもできるだろう。だとしても、具体的になんと説明する？ 長いブロンドの三つ編みとグリーンの眼のきれいな女？ その女はニュージャージーに住んでもいなければニュージャージーとはなんの関係もなく、じきに州外へ出て、本人が言うところの共同体だか安息地だか聖域だかに戻る予定だというのに……警察はそんな女をどうやって見つける？

それでもディーディーがそのまえに捕まったら？ 逃げおおせられず、ただちに捕まったら？ 小僧は彼女を特定するかもしれない。それでも、それでも——これが自然な心の動きというものだ——それがどうした？

要するにこういうことだ。ダミアン・ゴースが殺されたとき、ディーディーは駐車場にいた。ただそれだけの話だ。目出し帽をかぶったガンマンもそこにいた——そのふたりが仲間同士だと考える理由がどこにある？ 彼女が殺しに加担していたなら、男と同じように顔を隠していたはずではないか？ そう考えれば、たとえ何かのまちがいで捕まって、小僧の証言のせいで特定されたとしても、ディーディーは簡単に主張できるはずだ。自分はたまたま現場に居合わせただけで、事件とはなんの関係もないと。

タトゥー店の中で、アッシュはまた一歩踏み出した。

さらなる静寂。

実際――アッシュは思った――あの小僧が生き延びたとして、ディーディーに危険が及ぶ可能性がどれだけある？　賛否両論すべて考え合わせた上で最も無難にして最善の道は、警察が来るまえにおれ自身が今すぐここを逃げ出すことではないのか？　時間切れで捕まる危険を冒してまで、怯《おび》えた小僧を追いかける必要がどれほどある？　この目撃者が生き延びたからと言って、本気でディーディーの身が危うくなるとも思えない。

生かしてやれ。

そう決めた瞬間、サイレンの音が聞こえた。

できることなら手を汚したくないという思いもあった。むろん、必要なら殺《や》るまでだが。それならそれでなんの問題もない。が、今この状況で小僧を殺すのは無駄に思える。それに、どうせなら悪より善の側に立ちたいではないか。アッシュはカルマを信じてはいない。が、わざわざカルマの脇腹を突っつく理由もない。

サイレンの音が近づいてくる。

今日の小僧は運がよかったということだ。

アッシュは踵《きびす》を返し、全速力で裏口に向かった。実のところ、選択肢はもはやひとつしかなかった――ずらかるのみ。

そのときだった。出口の横のクロゼットのドアからカタッという音が聞こえたのは。

もう少しでそのまま通り過ぎるところだった。

が、そうはしなかった。

アッシュはクロゼットのドアを開けた。若者は床にへたり込み、震える両手で頭を覆っていた。殴られまいとするかのように。

「お願い」と小僧は言った。「約束するから。絶対――」

そのさきを聞いている暇はなかった。

アッシュは弾丸《たま》を一発使って相手の頭を撃ち抜いた。最後の一発は念のために残しておいた。

11

全員が廃墟の地下から逃げ出した。

ロッコがルーサーを洗濯物袋のように肩に担いで飛び出すのがサイモンの眼の端に映った。

数秒かそれ以上のあいだ、サイモンは妻をかばった体勢のままじっとしていた。危険が去ったことに気づいてから、スマートフォンを取り出して911に通報した。淀んだ空気を切り裂くサイレンの音が聞こえてきた。

もうすでに誰かが通報していたのかもしれない。あるいはまったく無関係なサイレンかもしれない。

イングリッドは眼を閉じていた。右肩の下あたりにある傷口から血があふれ出していた。サイモンはなんとか出血を止めようと、急いで自分のシャツを脱いで傷口に押しあてた。脈を確かめることはしなかった。仮に死んでいるなら、すぐにそうとわかるはずだ。

彼女を守るんだ。死なせてはならない。

911の通信指令係は、今助けが向かっていると言った。刻一刻と時間が過ぎた。どのくらい経ったのかはわからなかった。ただイングリッドとふたり、じめじめした汚らしい地下室に取り残されていた。ふたりが初めて出会ったのは、今の自宅からわずか二ブロック先の六十九丁目通りにあるレストランだった。ヨーロッパからやっと帰国したイングリッドを姉のイヴォンがサイモンと引き合わせたのだ。彼はさきに到着し、窓ぎわのテーブルについてそわそわして待っていた。やがてイングリッドが店にはいってきた。頭を高く上げ、いかにもモデルらしい堂々とした歩き方で。その瞬間、サイモンは圧倒された。陳腐と言えば陳腐なことながら——みな似たようなものかもしれないが——彼は初デートのたびにその相手と生涯をともにするところを想像したものだ。はるか遠い将来、自分と眼のまえの女性が結婚して子供を育て、ともに歳を取り、キッチンテーブルに向かい合って坐ったり、ベッドで読書したりするところを思い描くのだ。それがイングリッドを一目見たときにはどうなったか？　こう思ったのだ――彼女は眩《まぶ》しすぎる。それが最初の印象だった。彼女はしっかりしすぎている。落ち着きと自信に満ちあふれすぎている。それはあくまで見かけだけだったとのちに知ることになるにしろ。やはりイングリッドも誰もが抱える怖れや不安を抱えていた。まともな人間なら誰でも自分は中身のない場ちがいな存在だと感じることがある。それは彼女も変わらなかった。

いずれにしろ、ふたりの関係はそうして始まった。コロンバス・アヴェニュー西六十九丁目の角の店の明るい窓ぎわの席で。それが今ここで終わるのか。ブロンクスのじめついた暗い地下室の中で。

「イングリッド？」

哀願するような声が出た。

「頼む、死なないでくれ」

警察が到着した。救命班も。彼らはサイモンを引き離し、あとを引き継いだ。サイモンはコンクリートの床に膝を抱えてしゃがみ込んだ。警官のひとりがあれこれ質問してきたが、何も耳にはいらなかった。救命士たちが処置を施すあいだ、動かない妻の姿をただ見つめることしかできなかった。酸素マスクが彼女の口を覆っていた。彼と無数のキスを交わした唇を。挨拶がわりのものから情熱的なものまで、ふたりはありとあらゆる類いのキスを交わしてきた。今、彼はことばもなく、ただ見つめていた。彼女がまだ生きているのか、これから助かるのか問い質《ただ》そうともしなかった。彼らの邪魔になると思うと怖くてできなかった。彼らの集中を乱すことになると思うと何もできなかった。まるで彼女の命をつなぐ綱があまりにもろくて、使い古しのゴムバンドさながら、少しでも余計な力がかかるとぱちんと切れてしまうかのように。

そのあとのことはほとんど記憶にない。サイモンはそう言いたかった。が、実際はそうではなかった。鮮明に色づいた光景がスローモーションで通り過ぎた――ストレッチャーにのせられ、救急車に運び込まれるイングリッド。飛び乗った救急車の奥でただ見ているしかなかった点滴静注バッグ、救命士たちの厳しい表情、イングリッドの肌の青白さ。鳴り響くサイレン、気がおかしくなるほど苛々させられるメジャー・ディーガン・エクスプレスウェーの交通渋滞。ようやく到着し、雪崩《なだ》れ込んだ緊急治療室《ER》で、看護師に執拗《しつよう》に引き離され、待合室に連れていかれ、黄色いプラスティックの椅子に坐らされ……

サイモンはイヴォンに電話し、大まかな事情を説明した。話を聞きおえたイヴォンは言った。「今からあなたたちの家に行くわ。アーニャを迎えに」

「わかった」サイモンの声は自分の耳にも妙に響いた。

「あの子になんて言えばいい？」

嗚咽《おえつ》が咽喉《のど》に込み上げてきたのがわかった。それをなんとか押し戻して答えた。「具体的なことは何も言わなくていい。ただそばにいてやってくれ」

「サムには電話したの？」とイヴォンが尋ねた。

「いや。あの子は生物の試験があるから。知らせなくていい」

「サイモン？」

「ああ」

「今のあなたの思考はまともじゃない。あの子たちの母親が撃たれたのよ。今まさに手術を受けてるのよ」

サイモンはぎゅっと眼を閉じた。

「アーニャを迎えにいくわ」とイヴォンは言った。「サムはロバートに迎えにいかせる。あの子たちは病院にいるべきよ」

イヴォンはそこで〝わたしも〟とは言わなかった。子供たちのほうが大事だからか、あるいは自分とイングリッドがそこまで親しくはないからか。姉妹は決して露骨に仲が悪いわけではなく、節度と礼儀をもって互いに接していたが、サイモンがふたりのあいだの架け橋なのはまちがいなかった。

イヴォンがまた口を開いた。「サイモン、わかった？」

ふたりの警官がやってきて待合室を見まわし、サイモンを見つけて近づいてきた。

「わかった」それだけ言って、彼は通話を終えた。

警官たちには現場で銃撃犯の特徴を伝えてあった。が、彼らは今またさらに詳しい情報を求めてきた。サイモンは覚えていることを話しはじめた。が、アーロンのことや彼が殺された事件には触れまいとすると、話はなかなか進まなかった。話しながらも上《うわ》の空で、しきりにドアを見ていた。そこから医師が――神にも代わる存在が――姿を現わし、世界が終わったか否かを告げるのを待っていた。

ファグベンル刑事が待合室に飛び込んできた。警官ふたりが彼に歩み寄り、三人で隅のほうに移動してなにやら話しはじめた。サイモンはそのあいだにもう一度受付まで行って、妻の容態について尋ねた。受付係はまたしても丁寧な口調で彼に告げた――新しい情報はまだはいってきていませんが、何かあればすぐにドクターが出てきてお知らせします、と。

サイモンが振り返ると、ファグベンルがすぐそばにいた。「どうもわからないんですが。あなたと奥さんはどうしてブロンクスにいたんです？」

「娘を捜しにいったんです」

「麻薬取引きの巣窟に？」

「娘は麻薬の常習者なので」

「娘さんは見つかりましたか？」

「いいえ、刑事さん。ご存じとは思いますが、妻が撃たれたんです」

「それについてはなんと言ったらいいか……」

サイモンは眼を閉じ、相手のことばをやり過ごした。

「殺害現場にも行かれたそうですね」

「ええ」

「なぜ？」

「そこから始めたんです」

「何を？」

「娘を捜すのを」

「どうやってあのアパートから隣りの廃墟に行き着いたんです？」

サイモンはその話を始めるほど馬鹿ではなかった。「それがなんだって言うんです？」

「なぜその話をしたがらないんです、サイモン？」

「どうでもいいことだからですよ」

「正直に言いましょう」とファグベンルは言った。「この状況はどう見てもよろしくない」

「正直に言いましょう」とサイモンは言った。「この状況がどう見えようが、私にはどうでもいい」

サイモンは黄色いプラスティックの椅子のほうに引き返した。

「オッカムの剃刀《かみそり》」とファグベンルが言った。「ご存じですか？」

「そんな話をする気分じゃないんです、刑事さん」

「その原理は――」

「私だって知ってますよ、その原理くらい――」

「――最も単純な仮説がたいていは正解である。そういうことです」

「最も単純な仮説。何が言いたいんです、刑事さん？」

「あなたがアーロン・コーヴァルを殺した」と彼は言った。実にあっさりと。いっさいの感情も敵意も驚きも込めずに。「あるいはあなたの奥さんが殺した。いずれにしろ、無理からぬことです。あの男は人でなしだった。娘さんにじわじわと毒を与えつづけて、死に至らしめようとしたわけですから。両親であるあなた方の眼のまえで」

サイモンは顔をしかめて言った。「私はここで泣き崩れて自首すればいいんですか？」

「いや、そのまま聞いてもらえれば。これは典型的な道徳上のジレンマの話です」

「なるほど」

「質問――あなたには人を殺せるか？　答――もちろんそんなことはできない。質問――では、わが子を救うためならどうか？　答は……？」

ファグベンルは両手を広げて肩をすくめた。

サイモンはもとの椅子に坐った。ファグベンルも手近な椅子を引っぱってきて、サイモンのそばに腰をおろすと、声を低くしたまま続けた。

「あなたは娘さんが眠っているあいだにこっそり自宅を抜け出したのかもしれない。あるいは奥さんが仕事の合間にブロンクスまでひとっ走りしたのかもしれない」

「まさか本気でそんなことを思ってるわけじゃないでしょうね？」

ファグベンルは〝さあ、どっちかな〟とばかりに頭を左右交互に傾けてみせた。「奥さんが撃たれたとき、あなたはとっさに奥さんを庇《かば》ったそうですね。自分の身を盾にして」

「何が言いたいんです？」

「あなたは自分の命を投げ出してでも、愛する誰かを救おうとした」ファグベンルはそう言うと、サイモンとの距離を少し詰めて尋ねた。「同じ理屈で、あなたが人を殺しうると考えても不思議はないでしょ？」

まわりでは人がひっきりなしに出入りしていたが、サイモンとファグベンルの眼には映っていなかった。

「刑事さん、私にも考えがあるんですが」

「聞きましょう」

「妻を撃ったのはルーサーという名前の男です」サイモンはすでに警察に二度伝えた犯人の特徴をもう一度繰り返して言った。「なぜその男を見つけて逮捕しないんです？」

「それはもうしました」

「待ってください、もう捕まえたんですか？」

「大してむずかしくはありませんでした。血痕をたどっただけです。われわれが見つけたときには、現場から二ブロックほど離れたところで意識を失っていました」

「ロッコって名前の大男がそいつを地下室から連れ出したんです。肩に担いで」

「ロッコ・カナード。ええ、われわれも把握しています。ギャングの構成員です。ルーサー・リッツは――リッツというのが苗字《みょうじ》ですが――彼はロッコの手下だった。アーロンもです。ロッコはおそらくルーサーをどこかに匿《かくま》おうとしたんでしょう。しかし、血の痕が点々と続いているのに気づき、ルーサーを路地裏に放り出して逃げた。少なくともそれがわれわれの仮説です。彼が奥さんを撃った男にまちがいないかどうか、あなたに確認してもらうことになります」

「わかりました」とサイモンは言った。「やつの容態は？」

「命に別状はありません」

「逮捕されて、何か言ってましたか？」

「言ってましたよ」ファグベンルは真っ白な歯を見せて得意の笑みを浮かべた。「あなたと奥さんに撃たれたと」

「嘘だ」

「それくらいはわれわれにもわかっています。しかし、やはりどうもよくわからない。彼はなぜ撃ったんでしょう？」

「知りませんよ。私たちはロッコと話をしていただけで——」

「私たちというのはあなたと奥さんのことですね？」

「そうです」

「つまりあなたたちふたりは、そう、麻薬の巣窟に軽々と足を踏み入れて、ギャングと雑談を始めた？」

「あなたがさっき言ったとおりです、刑事さん。愛する者を救うためならそれくらいやります」

ファグベンルはその答が気に入ったようだった。「続けて」

サイモンはそのあとどうなったか話した。肝心な点をひとつだけ省いて。

「すると、ルーサーはいきなりあなたたちに向けて発砲したわけですか？」

「そうです」

「なんのまえぶれもなく？」

「ええ、何も」

「ほら、やっぱり」ファグベンルはまたもやまばゆいばかりの笑みを浮かべた。「これまたオッカムの剃刀だ」

「どういうことです？」とサイモンは尋ねた。

「ロッコは麻薬のディーラーで、ルーサーとアーロンはふたりとも彼の手下だった。麻薬の世界は暴力に満ちている。アーロンが殺され、ルーサーはあなた方に銃を向け——しかし、いったい誰がルーサーを撃ったんです？」

男がひとりサイモンたちの向かいの黄色い椅子にどっかと腰をおろした。頭に包帯を巻いており、ガーゼに血が滲《にじ》んでいた。

「サイモン？」

「なんです？」

「奥さんが銃で撃たれた。あなたはとっさに奥さんを庇った。ルーサーはあなたを始末しようとした。その彼を止めたのは誰です？」

「私は誰も見ていない」とサイモンは言った。

ファグベンルはその口ぶりに何かを感じ取ったようだった。「あなたが誰かを見たかどうかとは訊いていません。あなたをルーサーから救ったのは誰かと訊いたんですが」

次の瞬間、アーニャが待合室に駆け込んできた。サイモンが立ち上がると、押し倒さんばかりの勢いで抱きついてきた。サイモンは眼を閉じて娘を抱き寄せ、必死で涙をこらえた。アーニャは父の胸に顔を埋《うず》め、くぐもった泣き声をあげた。

「ママ……」

慰めのことばが咽喉《のど》元まで出かかった——〝心配しなくていい〟〝母さんは大丈夫だ〟。が、これ以上嘘を重ねるわけにはいかない。眼を開けると、イヴォンが歩いてくるのが見えた。

彼女はアーニャを抱きしめたままのサイモンの頬にキスをして言った。

「ロバートがサムを迎えにいってる」

「ありがとう」

そこへ手術着姿の男が待合室にはいってきた。「ミスター・サイモン・グリーン？」

アーニャが腕の力をゆるめ、ゆっくりと父親を放した。

「私ですが」

「こちらへどうぞ。ドクターからお話があります」

12

医者が患者やその家族にどう接するかはさほど重要ではないとよく言われる。その伝でいくと、医者は感情に動かされることなく、どこまでも冷徹に機械的にロボットのように仕事をしたほうがいいということになる。外科医は患者を気づかうより手元のメスに集中するべきだという、昔ながらの信条を持った医者のほうがいいということになる。
サイモンは知っていた――イングリッドの信念はその真逆だ。

患者側が求めているのは、人間らしい思いやりがあって、自分の気持ちに寄り添ってくれる医者だ。眼のまえの患者や家族が自分と同じ人間で、怖れ傷つきながら安心と慰めを求めていることを理解してくれる医者だ。イングリッドはそうした責任を非常に重く受け止めていた。ちょっと考えてみればわかるはずだ。人が置かれる状況の中で、親が子供を診《み》せにやってくるときほど傷つきやすい状況がほかにあるだろうか？　親は緊張し、不安におののき、混乱している。それを理解できない医者は——子供を単なる解剖の対象のように、まるで修理のためにアップルストアに持ち込まれたマックブックのように扱う医者は——その状況をますます惨めにするだけでなく、診断においても何かを見落としがちになる。

患者の家族は——まさに今のように——怖れ傷つき、極度の緊張と不安と混乱に苛《さいな》まれながら医者と向かい合って坐る。これから医者が発することばで人生が一変することを認識して。それは想像しうる最悪のことばかもしれない。あるいは逆に最高のことばかもしれない。あるいはまた、この場合のように、そのどこか中間のことばかもしれない。

だから——サイモンは思った——イングリッドはきっとドクター・ヘザー・グルーを心から気に入ることだろう。ドクター・グルーは執刀後の疲労と家族への共感を滲ませながら、医学的な専門用語と一般的なことばを組み合わせて、努めて素人《しろうと》にもわかるように説明してくれた。

イングリッドはまだ生きている。サイモンは要点に意識を集中させた。

かろうじて。

今は昏睡《こんすい》状態に陥っている。

今から二十四時間が正念場になる。

サイモンはうなずきながら聞いていた。が、いつのまにか緊張の糸が切れたかのように、意識が解放されてしまっていた。なんとかしがみつこうとはしていたが、それでも何かにふわふわと流されていくようだった。一方、隣りに坐ったイヴォンはいつもどおり落ち着いていて、いくつか補足の質問をした。おそらくは的確な質問なのだろうが、それで現状の意味が変わるわけでもなければ、曖昧な診断がはっきりするわけでもなかった。曖昧な診断は家族としても受け入れなければならない。医師は時として全知全能の神のようにも思えるが、そんな彼らにも限界はある。その知識と能力は驚くべきものであると同時に、謙虚なものでもある。そういうことだ。

今は医療チームがイングリッドの容態を注意深く見守っているが、それ以外にできることはなく、ただ待つしかないとのことだった。ドクター・グルーは立ち上がって手を差し出した。サイモンも立ち上がり、彼女と握手を交わした。イヴォンも同じように握手した。面会はまだ禁止されていたので、ふたりは待合室に向かってよろよろと廊下を引き返した。

ファグベンルがふたりのあいだに割ってはいり、サイモンを脇に引っぱって言った。

「ちょっとよろしいですか？」

　サイモンはまだふらつきながらも、なんとかうなずいて言った。「どうぞ」

「あなたに見てもらいたいものがあるんです」

　ファグベンルは六枚の写真が貼られた厚紙をサイモンに手渡した。上の段に三枚、下の段に三枚。六枚とも顔写真で、それぞれの写真の下に番号が振ってあった。

「これらの写真をじっくり注意して見ていただき、もしこの中に――」

「五番」とサイモンは即座に言った。

「最後まで言わせてください。これらの写真をじっくり注意して見ていただき、もしこの中に見覚えのある顔があれば教えていただきたい」

「五番に見覚えがあります」

「なぜ五番に見覚えがあるんです？」

「私の妻を撃った男だからです」

　ファグベンルはうなずいて言った。「これから容疑者のところに行って、正式に特定していただきたい」

「これでは不充分だと？」とサイモンは厚紙を指差して尋ねた。

「直接見てもらったほうが確実だと思います」

「今は妻のそばを離れたくありません」

「病院を離れる必要はありません。容疑者もここにいますから――撃たれた傷の治療中です。

さあ、行きましょう」

ファグベンルは廊下を歩きはじめた。サイモンが振り返ってイヴォンを見ると、彼女はうなずいて彼を見送った。歩くと言っても大した距離ではなく、廊下の端までだったが。

「ロッコも捕まえたんですか？」とサイモンは尋ねた。

「ええ、あの男も逮捕しました」

「なんて言ってました？」

「あなたと奥さんが自分の敷地にはいってきた、自分は背を向けていた、銃声が聞こえたので走って逃げた。誰が発砲したのか、誰が撃たれたのか、そういったことは何もわからない。そう言ってました」

「大嘘だ」

「ほんとうに？　麻薬ディーラーの親玉のロッコともあろうものが、われわれに嘘をついている？　ワオ、それは私としてもショックだな」

「私の娘のことは訊きましたか？」

「娘さんのことは知らないそうです。『白人の若い女はみんな同じ顔に見える』と言ってました。『特にヤク中は』と」

サイモンは顔を引き攣《つ》らせることなく尋ねた。「ロッコは勾留できないんですか？」

「なんの容疑で？　ロッコは一度もあなたを攻撃しなかった。あなた自身そうおっしゃいましたよね?」

「そうですが」

「引き金を引いたのはルーサーです。さて、ここです」

ファグベンルはドアの脇に制服警官が坐っている病室のまえで立ち止まった。「やあ、トニー」

警備係のトニーはサイモンを見て尋ねた。

「どなたです?」

「被害者のご主人だ」

「ああ」トニーはサイモンに向かってうなずいた。「このたびは……」

「どうも」

「加害者を特定しにきてもらったんだが」とファグベンルが言った。「まだ意識は戻ってないね?」

「いや、起きてますよ」

「いつから?」

「五分か十分くらいまえから」

ファグベンルはサイモンに向き直って言った。「今じゃないほうがいいかもしれません」

「なぜです?」

「普通はやらないんですよ。ほとんどの場合、目撃者は犯人を怖れて直接顔を合わせたがらないので」

サイモンは渋面をつくって言った。「いいからやりましょう」

「加害者に見られてもいいんですか？」

「やつはもう私の顔を見てるんです。妻を撃ったときに。今さら私が気にすると思いますか？」

ファグベンルは好きにしてくれとばかりに肩をすくめ、病室のドアを開けた。テレビからスペイン語が流れていた。ルーサーは肩に包帯が巻かれた状態で、ベッドに体を起こして坐っていた。サイモンを見た彼は露骨に顔をしかめて言った。「なんでそいつがここにいる？」

「ほう、この人を知ってるのか？」とファグベンルが尋ねた。

ルーサーの視線が泳いだ。「いや……」

ファグベンルはサイモンを見た。「ミスター・グリーン？」

「ええ、妻を撃ったのはこの男です」

「嘘だ！」

「それは確かですか？」とファグベンルが尋ねた。

「ええ」とサイモンは答えた。「まちがいありません」

「こいつらがおれを撃ったんだ！」とルーサーが叫んだ。

「そうなのか、ルーサー？」

「ああ。こいつは嘘つきだ」

「おまえが撃たれた場所はどこだった？」

「肩だ」

「そうじゃない、ルーサー。地理的な場所だ」

「は？」

ファグベンルは呆れた顔をして言った。「どこ《ヽ》で《ヽ》撃たれたのかを訊いてるんだ」

「ああ、あの地下室だ。ロッコの敷地の」

「だったらなぜおまえは二ブロックも離れた路地裏で見つかったんだ？」

ルーサーはにわかにうろたえはじめた。「それは……走って逃げたからだよ。こいつから」

「それで路地裏に隠れた？　警察がおまえを捜しにきたときも？」

「お巡りは嫌いなんだよ」

「すばらしい。おまえが銃撃の現場にいたことがわかって助かったよ、ルーサー。これで事件はすぐにも解決しそうだ」

「おれは誰も撃っちゃいない。どこに証拠がある？」

「おまえは銃を持ってるのか、ルーサー？」

「いいや」

「撃ったこともない？」

「銃を？」ルーサーは身構えるような表情になって言った。「そりゃまあ、ずっと昔に一回くらいはあるけどな」

「おいおい、ルーサー、テレビは見ないのか？」

「なんの話だ？」

「刑事ドラマやなんかだ」

ルーサーは怪訝《けげん》な顔をした。

「よくあるだろ、馬鹿な犯人が〝おれは撃ってない〟とかなんとか、〝おまえが今言ったようなことを言う。すると刑事がこう言うんだ。われわれが銃の発射残渣《ざんさ》を検査したところ――これには聞き覚えがあるんじゃないか、ルーサー？――残留物が検出されたと。主に火薬の粒子のことを言うんだが、それが馬鹿な犯人の手と衣服に付着していたというわけだ」

ルーサーの顔から血の気が引いた。

「もうわかるだろ？　ここまでくれば、警察は――私のことだ――それで動かぬ証拠をつかんだことになる。目撃者もいる。発射残渣も検出され、馬鹿な犯人は嘘つきだということが科学的に証明される。そいつはもう終わりだ。普通はそこで自白して、警察と取引きを試みることになる」

ルーサーはヘッドボードに背中をあずけ、眼をしばたたいた。

「さあ、なぜやったか聞かせてもらおうか」

「おれはやってない」

ファグベンルはため息をついた。「その答はもう聞き飽きたんだがな」

「そいつに訊いたらどうなんだ？」とルーサーは言った。

「なんだって？」

ルーサーはサイモンのほうに顎を突き出して言った。「そいつに訊いてみろってんだよ」

サイモンは深呼吸を繰り返した。この部屋に足を踏み入れてからずっと頭の片隅に追いやっていたすべてが、この瞬間に音をたてて崩れかかってきた。人生最愛の女性であるイングリッドがすぐそばで、この同じ建物の中で、今まさに死に瀕《ひん》しているのだ。この下衆《げす》野郎のせいで。サイモンは無意識のうちにベッドのほうに足を踏み出し、両手を伸ばしかけた——あれほど生気あふれるすばらしい人間の命を奪おうとした、この役立たずのくず人間、なんの価値もない汚物同然の相手の首に手をかけようと。

ファグベンルがさっと腕を出してサイモンを牽制《けんせい》した。待ったをかけるように。そして、サイモンと眼を合わせ、理解を示しながらも断固として首を振ってからルーサーに尋ねた。

「この人に何を訊くんだ、ルーサー？」

「こいつらふたりはロッコのところで何をしてた？　ええ？　いいか、たとえばおれがやったとしよう。ほんとはやっちゃいないが、そういうふりをするってことだ、ほら、なんだっけ……そう、皮下注射的に《ハイポダーミカリー》、おれがやったとしよう」

それを言うなら〝仮定的に《ハイポセティカリー》〟だ。ファグベンルは努めて顔をしかめないようにして言った。

「続けてくれ」

「ロッコには護衛が必要だったのかもしれない」

「なぜロッコに護衛が必要なんだ？」

「さあな。これはあくまで皮下注射的な話だからな」

「つまり、ロッコがおまえに命じてドクター・グリーンを撃たせた。そういうことか？」

「ドクター？」ルーサーは体を起こし、しかめ面をして訊き返した。「なんの話だ？　おれは医者《ドクター》なんか撃っちゃいない。まさか濡《ぬ》れ衣《ぎぬ》を着せるつもりじゃないだろうな」彼はサイモンを指差して言った。「おれはこいつのカミさんを撃っただけだ」

今すぐ殴りかかるべきか、笑いだすべきか、サイモンには判断がつかなかった。これほど理不尽な状況があっていいものなのか。誰からも尊敬され、慕われ、愛されているイングリッドが、これほど下劣な唾棄《だき》すべき存在に人生を破壊されねばならないのかと思うと、またしても激しい怒りに呑み込まれそうになった。この世に公正なことなど何ひとつないと思わずにいられなくなった。この世には統制もまとまりも何もなく、ただ無秩序な混沌《こんとん》が広がっているだけなのだと。このごろつきを殺したかった。無価値な虫けらにふさわしく踏みつぶしたかった。虫けらにしてもこれほど無神経で有害な虫けらが存在するとも思えないが。だから、そう、人類にとってなんの役にも立たないこいつを踏みつぶすのだ——得られるものこそあれ、失うものなど何もないのだから。とはいえ、つまるところ、それもなんの意味もない。何もかもが壮大なクソくだらない冗談としか思えない。そう思うなり、どっと疲れを感じた。

「おれはボスを守ろうとしてただけだ」とルーサーは言った。「正当防衛ってやつだ。おれの言ってること、わかるだろ？」

サイモンのスマートフォンが震動した。画面を見ると、イヴォンからのメッセージだった。

これから面会できるそうよ。

妻の病室に足を踏み入れた瞬間——ベッドの上のイングリッドが全身を管につながれ、人工呼吸器やさまざまな機械に囲まれて、昏々《こんこん》と眠っているのを眼にした瞬間——サイモンは膝から床にくずおれた。転倒を免れようと思えばできただろう。とっさに手を伸ばして右側の車椅子用の手すりにつかまることもできただろう。が、そうはしなかった。なんの抵抗もせず床に倒れ込み、声にならない叫びをあげた。そのときばかりはそうせずにいられなかった。

それが終わると立ち上がった。もはや涙はなかった。イングリッドの横に坐って彼女の手を握り、静かに語りかけた。生きてくれとか愛しているとか、そういうことはひとことも言わなかった。仮に意識があって聞こえていたとして、イングリッドが聞きたいのはそんなことばではないはずだ。メロドラマが好きな性質《たち》ではないからということもあるが、それよりなにより、彼女はこの状態でそうした思いを告げられること自体を望まないだろう。自分がその思いに報いることはおろか、ことばを返すことすらできない状態で。一方的な愛や傷心の告白になどなんの意味もない。ひとりでキャッチボールをするようなものだ。人と人との思いは互いに伝え合ってこそのものだ。イングリッドはそういう考えの持ち主だ。だから普通の話をした——自分の仕事のこと、彼女の仕事のこと、いつか実現するかもしれない（あるいは高確率でしないかもしれない）キッチンのリフォームのこと、政治のことや過去のこと、そして、彼女が聞き入るであろうお気に入りの思い出話もいくつか。イングリッドにはそういう一面もあるのだ。彼の思い出語りを何度でも愉しそうに聞いてくれる。いつでもじっくり耳を傾け、全身で話に聞き入り、自然と笑みを浮かべている。その笑顔を見ただけで、サイモンにはわかるのだ。彼女が一緒にあの頃に戻ってくれていることが。経験した者にしかわからない鮮明さで、記憶の中の同じ瞬間を生きてくれていることが。

しかしもちろん、今日はその笑顔は見られない。

しばらく経ってから——どのくらい経ったのかはわからない——イヴォンが彼の肩に手を

置いて言った。「何があったか話して。全部」

サイモンはすべてを話した。

そのあいだもイヴォンは妹の顔から眼を離さなかった。彼女とイングリッドはまるで異なる人生を歩んできたが、それこそ姉妹間に溝がある原因かもしれなかった。イングリッドはいわゆる派手な暮らしから人生をスタートさせた。モデル活動で世界を飛びまわり、ドラッグを試したこともあった。そのドラッグ経験のおかげでペイジに理解を示すどころか、逆に共感できないというのはなんとも不思議だったが。一方のイヴォンは昔からなんでも猛烈にこなすタイプの孝行娘だった。努力家の優等生で、常に両親を大事にし、決して道を踏みはずすことがなかった。

やがてイングリッドは気づくことになる。自由を求めて世界じゅうを歩いても、結局はどこかに根を下ろしたくなるだけだと。帰国した彼女は一年間、ペンシルヴェニア州の私立女子大学ブリンマー・カレッジで〝学士号取得後〟のコースを履修し、医学部進学に必要な課程をすべてこなした。イヴォンも脱帽するほどの強い意志と集中力とで、イングリッドはその後も一貫して優秀な成績で医学部を卒業し、厳しい研修医生活を乗り越えたのだった。

「あなたはここにいるわけにはいかない」話を聞きおえたイヴォンはそう言った。

「どういうことだ？」

「わたしはこのままイングリッドのそばについてる。だけど、あなたはここで坐ってるわけにはいかない。ペイジを捜しにいかないと」

「今ここを離れるなんて無理だ」

「でも、行かなきゃ。ほかに道はないわ」

「昔からの約束で……」そう言いかけて、サイモンは口をつぐんだ。すでにイヴォンも知っていることだ。自分たち夫婦は運命共同体なのだ。どちらかが倒れたら、もうひとりが必ずそばについていること。それがふたりのルールであり、こうなったときのための取り決めだった。

イヴォンもそれは知っていた。が、それでも首を振って言った。「イングリッドはそのうち眼を覚ます。あるいはこのまま眼覚めないかもしれない。だけど、眼が覚めたらきっと、ペイジの顔を見たがるはずよ」

サイモンはことばを返さなかった。

「あなたがここにいてもあの子を見つけることはできない」

「イヴォン――」

「イングリッドならそう言うわ。それはあなたもわかってるはず」

今はもうイングリッドの手に生気は感じられなかった。血がかよっているとは思えなかった。サイモンは妻を一心に見つめた。どうすればいいか教えてくれ、なんでもいいから答をくれ……しかし、眼のまえの彼女はどんどん小さくなって消えていくようだった。このベッドに寝ているのがイングリッドだとは思えなかった。ただの脱け殻のように思えた。まるで魂がすでにこの建物を出ていってしまったかのように。ペイジの声を聞けば、イングリッドが眼覚めるかもしれないなどとは思っていなかった。サイモンとしてもそこまで甘い考えは持てなかった。が、それを言うなら自分がここに坐っているだけでイングリッドが眼覚めることのほうがありえない。それはまちがいなかった。

サイモンはイングリッドの手を放した。「行くまえにいくつか――」

「全部わたしに任せて。子供たちも、ビジネスも、イングリッドも。さあ、行って」

13

外はいつしか夜明けに近づいていた。サイモンは車を呼んでブロンクスに戻り、例のコンクリート防護壁のそばに降り立った。通りには人っ子ひとりいなかった――少なくとも起きている者は誰も。男がふたり、歩道で眠りこけていた。あの荒れ放題の空き地のまえで。イングリッドと彼が、そう、ほんの数時間まえにもぐり込んだ破れ目からいくらも離れていないところで。あれから誰かが立入禁止の黄色いテープを張りめぐらせていたが、そのテープは真ん中でちぎられ、夜明けまえの微風にひらひらとたなびいていた。

娘が住んでいた老朽化のはなはだしい四階建ての煉瓦《れんが》の建物まで来ると、今度はいっさいの迷いも怖れもなく中にはいった。階段をのぼり、三階まで行くかわりに、二階で足を止めた。まだ朝の六時まえだ。サイモンはもちろん一睡もしていなかった。何かの増強剤でも飲んだかのように神経が昂《たかぶ》っていたが、それが一時的なもので、すぐに引いていくであろうことはわかっていた。

ドアをノックして待った。寝ているところを起こしてしまうかもしれないとも思ったが、大して気にはしていなかった。十秒するかしないかのうちに、ドアが開いてコーネリアスが顔を出した。彼もやはりほとんど眠っていないような顔をしていた。ふたりは長いあいだ見つめ合った。

「奥さんの容態は？」とコーネリアスが尋ねた。

「危険な状態です」

「中で話そう」

コーネリアスのアパートメントの中がいったいどんな様子なのか、サイモンには想像もつかなかったが――ペイジが暮らしていた、あの散らかり放題の不潔な部屋と似たようなものだろうか――いざ通されてみると、まるで魔法の扉を抜けて別世界に足を踏み入れたかのようだった。いかにもイングリッドがよく見ているテレビの住宅番組で特集されそうな部屋だ。造り付けのオークの本棚が奥の壁の窓を縁取るように囲んでいる。右手に典型的なヴィクトリア調の緑色のタフテッドソファ、植物柄が刺繍《ししゅう》されたカヴァーを掛けたクッション。左の壁には蝶《ちょう》の絵が何枚も飾られている。凝った装飾が施された木製テーブルの上にはチェスセットが置かれている。それを見た瞬間、ペイジの姿が眼に浮かんだ。コーネリアスと向かい合って坐り、眉根を寄せて考え込んでいる彼女の姿が。次の一手に集中するとき、ペイジは決まって髪を弄《もてあそ》んだ。

コッカースパニエルが一四、部屋の隅から飛び出してきた。ひっくり返りそうな勢いで、ちぎれんばかりに尻尾《しっぽ》を振っている。コーネリアスは犬をすくい上げると、胸に抱き寄せて言った。「この子がクロエだ」

本棚に並んだ本の手前に写真が飾ってあった。家族写真がたくさん。サイモンは間近で見ようと歩み寄り、最初の写真のまえで立ち止まった。虹色の背景のまえで撮られた、ごく普通の家族写真——今より若いコーネリアス、彼の妻と思《おぼ》しい女性、そろって笑顔の十代の少年が三人。そのうちふたりの身長はすでにコーネリアスを追い越している。

コーネリアスが犬を床に降ろしてサイモンの隣りに立ち、彼が見ていた写真を手に取った。

「これは八年まえの写真だ。いや、十年かな。ターニャとふたり、このアパートで三人の息子を育てた。三人とももう成人してる。ターニャは……二年まえに亡くなった。乳癌《にゅうがん》でね」

「お気の毒に」

「坐ったらどうだ？　おまえさん、疲れ果てて見えるぞ」

「坐ったらもう立てなくなるような気がして」

「それでいいじゃないか？　少しは休んでおかないと、あとあと動けなくなるぞ」

「今はやめておきます」

　コーネリアスは家族写真をそっともとの位置に戻した。まるでひどくもろい壊れものでも扱うように。それから一枚の肖像写真を指差した。海兵隊の制服を着た若者が写っていた。

「これが長男のエルダンだ」

「海兵隊員？」

「ああ」

「お父さんにそっくりだ」

「よく言われるよ」

「あなたも軍にいたことが？」

「海兵隊の伍長《ごちょう》だった。第一次湾岸戦争。砂漠の砂嵐作戦」コーネリアスはそう言うと、体ごとサイモンに向き直った。「驚いてはいないようだな」

「ええ」

　コーネリアスは顎をこすった。「見たのか？」

「ほんの一瞬」

「それでもわかった？」

「あの場でわからなくても、どっちみち考えればわかったでしょう」とサイモンは言った。

「とにかく、あなたになんてお礼を言ったらいいか」

「礼には及ばない。ルーサーがあそこへ向かうのを見て、あとを尾《つ》けたんだ。やつがイングリッドを撃つまえに仕留めるべきだった」

「あなたは命の恩人だ」

コーネリアスは家族写真のほうを振り返った。それらの写真がなんらかの知恵を授けてくれるかもしれないとでも言うように。「で、なぜここへ戻ってきた？」

「なぜかはわかるでしょう」

「ペイジを捜しにか」

「そうです」

「あの子もあそこへ行った。あの地下室へ。おまえさんと同じように」コーネリアスは部屋の片隅に移動して言った。「それ以来、あの子を見ていない」

「そのあとアーロンが死体になって見つかった」

「そういうことだ」

「ペイジはやつらに殺されたんでしょうか？」サイモンは思いきって尋ねた。

「それはわからん」コーネリアスはしゃがんで戸棚を開けた。中に金庫があるのが見えた。

「ただ、このさきどうなったとしても、悪い知らせを受ける覚悟はしておくべきだ」

「覚悟はしています」とサイモンは言った。

コーネリアスは金庫のドアに親指を押しつけた。指紋が認証されたことを告げる電子音が鳴り、ドアが開いた。「それと、今度は応援なしで乗り込むべきじゃない」

そう言って、金庫の中から二挺《ちょう》の拳銃を取り出すと、立ち上がって戸棚を閉めた。一挺をサイモンに渡し、もう一挺は自分で持った。

「ここまでしてくれなくても」とサイモンは言った。

「おまえさんは礼を言うためだけにここへ来たわけじゃない。ちがうか？」

「いや、ちがわない」

「よし、ロッコを捜しにいこう」

ジャッジ・レスター・パターソン・ハウスは、市内最古にして最大の低所得者向け公営住宅のひとつだ。七万平方メートル超の敷地に、どれもまったく同じような十五棟の古びた煉瓦造りの高層アパートが建ち並び、およそ千八百世帯がそこで生活している。

コーネリアスがさきに立って歩いた。六号棟のエレヴェーターは故障していたため、ふたりは階段をのぼった。朝早い時間にもかかわらず、建物は活気に満ちていた。階段のあちこちで登校まえの子供たちがふざけ合い、仕事に出かける大人たちが最寄りのバス停や地下鉄の駅に向かって歩きだしていた。ほとんどの住人が家を出て階段を降りてくるので、コーネリアスとサイモンは川を遡《さかのぼ》る二匹のサケさながら、人の流れに逆らって八階までのぼらなければならなかった。

ロッコの母親ときょうだいたちは8C号室に住んでいた。玄関ドアから子供がふたり飛び出してきて、ドアを閉めずに階段を駆け降りていった。サイモンがドアを軽く叩くと、「はいはい、どうぞ」と女性の声がした。

サイモンは中にはいった。コーネリアスはドアのそばに残った。ロッコがバーカラウンジャー社製のリクライニングチェアから立ち上がって歩いてきた。サイモンはまたしてもこの男の巨大さに面食らった。キッチンから女性が出てきて尋ねた。

「誰?」

ロッコがサイモンを睨《にら》みつけながら答えた。「母ちゃん、気にしなくていいよ」

「気にしなくていいよじゃないよ。ここはわたしの家なんだから」

「わかってるよ、母ちゃん。こいつはもう帰るとこだ」ロッコはサイモンの眼のまえにずいと踏み出し、目一杯巨体を広げて立ちはだかった。サイモンは彼の胸筋と見つめ合った。頭上からロッコが訊いてきた。「なあ、そうだろ?」

サイモンは体を傾け、どうにかこうにかロッコの背後に眼をやり、彼の母親に向かって言った。「娘を捜してるんです。あなたの息子さんなら行方を知ってるんじゃないかと思いまして」

「ロッコ？」

「母ちゃん、こいつの言うことなんか聞かなくていいよ」

しかし、彼女はそれにはまったく耳を貸さなかった。母親が歩み寄ってくるのを見て、大男はみるみる萎《しぼ》んでいくようだった。「あんた、この人の娘さんがどこにいるか知ってるの？」

「知らないよ、母ちゃん」ロッコはもはや十歳児のような口調になっていた。「ほんとだってば」

彼女は今度はサイモンに向かって尋ねた。「あなたはどうしてこの子が知ってるって思うの？」

「母ちゃん、ちょっとこいつとふたりでしゃべらせてよ」ロッコは玄関ドアのほうへサイモンを押しやりながら言った。「あとはおれに任せて」

ロッコは巨体を使ってサイモンを外に押し出すと、自分も廊下に出てドアを閉めた。「こういうやり方はよくないな——おれの母ちゃんの家に来るってのは」そう言うなり、コーネリアスに気づいて声をあげた。「おい、ここでいったい何をしてる？」

「彼の手伝いをしてるだけだ」

ロッコは指をぱちんと鳴らし、コーネリアスに人差し指を突きつけて言った。「なるほどな。そもそもあんたがこのおっさんをおれのところへ送り込んだわけだ。今すぐ出ていけ、

「ふたりとも」

　サイモンは動かなかった。「ロッコ？」

　大男は彼を見下ろして訊き返した。「なんだ？」

「私の妻は昏睡状態で生死の境をさまよっている。あんたの地下室であんたの手下に撃たれたからだ。私の娘は行方がわからない。あの子が最後に目撃された場所も、やはりあんたの地下室だった」サイモンはたじろぎもしなければ声を震わせもしなかった。身じろぎひとつせずに続けた。「私はここから一歩も動くつもりはない。あんたが知ってることをすべて話してくれるまでは」

「おれがあんたを怖がるとでも思うのか？」

「怖がるべきだ」とコーネリアスが横から言った。

「そりゃまたなんでだ？」

「見てみろ、ロッコ。この男は決死の覚悟でここにいる。捨て身の男を軽く見たら痛い目にあうことくらいおまえさんにもわかるだろ？」

　ロッコは言われたとおりサイモンを見た。サイモンはその眼をまっすぐ見すえて言った。

「これから警察に話すつもりだ。あんたがルーサーに命じて私たちを撃たせたと」

「なんだと？　おれはそんなことはしちゃいない」

「あんたは大声でルーサーを呼んだ」

「それはあいつを止めるためだろうが。撃たれちゃ困るから止めたんだよ！」

「そんなことは私にはわからない。あれは命令だったと私は思う。あんたがやつに命令して私たちを撃たせたんだと思う」

「なるほどな」ロッコは両手を広げ、サイモンを、次にコーネリアスを見て言った。「これが交換条件ってわけか」

コーネリアスは無言で肩をすくめた。

「私は娘を見つけたいだけだ」とサイモンは言った。

ロッコはひとしきり首を振って考えるふりをしてから言った。「しかたない。いいだろう。ただし、これが終わったら消えてくれ」

サイモンは黙ってうなずいた。

「ああ、確かにあの子はおれのところに来た。ペイジはあの地下室にやってきた。顔を見てすぐにわかった。誰かに手ひどく殴られたんだろうってな」

「誰に殴られたかは言ってなかったか？」

「訊く必要はなかった。訊くまでもなかった」

「アーロンか」

ロッコはわざわざ答えもしなかった。

「で、ルーサーはなぜ私たちを撃ったんだ？」

「頭がいかれてるからだよ」

サイモンは首を振った。「もっとほかの理由があるはずだ」

「おれはやれとは言ってない」

「じゃあ、誰が言ったんだ？」

「なあ、いいか、おれがやってる仕事は――決して楽な商売じゃない。縄張りを乗っ取ろうってやつはいつでもいるからな。ああ、確かにアーロンはクソ野郎だった。それでもうちの一員だった。だからライヴァルに、言うなれば〝競合他社〟に消されたんだろう。たぶん、フィデルズの連中に」

「フィデルズ？」

「キューバ系ギャングだ」とコーネリアスが横から言った。それを聞いた瞬間――妻は死の淵《ふち》に瀕し、娘は行方がわからない、そんな状況にもかかわらず――サイモンは声をあげて笑った。廊下じゅうに響きわたり、誰もが振り向かずにいられないほどの大声で。

「冗談はやめてもらいたい」

「冗談なんかじゃない」

「キューバ系ギャングの名前が、フィデルズ？」

コーネリアスも口元に笑みを浮かべて言った。「リーダーの名前はカストロだ」

「でたらめに決まってる」

「ほんとうだ」

サイモンはロッコに向き直って尋ねた。「ペイジは殴られたあと、なぜあんたのところへ行った？」

「なぜだと思う？」

「ヤクを打つためだ」とサイモンは言った。「あの子に売ってやったのか？」

「あの子は金を持ってなかった」

「それはノーということか？」

「こっちも慈善事業をやってるわけじゃないんでね」とロッコは言った。

「それからどうなった？」

「あの子は帰っていった。それだけだ。で、気づいたらアーロンが死んでたってわけだ」

「ペイジがやったんだと思うか？」

「おれの長年の勘でいくと、やったのはフィデルズだ」とロッコは言った。「でも、まあ、確かにペイジがやった可能性もなくはない。それか、あんたがやったって可能性もある。ルーサーもそう思ったのかもしれない。ペイジがやってきたとき、ルーサーもそこにいたからな。ちょっと考えりゃわかるだろ？　仮におれが娘を持つ父親だったとしよう。アーロンがあんたの娘を痛めつけたように、どこかのクソ野郎が自分の娘を痛めつけたとわかったら、おれは当然そいつを生かしちゃおかない。そういうことだ。だからあんたもそうしたのかもしれない」

「私が何をしたと？」

「あんたはアーロンを殺したあと、その足で今度は娘を捜しにきた。救出劇を終わらせるために」

「私はそんなことはしていない」とサイモンは言った。

が、正直なところ、そうであればよかったのにとも思った。ロッコの言うとおりだ。娘が痛めつけられているとわかったら、父親は何をもってしても相手を止めなければならない。自分はそうしなかった。ペイジが出ていくのを止められず、役に立たない命綱を投げかけることしかしなかった。父親なら当然すべきことを何もしなかった。

何ひとつ手を尽くさなかった。

わが子を守るために。救うために。

大した父親もいたものだ。

「あの子はきっとこの近くにいるはずだ」とロッコが言った。「気がすむまで捜せばいい。捜すのはあんたの自由だからな。ただ、言っておくが、あの子はヤク中だ。たとえ見つかっても、それでハッピーエンドってわけにはいかないだろうな」

コーネリアスがさきに立って、彼のアパートメントへ引き返した。彼が玄関のドアを閉めると、サイモンはコートのポケットから銃を取り出した。

「お返しします」と彼は銃を差し出して言った。

「それはおまえさんにやろう」

「いいんですか？」

「ああ」とコーネリアスは言った。

「ロッコはあの子を捜し出せると思いますか？」

「あの報奨金で？」

結局、あのあとサイモンはロッコ相手にシンプルなオファーを提示したのだった――ペイジを見つけたら五万ドル。

「ああ」とコーネリアスは言った。「きっと見つけるだろう。あの子がまだこの界隈《かいわい》にいるなら」

誰かがドアをノックする音が聞こえた。

「銃をポケットに仕舞ってくれ」とコーネリアスは囁いた。それから声を張り上げて言った。「誰かな？」

「ミスター・コーネリアス、リジーですけど」ポーランドかロシアか東欧あたりの訛《なま》りのある、いかにも小柄な老婦人を思わせる声が答えた。

コーネリアスはドアを開けた。現われたのは、声の印象そのままの小柄な老婦人だった。

珍妙な白いガウンのようなもの——裾が長くゆったりとして、寝間着のようにも見える——を身につけている。長い白髪を無造作に垂らしている。その乱れた髪がまるで風にそよいでいるように見えた。室内は無風にもかかわらず。

「どうしました、ミス・ソベック？」とコーネリアスは尋ねた。

老婦人は大きな眼でコーネリアスの周囲を眺めまわすと、サイモンに気づいて尋ねた。

「あなたはどなた？」

「サイモン・グリーンと言います」

「ペイジのお父さんですよ」とコーネリアスが言い添えた。

老婦人は世にも深刻な顔でサイモンを見つめた。サイモンが内心たじろぐほど。「あの子はまだ救える。今ならまだ」

サイモンは背すじが冷たくなるのを覚えながら尋ねた。

「ペイジがどこにいるかご存じですか？」

ミス・ソベックは首を振った。顔にかかった長い白髪がビーズのカーテンのように揺れた。

「あの子がなんなのかは知っているけど」

コーネリアスが咳払いをし、話を進めようとして尋ねた。「ミス・ソベック、どういったご用でしたかね？」

「階上《うえ》に人がいるの」

「階上に？」

「三階に。女の人。たった今、ペイジの部屋に忍び込んだところよ。あなたに知らせておいたほうがいいと思って」

「見覚えのある女性ですか？」

「まったく知らない顔だった」

「ありがとう、ミス・ソベック。今すぐ確認しにいきます」

コーネリアスとサイモンは廊下に戻った。ミス・ソベックはそそくさと歩き去った。

「あの人はなぜあなたに知らせにきたんです？」サイモンはコーネリアスのあとについて廊下を歩きながら尋ねた。

「おれはここの住人というだけじゃないんでね」

「管理人なんですか？」

「所有者だ」

ふたりは階段をのぼり、三階の廊下を進んだ。例のドアに張りめぐらされた立入禁止の黄色いテープが――その向こうにあるのは殺害現場なのだと、サイモンは改めて意識した――破られていた。コーネリアスがドアノブに手を伸ばした。サイモンはそのとき――意図的にか、無意識にか――自分がポケットの中の銃に手を置いていることに気づいた。銃を持ち歩くとこうなるものなのか？　銃とはこれほど心強いものなのか？　緊張する状況下でも、いつでもそばにいて心を落ち着かせてくれる相棒のような存在なのか？

コーネリアスが勢いよくドアを開けた。女がそこに立っていた。突然ふたりが部屋にはいってきたことに驚いたとしても、そんな素振りはまったく見せなかった。青いブレザーにジーンズ。背が低く、体型はずんぐりしている。ラテン系だろうか。

女がさきに口を開いた。「ミスター・サイモン・グリーン？」

「あなたは？」

「わたしはエレナ・ラミレス。私立探偵です。あなたの娘さんとお話しする必要があります」

エレナ・ラミレスは洒落たエンボス加工の名刺をふたりに見せた。私立探偵の免許証のようなものと、元FBI捜査官であることを示す身分証も。三人ともコーネリアスの部屋に戻っていた。男ふたりはそれぞれ革張りの肘掛け椅子に坐り、エレナ・ラミレスは緑色のタフテッドソファに腰かけていた。

「娘さんはどこにいるんです、ミスター・グリーン？」と彼女が尋ねた。

「どういうことかわからない。名刺を見るかぎり、あなたはシカゴから来たようだけど」

「そのとおりです」

「なぜ娘と話す必要があるんです？」

「わたしが今調査中の事件に関わりがあるからです」とエレナは言った。

「どんな？」

「それはお話しできません」

「ミス・ラミレス？」

「エレナと呼んでください」

「エレナ、私は駆け引きをしたいわけじゃない。あなたが調査中の事件に興味もなければ、自分が知っていることを隠し立てする理由もない。だから率直に話すし、あなたにもそうしてほしい。私は娘の居場所を知らない。だからあの子を捜そうとここに来たけれど、今のところ手がかりはつかめていない。おそらくここの一平方キロメートル圏内でハイになっている可能性が高いということ以外は。ここまではいいかな？」

「完璧です」とエレナは言った。

「さて、そんなところにあなたが現われ――ずばり、シカゴから来た私立探偵だ――娘と話したいと言う。私もあなたに娘と話してほしい。それ以上の望みはないくらいだ。というわけで、私たちはお互いに協力して助け合えるんじゃないかな？」

サイモンのスマートフォンが手の中で震えた。それまでずっと手に持ったまま、常に新しい知らせがないかチェックしていた。気になりすぎて、十秒おきに震動を錯覚してしまうほど。今回は錯覚ではなかった。

イヴォンからのメッセージだ。

容態は安定してきたとのこと。個室に移動ずみ。
昏睡状態は変わらず。サムとアーニャも病院にいるわ。

「ちょっと確認させてください」とエレナ・ラミレスが言った。「娘さんは行方がわからなくなっている。そういうことで合ってます？」

サイモンはスマートフォンの画面を見つめたまま答えた。「ええ」

「いつから？」

ここで口を閉ざしても得られるものは何もない。サイモンはそう思って言った。「あの子のボーイフレンドが殺されてから」

エレナ・ラミレスは腕を組んでしばらくじっと考え込んだ。

やがてサイモンが尋ねた。「エレナ？」

「実はわたしも失踪中の人を捜しているんです」

「それは誰です？」

「シカゴからいなくなった二十四歳の男性です」

三人が腰をおろしてから初めて、コーネリアスが口を開いた。「その人はいつから行方不明に？」

「先週の木曜から」

サイモンが尋ねた。「その人の詳細は？」

「名前は明かせません」

「エレナ、お願いだ。もしあなたが捜している二十四歳が私の娘と知り合いなら、そこから何かわかるかもしれない」

エレナ・ラミレスはいっときそれについて考えてから言った。「名前はヘンリー・ソープ」

サイモンはスマートフォンを手に取って、文字を打ち込みはじめた。

「それは何を？」とエレナが尋ねた。

「私自身は聞き覚えがない名前だけれど、息子と下の娘にも訊いてみようと思って。ペイジの友達はあの子たちのほうがよく知ってるから」

「ペイジとヘンリーが友達だったとは思えないけど」

「じゃあ、どういうつながりがあるんです？」

エレナ・ラミレスは肩をすくめて言った。「わたしがここへ来たのは、それを調べるためでもあるんです。詳しい話は省きますが、ヘンリー・ソープは失踪する直前にあなたの娘さんと連絡を取っていた。もしくは娘さんのボーイフレンドのアーロン・コーヴァルと」

「連絡を取っていた？　どうやって？」

彼女はメモ帳を取り出して指を舐《な》め、ページをめくりはじめた。「まず最初に電話があった。娘さんのスマートフォンからヘンリーのスマートフォンに。二週間まえのことです。それからしばらくスマホでメッセージのやりとりがあって、そのあとEメールでのやりとりになった」

「メッセージとEメールの内容は?」

「わかりません。メッセージは双方の端末に履歴が残っているだろうけど、こちらからはアクセスできないので。Eメールはすべて削除されていました。何通か送信されたことまではわかっても、それ以上のことは何も」

「なぜそのやりとりが重要だと思うんです?」

「重要かどうかはわたしにもわかりません、ミスター・グリーン。それを調べるのがわたしの仕事です。誰かが行方不明になったら、不審な点を探すんです——彼らの普段の行動にあてはまらない、変わった出来事がないかどうか」

「で、そのEメールやメッセージは——」

「明らかに不審です。考えてみてください。シカゴに住む二十四歳のヘンリー・ソープが、突然あなたの娘さん、もしくはアーロン・コーヴァルと連絡を取りはじめる理由を思いつきますか?」

それについては長く考えてみるまでもなかった。サイモンは尋ねた。「ヘンリー・ソープに薬物の使用歴は？」

「あることはあります」

「じゃあ、それが理由かもしれない」

「かもしれない」とエレナは言った。「でも、薬物ならシカゴでも手にはいる」

「もっと特殊な要素がからんでいるのかもしれない」

「かもしれない。ただ、わたしはそれはないと思います。あなたは？」

「同感です」とサイモンは言った。「いずれにしても、私の娘とあなたの依頼人、両方とも行方がわからなくなっている」

「そのとおりです」

「私はどうすれば力になれるんです？」

「わたしがまっさきに自問したのは、なぜこのやりとりの手段がスマートフォンでのメールからパソコンでのEメールに変わったのかということです。それと――」

「それと？」

「それともうひとつ――娘さんとボーイフレンドはどの程度薬物に依存していたのか？」

嘘をついてもしかたがない。サイモンはそう思って答えた。「重度の依存だ」

コーネリアスが指をぱちんと鳴らした。〝そうか、わかった〟とばかりに。「ペイジはスマホを売ったんだろう。ヤクを買うための金欲しさに」そう言うと、今度はサイモンに向かって言った。「このあたりじゃ珍しくもなんともない話だ」

「事実、そのスマホは今はもう使われていません」とエレナもうなずいて言った。「そう、わたしも同じ考えです」

サイモンにはそこまでの確信は持てなかった。「つまり、ペイジはスマホをやめてパソコンを使うようになったと？」

「そういうことです」

「そのパソコンは今どこに？」

「おそらくそれも売ったんだろう」とコーネリアスが言った。

「わたしもそう思います」とエレナも同意した。「娘さんが姿を消すときに自分で持ち出した可能性もある。あるいは、殺人犯が盗んだことも考えられる。でも、肝心なのは、そもそもそのパソコンを娘さんはどうやって手に入れたのかということです。購入したとは考えられない。でしょ？」

「それはないでしょう」とサイモンは言った。「そもそもヤクを買うためにスマートフォンを売ったのだとして、その金でパソコンを買うとも思えないし」

「ということは、娘さんはそのパソコンを盗んで手に入れたのかもしれない」

サイモンはしばらく黙り込み、歯を食いしばってその可能性を噛みしめた。自分の娘。ヤク中。私物を売却。窃盗。

ほかには？

「パソコンには強いですか、ミスター・グリーン？」

「サイモンで。答はノーです」

「コンピューターに強ければ──うちのお抱えハッカーのルーみたいに──ある特定の端末のIPアドレスを調べることができます」とエレナは言った。「場合によっては、そのIPアドレスから市や通りや個人まで特定することができる」

「ルーはそのパソコンの所有者を特定できた？」

「いいえ」とエレナは言った。「でも、場所はわかりました。マサチューセッツ州アマースト。さらに詳しく言うと、アマースト大学のキャンパス。あなたの息子さんの大学じゃありませんか？」

14

サイモンとエレナが病院の待合室にやってきたとき、アーニャは黄色いプラスティックの椅子に坐ったまま眠っていた。ボウリングのボールのようなロバート伯父《おじ》さんの肩に頭をもたせかけて。イヴォンの夫のロバートは絵に描いたような巨漢の元フットボール選手だ。どこもかしこもがっしりした体型、ほとんど禿《は》げあがった頭、率直でチャーミングな人柄。一流の訴訟弁護士でもあり――陪審員はみな彼を愛さずにはいられない。その愛嬌《あいきょう》たっぷりの笑みを、鋭い法的思考を感じさせせない気さくな冗談を、反対尋問中の堂々たる歩きぶりを――イヴォン同様、ロバートはサイモンの最も親しい友人だった。

ロバートはアーニャを起こしてしまわないよう、そうっと体勢を変えてから立ち上がり、サイモンを巨大グマのような荒っぽいハグで迎えた。サイモンはしばし眼を閉じ、ロバートお得意の荒っぽいハグを体に馴染《なじ》ませた。

「大丈夫か？」

「いや」

「だろうな」

ふたりは体を離し、眠っているアーニャを見下ろした。

「十八歳未満はイングリッドの病室にはいらせてもらえないんだ」とロバートが説明した。

「じゃあ、サムが……？」

「ああ、イヴォンと一緒に病室で付き添ってる。七一七号室だ」

ロバートはそう言うと、〝その人は？〟とばかりにエレナ・ラミレスをちらりと見やった。あとは彼女が説明するだろうと思い、サイモンはロバートの肩を叩いて礼を言うと、七一七号室へ向かった。コーネリアスは自宅にとどまっていた。あれ以上彼にできることはなく

――すでに充分すぎるほどのことをしてくれた――また彼自身、〝地域の眼〟としてモット・ヘイヴンにとどまったほうが時間を有効に使えると思ったようだ。

「ただし、おれの力が必要なときは……」コーネリアスはそう付け加え、サイモンと電話番号を交換し合っていた。

サイモンはイングリッドの病室のドアを開けた。またあの音が彼を出迎えた。耳ざわりな電子音や吸引音やそれ以外のいまいましい機械音。人間らしいぬくもりや配慮の対極にある音としかほかに言いようがない。

サムは母親のベッドのそばに椅子を置いて坐っていた。十八歳のハンサムな息子。父親のほうを振り向いた彼の顔は涙に濡れていた。サムは昔から情緒的な子だった。イングリッドが愛情を込めて呼ぶところの〝泣き虫さん〟だった。父親と同じように。三年まえにサイモンの母親が亡くなったとき、サムは何時間もとぎれなく泣きつづけた。一瞬も泣きやむことがなく、とめどなく涙を流しつづけた。それにはサイモンも驚くほかなかった。わが子ながらよくここまで全力で泣きじゃくれるものだ、普通は泣き疲れて倒れそうなものなのに、と。

そこまでの状態になったサムを慰めることは誰にもできなかった。彼が感情的になればなるほど、いかなるスキンシップも状況を悪くするだけだった。そういうとき、彼はいつもひとりにしてほしいと言った。まわりがどうにか泣きやませようとしても、あるいは慰めようとしても、まちがいなく逆効果に終わった。それは幼少の頃から変わらなかった。訴えかけるような眼で幼いサムは大人たちを見上げて言うのだった――〝いいから、ぼくの気がすむまでほっといてよ〟と。

病室の窓ぎわに立ったイヴォンが形だけの笑みを向けてきた。

サイモンはベッドに歩み寄った。息子の肩に手を置き、屈み込んで妻の頬にキスした。イングリッドの状態は悪くなっているように見えた。やつれた顔にはまったく血の気がなかった。サイモンはまるで映画の一場面を見ているような気がした。生と死が闘いを繰り広げていて、今は死が優勢であるかのような。

見えない手が伸びてきて、心臓をぎゅっと鷲《わし》づかみにされたような心地になった。

イヴォンのほうを振り返り、視線をちらりとドアに向けて、席をはずしてくれるよう合図した。イヴォンはすぐにメッセージを理解し、余計なことは言わずにそっと部屋を出ていった。サイモンは椅子を引っぱってきて、サムの隣りに坐った。サムは〈シラチャー・ホット・チリ・ソース〉のロゴがデザインされた赤いTシャツを着ていた。サムは大のロゴTシャツ好きなのだ。そのシャツは二週間まえにイングリッドが買ったものだった。〝大学の学食は悪くはないけど、何にでもシラチャーソースをかけたらもっとおいしくなることを発見した〟とサムから話を聞いて。イングリッドは律儀にネットでシラチャーソースのロゴ入りTシャツを見つけて購入し、息子に送ったのだった。

「大丈夫か？」

自分でもまぬけなひとことだとは思った。が、ほかになんと言えばいい？　息子はまだ静かに涙を流していた。そしてサイモンのそのひとことを聞くなり、また嗚咽しそうになるのをこらえるかのように顔を歪めた。サムはアマーストでの大学生活を満喫していた。ペイジが大学で軽いホームシックを経験したのとは対照的に——サイモンは今さらながら思った。自分たちはなぜもっとそのことに注意を払わなかったのだろう？　そのうち本人も慣れるから、いちいち相手をしてやる必要はないなどという、周囲のお節介な助言になぜ耳を貸したりしたのだろう？——サムは大学での新生活にあっというまに馴染んだ。彼にしてみれば、出会う相手はみな世界一クールで、ルームメイトのカルロス——テキサス州オースティン出身、ソウルパッチのひげをはやした無気力な怠け者——はそれ以上にクールなのだった。入学早々、クラブ活動や校内スポーツや勉強会にも参加していた。

そんな愉しい生活からこの子が突然引き離されたことを知ったら、イングリッドはひどく腹を立てるかもしれない。サイモンはそんなことを思った。

母親から眼を離すことなくサムは訊き返した。「何があったの？」

「伯母《おば》さんと伯父さんからはどこまで聞いた？」

「母さんが撃たれたってことだけ。ひとまず父さんが来るまで待つようにって」

サイモンは思った——イヴォンとロバートはまたしても正しいことをしてくれた。「アーロンが誰かはおまえも知ってるね？」

「ペイジがつきあってる、例の……」

「そうだ。彼は殺された」

サムは黙ってまばたきをした。

「ペイジは姿を消した」

「どういうことかわからない」

「ふたりはブロンクスで一緒に暮らしていた。母さんと父さんはペイジを捜しにそこへ行ったんだ。そこで母さんが撃たれた」

サイモンはさらに詳しい事情を話して聞かせた。一度も間を置くことなく、息もつかず話しつづけた。サムが次第に青ざめ、しきりにまばたきを繰り返すようになっても。

やがてサムが尋ねた。「父さんはペイジがやったんだと思う？　ペイジがアーロンを殺したんだと思う？」

サイモンは凍りついた。「どうしてそんなことを訊く？」

サムはただ肩をすくめた。

「サム、父さんからもおまえに訊きたいことがある」

サムは母親の顔にふらりと視線を戻した。

「最近ペイジに会ったか？」

彼は答えなかった。

「サム、これは大事なことだ」

「会ったよ」と彼は小さな声で答えた。「ペイジに」

「いつ？」

彼は母親の顔をじっと見つめたままだった。「サム？」

「二週間くらいまえ」

それでは辻褄《つじつま》が合わない。二週間まえならサムは大学生活の真《ま》っ只中《ただなか》だ。年度内に一度あった休暇の際も、学校にいるのが愉しいからと帰りたがらなかったほどだ。もっとも、それが嘘だというなら話は別だが。ほんとうは学校もくそシラチャー・ホット・チリ・ソースもカルロスも校内スポーツも何ひとつ好きではないというなら。サイモンはそう思いながら尋ねた。

「どこで会った？」

「ペイジがアマーストに来たんだ」

「おまえの大学に？」

サムはうなずいた。「〈ピーターパン・バスラインズ（米国北東部に路線を持つ長距離バス会社）〉で。ポート・オーソリティからだと二十四ドルだって言ってた」

「ひとりで来たのか？」

サムはまたうなずいた。

「おまえは姉さんが来ることを知っていた？」

「ううん。事前に連絡も何もなくて、ただ……いきなり現われたんだ」

サイモンはその場面を思い描こうとした——いつどんなときでもそのままパンフレットの写真になりそうな大学の中庭で、見るからに健康的な学生たちが日の光を浴びながらフリスビーを投げ合ったり本を読んだりしている。そこへひとりの侵入者がやってくる。一年まえなら彼らとなんら変わりなくその場に溶け込んでいたはずの人間が、今では〝こうなってはいけない〟ことを警告するための見本に成り果てている。子供たちに飲酒運転の恐ろしさを教える目的で警察署に置いてある大破した車のように。

もっとも、必ずしもそうではない可能性も……

「ペイジはどんな様子だった？」とサイモンは尋ねた。

「あの動画のときと同じだった」

そのひとことで彼の小さな希望の火は掻き消された。

「おまえのところへ行った理由については？」

「アーロンから逃げてきたって言ってた」

「なぜかは言ってたか？」

サムは黙って首を振った。

「それからどうした？」

「何日か寮の部屋に泊めてくれないかって言われた」

「それをおまえは親に黙っていたのか？」

サムはイングリッドを見つめたまま答えた。「言わないでって頼まれたから」

サイモンはそれについてもっと追及したかった。両親への信頼が欠けていることについて。しかし、今はそのときではなかった。「おまえのルームメイトは泊めるのを嫌がらなかったのか？」

「カルロス？　あいつはむしろ歓迎してた。充分なサーヴィスを受けられない人を助けるプロジェクトみたいな、そういうノリだった」

「ペイジはいつまでいたんだ？」

サムの声が小さくなった。「そんなに長くは……」

「いつまでだ、サム？」

彼の眼にまた涙が込み上げてきた。

「サム？」

「ぼくたちの貴重品を全部持っていくまで」と彼は言った。涙がついにこぼれ落ちたが、声ははっきりしていた。「ペイジはカルロスのエアーマットを床に敷いてその上で寝た。三人とも寝てしまって、次に起きたらペイジがいなくなってて、ぼくたちのものもなくなってた」

「何を盗《と》られたんだ?」

「ぼくたちの財布。ノートパソコン。カルロスのダイヤのスタッドピアス」

「どうしてそんな大事なことを黙ってた?」

サイモンはつい声が苛立《いらだ》ってしまうのを自らいまいましく思いながら尋ねた。

「サム?」

返事はなかった。

「カルロスはご両親に話したのか?」

「ううん。とりあえずぼくのお金を渡した。残りも弁償することになってる」

「私たちが弁償するから、いくら必要かあとでちゃんと言いなさい。おまえのほうはどうなんだ?」

「そのあとすぐ父さんのオフィスに電話して」とサムは言った。「クレジットカードをなくしたことをエミリーに伝えたら、もう一枚のを送ってくれた」

そう言われてサイモンも思い出した。あのときはよく考えてみることもなかった。クレジットカードというのはしょっちゅう紛失したり盗まれたりするものだ。

「今はとりあえず図書館のパソコンを使ってる。大した問題じゃないよ」

「どうして今まで黙ってた?」

今さらくどくど言ってもしかたないのはわかっていたが、問いつめずにはいられなかった。

サムは泣き崩れた。「ぼくのせいだ」

「なんだって？　それはちがう」

「ぼくが父さんに話していれば――」

「サム、それは関係ない。たとえおまえが話してくれていても、この状況は何ひとつ変わらなかった」

「母さんは助かるの？」

「もちろんだ」

「そんなこと、わからないじゃないか」

サムの言うとおりだった。

サイモンはそれ以上否定や嘘を重ねることをやめた。そんなことをしてもなんの意味もない。嘘は心を掻き乱すばかりで、慰めにはならない。ドアのほうにちらりと眼をやった。ドアの小窓からイヴォンがふたりを見守っていた。サイモンは立ち上がった。イヴォンほど長い時間をともにしてきて、気心の知れた相手となら、眼を見交わすだけで互いに何を考えているかわかるものだ。

サイモンはそのまま部屋を出た。イヴォンにあとを任せた。

廊下の突きあたりで、エレナ・ラミレスがスマートフォンを弄んで立っていた。

「それで？」と彼女は訊いてきた。

サイモンはサムから聞いたことを話した。

「なるほど。それでペイジはノートパソコンを使っていたわけね」とエレナは言った。

「次はどうする？」とサイモンは尋ねた。

エレナは意外にも笑みを浮かべて言った。「わたしたちはチーム？」

「お互いに助け合えると思うけれど」

「同感。次はつながりを見つける必要がある」エレナはさらにしばらくスマートフォンを弄びながら続けた。「今、あなたにアーロンの実家の情報を送った。明日の朝、告別式のようなものをやるみたいだから。あなたは行ったほうがいいと思う。ペイジが来るかもしれないし。まわりに誰か怪しい人間が隠れていないか確認して、誰もいなければ、家族と直接話してみて。アーロンとヘンリー・ソープとはどういうつながりがあるのかがわかるかもしれない」

「わかった」とサイモンは言った。「あなたのほうは？」

「ヘンリー・ソープが連絡を取っていたほかの相手を訪ねてみるわ」

「それは誰です？」

「相手の名前はわからない」とエレナは言った。「わかっているのは場所だけ」

「その場所は？」

「ニュージャージーのタトゥー店」

15

〈コーヴァル・イン＆ファミリー樹木農園〉はコネティカット州の東端、ロードアイランド州との州境近くに位置していた。サイモンは午前八時半に到着した。アーロンの告別式の開始時刻は――エレナ・ラミレスの情報によれば――午前九時。

宿《イン》はフェデラル様式の白壁の農家で、両サイドがバランスよく増築されていた。建物をぐるりと囲むポーチに緑色の籐《とう》製のロッキングチェアが並び、〝一八九三年より家族経営〟と書かれた看板が立っていて、まさにニューイングランド地方の絵はがきそのもののような光景だった。建物の右手にバスが停まり、〈ヘイライド（干し草を敷いた荷馬車に乗る遠乗り）体験にやってきた観光客が降りてきた。〈ワクワクふれあい動物園〉と名がついた奥の家畜小屋が山羊《やぎ》や羊やアルパカや鶏との〝ふれあい体験〟の場になっている。具体的にどうすれば鶏と〝ふれあい体験〟ができるのか、サイモンとしては首を傾げるしかなかったが。

クリスマスシーズンになると、観光客は自宅に飾るクリスマスツリー用の木を伐採する。十月には敷地全体が〝お化け農園〟という設定になり、〝お化け迷路〟や〝お化けサイロ〟や〝お化け首なし騎士〟による〝お化けヘイライド〟（キーワードは〝お化け〟）と、お化けづくしのフルコースが堪能《たんのう》できる。そしてまた、季節ごとにカボチャ狩りやリンゴ狩りが愉しめ、右手にある小屋でアップルサイダーづくりも体験できる。

サイモンは車を停め、宿の玄関に向かった。ドア脇の凝った装飾が施された看板には〝宿泊客専用〟と書かれていたが、サイモンは無視してロビーにはいった。内装は古めかしく、予想以上に格式張っていた。獣脚の上部に翼が彫られたマホガニーの長椅子の両側に、扇形の背もたれのあるサクラ材のウィンザーチェアが置かれ、大きな振り子時計が大きすぎる暖炉の隣りで立哨《りっしょう》のように佇《たたず》んでいた。二台ある両開きのマホガニーの棚のうち、一台には陶磁器が、もう一台には革表紙の本が飾られ、壁には古い油絵の肖像画が並んでいる。見るからに逞《たくま》しく、いかめしい顔つきの男たち――コーヴァル家代々の家長たちだ。

「いらっしゃいませ」

受付の女性がそう言って、彼ににっこりと笑いかけてきた。本場らしさを演出しようと必死なイタリアンレストランがテーブルクロスに使っているのと同じ柄のチェックのブラウスを着ていた。サイモンは思った――この女性がアーロンの母親なのだろうか。しかし、壁の古い肖像画の続きを眼でたどっていくと、彼女の頭のうしろに六十前後の夫婦が笑顔で写った額入り写真が掲げられていることに気づいた。その写真の下の銘板に次の文字が刻まれていた。

コーヴァル夫妻
ワイリー&イーニッド

サイモンは言った。「告別式に伺ったんですが」

受付の女性は疑わしそうな——睨むようなとは言わないまでも——眼を彼に向けて尋ねた。

「お名前を伺えますか?」

「サイモン・グリーン」

「ミスター・グリーン、お会いするのは初めてですが」

彼はうなずいて言った。「アーロンと知り合いだったんです」

「アーロンとお知り合いだった」彼女は不信感をにじませた口調で言った。「それで弔問に見えたのですか?」

サイモンはその問いには答えなかった。受付の女性はパンフレットを取り出し、慎重な手つきで開いた。首に掛けたチェーンに老眼鏡がぶら下がっていた。それを鼻のさきに掛けて彼女は説明した。「動物小屋の裏手を奥に進んでください。ここで右に曲がります。トウモロコシ畑の迷路が見えますが、絶対にはいらないでください。出られなくなった人たちを助け出すのに、今週二回も従業員を送り込まなきゃならなかったんです。迷路のまわりをぐるっとまわって歩いてください」

彼女は地図を指差して続けた。

「雑木林の中を通る道があります。そこをまっすぐ進んでください。右向きの緑の矢印がついた木が見えてきます。それはハイキング用なので、矢印とは逆に左へ進んでください」

「ややこしいですね」とサイモンは言った。

受付の女性は彼にパンフレットを渡し、眉根を寄せて言った。「このロビーは宿泊されるお客さま専用になっています」

「なるほど」

サイモンは礼を言って、宿の外に戻った。表ではヘイライドがこれから始まるところだった。干し草を積んだ荷台に坐った大勢の人々をトラクターがゆっくりすぎるペースで牽《ひ》いていた。全員が笑顔だった。明らかに居心地が悪そうにしているにもかかわらず。その中の一家族が——父、母、娘、息子——サイモンに向かって一斉に手を振ってきた。サイモンも手を振り返した。そのとたん、過去に舞い戻ったかのように、子供たちをリンゴ狩りに連れていった日の思い出が甦《よみがえ》った。場所はニュージャージーとの州境の手前のチェスター。あれは美しい秋の日で、そう、高い枝に手が届くようにペイジを肩車してやったことも覚えている。が、今この瞬間に何にもまして思い出すのは——今眼のまえにいる、幸福で無邪気で何も知らないお気楽な一家を見つめまいとしながら思い出すのは——濃い色のフランネルのシャツの裾を細身のブルージーンズにたくし込み、ロングブーツを履いたイングリッドの姿だ。

サイモンはちょうど彼女のほうを振り返ったところだった。肩に乗ったペイジがくすくす笑っていた。イングリッドは髪を耳にかけながら、彼に微笑み返してきた。あのとき、ふたりの眼が合ったときのことを思い出すだけで、今でも膝の力が抜けそうになる。

サイモンはスマートフォンを取り出し、数秒間じっと画面を見つめた。いい知らせを届けてくれと念じながら。いい知らせは届いていなかった。

教えられたとおり、ふれあい動物小屋の裏手の道を進んだ。鶏が放し飼いにされていた。一羽が彼の足元に駆け寄り、立ち止まって彼を見上げた。サイモンは思わず撫でたくなる衝動に駆られた。農作業用のつなぎを着た男が自動孵卵器《ふらんき》を使ったデモンストレーションをおこなっていた。やがて迷路ゾーンが見えてきた。トウモロコシの茎の高さは三メートルもあるだろうか。迷路には入場待ちの列ができており、看板に今年のテーマが掲げられていた——〝五十の州を全部見つけよう〟。

迷路の外側をまわり、雑木林にはいる散策路を見つけた。言われたとおり緑の矢印のところまで進むと、矢印とは逆に左に曲がった。樹木が鬱蒼《うっそう》と生い茂っていた。はいってきた場所を確認しようと振り返ったが、もうもとの空所は見えなかった。

サイモンは歩きつづけた。小径《こみち》は下降し、次第に傾斜がきつくなった。遠くから水が流れているような音が聞こえてきた。小川のせせらぎだろうか。小径は右に曲がった。生い茂っていた木々がだんだんとまばらになり、気づくと開けた場所に出ていた。そこは完璧な真四角の空所だった。自然に形づくられたものではなく、人の手で開かれた場所だった。三十センチあるかないかの低い木の杭柵《くいさく》が、いくつもの小さな墓石のまわりを取り囲んでいた。

一族の墓地だ。

サイモンは足を止めた。

空所の奥にはやはり小川が流れ、その手前に色褪せたチーク材のベンチが置かれていた。死者が環境を気にするとは思えなかったが、遺《のこ》された家族にとってここは故人の死を悼んで黙想するためのいわば禅的な空間なのだろう。

さきほどロビーの写真で見た宿の主人ワイリー・コーヴァル——アーロンの父親——がひとりで墓地の真ん中に立って、新しい墓石をじっと見下ろしていた。サイモンは相手が気づくのを待った。やがてワイリー・コーヴァルは顔を上げ、サイモンに眼を向けて訊いてきた。

「誰だ？」

「サイモン・グリーンと言います」

ワイリー・コーヴァルはなおも問いかけるように彼を見た。

「ペイジの父です」

「あの子がやったのか？」

サイモンは何も言わなかった。

「あの子が私の息子を殺したのか？」

「いいえ」

「なんで断言できる?」

「断言はできません」この男は自分の息子を埋葬しようとしている。今は嘘をつくべきではない。サイモンはそう思って言った。「私の娘は殺人者ではない。私がそう言いきったところで、あなたの心の慰めにはならないでしょうが」

ワイリー・コーヴァルは無言で彼を見つめた。

「だけど、私にはペイジがやったとは思えない。あの事件は……残虐だった。詳細をご存じですか?」

「ああ」

「娘にあんなことができたとはとても思えない」

「だとしても、ほんとうのところはあんたにもわからない。ちがうか?」

「ええ、わかりません」

ワイリー・コーヴァルは背を向けて言った。「帰ってくれ」

「ペイジは行方不明なんです」

「おれの知ったことじゃない」

遠くで子供たちがきゃあきゃあ叫びながら笑う声が聞こえた。トウモロコシ畑の迷路から聞こえてくるのだろう。サイモンは思った――アーロン・コーヴァルはここで育った。ノーマン・ロックウェルの絵から抜け出したようなこの場所で。その末路がどうだ？　とはいえ――公正を期して言えば――土地や背景に多少のちがいはあれ、牧歌的な子供時代を過ごしたのはペイジにしても同じではないか？　それも単なる見かけだけではなく。白い柵に囲まれた素敵な家、やさしい笑顔の両親、元気なきょうだい、そういったものは誰の眼にも幸せの象徴として映るだろう。が、閉ざされたドアの向こうで何が起きているかは誰にもわからない。その奥に怒りや虐待、打ち砕かれた夢や裏切られた期待が存在することは、外から見ただけでは誰にもわからない。

しかし、ペイジの場合はそうではなかった。

自分たちの人生は完璧だった？

もちろんそんなことはない。

自分たちの人生は完璧に近かった？

それはもう――サイモンは思った――この上なく完璧に近かった。

にもかかわらず、娘はこの世で最悪の誘惑に屈した。サイモンはそれこそもう百万回は自問し、過去の行動を振り返っていた――自分は親として充分にあの子のことを気にかけていただろうか？　あの子の交友関係や学習面に気を配っていただろうか？　あの子の趣味を支えてやっていただろうか？　自分たちは親として厳しすぎたのではないか？　あるいは甘すぎたのではないか？　そういえば一度、サイモン自身が夕食の最中に怒りを爆発させ、床にグラスを叩きつけたことがあった。一度だけ。もう十年以上まえのことだ。当時まだ八歳だったペイジはその光景に文字どおり震え上がった。

あれがいけなかったのだろうか？

そんなふうに過去の瞬間をいちいち精査せずにいられなくなるのは、それが子育てをする者の宿命だからだ。たとえ〝子供には取扱説明書がついていない〟と自分の母親から聞かされていても、子供の性質は生まれついてのものだとわかっていても、〝遺伝か環境か〟論争では遺伝が完全勝利を収めることを学んでいても、何か取り返しのつかない問題が起こったとき、これほど邪悪な闇がわが子の心を食い尽くすとき、親は自問することしかできない――自分はいったいどこでまちがったのかと。

背後から女の声がした。「その人は？」

サイモンは声の主のほうを振り返った。これまたロビーの写真で見た顔だった――アーロンの母親イーニッド。彼女のあとから十人あまりの人々がぞろぞろと小径を歩いてくるところだった。聖職者用のカラーを着用し、聖書を抱えた男を含めて。

「たまたま迷い込んできてしまっただけの人だよ」とワイリー・コーヴァルが言った。

サイモンはいっそほんとうのことを言おうかと思ったが――真っ向からぶつかるのだ。社交辞令もへったくれもなく。が、結局、そんなことをしてもろくなことにならないと思い直し、謝罪のことばをつぶやいてその場から立ち去った。家族や友人知人の脇を通り抜け、農園のほうに引き返すことにした。アーロンと同年代の参列者はいなかった。そういえば以前、アーロンはひとりっ子だというようなことをペイジが言っていた。となると、きょうだいはそもそもいないことになる。参列者の年齢からして、あの中に親しい友人がいるようにも見えなかった。アーロンのようなヤク中に〝親しい友人〟が実際にいたとして。

さて、どうする？

まずは彼らが式を終えてからだ。サイモンはそう思った。アーロンのなれの果てがどのようなものであれ、ワイリーとイーニッドは息子を失ったのだ——容赦なく、唐突に、不自然に、永久に。せめてこの時間は彼らに与えるべきだ。

もとの空所に戻ると、十歳かそこらの子供の集団が迷路から飛び出してきて、息を弾ませながら互いにハイタッチをしはじめた。サイモンはスマートフォンをチェックした。メッセージが大量に届いているのを尻目に、電話帳のお気に入りリストを表示した。イングリッドが一番最初に登録されている。二番目がイヴォン、その次がペイジ（番号はもう使われていないが、それでもお気に入りからはずせない）、サム、アーニャ。子供たちは年齢順だ。公平を期すにはそれしかない。

サイモンはイヴォンの番号に電話した。

「変化なし」とイヴォンは言った。

「やっぱり私も付き添うべきだ」

「いいえ、その必要はないわ」

彼はトウモロコシ畑の迷路を終えたばかりの子供たちを振り返った。全員がスマートフォンを取り出し、写真を撮ったり――自撮りとグループ写真の両方――誰もがやるように画面を見ながらなにやら操作したりしていた。

「逆の立場になって考えて」とイヴォンは言った。「撃たれたのがあなただったら？　昏睡状態でこの病室にいるのがあなただったら？　イングリッドに隣りに坐って手を握っててほしい？　それとも――」

「ああ、わかった。きみの言うとおりだ」

「それで、アーロンの家族には会えたの？」

サイモンはたった今あったことを詳しく話した。

「じゃあ、どうするの？」

「もうしばらくここにいる。葬儀が終わるのを待って、もう一度彼らと話をしてみる」

「アーロンのお父さんは素直に応じてくれなさそうだけど」とイヴォンは言った。「お母さんのほうが理解があるかも」

「性差別的な発想だ」

「そのとおり」

「オフィスのほうは問題ない？」

「みんなでフォローしてるから安心して」

サイモンは通話を終えると、自分の車に戻った。車内でもう一度スマートフォンを取り出し、溜まったメッセージを聞いた。銃撃事件のニュースはまだ報道されていないようで、メッセージのほとんどは慰めのことばではなく、クライアントに関係したものだった。ありがたいことに。折り返し何件かクライアントに電話をかけた。自分の今の状況には触れず、オフィスにいるときのように、いつものように振る舞った。そうやって日常業務をこなしていると心が落ち着いた。

イングリッドのことは努めて考えないようにした。それは自分でもわかっていた。今はそれが正しい道だということもわかっていた。

三十分後、マウント・サイナイ病院の神経外科医であるドクター・ダニエル・ブロックルハーストと、退職後はフロリダとアリゾナのどちらに住んだほうが金銭的メリットが高いかという話をしている途中、さっきの参列者の集団がなだらかな丘をのぼって戻ってくるのが見えた。ワイリー・コーヴァルとさっきの聖職者が先頭を歩いていた。ワイリーはメロドラマ的とは言わないまでも、見るからに悲嘆に暮れた様子で肩を落とし、聖職者の男がその肩に腕をまわしてなにやら囁きかけていた。おそらくは慰めのことばを。そのあとをほかの参列者たちがぞろぞろと歩いていた。眼をすがめて太陽を見上げたり、通りかかる観光客に向かって会釈したりしながら。

集団のうしろに――最後尾に――アーロンの母親イーニッド・コーヴァルがいた。ほんの一瞬、サイモンは彼らがガゼルの群れだと想像した。自分はライオンで、群れからはぐれた一頭に狙いをつけているのだと。馬鹿げた想像だが、要はそういうことだ。

その一頭こそがほかでもない、母親のイーニッドだ。

サイモンは車の中から観察を続けた。イーニッドは何かに気を取られているようだった。腕時計に眼をやり、歩みをゆるめ、ほかの参列者からどんどん遅れていた。自らひとり取り残されようとするかのように。

なんとも妙だ――サイモンは思った――彼女は母親なのに。何人か彼女のそばにいて、体に腕をまわしたり慰めのことばをかけたりしていてもよさそうなものなのに。そういう相手が誰もいないとは。

イーニッドは服装もひとりだけ浮いていた。ワイリー・コーヴァルも含めたほかの全員が〝青いブレザーにカーキパンツ、素足にローファー〟の精神に則《のっと》っていた。ヨットクラブのドレスコードに。完全にそのとおりというわけではないにしろ。一方、イーニッドは垢抜けないジーンズにベルクロ留めの白いスニーカー、小学生の定番鉛筆、タイコンデロガ鉛筆みたいな黄色のよれよれのケーブルニットという恰好だった。

ワイリーと聖職者が宿のポーチの階段をのぼりはじめた。サイモンに応対したあの受付の女性が玄関でワイリーを出迎え、頰にキスをした。残りの参列者たちも全員あとに続いた。

イーニッドを除いて。

集団から離れてついてきていた彼女は、玄関のドアが閉まったあとも中にはいろうとはしなかった。かわりに左右にちらりと眼をやってから、宿の裏手に向かった。

サイモンはどうしたものか迷った。車から出て、相手のまえに立ちはだかる？ この場にとどまって、相手がどこへ行くか見届ける？

イーニッド・コーヴァルが宿の裏に消えると、サイモンは車をそっと抜け出し、相手が見えるところまで近づいた。彼女はピックアップトラックに乗り込み、エンジンをかけ、そのまま車をバックさせた。サイモンは急いで自分の車に戻り、エンジンのスタートボタンを押した。

三十秒後、彼の車はイーニッド・コーヴァルのトラックのあとを尾《つ》けながらトム・ウィーラー・ロードを走っていた。

道路沿いには低い石壁が並んで、両側の広大な農地を申しわけ程度に守っていた。サイモンはこの地域のことはよく知らなかったが——ここにあるのは本物の農地なのか、見せかけなのか、なんなのか？——大部分はくたびれて荒廃しているように見えた。

十五分後、イーニッドのピックアップトラックは同じようなトラックだらけの未舗装の駐車場に乗り入れた。敷地内には看板も何もなく、ここがどういう場所なのかはわからなかった。イーニッドはトラックを降りると、建物のほうに向かった。改造された一軒の納屋で、外壁にはアルミのサイディングが継ぎ合わせて張られていた。色はピエロの髪のようなけばけばしいオレンジだった。

サイモンは自分のアウディがめだつのではないかと気にしながら駐車場に乗り入れ、奥の片隅へゆっくり車を進めた。左に眼をやると、道路から隠れた納屋の裏側に二十数台のバイクがまっすぐ二列に並んでいた。ほとんどがハーレーダビッドソンだった。サイモンはバイクには詳しくもなければ乗ったこともなかったが、そんな彼の眼にもハーレーのロゴは即座に見分けがついた。

イーニッドは未舗装の駐車場を横切り、西部開拓時代の酒場を思わせる入口のスウィングドアに向かっていた。そこへ革パンツと黒バンダナ姿のがっしりした男がふたりやってきた。彼らの太くて締まりのない腕にはタトゥーがびっしり彫られていた。ふたりとも太鼓腹で、バイク乗りには必須の顎ひげをむさ苦しく生やしていた。

ふたりはイーニッドと親しげに握手とハグを交わした。彼女はひとりの頰にキスをし、建物の中に消えた。サイモンは彼女が出てくるまで待とうかどうか迷った――この場所は明らかに自分の守備範囲外だ――が、待つのは時間の無駄に思えた。彼は車のエンジンを切り、建物の入口に向かった。

両開きのスウィングドアを押し開けて中にはいった。その瞬間、流れていた音楽がやみ、誰もが振り返って侵入者である自分をじっと見てくるのではないかと思った。が、誰も見てこなかった。音楽もそもそも流れていなかった。V字アンテナ付きの古いテレビで野球中継をやっていた。バーにはちがいないが、なんとも異様なバーだ。あちこちに空間があり、そのどれもが広すぎた。ダンス用のスペースを設けているのかもしれないが、少なくともここで最近ダンスがおこなわれたとは思えなかった。右の隅にジュークボックスがあるが、電源プラグが抜かれていた。足元は床と言うより、ほぼ全面が土だった。外の駐車場と同じように。

イーニッド・コーヴァルはカウンターに席を取っていた。まだ午前十一時にもかかわらず、そこそこ客がはいっていた。三十席ほどのストゥールがまばらに置かれた広い空間に、十人ほどの客がぽつぽつと坐っていた。男たちがトイレで便器のまえに立つように、あえて誰とも隣り同士になることなく。全員が自分の飲みものを守るように背中を丸め、〝誰もおれに話しかけるな〟と言わんばかりに眼を伏せていた。右側ではバイク乗りの集団が、緑のラシャがすり切れたビリヤード台を囲んで玉突きに興じている。

どこを見やってもパブストブルーリボンのビール缶が眼についた。

サイモンはドレスシャツにネクタイ、黒のローファーという恰好だった。それもそのはず、葬儀に参列するつもりで来たのだ。一方、この場にいる男たちの半数は綿のタンクトップを着ていた。四十を過ぎた男がしていい恰好ではない。どんなに体を鍛えていても。この男たちはそもそも体を鍛えていなかった。

は。

彼らには脱帽だ――サイモンは胸につぶやいた――外見をここまで気にせずにいられると

彼はイーニッドのふたつ隣りのストゥールに腰かけた。彼女は自分の飲みものから顔を上げもしなければ、サイモンのほうを見もしなかった。彼の反対側では、ポークパイハットをかぶった男が音楽のリズムに合わせるかのように首を上下に振っていた。店内に音楽は流れておらず、イヤフォンをつけているわけでもないのに。奥の壁の大部分は錆びついた雑多なナンバープレートで埋まっていた。おそらく全五十州のプレートがそろっているのだろう。確認してみようとは思わなかったが。ほかにはミラー・ハイライフとシュリッツ、それぞれのビールのネオンサインが掲げられていた。天井からは妙に凝った装飾のシャンデリアが吊り下げられていた。あの宿のロビーと同様、この店内もダークウッドで統一されていたが、共通しているのはそれだけだった。同じダークウッドでもあちらが富裕層なら、こちらは最貧層と言ってよかった。

「何にします？」

女性バーテンダーの髪の色と質感はまさにヘイライド用の干し草のようだった。全体がショートで襟足部分だけを長く伸ばしたその髪形を見て、サイモンは八〇年代に活躍したあるホッケー選手を思い出した。その女性バーテンダーは苦労の多い四十五歳にも気楽な六十五歳にも見えたが、いずれにしろ世の中の裏も表も知り尽くしていることはまちがいなさそうだった。

「ビールは何がありますか？」と彼は尋ねた。

「パブストとか、パブストとか」

「あなたのお勧めのほうで」

イーニッドはまだ自分の飲みものに視線を落としていた。そのまま彼のほうをちらりとも見ずに口を開いた。「あなたはペイジのお父さんね」

「ワイリーから聞いたんですか？」

彼女は首を振った。やはり彼のほうを見ようともしないまま。「あの人からはひとことも聞いてない。今日はなぜ来たの？」

「弔問しに」

「それは嘘ね」

「ええ、嘘です。それでも、お気の毒だとは思っています」

彼女はそれにはなんの反応も示さなかった。「ここに来たのはなぜ？」

「娘が行方不明なんです」

女性バーテンダーがビールの缶を開け、サイモンのまえに置いた。

イーニッドはようやく彼のほうを向いて尋ねた。「いつから？」

「アーロンが殺されてから」

「それは偶然のはずがないわね」

「同感です」

「娘さんはアーロンを殺して逃げたんでしょう」

彼女はあっさりとそう言ってのけた。なんの感情も込めずに。

「おことばを返すようですが」とサイモンは言った。「私がそうは思わないと言ったら?」

イーニッドは〝さあね〟と言うように両手を広げて肩をすくめた。「ギャンブルは好き?」

「いっさいしません」

「そう、でも、あなたは凄腕の株式ブローカーか何かなんでしょ?」

「金融アドヴァイザーです」

「なんでもいいけど。それって賭けをすることには変わりないわけでしょ? 何が確実で何が危険か、そういうことを見きわめようとするわけでしょ?」

サイモンはうなずいた。

「だったら、最も有力なふたつの可能性が何かはわかるわよね?」

「言ってみてください」

「ひとつ目は、あなたの娘がアーロンを殺して逃げたという可能性」

「ふたつ目は?」

「アーロンを殺した人間が彼女を連れ去ったか、あるいは殺したか」イーニッド・コーヴァルは手元の飲みものを一口飲んでから続けた。「考えてみれば、ふたつ目のほうが断然ありうるわね」

「どうしてそう思うんです?」

「ヤク中は証拠を消し去ったり警察から逃げたりするのが得意じゃないからよ」

「じゃあ、ペイジが彼を殺したとは思わない?」

「そうは言ってないわ」

「仮にあなたの考えが正しいとしましょう」サイモンはあくまで客観的に順序立てて考えようとして言った。「その人間はペイジを連れ去ってどうするんです?」

「さあ、それは見当もつかない。こんなことは言いたくないけど、娘さんはもう死んでるんじゃないかしら」イーニッドはまた一口飲んだ。「あなたがなぜここにいるのか、やっぱりわからない」

「あなたは何か知っているんじゃないかと思って」

「最後にアーロンに会ったのはもう何ヵ月もまえよ」

「この男に見覚えはありませんか?」

そう言って、サイモンは彼女にスマートフォンの画面を見せた。エレナ・ラミレスから送られてきた画像——彼女の依頼人の失踪した息子ヘンリー・ソープの写真。

「これは誰?」

「名前はヘンリー・ソープ。シカゴ在住の」

イーニッドは首を振って言った。「見たことないわ。どうして訊くの？」

「この件に関係している可能性があります」

「この件に？　どうやって？」

「それこそ見当もつかない。だからここに来たんです。この男も行方不明なんです」

「ペイジと同じように？」

「そういうことになります」

「あなたの力にはなれないわ。悪いけど」

スキンヘッドに強面《こわもて》のバイク乗りがふたりのあいだのストゥールを引っぱってどかし、バーカウンターに寄りかかってきた。腕に黒い鉄十字のタトゥーをしていた。さらに鉤《かぎ》十字の半分ほどがシャツの袖から突き出ていた。バイク乗りはサイモンがタトゥーに気づいたことに気づき、眼を合わせて睨みつけてきた。サイモンも相手を見つめ返した。顔が熱くなってくるのがわかった。

「何をじろじろ見てやがる？」とバイク乗りが凄みを利かせて言った。

サイモンはまばたきも身じろぎもしなかった。

「聞こえなかったのか？　何を――」

イーニッドが横から言った。「この人はわたしの連れよ」

「待ってくれ、イーニッド、おれはそんなつもりじゃ――」

「あんたは大事な話の邪魔をしてる」

「そう言ったって、知らなかったんだからしょうがないだろ？」

バイク乗りは明らかにビビっていた。

「ちょっとビールを頼もうと思っただけだよ、イーニッド」

「だったらグラディスが持っていくから、あんたはビリヤード台で待ってれば？」

その一声でバイク乗りはあっさり退散した。

「イーニッド」とサイモンは言った。

「何？」

「ここはどういう場所なんです？」

「プライヴェート・クラブよ」

「あなたの？」

「あなたがここに来たのは娘さんのことを訊くため、それともわたしのことを訊くため？」

「私はただすべてをはっきりさせたいだけです」

「何をはっきりさせるの？」

「アーロンの話を聞かせてもらえませんか？」

「あの子の何を？」

「わかりません。すべてを。何もかもを」

「それを聞いてどうするの?」

「ここには手がかりがある」と彼は言った。自分でも理不尽なことを口走っていると思いながら。「つながりがある。それがなんなのかはわからないけれど、何かを見落としているような気がしてならないんです。だからあれこれ質問すれば、そのうち何か見えてくるんじゃないかと――」

彼女は眉をひそめた。「そんなやり方で何がわかるとも思えないけど」

「昨日、妻が撃たれたんです」とサイモンは言った。

イーニッドは問いかけるように彼を見た。

「どうにか一命は取り止めましたが……ふたりでペイジを捜しにいったんです。あの子がアーロンと住んでいたところへ。アーロンが殺された場所へ」

サイモンはそう言って、パブストビールを呷《あお》った。こんな真っ昼間から冷たいビールを飲むのはいつ以来か思い出せなかったが、今日この場所で飲むのは正しいことのように思えた。話をしながらそれとなく店内を見まわした。白人至上主義者のタトゥーを入れているのはさっきのバイク乗りだけではなかった。大勢の男たちが鉤十字を入れていた。サイモンは思った――この状況が多勢に無勢なのはわかっている。何かの拍子にいつ袋叩きにならないともかぎらない。しかし、これがアメリカなのか。自分の国なのか。こんなものが公然と認められているのか。今はそんなことを心配しているときではない。それでも気づくと全身が熱くなっていた。

「アーロンが育った場所はあなたも見たでしょ?」サイモンが話を終えると、イーニッドはそう言った。

「あの農園ですね」

「あれは本物の農園じゃない。観光スポットよ。でも、まあ、悪くない、でしょ?」

「見たところは」

「見たところは」と彼女はうなずいておうむ返しに言った。「アーロンは子供の頃、あの宿に住んでいたのよ。当時あの人たちが貸していたのは六室だけで、残りの部屋には家族が住んでいた。それからビジネスの拡大が始まった。十室全部を客室にするようになったの。五、六年まえには両側を増築して、今の二十四室になった。レストランもなかなか評判がいいのよ。ワイリーは〝ビストロ〟なんて呼んでるけど。そのほうが洒落てると思ってるのね。それからギフトショップ、あれはいい商売よ。記念のお土産《みやげ》やらろうそくやら、そういうくだらないものが売れるんだから。話が脱線してる?」

「いえ、まったく」

「アーロンのことが知りたいんでしょ?」

サイモンは答えなかった。

「そう、アーロン。あの子は小さい頃からどことなく翳《かげ》のある子だった。わたしの言う意味がわかるかしらね」

タトゥーを入れた男たちのひとりが裏口の脇に立ち、イーニッドと視線を合わせた。彼女がうなずくと、男はそっと出ていった。

「こんな話があなたの役に立つとは思えないけど」と彼女は言った。

「あの人たち」

「ええ?」

「さっき言いましたね。〝あの人たちが貸していたのは六室だけで〟。あの人たち、と」

「だから?」

「あなたの立場なら〝あの人たち〟ではなく〝わたしたち〟と言うはずだけど」

「〝わたしたち〟になるのはそのあとよ」と彼女は言った。「その頃はワイリーとわたしはまだ結婚してなかったから」

「その頃というのは?」

「ワイリーが宿に住んでいた頃」

「だけど、アーロンもそこに住んでいたんですよね?」

「ええ、ワイリーとね。わたしはあの子の継母《ままはは》なのよ。関わりはじめたのはあの子が九歳になる頃。実を言うと、わたしって母親らしいタイプじゃないの。驚いた? アーロンとわたしが親しかったことは一度もないわ」

「実のお母さんは？　彼女はどこにいるんです？」

イーニッドは裏口にちらりと眼をやった。タトゥーを入れた男が戻ってきて、確認するようにイーニッドと眼を合わせた。彼女のグラスは空《から》だった。干し草ヘアのグラディスが何も言われないうちにおかわりを注いだ。

「ミセス・コーヴァル？」とサイモンは言った。

「イーニッドと呼んで」

「イーニッド、アーロンの実の母親はどうなったんです？」

「それとこれとはなんの関係もないわ」

「あるかもしれません」

「どんな関係があるっていうの？」イーニッドはそこで彼のほうに向き直った。カウンターに片方の腕を置いたまま、正面から彼の眼を見て続けた。「わたしはね、ここに来た最初の日にアーロンに言ったのよ。何があっても試しちゃいけない。絶対に。ほんのちょっとでも試したら終わりだって。あの子はそれをやった人間がどうなるか、毎日その眼で見ていた。それなのに、結局はヤク中だらけのくそ溜めで殺される破目になった。だから教えて、ミスター・グリーン。アーロンがああなったことと、あの子の生みの母親の話がいったいどう関係してるっていうの？　ついでにもうひとつ訊くけど――あなたの娘さんが行方不明になったことと、アーロンの生みの母親の話がいったいどう関係してるっていうの？」

「それはわかりません」とサイモンは言った。

「どちらかといえば、責めを負うべきはわたしのほうだと思わない？」

サイモンは何も言わなかった。

「わたしはあの子の父親と結婚した。十代になると、あの子はここに遊びに来たがるようになった。刺激のない場所で育つと、そういうことになるのよ。夢みたいだのすばらしいだの思いたがる人もいるけど、きれいな場所なんて退屈なだけ。アーロンのような子はそれに耐えられなくなる。あの子にはそういう尖《とが》ったところがあった。そういう子なのよ。わたしもそうだったからわかる。あの子と血はつながっていないけど」

サイモンは訊きたかった。ここはいったいどういう場所なのかと。しかし、今それをここで訊くのはためらわれた。だから別の質問に切り替えた。「アーロンの実の母親は今日の葬儀に来ました？」

イーニッドは下を向いたままだった。

「教えてくれませんか。せめて――」

「いいえ」とイーニッドは言った。「葬儀には来ていない」

「彼女はまだ存命なんですか？　息子との関わりはなかったんですか？」

「ミスター・グリーン、わたしはあなたのことを何も知らない」

「いいや、そんなことはない。あなたは私が何者か充分知っている。あなたがここで何をしていようが、宿がどうなっていようが、そんなことは私にはどうでもいいんです。あなたに迷惑をかけるつもりもありません。ただ、何度もしつこいと思われるでしょうが、私の娘は行方不明なんです」

「だから何度も言ってるように、それがいったいなんの関係が——」

「関係はないかもしれない」と彼は彼女のことばをさえぎって言った。「ただ、どうしてもそうは思えない。そうじゃありませんか？　警察はペイジが自分の身を守るためにアーロンを殺したのかもしれないと考えている。あるいは私が殺したのかもしれないと。あるいは私の妻が。わが子を守るために。あるいはまた、麻薬の取引きがこじれた結果かもしれないと。どれも可能性として充分ありうることはわかっています。それでも、あなたの力を貸していただきたいんです」

イーニッドは酒に視線を落とし、手元のグラスをゆらゆらと揺らしはじめた。

「アーロンの母親は生きているんですか、それとも？」

「ほんとうのことを言いましょうか？」イーニッドは顔を上げ、彼の顔を長いあいだまじまじと見つめた。そのあと言った。「わたしにはわからない」

「彼女が生きているか死んでいるかもわからない？」

「そういうこと」イーニッドはそう言うと、グラディスのほうを向いて言った。「ここにいるわたしのお友達にビールをもう一杯用意して、隅のブースに持ってきてちょうだい。この人とはあっちで話をするから」

16

〈その場でタトゥー〉への入口はふさがれており、中にははいれなかった。反射するオレンジと白の斜めストライプの横材がA型フレームに水平に渡された、昔ながらのバリケードで。エレナ・ラミレスはタトゥー店のまえに停まっている車に眼をとめた。エンブレムをフルに装着した警察車両が二台、覆面パトカーと思われる車が二台。彼女はそのまま車を進め、チェリーの芳香剤のにおいが鼻を突くレンタルのフォード・フュージョンを幹線道路からバリケードの手前まで乗り入れた。

警官がひとり、しかめ面で歩いてきて言った。

「ここにははいれません」

「何かあったんですか？」

「敷地から車を出してください」

エレナは思った——資格証を見せてもいいが、見せたところで何も変わらないだろう。それにこれがどういう状況なのかも、なぜ警察がここにいるのかもわからない。何も知らない状態で現場に飛び込んでもいいことはひとつもない。

ここはひとまず予備調査をするべきだ。

エレナは警官に礼を言い、車をバックさせて幹線道路に戻った。百メートルほど進んで〈ソニック・ドライヴィン〉にはいり、車を停めた。スマートフォンを取り出し、何件か電話をかけた。三十分するかしないかのうちに、前日の二重殺人についての詳細がわかった。

被害者ふたりに関する情報は次のようなものだった――ひとりはダミアン・ゴース、二十九歳、タトゥー店の共同経営者。もうひとりはライアン・ベイリー、十八歳、この店でアルバイトをしていた高校生。最初の報告によると、ふたりは強盗に失敗した犯人に射殺されたとのことだった。

失敗――エレナは胸につぶやいた――そのことばが鍵だ。

もう何件か電話をかけて待った。確認が取れると、幹線道路を引き返し、さっきのバリケードの手前まで車を乗り入れた。さっきと同じ警官がバリケードをひとつどかして彼女を通し、左に車を停めるよう身振りで指し示した。彼女はうなずいて礼を言い、指示に従って車を停めた。

バックミラーをのぞき込んでつくり笑いを浮かべた。いかにも共感に満ちた、〝ここはみんなでがんばりましょう〟と言わんばかりの笑みを。ただ、ばかばかしくなってすぐにやめた。ここからが一番厄介なところだ。お巡りとエゴ。煮ても焼いても食えない。そこにくだらない縄張り意識とお決まりの男性器アピール、ただでさえ貴重な殺人事件が二重殺人として舞い込んだレアケースとなれば……壮大なスケールのくそドラマが味わえる。それはもう想像に難《かた》くない。

三十代半ばから四十くらいの男がタトゥー店の正面入口から出てきて、両手にはめていた現場検証用の手袋をはずし、エレナのほうに向かってきた。自信に満ちてはいても威張ってはいない歩き方で。眼を疑うようなイケメンだった。爽やか美男子というより渋い木こりタイプの。いわゆるワイルド系だ。もしエレナに今でも好みがあるとしたら——ジョエルを亡くして以来、その方面で気持ちが動いたことは一度もないが——この男はまさにどストライクだった。

刑事は彼女に向かってうなずき、硬い笑みを浮かべてみせた。この状況下での挨拶にふさわしく。

「ラミレス特別捜査官ですね」と男は言った。

「元特別捜査官です」

エレナは差し出された手を握った。大きな手だった。ジョエルと同じ。思い出すとまた胸が疼《うず》いた。

「デュマス刑事です。みんなにはナップと呼ばれてるけど」

「ナップ」と彼女は繰り返した。「ナップというと……」

「〝昼寝〟ですね、ええ」

「エレナです。今は個人でやってます」

「ええ、上司から聞いてます」

「もしかして郡検察官のローレン・ミューズのことですか?」

「よくご存じで」

「彼女は相当なやり手だそうですね」

「ええ」とナップは言った。「まちがいありません」

上司が若い女であることに腹を立てている様子はなかった。本音を隠して、器の大きい男に見せようとしているわけでもなさそうだった。いい兆候だ。

からくりはこうだ——エレナが所属する〈VMBインヴェスティゲーションズ〉はシカゴ、ニューヨーク、ロスアンジェルス、ヒューストンに拠点を持つ国内有数の調査会社だ。彼らのような調査員が情報を得るには人脈が命なので、VMBは日々さまざまな政治団体や警察の慈善団体に寄付を惜しまない。中でも共同経営者のひとり、マニー・アンドルースは現州知事の強力な支援者で、その州知事はローレン・ミューズを郡検察官に指名した人物にほかならない。つまり、マニー・アンドルースが州知事に電話し、州知事がミューズに電話し、ミューズが今回の事件の捜査担当刑事であるナップ・デュマスに電話したというわけだ。

メッセージはひとつ——協力せよ。

法に触れることなどひとつもない。この手の便宜の図り合いにため息をつくようでは、この世界ではやっていけない。この世は常に〝困ったときはお互いさま〟の精神で成り立っている。それが崩れ去るとなれば——好むと好まざるとにかかわらず——この社会自体も崩れ去ることになる。

とはいえ、たいていの刑事は現場に突然現われたよそ者の女には苛立《いらだ》ちを隠さず、縄張り意識と男性上位のプライドを振りかざしてくる。だからエレナは身構えていたのだが、ナップ・デュマスはその点は問題なさそうだった。少なくとも今のところは。

「現場はこっちです」

そう言って、彼は建物の左手に向かって歩きはじめた。エレナは何年もまえに銃弾を受けた脚を引きずりながら、彼に追いついた。

「実は一時間まえに事件を引き継いだばかりで」とナップは言った。「私自身、まだ把握しきれていないんだけど」

「現場に入れてもらえてありがたいです」

ナップの唇に小さな笑みが浮かんだ。事情は心得ていると言わんばかりに。「全然問題ありませんよ」

エレナはあえてそれ以上のことには触れなかった。

「ただ、どうしてこの事件に関わっているのか、よかったら聞かせてくれませんか？」

「別件を調査中で」とエレナは言った。「それと関連があるかもしれないんです」

「おっと」とナップは言った。「詳細はお手柔らかに」

エレナもそれを聞いて笑みを浮かべた。前方に木目調パネルが張られたフォード・フレックスが停まっていた。全身白ずくめの鑑識係がふたり、現場で作業をおこなっていた。

「どんな事件なんです？」とナップが尋ねた。

エレナは強硬姿勢を取ろうかとも思った。あなたはすでに上司から協力を命じられている。わたしが調査中の件については秘匿特権があって話せない。暗にそう釘を刺すこともできた。が、そういう態度はこの場には馴染まない気がした。ナップという男はいたってまともに見える。いや、それ以上だ。実に感じがいい。母ならそう言うだろう。エレナ自身は昔からそういったこと——第一印象だの、本能的直感だの——には懐疑的だったが。なぜなら、人は相手が完全なサイコパスでも騙《だま》されることがあるからだ。もっとも、エレナが騙されることはめったになかったが。むしろ年を経るごとに彼女の直感は自分で思う以上に鋭くなっていた。会った瞬間に気味が悪いと感じる男？　そういう男は洩れなく実際気味の悪い男だった。一方、今眼のまえにいるような、実に感じのいいオーラを発している、ごく少数のかぎられた男は？　そういう男は洩れなく信頼できた。

おまけにナップはジョエルと重なるところがあった——わたしのジョエルに。ああ、なんてこと。

胸の疼きはしばらく去りそうになかった。

「ナップ？」

彼は次のことばを待った。

「その話はあとにしたほうがいいと思います」とエレナは言った。

「ほう？」

「何も隠し立てするつもりはないけど、今は先入観なしのあなたの考えを聞きたいから」

「先入観」とナップはおうむ返しに言った。

「ええ」

「前後関係も事実関係も要らないと？」

「あなたは率直にものを言いそうな人だけど」

「あなたと同じく」

「とりあえずわたしのやり方でやらせてもらえます？」

ナップはいっときためらった。が、やがてうなずいて了承し、フォード・フレックスのところまで来ると、さっそく説明を始めた。「われわれの考えはこうです。最初の発砲はここで起こった。ダミアン・ゴースはちょうど車に乗り込むところだった」

「つまり、ゴースがさきに撃たれた？」

「それはまちがいなさそうです、ええ」ナップは首を傾げて訊き返した。「そこが重要なんですか？」

エレナは答えなかった。

彼はため息をついて言った。「そうだった。先入観なしだ」

「銃撃者は何人？」とエレナは尋ねた。

「それはわからない。ただし、最初の線条痕検査の結果、被害者はふたりとも同じ銃で殺されたことがわかっている」

「となると、銃撃者はひとりだけだったのかも」

「なんとも言えないけど、どうもそんな気はします」

エレナは現場を見渡した。建物の裏を確認し、それから空を見上げて尋ねた。「駐車場に防犯カメラはないんですね？」

「ひとつも」

「店の中には？」

「中にもありません。よくあるＡＤＴ社の警報装置だけです。非常ボタンと動作センサーが付いた――」

「この店は現金を取り扱ってますよね」

「ええ」

「その保管はどうなってました?」

「ふたりの経営者のうちひとりが――ゴースはそのひとりですが――毎晩売上金を持ち帰って、自分たちの金庫に保管していました」

「自分たちの金庫?」

「はい?」

「今、自分たちの金庫って言いましたよね。経営者のふたりは金庫を共有してたんですか?」

「一緒に暮らしてましたから、ええ。で、あなたの次の質問に答えると、ゴースは強盗被害にあっている。売上金と財布を奪われ、貴金属の一部もなくなっている」

「じゃあ、あなたは強盗だと考えている?」

ナップは片頬を歪めた笑みを浮かべた。これまたジョエルのような――ああ。「まあ、そう考えていました」と彼は言った。

その言外の意味は明らかだった。そう考えていました――あなたが現われるまでは。

「で、そのもうひとりの経営者は?」と彼女は尋ねた。

「空港からこっちに向かってるところです。もう着いていてもおかしくない」

「空港?」

「彼の名前はニール・ラフ。休暇でマイアミに行っていたんです」

「彼は容疑者ですか?」

「殺人事件発生時に旅行中だったビジネスパートナーですよ」

「確かに」と彼女は言った。「当然容疑者になりますよね」

「さっきも言ったように、詳しく見ていくのはこれからです」

「ゴースが持っていた現金がどれくらいだったかわかります？」

「それもまだわかっていません。多ければ数千ドルになる日もあれば、ほとんど現金が発生しない日もあるとかで。その日の売り上げとカードを使った人の数によってかなり変わります」

現場にはチョークで遺体を囲った跡などはなかったが、ナップが現場写真を持っていた。

エレナはそれらの写真を仔細《しさい》に眺めてから尋ねた。

「加害者はゴースの金を奪ってから撃ったのか、それとも撃ってから金を奪ったのか。どう思います？」

「さきに撃ったんでしょう」とナップは言った。

「それは確信のようですね」

「その写真のゴースのポケットを見てください」

エレナは写真を見てうなずいた。「ポケットがひっくり返されてる」

「シャツも裾が外に出ている。指輪がひとつ残っているのは、きつくて抜けなかったからか

――あるいは途中で邪魔がはいったか」

エレナにも彼の言わんとすることがわかった。「銃撃者はどこから撃ったんでしょう?」ナップが場所を示しながら言った。「最初に現場を調べた警官の考えでは、銃撃者は車でやってきて、そのまま車から発砲した。あるいは、車を停めて待っていた」

「あなたはそうは思わない?」

「ありうるとは思うけど」とナップは言った。「私は雑木林から出てきたほうに賭けますね。この角度を見てください」

エレナはうなずいた。

「加害者が」とナップは続けた。「あらかじめ車で来て駐車して、それから雑木林に隠れていたことも考えられなくはない。でも、私はそうは思わない」

「それはなぜ?」

「銃撃が発生したとき、店にはほかにひとりしかいなかったからです——ふたり目の被害者、ライアン・ベイリーしか。ベイリーは車を持っていなかった。ショッピングモールまでバスで来て、歩いてかよっていた」

エレナは周囲を見まわし、覆面パトカーも含めた警察車両を頭の中で消して、事件発生時の状況を思い浮かべた。「じゃあ、最初に対応した人たちが駆けつけたとき、ここにはゴースの車以外は停まっていなかった?」

「一台も」とナップは言った。「駐車場は空《から》だった」

エレナは言った。「つまり、誰かが――たとえば加害者が――車でここに来て駐車場に停めていたとしたら、ゴースは店を出た時点で気づいたはず」

「私もそう思います」とナップは言った。「ダミアン・ゴースはここのオーナーですから。閉店時間を過ぎても駐車場に不審な車が停まっていたら、歩いていって確認したはずです。逃走用の運転手《ゲッタウェイ・ドライヴァー》がいたなら別だけど」

エレナは顔をしかめた。「ゲッタウェイ・ドライヴァー？」

「いかした警察用語はばんばん使うようにしてるんで。いずれにしろ、これから近隣の防犯カメラの映像をすべて調べる予定です」

「被害者のひとりが911に通報したと聞いてますけど」

「ライアン・ベイリーですね。ふたり目の被害者の」

「彼はなんて言って助けを求めたんですか？」

「何も」

「何も？」

ナップは自分の仮説を次のように説明した。銃撃者はダミアン・ゴースを彼のフォード・フレックスのそばで撃ち殺した。それから遺体のポケットを探り、現金と腕時計と財布を奪った。さらにゴースの貴金属類をはずそうとしているところに、ドアが開いてライアン・ベイリーが出てきた。眼のまえで何が起きているかに気づいたベイリーは慌てて店に駆け込み、警報装置のボタンを押して、クロゼットの中に隠れた。

エレナは渋い表情を浮かべた。

「何か――？」とナップは尋ねた。

「ベイリーはタトゥー店の中で警報装置を発動させたんですか？」

ナップはうなずいて言った。「非常ボタンは裏口のすぐそばにあるので」

「それは無音の警報装置？」

「いや」

「うるさい？」

「警報音がですか？　ええ。めちゃくちゃうるさいです」

エレナはまた渋い顔をした。

「今度はなんです？」

「見せてください」と彼女は言った。

「何を？」

「中をです。ライアン・ベイリーが隠れていたクロゼットを」

ナップはいっとき彼女をまじまじと見つめ、それから現場検証用の手袋を渡した。エレナはそれをはめた。ナップも手袋をはめ、ふたりは店の裏口のほうに向かった。

「満杯のゴミ袋です」ナップは地面に転がったゴミ袋を指差して言った。袋は裂けて中身がこぼれ出ていた。「ベイリーはそこの収集器にゴミを捨てに出てきたものと考えられます」

「そこで強盗と鉢合わせしたってことですか？」

「われわれの仮説では」

ただし——エレナは思った——それでは辻褄《つじつま》が合わない。

もうひとりの刑事がふたりに現場検証用の白い防護服とシューズカヴァーを渡してきた。エレナはそれを自分の服の上から着用した。全身を白で覆われたふたりは巨大な精子のようだった。店の中には全身白ずくめの鑑識係がもう何人かいた。問題のクロゼットは裏口と隣接していた。

エレナはまたまた顔をしかめた。

「今度はいったいなんです？」

「すじが通りません」

「それはまたどうして？」

「ライアン・ベイリーはゴミを捨てに出てきたと考えられてるんですよね」

「そのとおり」

「そこで加害者がゴースの遺体から金品を強奪しているところを目撃したと」

「そのとおり」

「つまり、加害者はベイリーが中にいることを知らなかった。そう考えるのが自然ですけど」

「さあ、それはどうだろう。そうかもしれません。だからなんなんです？」

「ライアン・ベイリーはゴミを捨てに外に出た。そこで加害者を見つけた。店内に駆け戻って、非常ボタンを押した。それからクロゼットに隠れた」

「そのとおり」

「で、加害者は猛然と彼を追いかけるわけですよね？」

「そのとおり」

「加害者はベイリーを追って店にはいり、彼を捜しまわる。そのあいだずっと警報音がけたたましく鳴り響いている」

「ええ、だから？」

「なぜ？」と彼女は尋ねた。

「なぜとはどういう意味です？　加害者はライアン・ベイリーに目撃された。顔を覚えられたかもしれない」

「だから彼の口を封じようとした？」

「そういうことです」

「ということは、プロの仕業ではなさそうですね」とエレナは言った。

「どうしてそうなるんです？」

「目出し帽やそういったもので顔を隠さずに仕事をするプロがいると思います？　プロの殺し屋なら警報が鳴った時点で逃げ出したはずです。だって、自分を見た若者が警察に何を話すって言うんです？　目出し帽をかぶった男が店長を殺した？　加害者がライアン・ベイリーを店内まで追いかけて殺した理由はただひとつ、ベイリーに顔を見られたからでしょう」

ナップはうなずいて言った。「あるいは、加害者はふたりの知り合いだったのかもしれない」

「いずれにしても」とエレナは言った。「わたしが調査中の一件にあてはまるとは思えません。わたしが追っているのはプロの殺し屋なので。プロなら顔を隠していたはずです」

「で、その調査中の一件というのは？」

そのとき、店のカウンターに置かれたパソコンが眼にとまった。ヘンリー・ソープが誰と連絡を取り合っていたのかはわからない——が、相手のIPアドレスとWi-Fiがこの建物のものだったことはわかっている。

エレナはナップを見て尋ねた。「あのパソコンを見せてもらってもいいですか？」

17

イーニッド・コーヴァルとサイモンは〝プライヴェート・クラブ〟の隅のブースに――座面の破れた椅子に――腰を落ち着けた。

サイモンはすでに大方の事情を察していた。アーロンの母親についてではなく――それについてはなんの見当もつかない――このクラブについて。この連中は裏で何かを売っている。おそらくはドラッグを。ここはパブでもバーでもない。文字どおりのプライヴェート・クラブだ。表の世界とは別のルールで動いている。イーニッドはあの宿を合法的な隠れ蓑《みの》にして、このクラブで得た資金の大半を洗浄しているのだろう。

もちろん、まったくの見当はずれである可能性もないとは言えない。彼の推理は――それを推理と呼べるなら――根拠のないただの憶測にすぎない。それにそもそもそんな話をここで持ち出す気はなかった。その必要に迫られないかぎり。

その推理に自信はあっても。

「ワイリーとわたしの結婚生活は古風といえば古風ね」イーニッドはそこでいったんことばを切り、首を振って続けた。「なぜこんな話をしようとしてるのか自分でもわからないけど。

わたしも歳を取った。アーロンは死んだ。あなたの言うとおりかもね、ミスター・グリーン」

「サイモン」

「ミスター・グリーンのほうがいいわ」

「何が私の言うとおりなんです？」

イーニッドは両手を広げて言った。「すべてはつながってるのかもしれない。過去のことも。今のことも。よくわからないけど」

サイモンは待った。ややあってから、イーニッドは話しはじめた。

「わたしはこのあたりの出じゃないの。生まれ育ったのはモンタナ州のビリングス。そんなわたしがなぜコネティカット州のこの地域に住むようになったのか、そこまであなたが知る必要はないわね。ただ、そんなふうだったってこと。そうしてワイリーと初めて出会ったとき、彼はアーロンという名前の九歳の息子を連れていた。そういうのって、女性にはたまらない魅力なのよ。男手ひとつで息子を育てているシングルファーザー。絵に描いたような美しい宿と農園。ワイリーは誰かに息子の母親のことを訊かれるたびに、丁重に拒んだ。その話はしたがらなかった。よく眼に涙を浮かべてた。わたしのまえでさえ」

「最終的には話してくれたんですか？」

「そもそもその話は耳にはいってたのよ。本人から聞くまえに。このあたりの人はみんな噂《うわさ》を聞いて、部分的に知っていた。ワイリーとその子の母親が出会った頃、ワイリーには宿を継ぐ気はさらさらなかった。ここで育った人間が誰でもそうなるように、ワイリーもここを逃げ出したいと思っていた。だからバックパックひとつでヨーロッパ旅行を始めて、イタリアでひとりの若い女性と出会ったんだって。彼女の名前はブルーナ。トスカーナ出身。それがワイリーからわたしが直接聞いた話。ふたりはブドウ園でしばらく働いた。ブドウ園の仕事は宿の仕事に似ていたそうよ。だからここの宿を思い出さずにはいられなかった。ちょっとばかり故郷が恋しくなった。ワイリーはそう言ってた」

彼女はパブストビールの缶を顎でしゃくって言った。「あなた、全然飲んでないじゃないの」

「運転しなきゃならないんで」

「ビール二杯よ？　それくらいでどうにかなるほどヤワというわけでもないんでしょ？」

実際のところ、彼はヤワだった。イングリッドは強い酒を何時間飲みつづけても平然としていられたが、サイモンはビール二杯で電球用ソケットにディープキスをしかけたことがあるほどだった。

「それで、どうなったんです？」

「ふたりは恋に落ちた。ワイリーとブルーナ。ロマンティックな話でしょ？　そんなふたりのあいだに男の子が生まれた。アーロン。ふたりはこの上なく幸せだった。そう、ブルーナが死ぬまでは」

「彼女は亡くなったんですか？」

イーニッドは動きを止めた。表情ひとつ変えず。

「何があったんです？」と彼は尋ねた。

「車の事故だった。アウトストラーダ《アウトストラーダ》高速道路A11での正面衝突。そう、ワイリーはいつもその詳細をつけ加えた。アウトストラーダA11。一度、調べてみたわ。なぜかはわからないけど。ヴィアレッジョとフィレンツェを結ぶ高速道路。ブルーナは実家を訪ねるつもりだったんだって。でも、彼は行きたがらなかった。彼女が出ていくまえにそのことで喧嘩したそうよ。どういうことかわかるでしょ？　おれも一緒に車に乗るべきだった。ワイリーはそう言ったわ。つまり彼は自分を責めるあまり、その話をすることに耐えられないというわけ。胸がつまって何も言えなくなる。そういうことね」

イーニッドはそう言うと、グラス越しに彼を見た。

「あなたはその話を疑っている。そんなふうに聞こえるけれど」とサイモンは言った。

「あら、そう？」

「ええ」

「ワイリーは実にいきいきとその話をするのよ。芝居っ気たっぷりに。そういう人なのよ、あの人。あなたもきっと信じずにはいられなくなる。わたしの夫の一言一句を」

「あなたは信じなかった？」

「最初はもちろん信じたわ。でも、ほら、よく考えたらおかしいもの。ブルーナが実家に行くのに、生まれてまもない息子を連れていかないなんて。普通は連れていくでしょ？　若い母親が」——彼女は両手の指で引用符をつくった——「〝アウトストラーダ〟を運転して実家の家族に会いにいくなら、赤ちゃんを連れていかないのは不自然よ」

「ワイリーにそのことは訊いたんですか？」

「いいえ、わたしは疑問をはさんだことは一度もないわ。だって、そんなことを訊いてどうするの？　その手の話をわざわざ疑ったりする人なんている？」

ビール同様ぬるくなっていた空気がにわかに冷え込んだようだった。サイモンは続けざまに質問したい気持ちに駆られた。が、できることなら続きをイーニッド自身の口から聞きたかった。だからあえて黙った。

「ワイリーは事故のあと、実家に戻った。ここに。あの宿に。親権を求めてブルーナの家族に訴えられるのを怖れたのね。あるいはなんらかの措置を講じられることを。ふたりは法的に結婚したわけでもなんでもなかったから。で、赤ちゃんを連れて合衆国に戻ってきた。かくして父と息子はあの宿に住むことになった……」

そこでことばが途切れ、彼女は肩をすくめた。

話はおしまい。

「つまり」とサイモンは言った。「アーロンの母親は亡くなったと」

「ワイリーの話ではね」

「だけど、さっき彼女は生きているのかと私が尋ねたとき、あなたはわからないと答えた」

「なかなか鋭いところを突いてくるわね、ミスター・グリーン」イーニッドはグラスを持ち上げて微笑んだ。「わたしはいったいどうしてあなたにこんな話をしてるのかしら？」

そう言って彼を見つめ、答を待った。

「私の顔がいかにも誠実そうだから？」とサイモンは言ってみた。

「あなたはわたしの最初の夫に似てる」

「彼も誠実だったんですか？」

「まさか、全然」そう言ってから、彼女はすぐに続けた。「だけど、ああ、ベッドでは最高だった」

「ということは、やはり共通点があるわけだ」

イーニッドは鼻を鳴らして笑った。「あなたのことは気に入ったわ、ミスター・グリーン。まあ、ここまで話したならしかたないわね。これがどうあなたの役に立つのかはさっぱりわからないけど……わたしもそれなりに変わった経験はしてきた。それでわかったことだけれど、悪事はずっと残るものよ。決して消えることがない。葬り去ってもまた姿を現わす。海の真ん中に投げ捨てても、それは高波のようにまた押し寄せてくる」

サイモンは何も言わずに待った。

「古いパスポートって保管してる？」と彼女は尋ねた。「期限が切れたあとのやつよ」

「ええ」

事実、サイモンは自分のクライアントに期限切れのパスポートを保管しておくようアドヴァイスしていた。万一どこかへ行ったことを証明する必要が生じたときのために。彼自身、公的な書類はどんなものでも取っておくようにしていた。いつ何があるか、それは誰にもわからない。

「ワイリーも保管してたわ。簡単には見つからないところに。地下の倉庫の箱の中にしまい込んでた。でも、わたしは見つけたの。それで何がわかったと思う？」

「何がわかったんです？」

イーニッドは口の横に手をあてて、聞こえよがしに囁いた。「ワイリーはイタリアに行ったことなんて一度もないのよ」

〈その場でタトゥー〉のオフィスはガラス張りだった。中にいる人間はガラス越しに外の椅子や彫り師や待合スペースを眺めることができる。逆もまたしかり。ただし、パソコン画面は壁のほうを向いていた。プライヴァシーなどないに等しい環境でも、デスクについている人間が何を――ネットサーフィンだかブラウジングだか、最近の呼び方がなんであれ――しているかは見えないように。

デスクはふたりが向かい合って坐れる対面式だった。机の上は雑然としていた。メモ用紙、安物の読書用眼鏡が三つ、各色そろった十数本のペンやマーカー。左側にチェリー味ののど飴《あめ》の袋、ペーパーバックが数冊、理由も目的もなくただばら撒《ま》かれたようにしか見えない紙幣。

デスクの中央にガラス面に向かって一枚の写真が飾られていた。わずかに色褪せたその写真には、満面の笑みを浮かべた六人の男が写っていた。ふたりがまえに出て互いに肩を組み、あとの四人は少しさがって腕組みをしている。店のまえで撮られたものだ。開店日の記念写真であることがテープカット用のリボンや巨大な模造の鋏《はさみ》から見て取れる。彼らの服装、顔に生やしたひげ、ポーズ――どれを取ってもドゥービー・ブラザーズのアルバムジャケットのような雰囲気だった。

エレナはその写真を取り上げてナップに見せた。ナップはうなずき、前列のふたりのうち右側の男を指差した。

「これが被害者です。ダミアン・ゴース」

そう言って、今度はその隣りの男を指差した。全身レザーのバイクスーツ姿で、白いものの交じるカイゼルひげを生やした、大柄でがっしりした体格の男を。「こっちが共同経営者のニール・ラフ」

エレナは画面のまえの回転椅子に坐った。パソコンのマウスは赤で、ハートの形をしていた。束《つか》の間《ま》、エレナはただそれを見つめた。ハート。ダミアン・ゴースのパソコンのマウスはハート形。調査員は黙々と分析的に思考しなければならない。それが最も確実な方法だ。自分の目的に——この場合はヘンリー・ソープを見つけるという目的に——集中しなければならない。が、ジョエルはいつも彼女に言っていた。その裏に打ちのめされた人々がいることを忘れてはいけないと。失われた命、破壊された人生、決してもとには戻らない壊れた心が存在することを忘れてはいけないと。ダミアン・ゴースはこの椅子に坐って、このハート形のマウスを使っていた。ハート形のマウスは誰かから贈られたものだろう——そうでなければならない。こういうものを自分で買う人間などいない——これをダミアンに贈った人間は、彼がなんらかの形で愛されているのだということを伝えたかったにちがいない。

「それでも、そうした感情に判断を曇らされてはいけない」ともジョエルは言った。「そうした感情を推進力にするんだ」

エレナがマウスに触れると、画面がぱっと明るくなった。ダミアン・ゴースとニール・ラフの写真が現われた。ふたりのあいだに年配の女性が立っていた。どこかのビーチを背景に、三人とも笑顔で写っていた。

画面の中央にパスワードの入力を求めるボックスが表示されていた。エレナは問いかけるようにナップを見た。彼は見当もつかないとばかりに肩をすくめた。パソコンはあちこち付箋だらけだった。そのどれかにパスワードが書かれていないかと眼を通したが、それらしいものはなかった。エレナは一番上の引き出しを開けてみた。何も見つからなかった。

「これを突破できる人はいます？」と彼女は尋ねた。

「いるけど、まだ来てないんですよね」

そこへ店の玄関ドアが勢いよく開いて、写真で見たニール・ラフと思《おぼ》しい男が駆け込んできた。自らが経営するタトゥー店に。服装はレザーではなく、デニムに変わっていて――そのせいで写真のときよりさらに時代遅れに見えた――カイゼルひげは今や真っ白だったが、見まちがえようはなかった。彼は呆然とした表情で自分の店内を見まわした。その眼は泣き腫らして赤くなっていた。

ナップがすばやく彼に歩み寄った。エレナはその様子を見つめた。ナップは相手の肩に手を置き、頭を垂れて静かに話しかけた。この場にふさわしい対応だった。またしてもナップの振る舞い方にジョエルが重なり、記憶が呼び覚まされた。ああ――エレナは心の中で嘆いた――ジョエルが恋しくてたまらない。彼のすべてが。彼との会話、ともに過ごした時間、心の触れ合い、何もかもが懐かしかった。が、今は何にもまして彼とのセックスを恋しく思わずにいられなかった。他人には妙に聞こえるかもしれないが、この人生においてジョエルと愛し合う以上にすばらしい経験をすることはもうないだろう。彼の体の重みが恋しかった。彼が中にいるとき、まるで彼女がこの世でただひとりの女であるかのように見つめてくる眼《まな》差《ざ》しが恋しかった。そして――これも彼女にしてはフェミニストらしくない感傷だが――自分よりずっと背の高いジョエルの下で守られている感じが恋しかった。

そんなことを思ったのは、ゴースとラフの写真を見ていて、はっと思いあたったからだ。ナップはオーナーのふたりが店の売上金を自分たちの金庫に持ち帰ると言っていた。加えてニール・ラフの打ちひしがれた表情。それで気づいたのだ――この男が身も心もぼろぼろになるほど嘆き悲しんでいるのは、単なる友人やビジネスパートナーではなく、かけがえのない人生の伴侶を亡くしたからだと。

エレナ自身の思いを投影しているだけかもしれない。が、彼女はそうは思わなかった。ナップは待合スペースの革張りのソファにラフを掛けさせると、自分は椅子を引っぱってきて、悲しみに暮れる相手のまえに坐った。手にはメモ帳を持っていたが、相手に百パーセント気持ちを向けて寄り添っていることを示すために、メモは取らなかった。エレナはそのままオフィスの中で待った。今はそれ以外にできることはなかった。

三十分後、エレナは悔やみのことばを述べてから、またハート形のマウスを動かして画面を起動させた。例の写真が現われた。

「なんてこった」とラフは嘆いた。それからナップを見て尋ねた。「キャリーには連絡が行ってるんですか?」

「キャリー?」

「ダミアンの母親です。ああ、なんてこった。彼女がどんなにショックを受けるか」

「どこに連絡すればいいですか?」

「私が電話します」

ナップはそれには返事をしなかった。

ラフは言った。「キャリーはアリゾナ州スコッツデールのマンションで暮らしています。ひとりで。彼女にはダミアンしかいないんです」

〝いない〟——エレナは心の中でつぶやいた——〝ダミアンしかいない〟。まだ現在形を使っている。よくあることだ。

「ダミアンにきょうだいは?」とナップが尋ねた。

「きょうだいはいません。キャリーは子供を持つことができなかったから。ダミアンは養子なんです」

「彼のお父さんは?」

「とっくに関係が切れてます。ダミアンの両親は彼が三つのときにひどい離婚をしたんです。養父はそれ以来、ダミアンとはまったく関わっていません」

エレナは画面に表示されている白い入力ボックスを指差して尋ねた。「ダミアンのパスワードはご存じですか?」

ラフはまばたきをして眼をそらした。「もちろん知ってます」

「教えていただけませんか？」

彼はさらにまばたきをして、涙をこらえながら言った。「グアナカステ」

それから綴《つづ》りを彼女に教えた。

「コスタリカの州のひとつです」とラフはつけ加えた。

「なるほど」とエレナは言った。ほかになんと返せばいいのかわからなかった。

「そこに……ハネムーンに行ったんです。私たちのお気に入りの場所です」

エレナはリターンキーを押し、デスクトップにアイコンが表示されるのを待った。

「何を探してるんです？」とラフは尋ねた。

「これはダミアンのパソコンだったんですか？」

「ええ、私たちのパソコンです」

ここでも現在形。

「同じネットワーク上にほかの端末はありませんか？」と彼女は尋ねた。

「ありません」

「お客さんはどうです？　ここのネットワークにアクセスできたりしませんか？」

「それはありません。パスワードで保護されているので」

「接続されているのはこのパソコンだけ？」

「そうです。ダミアンと私で共用していました。私はテクノロジーは苦手だけど。たまに私がここに坐ってパソコンを使って、そのあいだダミアンがデスクの向こう側に坐ることもありましたけど、ほとんどはダミアンが使っていました」

エレナもテクノロジーは得意ではなかった――だから彼女の調査会社にはルーというスペシャリストがいるのだ――とはいえ、基本的なことは把握していた。彼女はブラウザを立ち上げ、履歴を調べはじめた。ニール・ラフはこの五日間マイアミにいた。だからここ最近の履歴はすべてダミアン・ゴースが閲覧したものと考えてまちがいない。

「あなたが何を探しているのか、やっぱりわからないんだけれど」とラフは言った。

画像の検索結果が大量に出てきた。エレナはいくつか無作為に選んでクリックしてみた。やはりと言うべきか、どれもタトゥーの画像だった。実に多種多様なデザインの。バラと有刺鉄線、髑髏《どくろ》とクロスした骨、色合いもサイズもさまざまなハート。スティーヴン・キングの『IT／イット』に登場する殺人ピエロのペニーワイズを描いたタトゥーもあれば、激しい性行為を描写したものもある――たとえば、そう、四つん這いになったものとか（いったい誰がそんなタトゥーを入れようと思うのだろう?）。ほかにも〝母さん《マム》〟と愛を込めて彫られたタトゥー、亡くなった友人を悼む墓石のタトゥー、腕一面《フルスリーヴ》のタトゥー、一昔まえにトランプ・スタンプと呼ばれていた（今も呼ばれてるかもしれない）女性が腰に入れる翼のデザインのタトゥー。

「こういうネットの画像から着想を得るんです」とラフは言った。「こういった具体例があるというのをお客さんに見せて、次の段階に持っていくんです」

残りのブラウザ履歴も同様にありふれたものに感じられた。ダミアン・ゴースは映画評論サイト〈ロッテン・トマト〉を訪れたあと、映画のチケットを買っていた。アマゾンのサイトでは靴下とカプセル式コーヒーマシンを購入していた。エレナ自身、DNAから祖先のルーツがわかるという流行《はや》りの遺伝子検査サイトも訪れていた。その手の検査を受けてみようかと思うことはしょっちゅうあった。彼女の母親はメキシコ人で、エレナの実の父親も同じメキシコ人だと母親は言い張っていた。が、彼女の父親はエレナが生まれるまえに亡くなっており、母はエレナがそのことを訊くと決まって様子がおかしくなるのだ。ほんとうはどうなのか？

「何か協力できることはありませんか？」とラフが尋ねた。それは質問というより懇願に近かった。

エレナは画面に眼を向けたまま尋ねた。「おふたりに――というか、ダミアンに――ヘンリー・ソープという名前の知り合いはいませんでしたか？」

ラフは少し考えてから答えた。「私が知るかぎりでは――」

「二十四歳の男性です。シカゴ出身」

「シカゴ？」ラフはさらに考えてから言った。「その名前の人は私の知り合いにはいないと思います。ダミアンからその人のことを聞いたこともありません。どうしてそんなことを――？」

エレナはその質問をスルーして尋ねた。「ダミアンと最近シカゴに行きませんでしたか？」

「私は高校最後の年に一度行ったきりです。ダミアンは行ったことがないと思います」

「アーロン・コーヴァルという名前はどうですか？　思いあたることはありませんか？」

ラフは右手でカイゼルひげを撫でながら言った。「さあ、聞いた覚えはないけど。その人もシカゴの出身ですか？」

「コネティカット州です。今はブロンクスに住んでいますが」

「申しわけないけど、わからない。なぜそんなことを訊くのか教えてもらえませんか？」

「今はひとまず質問に答えていただけると助かります」

「どちらの名前も聞いたことがない。なんなら顧客のデータベースを検索してみましょうか？」

「お願いします」

ラフは彼女の肩越しに手を伸ばし、文字入力を始めた。

ナップが言った。「顧客全員の名簿をプリントアウトしていただけませんか？」

「うちの顧客の誰かがやったと……？」

「あくまで念のためです」とナップは言った。

「〝ソープ〟の綴りは？」とラフがエレナに尋ねた。

　彼女はふたとおりの綴りを試してもらった――末尾に〝e〟が付くものと付かないものと。どちらも該当はなかった。アーロン・コーヴァルも同じ結果だった。

「その人たちは何者なんです?」とラフは尋ねた。さすがに棘《とげ》のある口調になっていた。「ダミアンとなんの関係があるんです?」

「このIPアドレスとWi‐Fiを使っているのはミスター・ゴースとあなたのおふたりだけだとおっしゃいましたよね?」

「ええ、だから?」

「技術的な説明はわたしにはできませんが」と彼女は言った。「ヘンリー・ソープがこのパソコンのIPアドレスの使用者と連絡を取っていたことがわかっています」

　ナップはただ黙って聞いていた。

「それはどういう意味です?」とラフは言った。さらに棘々しい口調になっていた。

「今言ったとおりの意味です。このパソコンを使った誰かがヘンリー・ソープと連絡を取り合っていたということです」

「だから?　そのソープとかいう男はインクのセールスマンかもしれないじゃないですか」

「ちがいます」

　そう言って、エレナはラフをじっと見つめた。

「ダミアンは私に隠しごとはしなかった」とラフは言った。

〝しなかった〟。ようやく過去形になった。

「私たちの知らないあいだにパソコンがハッキングされたのかもしれない」

「そうじゃないんです、ニール」

「じゃあ、何をほのめかそうとしてるんです?」

「何もほのめかしてはいません。心あたりがないかお尋ねしてるんです」

「ダミアンが浮気なんかするはずがない」

エレナはその方向に話を持っていくつもりではなかった。が、そうすべきなのかもしれない。ここにはなんらかのロマンティックなつながりがあるのかもしれない。ヘンリー・ソープもゲイなのだろうか? そこはあえて確認してはいなかった。とはいえ、そんなことを訊かれたからといって、今のこの時代に誰が気にするだろう?

そして、仮にそうだったとして——ダミアンとヘンリーが恋愛関係にあったとして——アーロン・コーヴァルはそこにどう関係してくるのか。彼にはペイジ・グリーンというガールフレンドがいるはずだが、そこにもなんらかのつながりがあるのだろうか? 今まで考えもしなかったような恋愛関係のもつれがこのすべての中心にあるのだろうか?

そうは思えない。

ナップが彼女の肩を叩いて尋ねた。「ちょっと外で話せます?」

エレナは椅子から立ち上がると、ラフの肩に手を置いて言った。「ミスター・ラフ?」

ラフは無言で彼女を見た。

「わたしは何もほのめかしてはいません。ほんとうに。ただ、誰がこんなことをしたのかを突き止めようとしているだけです」

彼は眼を伏せてうなずいた。

ナップが裏口から外に出た。彼女もあとに続き、外に出てから尋ねた。

「話って？」

「アーロン・コーヴァルのことです」

「彼が何か？」

「グーグル検索は誰でもできますから」と彼は言った。「彼も何日かまえに殺されている」

「そのとおり」

「何がどうなってるのか、もう教えてくれてもいいでしょう？」

18

マンハッタンに引き返すには、サイモンはもう一度〈コーヴァル・イン&ファミリー樹木農園〉のまえを通る必要があった。

まっすぐ通り過ぎようかとも思ったが——もう一度立ち寄ってどうしようというのか？　それより早く病院に戻りたい——とはいえ、虎穴《こけつ》に入らずんば虎子《こじ》を得ずだ。サイモンは農園の敷地に乗り入れ、最初に来たときと同じ場所に車を停めた。

宿はひっそりとしていた。イーニッドが参列者の集団から抜けてクラブへ向かったとき、彼らがみな葬儀後のレセプションに集まっていたのだとしたら、レセプションはすでに終わっていた。サイモンは見覚えのある顔を探した——あの小川のほとりでおこなわれた葬儀に参列した誰かがいるかもしれない——が、明らかに見覚えがあるのは、テーブルクロスのようなチェック柄のブラウスを着たあの受付の女性だけだった。彼女はさっきとは別の案内図をデスクに広げて、一昔まえのことばで言えば、〝ヤッピー風〟のペアルックの若いカップルに〝当農園の敷地内で最も険しいハイキングコース〟の説明をしているところだった。

受付の女性はサイモンが待っていることに明らかに気づいていながら、明らかにそのことを喜んでいなかった。サイモンはしばらく立ったまま踵《かかと》の上げ下げを繰り返し、それからあたりを見まわした。右手に階段があった。のぼろうかどうか迷った——が、のぼったところで何になる？　彼の背後にはレースで覆われたガラスのドアがあった。別の部屋へ通じているのだろう。

もしかしたら、葬儀後のレセプションはこの中でおこなわれているのかもしれない。

そのドアへ向かいかけたとき、受付の女性の声がした。「すみませんが、そちらは私用の部屋ですので」

サイモンは無視してガラスのドアのほうに突き進むと、ドアノブをまわし、ドアを押し開けて部屋にはいった。

果たせるかな、ある種のレセプションが室内でおこなわれた形跡があった。フィンガーサンドウィッチや生野菜の前菜の食べ残しが部屋の中央の染みのついた白いテーブルクロスの上にのっていた。サイモンの右手にはレターケースや小さな書類用の引き出しが完備されたアンティークのロールトップデスクが置かれていた。ワイリー・コーヴァルがデスクのまえで椅子を回転させて立ち上がった。

「ここで何をしてる？」

受付の女性がサイモンのあとから部屋にはいってきて言った。「申しわけありません、ワイリー」

「いいんだ、バーナデット。あとは私が対応する」

「大丈夫ですか？　なんでしたら人を呼んで――」

「その必要はない。ドアを閉めて、いつもどおりお客さまの相手をしてくれ」

彼女は険のある視線をサイモンに投げかけてからロビーに戻っていった。必要以上に――ガラスが震えるほど――強い力でドアを閉めて。

「何しにきた？」とワイリー・コーヴァルはサイモンに嚙みつくように言った。

ワイリーの服装は茶色のヘリンボーンのツイードヴェストに替わっていた。真ん中の錫《すず》のボタンからゴールドの鎖が垂れ、ヴェストのポケットの中に消えていた。その先端が懐中時計につながっていることはまちがいない。ぱりっとした白いシャツは袖がゆったりとふくらみ、袖口が細くなっていた。

宿の主人としての正装というわけか。サイモンはそう思いながら言った。

「娘が行方不明なんです」

「それはもう聞いた。彼女がどこにいるか私は知らない。わかったら出ていってくれ」

「あなたにいくつか訊きたいことがある」

「私には答える義務はない」ワイリーはやや姿勢を正し、大げさに胸を張って言った。「今は息子の死を悼むだけで精一杯だ」

遠まわしに言ってもしかたがない。サイモンはそう思って尋ねた。「ほんとうに？」

ワイリーの顔に驚きの表情が浮かんだ——サイモンはそれを予期していた——が、そこにあるのはもっと深い感情だった。

恐怖だ。

「なんだと？」

「ほんとうにあなたはアーロンの父親なんですか？」

「何を言ってる？」

「あなたと彼はまったく似ていない」

　ワイリーはあんぐりと口を開けて言った。「本気で言ってるのか？」

「アーロンのお母さんのことを教えてください」

　ワイリー・コーヴァルは一瞬何か言いかけてからことばを呑み込んだ。それから笑みを浮かべた。不気味な笑みを。ぞっとするような笑みを。サイモンは思わずあとずさりしかけた。

「女房から話を聞いたのか？」

　その瞬間、サイモンはそれまでの違和感の正体に気づいた。イーニッドがほのめかしていたことにしても、宿の主人を演じるために着飾ったワイリーの今の姿にしても、最初に雑木林で出くわしたときのワイリーの表情にしても。

　ワイリー・コーヴァルからは悲しみがまるで感じられない。

　もちろん、ここで陳腐な決まり文句をあてはめることもできなくはない——悲しみ方は人それぞれだとか、苦しんでいるように見えなくてもその人は苦しんでいるかもしれないとか、その人は気丈に振る舞っているだけかもしれないとか——しかし、そのどれもが虚《むな》しく感じられた。イーニッドは夫が芝居っ気たっぷりだと言っていた。サイモンにもようやくそれが実感できた。まるでワイリーのやることなすことすべてが演技であるかのように思えてきた。感情も含めて。

　母親のいない小さな男の子。父親を自称する男とふたりで暮らしている。

サイモンはそれ以上の想像を働かせまいとした。が、それは暴れ馬のように手綱を振りきって走りだした。考えられるかぎり最悪の、胸が悪くなるようなおぞましい展開に向かっていった。

まさかそんなはずはない。サイモンは自分にそう言い聞かせた。

それでも。

「裁判所命令を出してもらいます」

「なんのために？」とワイリーは自分は潔白だと言わんばかりに両手を広げて訊き返した。

「親子鑑定のために」

「本気で言ってるのか？」彼はまたあの不気味な笑みを浮かべた。「アーロンは火葬された」

「ほかの方法で彼のＤＮＡを手に入れます」

「そんなことができるとは思えないが。仮にあんたがあの子と私のＤＮＡを手に入れたとしても、私が父親であることは証明されるはずだ」

「あなたは嘘をついている」

「ほんとうに？」

サイモンは思った――この男はこの状況を愉しんでいる。

「ついでに、これはあくまで愉しい頭の体操として訊くんだが、仮にあんたがＤＮＡを鑑定にかけて私がアーロンの実の父親ではないとわかったとして、それで何が証明される？」

サイモンは何も言わなかった。

「あの子の母親が浮気したのかもしれない。今さらそれで何が変わる？　もちろん、鑑定の結果はそんなことにはならないが――これはすべて仮定の話だ。私はアーロンの父親なんだから――あんたはそれで何が証明できると思うんだ？」ワイリーはサイモンのほうに二歩近づいて続けた。「私の息子は麻薬の売人で、あんたのヤク中娘とブロンクスで同棲《どうせい》していた。あの子はそこで殺されたんだ。イーニッドがあんたに何を吹き込んだか知らないが、アーロンが殺されたことはあの子の子供時代とはなんの関係もない。あんたにもそれくらいのことはわかるだろう」

それはもちろん、すじが通っていた。表面上はまったく反論の余地がなかった。この宿の中で幼い少年の身にどんなひどいことが起こったにしろ、それが二十年以上の歳月を経て本人がブロンクスのアパートメントで惨殺された事実とつながっていることを示す証拠はかけらもない。

それでも。

サイモンは話の方向を変えた。

「アーロンはいつ麻薬に手を染めたんです？」

またあの不気味な笑みが戻ってきた。「それはイーニッドに訊くべきなんじゃないか？」

「彼はいつここを離れたんです？」

「誰がいつここを離れたって？」

「誰のことだと思ってるんです？　アーロンに決まってるでしょう」

ワイリーはまたにやりと笑った。なんてこった――サイモンは胸に毒づいた――こいつはこの状況を心から愉しんでいる。

「イーニッドから聞かなかったのか？」

「何をです？」

「アーロンはここを離れたことなんかない」

「どういうことです？」

「イーニッドが所有してる場所がある。クラブみたいなものだが」

「それがなんなんです？」

「その裏にアパートメントがある。アーロンはそこに住んでた」

「いつまで？」

「詳しいことは知らん。アーロンと私は……疎遠だったからな」

サイモンはその話をたどろうとした。「じゃあ、彼がランフォード大学のそばに引っ越したのはいつです？」

「なんの話だ？」

「彼はそこに引っ越したはずです。ペイジと出会ったとき、アーロンは確かクラブで働いていたとか」

　ワイリーは今度は声をあげて笑った。「誰にそんなことを聞いた？」

　サイモンはまたぞっとするような寒気を覚えた。

「あのふたりがランフォードで出会ったと思ってるのか？」

「ちがうんですか？」

「ああ」

「じゃあ、どこで出会ったんです？」

「ここだ」ワイリーはサイモンの驚いた顔を見てうなずいた。「ペイジがここにやってきたんだ」

「この宿に？」

「そのとおり」

「あの子に会ったんですか？」

「ああ、会ったとも」ワイリーはもう笑ってはいなかった。さきほどの笑みはもうなかった。口調が変わった。深刻な口調に。「そのあとも……もう一度会いはしたが」

「そのあと？」

「彼女が何ヵ月かアーロンと一緒にいたあとだ。あの変わりよう、アーロンが彼女をあんなふうにしてしまったことは……」ワイリー・コーヴァルは口ごもり、首を振って続けた。

「あんたが私の息子を殺したのなら、それはしかたのないことだったのかもしれない。それについては残念としか言いようがない」

白々しい。よくもそんな心にもないことが言えたものだ。これもすべて演技に決まっている。サイモンはそう思いながら尋ねた。

「ペイジの目的はなんだったんです？　なぜここへ来たんです？」

「なぜだと思う？」

「見当もつきません」

「アーロンに会うためだ。ほかにどんな理由がある？」

納得できない。

なぜペイジが――充実した生活を送っていたはずの大学一年生が――アーロン・コーヴァルのような底辺の人間に会いにここへやってこなければならない？　そもそもなぜ彼のような人間を知っていたのだろう？　それ以前にどこかで会っていたのか？　ワイリー・コーヴァルによれば、ふたりが会うのはそのときが初めてだった。ペイジはアーロンに会うためにわざわざ宿へやってきたのだ。それはヤクを手に入れるためだったのだろうか？　その可能性は低そうだ。ヤクを得るためにこの長距離を――ランフォード大学から何時間もかけて――運転するなど馬鹿げている。

アーロンとペイジはオンラインで出会ったのだろうか？　その可能性が最も高そうだ。ふたりはまずオンラインで出会い、そのあと直接会うためにペイジがここまで車を運転してきた。それはありえないことではない。

だとしても、どうやって？　なぜ？　ふたりの道はどこで交わったのか？　ペイジが出会い系サイトや〈ティンダー〉などのデートアプリを積極的に利用していたとは思えない――百歩譲って、たとえ彼女がそうしたアプリを利用していたとしても、たとえサイモンが娘のそうした一面を知らなかっただけだとしても、それならもっと自分の大学の近くにいる相手とくっつきそうなものではないか？

どう考えても納得がいかない。

そもそもペイジが宿に来たというワイリーの話が嘘だったとは考えられないか？　そうやってサイモンを混乱させ、アーロンの生まれについてイーニッドが言ったことから注意をそらそうとしたのではないか？

サイモンはそうは思わなかった。

ワイリー・コーヴァルは信用ならない下劣な人間だ。いや、おそらくそれ以下だ。それでも、ペイジがアーロンに会いにここへ来たという彼のことばには妙な真実味があった。

サイモンは車を運転してイーニッドのクラブまで戻った。が、彼女の姿はなかった。彼は短縮ダイヤルでイヴォンに電話をかけた。

イヴォンは最初のコールで電話に出て言った。「何か変化があれば、こっちからかけるから」

「じゃあ、変化はなし?」

「何も」

「ドクターからは?」

「新しいことは何も」

サイモンは眼を閉じた。

「今日はずっと電話をかけどおしだった」とイヴォンは言った。

「誰に?」

「人脈豊富な知り合いに。このまま今の病院やドクターに任せてまちがいはないのか確認したかったの」

「それで?」

「まちがいなく最高の医療陣だそうよ。そっちは宿を訪ねてどうだったの?」

サイモンは詳しい顚末《てんまつ》を話した。聞きおえたイヴォンは、ただひとことつぶやいた。「なんてこと」

「ああ」

「で、次はどうするの?」

「わからない」

「いいえ、あなたにはわかっているはずよ」とイヴォンは言った。

彼女の言うとおりだった。

「あの大学で何かがあって、ペイジは変わった」と彼は言った。

「わたしもそう思う。サイモン？」

「ああ」

「三時間後に電話して。あなたが無事にランフォードに着いたかどうか知りたいから」

19

「その週末」とアイリーン・ヴォーンはサイモンに言った。「ペイジにわたしの車を貸しました」

ふたりはカテドラル型天井の四人用の談話室で向かい合って坐っていた。寮の特大の出窓からは、絵具を塗ったばかりのように鮮やかな緑したたるランフォード大学の中庭が見渡せた。アイリーン・ヴォーンはペイジの大学一年目のルームメイトだった。思えばペイジの入学初日、彼女を送りにサイモンとイングリッド、サムとアーニャがそろって希望に満ちたこのキャンパスにやってきたとき、最初に一家を出迎えたのもアイリーン・ヴォーンだった。アイリーンは利発で親しみやすく、少なくとも一見したところは完璧なルームメイトに思えた。サイモンは〝万一何かあったときのために〟緊急用に彼女の電話番号をひかえていた。それで今回もすぐに連絡が取れたのだった。

あの日、サイモンとイングリッドはともに気持ちを昂らせてランフォード大学をあとにした。キャンパスに降り注ぐ陽射《ひざ》しに眼を細めながら、ふたりは手をつないで車に戻った。サムはそんな両親が〝人前でいちゃつきすぎ〟だと不満を洩らし、アーニャは〝うわ、やめてくれない？〟と呆れていたが。車に戻ったサイモンは自分の大学生活を懐かしく振り返ったものだ。彼も四人用の続き部屋のある寮に住んでいた。今眼にしているこの寮同様——中の様子はまるでちがったが。サイモンのいた部屋は西部開拓時代の酒場風に飾りつけされ、ピザの空き箱やビールの空き缶が散乱していた。一方、アイリーン・ヴォーンの続き部屋は〈イケア〉のカタログから抜け出したかのようにペールウッドで統一され、本物の家具が置かれ、掃除機をかけたばかりの小ぶりのカーペットが敷かれていた。壁にはいかにも大学生が好みそうな皮肉めいたメッセージの類いもなければ、装飾用の水パイプもチェ・ゲバラのポスターもなかった。ゲバラどころかどんな類いのポスターもなく、かわりにおだやかな仏教モチーフや幾何学デザインの手織りのタペストリーが飾られていた。全体的に大学生の部屋というよりはモデルルームのような、それこそオープンキャンパスに来た入学希望者を

(それ以上に彼らの親を)惹きつけるための見本のような部屋だった。

「そういうことはまえにもあったんだろうか?」とサイモンはアイリーンに尋ねた。

「ペイジがわたしの車を借りたことですか? いいえ、一度も。むしろ運転するのは好きじゃないって言ってました」

それだけじゃない、とサイモンは心の中でつぶやいた。ペイジは運転ができなかったはずだ。実質的には。フォート・リーの教習所にかよって運転免許を取得してはいたが、マンハッタンに住んでいたので、実際に公道で運転したことは一度もなかったはずだ。

「ペイジはああいう性格だったから」とアイリーンは続けた。〝だから〟ではなく〝だったから〟と過去形を使ったことがサイモンの胸に深く突き刺さったことには気づくこともなく。もちろん、それはこの場においては適切な表現だ。この大学において、そしておそらくアイリーンの人生においても、ペイジはすでに過去の存在なのだから。それでも、今眼のまえにいる愛らしく健康的な女の子——そう、本来なら女性と呼ばなければならないが、今のサイモンにはアイリーンは女の子にしか見えない。自分の娘と同様——を見ていると、ほんとうは娘もここにいるはずだったのだという思いが心にずしりとのしかかってきた——ほんとうならあの子もこの寮の続き部屋の、スプリング入りのマットレスとグースネックランプ付きの机が置かれた寝室のひとつで暮らしているはずだったのに。

アイリーンは言った。「スーパーとかドラッグ《CVS》ストアとか、ちょっとその辺に行く必要があるときでも、いつもわたしが運転を頼まれました」

「じゃあ、ペイジが車を借りたいと言ってきたときにはきみも驚いただろうね」

アイリーンは濃いグレーのタートルネックのケーブルニットにジーンズという恰好だった。赤みがかった長い髪を真ん中で分けて肩のうしろに垂らしていた。大きなインディゴブルーの眼。その全存在がただただ健全で、若さや大学や無限の可能性を象徴しているようで、サイモンは胸が抉《えぐ》られる思いがした。

彼女はためらうような口調で答えた。「ええ」

「あまり自信がなさそうな答だけれど」

「ひとつ訊いてもいいですか、ミスター・グリーン？」

彼は一瞬、サイモンと呼ぶように訂正しようかと思った。が、この場ではやはり形式的なほうがふさわしいように思えた。アイリーンは娘の友人だ。自分は娘のことで話を聞きにきているのだ。

「もちろん」

「どうして今なんですか？」

「今？」

「これってずっとまえのことですよね。ペイジのことは……もちろん、今回こうしてお会いすることにはなったわけだけど、でも、わたしとしても辛いことだったので」

「辛いこと？」

「ペイジがああなったことが、です。彼女がここに、ランフォードにいたときに。わたしたちはあの小さな部屋でふたり一緒でした。それでなんていうか、すごく気が合ったんです。すぐ親友になりました。わたしはひとりっ子で、あまり大げさなことは言いたくないけど、ペイジはわたしにとって妹みたいな存在だったんです。でも、そのあと……」

アイリーンは心に傷を負い、そこから立ち直った。その古傷を今、サイモンは容赦なく開こうとしている。そのことを申しわけなく思った。とはいえ、アイリーンは若い。彼が寮を出ていった三十分後には授業に向かうか、ルームメイトのひとりに誘われてクッシュマン・カフェテリアへ食事に行くことだろう。それからエルダーズ図書館で勉強して、そのあとどこかの寮のパーティにでも行って――そうすればその〝傷口〟はまたもとどおりぴったりとふさがるだろう。

「そのあと？」とサイモンは尋ねた。

「ペイジは変わりました」

アイリーンはきっぱりとそう言った。

「どうして？」

「わかりません」

彼はどう話を引き出したものか考えながら尋ねた。「それはいつのことだね？」

「最初の学期の終わり頃です」

「きみの車を借りて出かけたあと?」

「はい。いえ、というか、そのまえからもう様子はおかしかった気がします」

サイモンはわずかに身を乗り出した。相手のパーソナルスペースを侵害しないように意識しながら。「そのまえからというと、どのくらいまえから?」

「わかりません。はっきりしたことは思い出せません。それでも……」

彼はさきを促すようにうなずいた。

「ペイジが車を貸してほしいと言ってきたとき、変だなと思ったのは覚えています。ペイジらしくないからというだけじゃなくて、その頃ずっとよそよそしいと感じていたから」

「どうして? 思いあたることは?」

「ありません。だからわたしは傷ついていたんです。そのことで内心、腹を立てていたかも――」アイリーンはそこで顔を上げた。「でも、腹なんか立てるんじゃなくて、手を差し伸べるべきでしたよね。自分ひとりで傷つくんじゃなくて。自分のことだけを考えるんじゃなくてほんとうに友達のことを思っていたら――」

「アイリーン、きみのせいじゃない。きみは何ひとつ悪くない」

彼女は納得していないようだった。

「ペイジがドラッグをやっていた可能性はないかな?」とサイモンは尋ねた。

「アーロンと出会うまえにってことですか？」

「あくまで仮説にすぎないけれど、ペイジはすでにドラッグをやっていたのかもしれない。とすると、アーロンは供給元か何かだったのかもしれない」

アイリーンは少し考えてから言った。「それはないと思います。ひとつには、ここは大学のキャンパスだからドラッグが蔓延《まんえん》していると思われるかもしれませんけど、実際はそんなことはありません。私自身、どこに行けばマリファナより強いものが手にはいるかも知りません」

「それかもしれない」とサイモンは言った。

「それ？」

「ペイジはもっと強力なものが欲しかったのかもしれない」

「だからアーロンのところへ行った？」

「考えられないことじゃない」

アイリーンはそうは思わないようだった。「ペイジはマリファナを吸ったこともありませんでした。別に変に生真面目《きまじめ》だったとか、そういう意味じゃなくて。お酒を飲んだりやなんかはしてましたけど、ラリったりハイになったり、そういう状態になったことはそれまで一度もなかったんです。ペイジが初めてそんなふうになったのは、アーロンと会ったあとのことです」

「じゃあ、結局、話はもとに戻るわけだ」とサイモンは言った。「ペイジはなぜきみの車を借りたんだろう？　なぜコネティカットの片田舎まで運転したんだろう？」

「わかりません。ごめんなさい」

「きみはあの子がよそよそしくなったと言ったけど」

「ええ」

「ほかの友達に対してはどうだったんだろう？」

「ううん……」彼女は視線を上に、それから左に向けて言った。「そうですね、今振り返ってみると、ペイジはみんなに心を閉ざしてしまった感じでした。わたしたちみんなに。これはジュディ・ジスキンドから聞いたんですが——彼女のことはご存じですか？」

「いや」

「ジュディはわたしの今のルームメイトのひとりで、今日はラクロスの試合でボウディンに行っています。ここにいれば話を聞けたんですけど。それが今の話と関係してるかどうかはわかりません。でも、ジュディはこんなことを言ってました。学生同士のパーティでペイジの身に何かあったんじゃないかって」

サイモンは全身に寒気が走るのを感じた。「〝ペイジの身に何かあった〟というのは？」

「ここではみんなしょっちゅう性的暴行の話をしています。毎日と言ってもいいくらい。それくらい必要なことで、中でもジュディは四六時中そのことばかり考えてる人なんです。だから誰かが心を閉ざすようになると、すぐそういうことを言うわけだけど。それでも、ある晩、ジュディがそのことでペイジを問いつめてたのを覚えています。ある男の子に何かされたんじゃないかって」

「その男の子というのは？」

「わかりません。ふたりとも名前を出さずに話していたので」

「で、それはアーロンと会うまえだったんだね？」

「そうです」

「ペイジはなんて言ってた？」

「それとこれとはなんの関係もないと言っていました」

「何と関係があるかは言わなかった？」

アイリーンはためらい、視線をそらした。

「アイリーン？　あの子はほかに何か言ってたんだね？」

「はい」

「なんと？」

「ペイジは単に話をそらそうとしたんだと思います。それ以上わたしたちにかまわれたくなくて」

「あの子はなんと言ったんだ？」

「ペイジは」――アイリーンは視線を戻し、サイモンの眼を見た――「家庭の問題だと言っていました」

サイモンはまばたきをして椅子の背にもたれ、衝撃を受け止めた。そんな答は想像もしていなかった。「家庭の問題って、どんな？」

「詳しいことは話そうとしませんでした」

「詳しいことも何もわからない？」

「これはわたしが思っただけのことですけど、そのあとアーロンやドラッグのことがあったので、もしかしたらあなたとドクター・グリーンのあいだで何かあったのかと思ってました」

「私たちのあいだに問題は何もなかった」

「ですよね」

サイモンの頭の中はめまぐるしくまわっていた。

家庭の問題？

その頃の家庭の状況を思い出そうとした。夫婦の問題ではありえない――イングリッドとの関係は良好だった。良好この上なかった。経済的な問題でもない――夫婦ともにキャリアの最盛期を迎え、稼ぎは申し分なかった。ペイジの弟や妹のこと？　特段変わったことは何もなかった。思い出せるようなことは何も。サムの理科の先生のことでちょっとした揉《も》めごとはあったが、それはその前年のことで、そもそも〝家庭の問題〟と呼ぶようなことでもない。

それとも何か自分が知らない問題があったのだろうか。

たとえそうだとしても――ペイジがそう思い込んだにしろ、現実に家族の問題と呼べる何かがあったにしろ――それがなぜアーロンに会いに車を運転してコネティカットまで行くことにつながるのだろう？

サイモンはその疑問をアイリーンにぶつけてみた。

「すみません、ミスター・グリーン。わたしにはわかりません」

アイリーン・ヴォーンはスマートフォンにちらりと眼をやった。社会人が腕時計にちらりと眼をやるように。それから急に居心地が悪くなったように、ソファの上でもぞもぞと坐り直した。この場を離れたがっていることは明らかだった。

「もうすぐ授業なんです」と彼女は言った。

「アイリーン？」

「はい？」

「アーロンは殺された」

アイリーンは眼を見開いた。

「ペイジは逃げた」

「逃げた？」

「行方不明だ。私の今の考えでは、アーロンを殺した人間はあの子のことも追っている」

「どういうことかわかりません。なぜ？」

「私にもわからない。それでも、ふたりを出会わせたものが――ペイジがアーロンに会おうと思ったきっかけが――その原因になっていると私は思う。だからきみの力を借りたいんだ。この大学で何があったのかを知る必要がある。あの子がきみの車を借りてアーロンに会いにいくきっかけになった出来事がなんだったのかを」

「わたしにはわかりません」

「それはわかってる。きみが私に帰ってもらいたがっていることも。それでもどうか力を貸してほしい」

「どう協力すればいいんですか？」

「最初から話してくれ。何があったかすべて。どんなに些細に思えることでもいい」

　ペイジは〝トライハード〟になっていた。アイリーン・ヴォーンはそう言った。

「何になってたって？」

「がんばりすぎ《トライハード》です」とアイリーンは繰り返した。「入学した最初の週のオリエンテーションで言われるじゃないですか。きみたちは自分がなりたいものになれる、これから新たな気持ちでがんばれば何にでも挑戦できるんだって」

　サイモンはうなずいた。

「ペイジはそれを心に刻んだんです」

「それはいいことじゃないのかな？」

「でも、彼女の場合、わたしはやりすぎだと思いました。お芝居に出たがったり、ふたつのアカペラグループに参加してみたり、ロボットを製作する理系オタクの同好会にはいったり。学内司法委員にも立候補して、当選しました。その上、家系図研究クラブの活動に夢中でした。それは遺伝学の授業と連携していて、自分のルーツを調べたりするんです。それから自分でお芝居の脚本を書きたがってもいました。今振り返ってみても、やっぱりあれは過剰だったと思います。ペイジはがんばりすぎていました」

「ボーイフレンドはいなかった？」

「つきあってると言えるような相手は誰も」

「きみのラクロス部のルームメイトが言ってた男の子は……」

「その人のことはわたしはまったくわかりません。ジュディにメールしてみましょうか？」

「頼む」

　アイリーンはスマートフォンを取り出し、画面上で指を踊らせ、終わるとうなずいた。

「勉強のほうはどうだったんだろう？」とサイモンは尋ねた。「なんの授業を取っていたかはわかる?」

父親ならもちろん知っていなくてはならない。が、サイモンは自分が過干渉な親ではないことにむしろ誇りを持っていた。ペイジが高校生のときでさえ、授業のことはまったく把握していなかった。保護者の中には〈スカイワード〉というオンラインのプログラムを毎日チェックして、自分の子供が宿題をちゃんとやっているか、成績を落としていないか確認する者もいたが、サイモンはログインのしかたすら知らなかった。当時はそんな自分こそよりよい父親だと、内心うぬぼれていたのだ。

必要以上に干渉しないこと。わが子を信頼すること。

ペイジの場合はそれでなんの問題もなかった。彼女はなんでも自主的にやる子だった。成績も優秀だった。ああ、あのとき自分が得ていた満足感。威圧的で過干渉な親たちに対して抱いていた浅はかな優越感。パーティの場で自宅にテレビがないことを自慢していたどこぞの馬鹿親のように、〈スカイワード〉のパスワードすら知らないことを自慢していた自分。

すべてが崩れ去るまえの自分はなんと尊大だったことか。

アイリーンはペイジの取っていた授業名と教授の名前を書きとめると、そのメモをサイモンに渡して言った。「ほんとうにもう行かないといけないんです」

「途中まで一緒に歩いてもいいかな?」

彼女はそれはかまわないと答えた。が、明らかに気が進まない様子だった。

ふたりでドアのほうに向かいながら、サイモンは授業名のリストに眼を通して尋ねた。

「この中で特に何か思いあたるものはない？」

「ええ、特には。大人数のクラスがほとんどでしたから。ペイジのことをはっきり覚えている教授はいないと思います。ヴァン・デ・ビーク先生は別だけれど」

ふたりは窓から見えていた鮮やかな緑の中庭を横切りはじめた。

「そのヴァン・デ・ビーク先生が教えていたのは？」

「さっきちょっとお話しした、遺伝学の授業です」

「どこに行けば彼に会える？」

アイリーンは歩きながらスマートフォンを操作し、表示された画像を見せて言った。「これがその先生です」

サイモンはスマートフォンを受け取って眺めた。

ルイス・ヴァン・デ・ビーク教授は若かった。まだ三十歳にもなっていないのではないか。それに――そこまで父親目線になるつもりはないが――彼はいかにも若い女子学生が熱を上げそうなタイプの教授に見えた。青みがかった黒髪はやや長すぎ、肌はやや白すぎた。歯並びはよく、笑顔も実に感じがよかった。写真の彼はタイトな黒いTシャツ姿で、引きしまった腕を胸のまえで組んでポーズを取っていた。

ツイードのジャケットを着た教授たちはいったいどこへ行ってしまったのか？

写真の下には〝生物科学教授〟とあった。クラーク・ハウスのオフィスの住所とEメールアドレス、彼個人のウェブサイト、そして彼が教えている授業の一覧が掲載されていた。〈遺伝学と系図学入門〉も含めて。

「きみはさっき言ったね。この教授だけは別だと」

「ええ」

「それはなぜ？」

「遺伝学と系図学は少人数のクラスだったからです」と彼女は言った。「だからみんな教授と直接ことばを交わす機会が多かったんです。でも、ペイジにとってはそれだけじゃなかった」

「というと？」

「さっき、ペイジが夢中になった家系図研究クラブの話をしましたよね。それもヴァン・デ・ビーク先生が顧問です。だからペイジはオフィスアワー（教授が研究室にいて、学生の質問や相談を受け付ける時間）によく先生のところへ相談に行っていました。頻繁に」

サイモンはまた苦い顔をした。アイリーンはそれに気づいて言った。

「ちがいます、そういうことじゃないんです」

「そうか」

「入学したばかりのとき、ペイジは自分が何を専攻するべきかもわかっていませんでした。

わたしたちみんなと同じように。それはわかりますよね？」

サイモンはうなずいた。むしろそれでいいのだと、イングリッドとふたりで後押ししたのだった。最初から自分の可能性を狭める必要はないと。いろいろ探求しながら新しいことに挑戦するうちに、きっとやりたいことが見つかるからと。

「ペイジはよくお母さんの話をしていました。お母さんの仕事の話も」そう言ってから彼女は慌ててつけ加えた。「だからと言って、あなたの話をしなかったということじゃないです、ミスター・グリーン。ペイジはお父さんのお仕事も興味深いと思ってたと思います」

「別にかまわないよ、アイリーン」

「とにかく、ペイジはお母さんのことを英雄のように崇《あが》めていたんだと思います。ヴァン・デ・ビーク先生のところによく行っていたのは、彼が医学部志望の一年生の相談担当教授でもあったからなんです」

サイモンははっと息を呑んで言った。「ペイジは医者になりたがっていた？」

「ええ、だと思います」

その新たな事実にサイモンはまたしても衝撃を受けた。ペイジは医師になりたかったのだ。母親のように。

「とにかく」とアイリーンは続けた。「ヴァン・デ・ビーク先生はペイジの大学生活においては大きな存在でした。それがペイジとアーロンの出会いに関係しているとは思えませんけど」

ふたりはペイジとアイリーンが一年生のときに住んでいたラトナー寮のまえを通った。ずっとまえにサイモンが娘をハグして別れを告げた、あのときの場所を横切って。痛みをともなう思い出が次々と襲ってきた。

アイリーンはイシャーウッド館のまえで友人を何人か見つけると、ここで授業があるからとサイモンに言い、慌ただしく別れを告げた。彼は手を振ってアイリーンを見送ってから、クラーク・ハウスに向かった。玄関にはいると、アイゼンハワー政権以前からすべてを見てきたような顔をした年配女性が、受付デスクの奥から険しい表情で彼を見てきた。小さなネームプレートには〝ミセス・ディンズモア〟と書かれていた。ファーストネームはなし。

「何かご用ですか?」とミセス・ディンズモアは言った。どんな用であれ、不承不承の応対になることがあからさまな口調だった。

「ヴァン・デ・ビーク教授にお会いしたいんですが」

「お会いにはなれませんよ」

「はい?」

「ヴァン・デ・ビーク教授はサバティカル休暇中ですから」

「いつからです?」

「この件に関するそれ以上のご質問には、わたくしの口からはお答えできません」

「教授は近くにいらっしゃるんですか、それとも旅行中ですか？」

ミセス・ディンズモアは首からぶら下げていた鎖付きの眼鏡をかけると、ますます不愉快そうに顔をしかめて言った。「〝わたくしの口からはお答えできません〟のどこがおわかりにならなかったんでしょう？」

ルイス・ヴァン・デ・ビークのEメールアドレスはさっきアイリーンに見せてもらったウェブの教員名簿を見ればわかる。それを使ったほうが賢明だろう。サイモンはそう思って言った。「どうもご丁寧にありがとう」

「どういたしまして」とミセス・ディンズモアはぼそっと言った。下を向いて何かを書きとめながら。

サイモンは車を停めた場所に引き返し、歩きながらイヴォンに電話した。イングリッドの容態には変化がないと知らされただけだった。訊きたいことはいくらもあったが、そのときふとある記憶が甦った。イングリッドと結婚してまもない頃、サイモンは常に不安を抱えていた。海外市場や政治変動や次期の収益報告書や――クライアントの有価証券に影響しうるものすべてに対して。それ自体は金融アナリストの仕事につきものの、ごく自然な感情ではあったが、そのために集中力が削《そ》がれ、能率が落ちていることもまた事実だった。

「平安の祈り」ある晩、イングリッドにそう言われた。彼女はパソコンのまえに坐っていた。

彼のワイシャツを羽織り、彼に背を向けて。

「なんだって？」

サイモンは妻の背後に歩み寄り、その美しい両肩に手を置いた。プリンターが音をたてて一枚の紙を吐き出した。彼女はその紙を彼に手渡して言った。

「これをデスクに貼るといいわ」

その祈りはすでに知っていておかしくないものだった、もちろん。しかし、サイモンは知らなかった。初めてそれを読んだ。そして不思議なことに、彼の人生はほとんどその瞬間に変わったのだった。

神よ、私にお授けください。
変えられないものを受け入れる心の平安と、
変えられるものを変える勇気と、
そのふたつを見分ける知恵を。

サイモンはまったく信心深くはなかった。その祈りのことばは短く、いかにもわかりきったことを言っていた。それでも、それは心に響いた。なにより今、そのことばがイングリッドに重なって響いた。イングリッドの容態を変えることはできない。彼女は昏睡状態で病院にいる。それを思うたびに身が引き裂かれるようになる。それでも今はその痛みを手放さなければならない。その事実を変えられるなどと思うことは無謀以外の何物でもないからだ。変えることはできない。

だからそれを受け入れるのだ。痛みを手放すのだ。変えられることだけを考えるのだ。

たとえば娘を見つけることだけを。

サイモンは車に戻ると、エレナ・ラミレスに電話をかけた。

「何かわかったことは？」と彼は尋ねた。

「あなたからどうぞ」

「ペイジは自分からアーロンに会いにいった。その逆ではなく。私はずっと、ふたりはランフォード大学のそばで出会ったとばかり思っていたんだが、あの子のほうから会いにいったようだ」

「じゃあ、ふたりはそのまえから知り合いだった？」

「なんらかの形で」

「おそらくオンラインで出会ったんでしょう。デートアプリか何かで」

「どうしてあの子がデートアプリなんか使わなきゃならない？」

「誰でも使うんじゃない？」

「あの子は大学にはいったばかりで、勉強や新しい友達のことで頭がいっぱいだったはずだ。

これは何も父さん眼鏡で見ているからじゃない」

「父さん眼鏡?」

「偏見のことだ。偏《かたよ》った父親目線で子供を見ることだ」

「なるほど」

「ペイジはそんなふうだったとあの子のルームメイトが言ってるんだよ。私じゃなくて。そっちは例のタトゥー店の男と話せたんだろうか?」

「ダミアン・ゴース。今の話をさきに終わらせましょう、サイモン。ほかにわたしが知っておくべきことは?」

「アーロンの育ちについて妙な話を聞いた。彼の生まれと言っても同じことだけど」

「話して」

サイモンは彼女に詳しく話した。イーニッドから聞いたアーロンの話と、亡くなったイタリア人の母親についてのワイリーの話を。話しおえたとき、電話の向こうは無言だった。それからキーボードを叩く音が聞こえた。

「エレナ?」

「アーロンと父親の画像をグーグル検索しようとしてるの」

「なぜ?」

彼女はしばらく間を置いてから言った。

「見つからない。父親が宿にいるところの画像ならいくつかあるけど。ワイリーの」

「見つけてどうするんだ?」

「これが妙な話に聞こえるのはわかってる」

「でも?」

「でも、あなたはアーロンとワイリーの両方に直接会ったことがある」

「ああ」

「ふたりは親子だと思う? つまり、生物学的に」

「いや」サイモンは即答した。ほとんど考えるまでもなく。「というか……正直、わからない。何かがおかしいとは思うけれど。なぜ訊くんだ?」

「なんでもないことかもしれない」

「でも?」

「でも、ヘンリー・ソープは養子だった」とエレナは言った。「ダミアン・ゴースも」

サイモンはぞくりと寒気を覚えた。「それはこじつけだ」

「わかってる」

「ペイジは養子じゃない」

「それもわかってる」

「エレナ?」

「ダミアン・ゴースから何を聞いた？」

「何も。サイモン、ゴースは死んだの。彼も誰かに殺されたのよ」

「ええ」

20

アッシュは常に用意周到を心がけていた。

車にはいつもふたり分の新しい服が用意されていた。今度もふたりとも移動中に着替え、古い服をニューヨーク州との州境近くの〈ホールフーズ・マーケット〉の裏の寄付箱に捨て、そのあと薬局チェーンの〈ライト・エイド〉で、ディーディーは野球帽をかぶって商品を十点ばかり購入した。ほんとうに必要なのはそのうち二点――ヘアカラーリング剤と鋏《はさみ》だけだったが。

アッシュは店にははいらなかった。

どこへ行ってもそこらじゅうに防犯カメラがある。そこに映るのは連れのいない女か連れのいない男のどちらかひとりだ。そうやって彼らの眼を欺《あざむ》くのだ。一個所に長くとどまってはいけない。

ディーディーは単純に〈ライト・エイド〉のトイレで髪を染めればいいと考えていた。アッシュは彼女に言った。それはまちがいだと。

動きつづけろ。手がかりはいっさい与えてはならない。

さらに十五キロ運転し、アッシュは時代遅れのガソリンスタンドを見つけた。ここなら防犯カメラはほとんどないはずだ。ディーディーは野球帽をかぶって店のトイレにはいった。新しく買った鋏を使ってブロンドの長い三つ編みを切り落とし、さらに短く髪を刈り込み、切った髪をトイレに流した。それから短くなった髪を淡い赤褐色――めだつ色ではまったくない――に染めると、また野球帽をかぶってトイレを出た。

アッシュに言われていた。常にうつむきがちに歩けと。防犯カメラは上から撮るから。常に。だからつばのついたキャップをかぶって、地面から眼を離すな。天気によってはサングラスをかけるのもいい。同時に逆に人目を惹かないように。

「こんなの、やりすぎよ」とディーディーは言った。

「そうかもな」

それでも彼女は反論はしなかった――もしほんとうに彼の注意事項に文句があるなら、口論になっても反対していただろう。

アッシュの運転で道路に戻ると、ディーディーは野球帽を脱ぎ、髪を手でくしゃくしゃにして尋ねた。「どう、似合う？」

アッシュはちらりと彼女に視線を向けた。胸が弾《はじ》けた。ディーディーは助手席で膝を抱えて坐り、居眠りを始めた。アッシュはちらちら彼女を盗み見ずにはいられなかった。赤信号で一時停止したとき、後部座席に置いてあったシャツを丸めて、彼女の頭と車のドアのあいだにはさんでやった。彼女が頭をぶつけることなく、気持ちよく眠れるように。

三時間後、ディーディーは眼を覚まして言った。「おしっこしたい」

アッシュは次のドライヴインで車を停めた。ふたりとも野球帽をかぶって外に出た。アッシュはチキンフィンガーとフライドポテトをテイクアウトした。幹線道路に戻ると、ディーディーが尋ねた。「どこに向かってるの？」

「警察がどこまでおまえの情報をつかんでるか、わかったもんじゃない」

「それは質問の答になってないでしょ、アッシュ」

「どこに行こうとしてるかはおまえもわかってるだろ？」

ディーディーは答えなかった。

「ヴァーモントの州境のそばなのは知ってるけど」とアッシュは言った。「正確にどこにあるかは知らない。だからおまえに道を教えてもらわなきゃならない」

「あんたは中にはいれないわ。部外者は立入禁止なの」

「わかった」

「特に男性は」

アッシュは呆れたように眼をぐるっとまわしてみせた。「そりゃまたよくある話だな」

「それが規則だから。〈真理の聖域〉に外部の男性が立ち入ることは許されないの」

「別に中にはいる必要はないよ。おまえを降ろすだけだから」

「どうして？」

「どうしてかはわかるだろ」

「これ以上あたしが一緒にいると危険だと思ってるから」

「ビンゴ」

「だけど、安全かどうかはあんたが決めることじゃない」と彼女は言った。「そして、それはあたしが決めることでもない」

「まさかこう言うつもりじゃないよな？」とアッシュは言った。「それは神の手に委ねられてるなんて」

ディーディーはにっこり微笑んだ。いつもながら──髪形と髪色はちがっても──なんとも幸せそうな笑みだった。その笑顔がアッシュの心臓をやさしく撃ち抜いた。

「神だけじゃない。それは真理の手に委ねられてるのよ」

「その真理は誰が教えてくれるんだ？」

「永遠に理解できない人たちからすれば、それを神と呼ぶのがいちばん簡単だと思う」

「神がおまえに話しかけるのか？」

「地上の預言者を通じて」

アッシュは彼女のカルトのばかばかしさについて調べ上げていた。「その預言者がキャスパー・ヴァーテージ？」

「神が選んだ人よ」

「ヴァーテージは詐欺師だ」

「悪魔は真理の繁栄を望まない。悪魔は真理の光の中では死んでしまうから」

「ヴァーテージが服役してた事実はどうなる？」

「彼はまさにそこで真理のことばを託されたの。独房で。暴行と拷問を受けたあとで。そのことでメディアや部外者が彼を悪く言うのは、真理の口を封じようとしてるからなのよ」

アッシュは首を振った。まるで話にならない。

「ヴァーモントの州境からふたつ目の出口よ」と彼女は言った。

アッシュはカーラジオのチャンネルを替えた。フラッシュ・アンド・ザ・パンの七〇年代の名曲『ヘイ、セント・ピーター』が流れてきた。アッシュは思わずにやりとした。この歌に出てくる男は、天国の門を叩いて聖ペテロに嘆願する。中に入れてくれ、おれはニューヨークシティで暮らしてたんだから、つまりとっくに地獄でお務めを果たしたんだから、と。

「教団施設で音楽は聞けるのか？」とアッシュは尋ねた。

「〈真理の聖域〉ね」

「ディーディー」

「ええ、音楽は聞けるわよ。あたしたちの仲間には才能あるミュージシャンがたくさんいるから。みんな自分で歌をつくるの」

「外の音楽はないのか？」

「それじゃ真理は広まらないわ、アッシュ」

「それもヴァーテージが定めた規則？」

「彼の以前の名前は使わないで」

「以前の名前？」

「それを口にすることは禁じられてるから」

「以前の名前」と彼は繰り返した。「おまえが今はホリーであるように？」

「そういうこと」

「やつがおまえにその名前をつけたのか？」

「名づけたのは真理協議会よ」

「誰が真理協議会を構成してるんだ？」

「真理、奉仕者、来訪者」

「三人？」

「そう」

「三人とも男？」

「そうよ」

「三位一体《さんみいったい》みたいにか」

ディーディーは彼に向き直った。「三位一体とは全然ちがう」

そこを追究してもしかたない。アッシュはそう思って言った。「〝真理〟ってのはキャスパー・ヴァーテージのことみたいだな」

「そのとおりよ」

「あとのふたりは？」

「真理の子孫。ふたりとも〈聖域〉で生まれ育ったの」

「息子たちってことか？」

「そういう言い方はしないけど、あんたの解釈に合わせるなら、そういうことね」

「おれの解釈に合わせるなら？」

「あんたにはわからないのよ、アッシュ」

「それもカルトの常套句《じょうとうく》だ」彼はディーディーに諭されるまえに手で彼女を制して続けた。「もしその〝真理〟に異議を唱えたらどうなる？」

「真理は真理よ。その名のとおり。それ以外はすべてまやかしよ」

「マジか。じゃあ、その教祖が何を言おうが、それが絶対的な真実ってわけか」

「ライオンはライオン以外のものになれる？　彼は真理なのよ。そんな彼のことばが真実じゃないなんてことはありえないでしょ？」

アッシュはまたやれやれとばかりに首を振った。車はヴァーモント州にはいった。彼は相変わらず彼女の顔をちらちら盗み見た。

「ディーディー？」

彼女は眼を閉じた。

「ほんとにおれにホリーって呼んでほしいのか？」

「ううん」と彼女は言った。「呼ばなくていい。〈真理の聖域〉にいないときのあたしはホリーじゃないから。ちがう？」

「ちがわないけど」

「ディーディーにはホリーにできないことができるの」

「ずいぶん都合のいい話だな」

「でしょ？」

アッシュは思わず頬がゆるみそうになるのをこらえて言った。「おれはディーディーのほうが好きかな」

「そうね、あんたはそうだと思う。でも、ホリーのほうがより完全に近いのよ。ホリーは幸せで、真理を理解してるから」

「ディーディー？」そう言って、彼は一瞬間を置いた。それからため息をついて尋ねた。「それとも〝ホリー〟と呼ぶべきか？」

「この出口よ」アッシュは彼女の指示どおりに出口を降りた。「何、アッシュ？」

「はっきり言っていいか？」

「どうぞ」

「なんだってそんなクソくだらない大嘘を信じられるんだ？」

そう言って、ディーディーにちらりと眼を向けた。彼女は座席にあぐらをかいて坐り直した。「あたしはほんとにあんたを愛してるのよ、アッシュ」

「おれだっておまえを愛してる」

「ネットで検索したんでしょ、アッシュ？〝輝ける真理〟について？」

アッシュはばっちり検索していた。教祖のキャスパー・ヴァーテージは一九四四年生まれ。その出生は謎に包まれている。母親はある日突然、妊娠七ヵ月の状態で眼を覚ましたと主張している——ノルマンディー上陸作戦の先頭に立っていた夫が戦死したまさにその瞬間に。むろん、その主張を裏づける証拠はひとつもない。が、ともかくそれが通説となっている。ネブラスカ州で育ったキャスパー青年は〝穀物の治療師〟として評判を集め、干ばつなどの際には農家の人々が彼を探し求めてやってきたという。この主張もやはりまったく裏づけられてはいない。その後、ヴァーテージは自身の力に逆らった結果――真理の力が強大になりすぎたので、撃退しようとしたとかなんとか――一九七〇年に詐欺罪で刑務所に収監された。この詐欺の事実については証拠が山ほどある。

獄中の乱闘で片方の眼を失い、〝灼熱《しやくねつ》部屋〟と称される世にも恐ろしい場所に放り込まれたあと、キャスパー・ヴァーテージは天使の来訪を受けた。この部分が彼自身のでっち上げによるものか、太陽が惹き起こした幻覚によるものかは定かではない。いずれにしろ、同カルトのよくできた言い伝えにおいて、彼を訪れた天使は〝来訪者〟として知られている。来訪者は彼に真理を伝え、自由の身になったらアリゾナ砂漠の岩の裏に隠されたシンボルを見つけるようにと告げた。彼はその啓示に従ったものと見られる。

そんな調子のクソ話、典型的な事実無根の伝説がさらに続く。そして現在、〝輝ける真理〟が率いる教団の施設では、信者たち――ほとんどが女性――が洗脳され、あるいは殴られ、あるいはクスリ漬けにされ、あるいはレイプされている。

「あんたに真理を理解してもらおうとは思ってないから」とディーディーは言った。

「あれはいかれたカルトだ。おまえがそう思ってないことがおれには理解できない」

彼女は体ごとアッシュのほうを向いて言った。「ミセス・ケンジントンを覚えてる?」

ミセス・ケンジントンはふたりの共通の里親だった。彼女は自分が養育している里子たちを週に二回、教会に連れていった――火曜の午後は聖書の勉強会に、日曜の午前中はミサに。

毎回欠かさず。一度の例外もなく。

「もちろん覚えてるわよね」

「あの人はおれたちによくしてくれたからな」

「ほんと、そう。アッシュ、今でも教会にかよってる？」

「今はもうめったに行かない」と彼は言った。

「でも、昔は好きだったでしょ。あたしたちが子供の頃は」

「教会は静かだったから。静かなのが好きだった」

「あの頃教わったお話を覚えてる？」

「ああ」

「ミセス・ケンジントンは聖書のお話をひとつ残らず信じてた」

「ああ、知ってるよ」

「じゃあ、思い出して。ノアが方舟《はこぶね》を造ったのは何歳のときだった？」

「ディーディー」

「確か五百歳とかそれくらいだったと思うけど。ノアはほんとうにありとあらゆる生きものをつがいで方舟に入れたんだと思う？　昆虫だけでも百万種以上いるのに。それを全部舟に載せられたと思う？　その話はミセス・ケンジントンみたいな人たちもあんたもみんな受け入れてるのに――真理は受け入れられない？」

「それとこれとは別だろ」

「ううん、同じよ。あたしたちがあの教会で救済についてのお話を聞いたとき、ミセス・ケンジントンは眼に涙を浮かべてうなずいてた。あのお話を覚えてる?」

アッシュは苦い顔をした。

「ざっと要約してみるわね。玉のような男の子が――彼は自身の父親でもありますが――人妻である処女から生まれました。すると、男の子の父親は――それは彼自身でもありますが――彼を拷問し、殺しました。ところがなんと、彼はゾンビのように生き返ったのです。しかし、もしあなたが彼の肉である薄いウエハースのようなパンを食べ、彼の血であるワインを飲み、彼のお尻にキスすることを誓うなら、彼はあなたの中からすべての悪を吸い出し――」

「ディーディ――」

「待って、ここからが最高なの。この世に悪が存在する理由は――アッシュ、この部分は覚えてる?」

彼は覚えていた。が、あえて黙っていた。

「忘れちゃった? 今聞いたら絶対気に入るはずよ。この世に悪が存在する理由、それは男のあばら骨から生まれた頭がからっぽのふしだら女が、しゃべる爬虫類《はちゅうるい》にそそのかされて悪い果物を食べたからなんだって」ディーディーは手を叩き、助手席にのけぞり返って笑った。

「もっとほかの話もしたほうがいい？　海がふたつに割れたり、預言者が動物に乗って昇天したり、アブラハムが自分の奥さんをファラオに差し出したりする話はどう？　今だって、ローマ建築の施設で同性愛的なアートを飾ってドラァグクイーンも真っ青な衣装を着てる〝神聖な〟男の人たちはどうなの？」

彼は黙って運転を続けた。

「アッシュ？」

「なんだ？」

「今言ったような信仰とか、ミセス・ケンジントンのこととか、あたしが馬鹿にしてるように聞こえるかもしれないけど」

「ああ、そう聞こえるよ」

「そういうわけじゃないの。あたしが言いたいのは、ほかの信仰をいかれてると決めつけるまえに、〝普通の〟」――ディーディーは両手の指を曲げて引用符をつくってみせた――「人たちが信じてる話について、もっとよく考えたほうがいいんじゃないかってこと。あたしたちはみんな、どんな宗教もいかれてると思いがちだけど。アッシュとしては認めたくなかったが。とはいえ、

確かに彼女の言うことには一理あった。アッシュとしては認めたくなかったが。とはいえ、その口調に含まれた何かが……

「真理はただの宗教じゃない、それ以上のものよ。それは命を持って息づいてるの。真理は

昔からずっと存在してきたし、これからもずっと存在しつづける。でも、世間の人たちが信じる神は過去に生きてる——何千年も昔に、古い本に閉じ込められて。それはなぜ？　神はその人たちを見放してしまったの？　あたしの神はここにいる。今も。この現実の世界に。真理が亡くなっても、彼の子孫があとを受け継ぐの。なぜなら、真理は生きつづけるから。アッシュ、あんただって納得するはずよ。あんたが客観的になれるなら。あんたが子供の頃からのメジャーな宗教教育に洗脳されていなければ。しゃべる蛇や象の神さまなんかより、真理のほうがよっぽどすじが通ってると思わない？」

アッシュは何も言わなかった。

「アッシュ？」

「なんだよ？」

「何か言って」

「何を言えばいいかわからない」

「それはあんたに真理の声が聞こえてるからかも」

「いや、そういうことじゃなくて」

「次の交差点で右に曲がって」と彼女は言った。「もうすぐよ」

道は一車線になり、両側に森林が広がっていた。

「なあ、ほんとに戻らなくていいのに」とアッシュは言った。

ディーディーは顔をそむけ、窓の外をじっと見つめた。

「金なら貯めてるから」とアッシュは続けた。「ふたりでどこかへ行けばいい。おまえとおれだけで。家を買って。おれといるときもホリーになっていいから」

彼女は返事をしなかった。

「ディーディー?」

「うん」

「おれの言ったこと、聞いてた?」

「聞いてた」

「だから戻らなくていいのに」

「しぃっ。もう着くから」

21

サイモンは大学のウェブサイトに載っていたヴァン・デ・ビーク教授の番号に電話した。二回目のコールのあとに留守番電話につながった。サイモンはメッセージを残した——娘のペイジ・グリーンのことで折り返し電話をいただきたいと。それから念のため、同じ内容の

Eメールを教授宛てに送った。

サムとアーニャにそれぞれ電話をかけたが、どちらもすぐに留守番電話につながった。意外でもなんでもないが。子供たちは絶対に電話機能を使わない。使うのはメールだけだ。それくらいは心得ておくべきだった。サイモンはふたりに同じ内容のメッセージを送った。

大丈夫か？　電話したかったらしてもいいぞ。

サムからすぐに返事が来た。

大丈夫。電話はしなくていいよ。

これもやはり意外でもなんでもない。

サイモンはニューヨーク市に向かって引き返しはじめた。彼とイングリッドは夫婦でストリームだかクラウドだかを共有していた。彼のあらゆる写真やドキュメントと彼女のあらゆる写真やドキュメントが同じ場所に保存されるように。音楽も同様。ふたりは同じサーヴィスを共有していたので、サイモンはＳｉｒｉにイングリッドの最新のプレイリストを流すよう頼み、運転席に体をあずけて聞き入った。

イングリッドがプレイリストの一曲目に入れた歌には思わず頬がゆるんだ——『イパネマの娘』。アストラッド・ジルベルトが歌う一九六四年ヴァージョン。

至高の名曲。

サイモンは首を振った。妻が自分を——よりにもよってこの自分を——選んでくれたことを思うと、いまだに畏敬の念でいっぱいになる。これまでどんな逆境にあっても、曲がる道をまちがえても、予想もつかない人生の岐路に立たされても、イングリッドが自分を選んでくれたという事実が常に心を安定させ、感謝の念を思い起こさせ、立ち戻るべき場所へと導いてくれた。

電話が鳴った。発信者ＩＤがカーナビの画面に表示された。

イヴォンだ。

サイモンは急いで電話に出た。

「イングリッドのことじゃないわよ」とイヴォンは開口一番言った。「こっちは何も変わりなし」

「じゃあ、ほかのことで何かあったのか？」

「悪い知らせは何も」

「そうか」

「今日は第二火曜日」と彼女は言った。

サイモンははっとした。セイディ・ローウェンスタインのことをすっかり忘れていた。

「大したことじゃないわ」とイヴォンは続けた。「わたしからセイディに電話して日を改めてもらうか、わたしが直接出向くか――」

「いや、私が行く」

「サイモン……」

「行きたいんだ。どのみち帰りに通るし」

「ほんとに大丈夫？」

「ああ。もしイングリッドの容態に変化があったら――」

「電話する。わたしでなければロバートが。もうすぐ彼が交替しにくる」

「子供たちはどうしてる？」

「アーニャはいつものご近所さんのところにいるわ。サムはずっとスマホを弄《いじ》ってる。メールしてるのか何か知らないけど。二週間まえに女の子とつきあいはじめたんですって。知ってた？」

サイモンはまた胸に痛みを覚えた。今度はごく小さなものだったが。「いや」

「そのガールフレンドはアマーストから来たがってるそうよ。ここであの子のそばについていられるように。それでサムもついつい笑顔になってるけど、その子にはまだ来なくていいと言ったみたい」

るから」

「とにかくすぐ戻るよ」

「あの子たちはあなたがいなくて淋《さび》しがってはいるけど、あなたを必要としてるわけじゃない。わたしの言いたいことはわかるでしょ？　ふたりともあなたの状況はちゃんとわかってるから」

セイディ・ローウェンスタインは、ニューヨーク州ヨンカーズ市内にある煉瓦造りのコロニアル様式の家に住んでいた。ブロンクスのすぐ北に位置するこの界隈は、いかにも質実な労働者階級で構成されていた。セイディは八十三年の人生のうち五十七年をここで過ごしてきた。その気になればもっといい暮らしができるにもかかわらず。彼女のウェルス・マネージャーとして、サイモンはそのことを誰よりよく知っていた。フロリダに避寒用のマンションでも買ってはどうかと提案したこともある。が、彼女はそれを一蹴《いっしゅう》した。なんの興味もないと。年に二回、ラスヴェガスへ出かけるだけで充分だと。あとの時間は馴染んだこの家にいるのが好きなのだった。

セイディは現役の喫煙者だ。独特のしゃがれ声がそれを証明している。今日の彼女は昔ながらのムームーを部屋着として着ていた。ふたりはキッチンのまるいフォーマイカのテーブルについて坐った。セイディはかつてそのテーブルを夫のフランクと双子の息子たち、バリーとグレッグとともに囲んだものだった。彼らはもうここにはいない。バリーは一九九二年にエイズで亡くなった。フランクは二〇〇四年に癌《がん》で倒れた。唯一生きているグレッグはアリゾナ州フェニックスに移り住み、今では実家を訪ねることもめったにない。

床には薄いリノリウムが張られていた。シンクの上の時計は文字盤の数字が赤いサイコロになっていた。二十年ほどまえにフランクとヴェガスへ行ったときの土産物だ。

「お掛けなさい」とセイディは言った。「あなたが大好きなあのお茶をいれてあげる」

あのお茶とは、小売ブランドのハニーレモン入りカモミールティーのことだ。サイモンは普段お茶を飲まない。彼にとってのお茶は薄味の〝コーヒーもどき〟にすぎない。それ以上のものであってほしいとは思うものの、結局は〝茶色いお湯〟の域を出ない。

しかし、十年まえ——もっとまえかもしれないが、今となっては思い出せない——ある特定の店のある特定のフレーヴァーのお茶をセイディにふるまわれ、気に入ったかと訊かれ、彼はこう答えたのだった。「ええ、とても」それ以来、セイディの家を訪れるたびにそのお茶が彼を待ち受けるようになった。

「熱いから気をつけて」

黄みがかったアイヴォリーの冷蔵庫に、ありふれた山や川の写真付きの月間カレンダーが掛けられていた。かつて銀行はこの手のカレンダーを無料で配っていたものだが、今でも配っているのかもしれない。セイディはそれをどこかでもらってくるのだろう。

サイモンはそのカレンダー——シンプルで古風なスケジューラーとやることリスト——を

眺めた。

　ここに来たときにはほとんど毎回そうしていた。三十個か三十一個の四角い枠（もちろん、細かいことを言うなら、二月は二十八個か二十九個だが）をただじっと眺めるのだ。ほとんどの枠の中には何も書かれていない。空白のみ。月の六日目の枠に書かれた〝午後二時、歯医者〟の文字が青いボールペンで消されている。隔週の月曜日に丸がついているのは資源の回収日だ。そして――あった。毎月の第二火曜日の枠に太い紫のマーカーで大きくひとこと書かれている。


　サイモン！


　そう、彼の名前が、感嘆符付きで。感嘆符を使うなど、セイディ・ローウェンスタインには似つかわしくないことながら。

　それで全部だった。

　そのカレンダーの書き込みを――紫で書かれた感嘆符付きの自分の名前を――初めて見たのは八年まえだった。そのときから今と同じ冷蔵庫に掛けられていた。その頃、サイモンは訪問頻度を減らそうかと迷っていたところだった。彼女の投資やコストはあらかた固定化されており、毎月わざわざ訪問する必要はなかったからだ。電話ですませるか、部下に担当させるかしてもよかった。直接訪問するにしても、四半期ごとで充分事足りた。

しかし、そのあと冷蔵庫を見て、カレンダーに書き込まれた自分の名前を見つけたのだ。彼はイングリッドにその話をした。イヴォンにも。セイディにはもはや近くに住む家族がいない。友人もみな引っ越してしまった。あるいは亡くなった。だから自分の訪問は彼女にとって意味のあることなのだろう。彼女が家族を育てた古いキッチンテーブルで、ふたりでお茶を飲みながら、彼女が保有する有価証券のポートフォリオに眼を通すことは。

それはサイモン自身にとっても意味のあることだった。

だからこれまでセイディとの約束をキャンセルしたことはない。ただの一度も。もし今日キャンセルしようものなら、イングリッドが許さないだろう。そんなわけで彼は今ここにいるのだった。

セイディのポートフォリオにはノートパソコンからアクセスすることができる。彼は債権のいくつかに眼を通した。もっとも、それはあくまで形式的な手順にすぎなかったが。

「サイモン、わたしたちの昔のお店を覚えてる？」

セイディとフランクはかつて市内で小さなオフィス用品店を営んでいた。ペンや紙類を扱う以外に、コピーや名刺作成のサーヴィスも提供するような店だ。

「もちろん覚えてますよ」と彼は言った。

「最近あのお店のまえを通った？」

「いいえ。確か今は衣料品店でしたよね？」

「ちょっとまえまではね。十代の子向けのはしたない服ばっかり。わたしは〝あばずれ御用《ごよう》達店《たしてん》〟って呼んでた。覚えてる？」

「そうでしたね」

「ほんとはそういう悪口は言っちゃいけないんだけどね。わたしの若い頃だって負けてなかったんだから。これでもなかなかいい女だったのよ、サイモン」

「今でもおきれいですよ」

彼女はやめてくれと言わんばかりに手を振って言った。「いい加減なお世辞は言うもんじゃないわよ。だけど、あの頃のわたしは自分の体の見せ方ってものを知り尽くしてた。だから、けしからんなりをするなって父親によく怒鳴られたわ」懐かしげな笑みが彼女の口元に浮かんだ。「フランクはそんなわたしに眼を奪われた。可哀《かわい》そうに。ロッカウェイ・ビーチでビキニ姿のわたしを見て——完全に参っちゃったのね」

彼女はサイモンに笑みを向けた。彼も笑みを返した。

「とにかく」セイディは真顔になり、たった今思い出話をしていたとは思えない口調で続けた。「あのあばずれ用の服を売ってた店は廃業して、今度はレストランになったのよ。何料理だと思う？」

「さあ、何料理なんです？」

彼女は煙草を深々と吸うと、まるでリノリウムの上に犬の糞《ふん》でも見つけたかのようなしかめ面で吐き捨てるように言った。「アジアン・フュージョン料理」

「ほう」

「いったいどういう意味なんだろうね？　フュージョンというのはいつから国になったのかね？」

「私にもよくわかりませんね」

「アジアン・フュージョン。しかも名前は〈いかれ屋《メシュガズ》〉」

「ほんとうですか？　それが店の名前とは思えないけど」

「とにかくそんなような名前よ。わざと奇抜にしてるんでしょうよ」セイディは首を振った。

「アジアン・フュージョン。まったく、どうなってんだか」そう言ってため息をつき、煙草を弄《もてあそ》びながら尋ねた。「それで、どうしたの？」

「はい？」

「あなたのことよ。何かあったの？」

「何もありませんよ」

「わたしがメシュガだと思う？」

「それはフュージョン語ですか？」

「うまいこと言うじゃないの。あなたが玄関にはいってきた瞬間にわかったわ。何があったの？」

「話せば長くなります」

セイディは椅子に深く腰かけ、左に眼をやり、右に眼をやり、また彼に視線を戻して言った。「わたしが今、いろいろあって忙しいと思う？」

サイモンはもう少しで彼女に話すところだった。セイディは分別と共感を持って彼を見ている。明らかに彼の話を歓迎している。彼の話を愉しみさえするだろう。そう言って語弊がなければ。人生経験に裏打ちされた耳を傾けて彼の話を聞き、なんらかの力に――少なくとも心の支えに――なってくれるだろう。

しかし、彼は話さなかった。

自分自身のプライヴァシーが問題なのではない。どこで線を引くかの問題だ。サイモンは彼女のウェルス・マネージャーだ。自分の家族のあれこれについて話すことはある。が、こういった話は別だ。自分の問題は自分の問題であって、クライアントの問題ではない。

「あなたの子供たちのひとりに何かあった」とセイディは言った。

「なぜそう思うんです？」

「子供を亡くすとね……」セイディはいったんことばを切り、肩をすくめて続けた。「副作用のひとつとして、この手の第六感が働くの。それにそもそもほかにどんな問題があるっていうの？　そういうことよ。で、どの子なの？」

サイモンは思った——こうなったらもう言ってしまえ。「一番上の子です」

「ペイジね。別に詮索するつもりはないけど」

「詮索されているとは思ってません」

「サイモン、ひとつアドヴァイスしてもいい？」

「もちろん」

「それがいつものあなたの仕事でしょ？　アドヴァイスをするのが。あなたはここに来て、わたしにお金のことでアドヴァイスをしてくれる。あなたはお金の専門家だから。わたしの専門は……とにかく、わたしには昔からわかってたの。バリーはゲイだって。不思議な話よね、一卵性の双子なのに。同じ家で育ったのに。バリーはいつもそこに坐ってた。今あなたが坐ってるところに。そこがあの子の席だった。グレッグは隣りに坐ってた。でも、小さい頃からずっと、あの子たちはちがったの。わたしがこう言うとみんな怒るけど、バリーは生まれたその日から、なんていうか、めだちたがりなところがあった。だからってその子がゲイだということにはならないって、みんなはそう言うけど、わたしにはわかってた。うちの息子ふたりはそっくりなようでいて、全然ちがったから。もしあなたがあの子たちの子供の頃を知ってて、どっちがゲイかあててみろと言われたら——偏見だと言いたければどうぞ——一目でわかったはずよ。バリーはファッションや演劇に夢中で、グレッグは野球や車が大好きだった。こんなにわかりやすいことってある？」

そう言うと、彼女は笑顔になろうとした。サイモンはキッチンテーブルの上で両手の指を組み合わせた。話のところどころはまえにも聞いたことがあったが、セイディがこうした話をすることはめったにないことだった。

そのときはたと気づいた。

双子。遺伝学。

初めてバリーとグレッグの話を聞いたときには強い興味を覚えたものだ。同じDNAを持ち、同じ家で育った一卵性双生児が、なぜ異なる性的指向を持つことになったのだろうと。

「バリーが病気になったとき」とセイディは続けた。「わたしたちは気づかなかった。グレッグがどんな思いでそれを見ていたか。誰もあの子に注意を払わなかった。眼のまえに差し迫った恐怖と向き合うので精一杯だった。グレッグはそのあいだ、自分そっくりな双子の片割れが衰弱していくのをただ見ていた。詳しいことまで話すつもりはないけど。とにかく、グレッグはバリーの病気から立ち直れなかった。あの子は怯《おび》えて、そのまま……逃げたのよ。わたしはそのことに気づいてやれなかった」

グレッグは母親の資産の唯一の受益者なので、サイモンは今でもたまに彼と連絡を取っている。グレッグは三度の離婚を経験し、今はリノで出会った二十八歳のダンサーと婚約中だ。

「わたしはあの子を失った。あの子を気にかけてやらなかったから。だけど、もうひとつの理由は……」

セイディはそこで口をつぐんだ。

「もうひとつの理由は？」

「バリーを救えなかったから。それこそがほんとうの理由なのよ、サイモン。すべての問題の。あの子を救えていれば、グレッグがあんなに怯えることはなかった。自分もゲイかもしれないと怖れることもなかった。わたしがバリーを救えていたら、グレッグがあんなふうになることはなかった」そう言うと、彼女は首を傾げて尋ねた。「今ならまだペイジを救えるの？」

「わかりません」

「でも、可能性はあるのね？」

「ええ、あります」

遺伝学。ペイジは遺伝学を学んでいた。

「だったら、早く救いにいきなさい、サイモン」

22

〈真理の聖域〉への標識はどこにもなかった。驚くにはあたらないが。

「あの古い郵便ポストのところを左に曲がって」とディーディーが言った。

〝古い〟はひかえめな表現だった。その郵便ポストはまるでカーター政権中に毎朝そこを通るティーンエイジャー集団が野球バットでめった打ちにしつづけたなれの果てのようだった。

ディーディーがアッシュの顔を見て尋ねた。

「どうしたの？」

「ネットで読んで気になったことがほかにもある」とアッシュは言った。

「なに？」

「おまえもそいつらと強制的にセックスさせられるのか？」

「誰と？」

「わかるだろ？　真理だの来訪者だの自称してる幹部の連中のことだよ」

ディーディーは何も言わなかった。

「そいつらは強制するって書いてあった」

彼女はおだやかな声で言った。「真理は強制されるものじゃない」

「それはイエスに聞こえるけど」

「『創世記』第十九章三十二節」

「なんだって？」

「聖書に出てくるロトの話を覚えてる？」

「マジで訊いてるのか？」

「覚えてるか覚えてないか答えて」

話をそらされているように感じながらも、アッシュは答えた。「なんとなくは」

「『創世記』第十九章では、神はソドムとゴモラを滅ぼすまえに、ロトと妻とふたりの娘を逃がそうとするの」

アッシュはうなずいて言った。「うしろを見ちゃいけないのに、ロトの妻が振り向くんだろ？」

「そう、それで神は彼女を塩の柱に変えてしまうの。はっきり言って、めちゃくちゃな話よね。だけど、重要なのはそこじゃなくて、ロトの娘たちのこと」

「娘たちがどうだっていうんだ？」

「ゾアルに着くと、ロトの娘たちはここには男がひとりもいないからと言って、ある計画を思いつくの。それがどんな内容か覚えてる？」

「いや」

「姉のほうが妹のほうにこう言うの――これは『創世記』第十九章三十二節の引用よ――〝さあ、父に酒を飲ませ、共に寝て、父によって子を残しましょう〟」

アッシュは何も言わなかった。

「そしてふたりはそれを実行するの。そう、近親相姦《そうかん》。『創世記』に書いてあるわ。ふたりの娘は父親に酒を飲ませて、共に寝て、子を孕《はら》むの」

「〝真理〟は旧約聖書とも新約聖書ともなんの関係もないと思ってたけど」

「そのとおりよ」

「だったら、なんでロトを引き合いに出して言いわけするんだ?」

「あたしには言いわけなんて必要ないのよ、アッシュ。あんたに許可をもらう必要もない。あたしに必要なのは真理だけ」

アッシュはフロントガラスの外を見つめたまま言った。

「それってやっぱり、〝はい、あたしはそいつらとセックスしてます〟に聞こえるんだけど」

「アッシュ、あんたはセックスするのが好き?」

「ああ」

「じゃあ、あんたが大勢の女とセックスしなきゃならないグループの一員で、あんたもセックスが好きだとする。それで何か支障が出る?」

アッシュは答えなかった。

道路の泥を撥《は》ね上げながら、車は森の中にはいった。色もサイズも文言もさまざまな進入禁止の標識が木に掲げられていた。前方に門が見えてくると、ディーディーは助手席側の窓を開け、手を出してなにやら複雑なジェスチャーをしてみせた。三塁コーチが一塁走者に盗塁の指示を出すかのように。

アッシュは門のまえでゆっくりと車を停めた。ディーディーが助手席のドアを開けた。アッシュが運転席のドアを開けると、ディーディーは彼の肩に手を置き、首を振って制止した。

「ここにいて。ハンドルに両手を置いたままにしてて。鼻を掻きたくなっても我慢して、絶対に手を離さないで」

ふたりの男が小さな詰所から出てきた。南北戦争を再現するかのようなグレーの制服を着て、大きな顎ひげをたくわえ、自動小銃AR-15で武装していた。ふたりともアッシュを見て顔をしかめた。アッシュはいかにも無害なふうを装った。自分の拳銃は手の届くところにある。射撃の腕もこの見かけ倒しのふたりよりはましなはずだ。が、どんなにすぐれた射撃手でも二挺のAR-15には敵《かな》わない。

世の連中がわかっていないのはそこだ。

これは才能やスキルの問題ではない。たとえ天下のレブロン・ジェームズでも、パンクしたバスケットボールを使っていては、空気が満タンのボールを使っている選手ほどうまくはドリブルできない。

ディーディーが警備係のふたりに近づき、右手で十字を切るような動作をした。ただし、彼女が描いた形は三角に近かったが。警備係のふたりも同じ動作による敬礼を返した。

儀式だ——アッシュは思った——どんな宗教にもあるような。

ディーディーは一、二分のあいだそのふたりとなにやら話していた。ふたりはその間、一度もアッシュから眼を離さなかった。ディーディーほどの外見の女を眼のまえにして、大した自制心だとアッシュは思った。自分ならたまらず見惚《みと》れてしまうだろう。

これだから自分は信仰生活とは無縁なのかもしれない。

輝ける真理？　クソくだらないにもほどがある。

ディーディーが車に戻ってきて言った。「そこの右側に停めて」

「おれはこのまま引き返しちゃいけないのか？」

「あたしをここから連れ去るんじゃなかったの？」

それを聞いたとたん、心臓が咽喉《のど》元まで跳ね上がった。が、彼女の〝冗談よ〟と言わんばかりの笑みを見て、心臓はすぐにまたもとの場所に戻った。努めて落胆を顔に出すまいとして言った。

「おまえは戻った。もう安全だ。これ以上おれが一緒にいる必要はない」

「いいから待ってて、ね？　協議会に確認してくるから」

「何を確認するんだ？」

「お願い、アッシュ。とにかく待ってて」

警備係のひとりが彼女に折りたたんだ服を手渡した。グレー。自分たちの制服と同じ。彼女はそれを今着ている服の上から身につけた。もうひとりの警備係が女子修道院で見かけるような頭巾を手渡した。それもグレー。彼女はそれを頭にかぶり、付いていたひもを顎の下で結んだ。

ディーディーはいつも頭を高く上げ、胸を張って、自信に満ちた態度で堂々と歩いた。それが今は腰を曲げ、うつむき加減で、媚《こ》びへつらうような恰好になっている。アッシュはその変化に啞然《あぜん》とし、そのあと胸くそが悪くなった。

ディーディーは彼女の中から出ていった――アッシュは自分にそう言い聞かせた――ここにいるのはホリーだ。

彼女が門を通り抜けるのを眺めた。体を右に傾けて、彼女が丘をのぼっていくのを眼で追った。ほかにも何人か女が敷地内を歩いていたが、全員が同じくすんだグレーのお仕着せを着ていた。男はひとりもいなかった。ほかの区域にいるのだろう。

警備係たちは彼がディーディーと施設内を眺めているのが気に入らないようで、車のまえに立って視界をふさいだ。アッシュは一瞬、ギアをドライヴに入れ、アクセルを踏んで、このクソどもを轢《ひ》き殺そうかと思った。が、そうするかわりにエンジンを切り、車の外に出た。警備係たちはそれも気に入らないようだった。そもそも彼らはアッシュの存在自体が気に入らないのだ。

車を出たアッシュが最初に気づいたのはその静けさだった。混じりけのない、ずっしりと重く、息づまるほど横溢《おういつ》的な静けさ。普通はどこへ行っても何かしら音が聞こえるものだ。どんなに深い森の奥でも。しかし、ここには静寂しかない。アッシュは束の間、動けなかった。この静けさが破られると思うと、車のドアを閉めることさえためらわれた。立ったまま眼を閉じ、静寂に吸い込まれた。ほんのいっとき、ここに魅入られる者の気持ちがわかった。あるいは、わかったような気がした。ここになら身を委ねてもいいと思えた。この静けさにならこの平穏にならここでなら自制心も理性も思考も簡単に手放せるような気がした。ただ存在するだけで充分だからだ。

身を委ねる。

そう、そのことばこそふさわしい。精神に負荷がかかる頭脳労働は誰かほかの人間にやらせて、自分は何も考えずに働けばいい。あるいは今だけを生きればいい。静けさに吸い込まれながら。自分の心臓の鼓動を聞きながら。

しかし、それは現実の生活ではない。

ここにあるのは休暇だ。息抜きだ。どこまでも居心地のいい守られた空間だ。『マトリックス』の世界やヴァーチャル・リアリティみたいなものだ。おれが経験したような――あるいはおれ以上にディーディーが経験したような――環境で育った人間には、居心地のいい妄想のほうが厳しい現実よりよっぽどいいに決まっている。

そこに浸っていられるうちは。

アッシュは煙草を一本取り出した。

「喫煙は禁じられている」と警備係のひとりが言った。

アッシュは煙草に火をつけた。

「喫煙は――」

「しぃっ。この静けさが台無しだ」

警備係一号がアッシュに向かって一歩足を踏み出した。が、警備係二号が手を出して彼を制した。アッシュは車にもたれて深々と煙草を吸い、これ見よがしに長々と煙を吐いてみせた。警備係一号は喜んでいなかった。不意にトランシーヴァーの雑音が聞こえた。警備係二号が送話口に顔を寄せ、なにやら小声で話した。

アッシュは顔をしかめた。今時トランシーヴァーを使うやつがいるのか？　携帯電話は持ってないのか？

数秒後、警備係二号が警備係一号になにやら耳打ちした。警備係一号はにやりと笑って言った。

「おい、タフガイ」

アッシュはまた長々と煙を吐いた。

「御聖所からのお声がかかった」

アッシュはふたりに向かって歩きだした。

「〈真理の聖域〉内では喫煙は禁じられている」

アッシュは反論しようかと思った。が、そんなことをしてなんになる？　煙草を路上に捨て、靴で揉み消した。警備係二号がリモコンで門を開けた。アッシュはその場の設備を見て取った——フェンス、監視カメラ、リモコン。それなりにハイテクだ。

開いた門に向かって歩きはじめた。が、警備係一号がAR-15を突きつけて彼を止めた。

「武装してるか、タフガイ?」

「ああ」

「だったら、武器を渡してもらおうか」

「自分の銃も持ってちゃいけないのか?」

警備係二号も銃を突きつけてきた。

「ホルスターは右側だ」とアッシュは言った。

警備係一号が手を伸ばして探ったが、何もなかった。

アッシュはため息をついて言った。「そっちはあんたの右だ。おれのじゃない」

警備係一号はアッシュの体の反対側を探り、三八口径の銃を取り上げて言った。

「なかなかいい銃だ」

「グラヴボックスに入れといてくれ」とアッシュは言った。

「なんだって?」

「中には持ち込まないけど、出ていくときは持っていくから。車の中に置いといてくれ。ドアなら開いてる」

警備係一号はそれが気に入らないようだった。が、警備係二号が黙ってうなずいたので、それに従い、銃をグラヴボックスにしまうと、わざと叩きつけるようにしてドアを閉めた。

「ほかに武器は？」と警備係一号は尋ねた。

「ない」

それでも警備係二号が大まかな身体検査をやった。それが終わると、警備係一号が門を通るよう頭を振って促した。ふたりはアッシュをはさんで門の中にはいった――警備係一号が右に、警備係二号が左に立って歩いた。

アッシュはそれほど不安を覚えてはいなかった。おそらく〝真理〟だか〝奉仕者〟だかがディーディーから話を聞いて、彼に直接会いたがっているのだろう。ディーディーははっきり言わなかったが、このカルトの誰かが殺しの報酬を支払っていることは明らかだった。現金にしろターゲットの情報にしろディーディーに用意できるわけがないのだから。

このカルトの何者かがこれまでの男たちの死を望んだということだ。

三人は小高い丘をのぼりはじめた。〈真理の聖域〉の内部はいったいどんな様子なのか、アッシュには今ひとつ想像がつかなかったが、施設外観をひとことで言い表わすとしたら……〝没個性〟。眼のまえの開けた場所に彼らの制服と同じくすんだグレーの建物が見えた。高さはおそらく三階建てか。

機能的な長方形の建築で、これといった特徴も何もない。道路沿いのチェーン系モーテルさながら。あるいは軍隊の兵舎さながら。あるいはまた——これが最も正確な喩《たと》えかもしれない——刑務所さながら。

くすんだグレーから解放されることはなかった。ちょっとした色味も風合いも温かみも何もない。

が、それこそ目的なのかもしれない。気を散らすものが何もないということが。

自然はあった。脇に押しやられてはいるものの。そこにはもちろん美が感じられた。平穏と静けさと孤独があった。一般社会の中で問題を抱えている人間、自分の居場所がないと感じている人間、たえまない刺激や喧騒に満ちた現代社会から必死で逃れようとしている人間にとって、これ以上に都合のいい場所があるだろうか？　そもそもカルトというのはそうやって成り立っているものではないのか？　社会に幻滅したはぐれ者を見つけて、安易な答を提供する。外界との接触を絶たせ、自分たちに依存させ、コントロールする。たったひとつの声を聞くことしか許さない。疑問も疑いも差しはさむ余地のない声を。

絶対服従の声を。

三階建てのくすんだグレーの建物が何棟か建ち並び、それらの建物に囲まれた中庭があった。ふたりはアッシュを連れてその中庭を横切った。建物の窓とドアはすべて中庭に面し、建物の中からは外の森を眺めることができないようになっていた。中庭には緑の芝生と、これまたくすんだグレーに塗られた木製のベンチがあり、ベンチもすべて窓と同様、大きな銅像のほうを向いていた。全面に〈真理〉と書かれた台座のてっぺんにそびえ立つその銅像は、高さ五メートル近くありそうだった。至福の笑みを浮かべたキャスパー・ヴァーテージが両手を高く掲げている。信徒を讃えているようにも、受け入れているようにも見える。それがどの窓からも見えるというわけだ――〝真理〟がこちらをじっと見ている光景が。

中庭にはさらに何人もの女がいた。全員がお仕着せ姿で、頭に頭巾をかぶっていた。誰もひとこともしゃべらなかった。音もたてなかった。自分たちの只中《ただなか》にいる見知らぬ男にちらりと視線を向けることさえしなかった。

アッシュはなんとも嫌な予感を覚えた。

警備係一号がドアの鍵を開け、アッシュに中にはいるよう合図した。室内の床は磨き抜かれた堅木張りだった。壁には三人の男の肖像画が三角形になるよう配置されていた。〝真理〟ことキャスパー・ヴァーテージを頂点に、ふたりの息子――ふたりとも父親によく似ている――が下段で両脇を固めている。〝奉仕者〟と〝来訪者〟だろう。アッシュはそう見当をつけた。折り畳み式の椅子が部屋の隅に積み重ねられている。家具と言えるものはそれだけだった。これで壁の一面が鏡張りだったら、エクササイズ用のスタジオと錯覚しそうな部屋だった。

警備係一号と二号があとから部屋にはいり、ドアの脇に立った。

アッシュとしては歓迎すべからざる状況だった。

「どういうことだ？」

ふたりとも無言だった。警備係二号が出ていき、アッシュは重武装の警備係一号とふたりきりであとに残された。警備係一号が彼ににやりと笑いかけた。

嫌な予感がふくれ上がった。

アッシュは考えた。すでに推測しているとおり、この連中が自分を雇ったのだとしよう。今まで殺したやつらはもしかしたらみんなこのカルトの元信者だったのかもしれない。すんなりと納得できる推論とは言えないが。ゴースがニュージャージーに住むゲイのタトゥー店経営者で、ガーノはボストン郊外に住む子持ちの既婚者だった。だからと言って、ふたりがかつてここにいた可能性は皆無とは言えないにしろ。もっと若い頃に信者だったのかもしれない。それがなんらかの理由で今になって口を封じられることになったのかもしれない。

あるいは、動機はもっとほかにあるのかもしれないが、それはこの際どうでもいい。

どうでもよくないのは、この仕事をしているのがアッシュ自身だということだ。金はすでに支払われている。アッシュは受け取った金の出どころをつかまれないよう、資金をあちこち経由させる術《すべ》を心得ている。これまでの報酬は全額受け取っている——一件ごとに、仕事を引き受けた時点で半分、遂行した時点で残り半分。

しかし今、カルトは彼を用済みと判断した。もしかしたらそういうことなのかもしれない。ディーディーはまだそれを知らない——だから理由もわからないまま、とにかく待つように彼に言ったのだ。アッシュを雇った人間は彼女を連絡役に使っていた。彼女はアッシュに送り届けられたあと、〝真理協議会〟に報告しにいったのだろう。そこで〝真理〟か彼の側近の誰かが言ったのかもしれない。〝あいつは用済みだ〟と。

彼らは少しでも自分たちに危険が及ぶ手がかりを始末しようとしているのかもしれない。アッシュはプロだ。口外することなどありえない。そのための報酬でもあるのだ。

しかし、カルトの指導者たちはそこまで彼のことを知らないのかもしれない。あるいは、普通の状況下ならもっと彼を信用したのかもしれないが、アッシュとディーディーが互いに顔なじみであることから——それ以上の特別なつながりすらあることから——ヴァーテージ一族はそこに危険を感じたのかもしれない。

アッシュは自問した——やつらがその問題を手っ取り早く片づけるには？　ヴァーテージと息子たちが取りうる最も賢明な方法は？

おれを殺すことだ。遺体を森の中に埋め、車を始末することだ。

おれならそうする。おれがカルトの指導者なら。

部屋の反対側のドアが開いた。警備係一号が眼を伏せ、五十代前半と思われる女が部屋にはいってきた。背が高く堂々とした外見で、建物の外にいた女たちとはまるで様子がちがっていた。頭を高く上げ、しっかりと胸を張っていた。グレーの制服は同じだったが、袖に赤い線が何本かはいっていた。軍服の袖章《そでしょう》のように。くすんだグレーばかりの中、その赤い縞《しま》は闇の中のネオンのように眼を惹いた。

「何しにここへ来たの？」と彼女はアッシュに尋ねた。

「友達を送りに」

彼女はアッシュの肩越しに警備係を見やった。その視線を感じたかのように、警備係はややたじろぎながら顔を上げた。アッシュは思った――この女は〝真理〟でも三位一体のひとりでもない。が、何者であれ、警備係より格上であることはまちがいない。

警備係一号は気をつけの姿勢を取って言った。「自分が事前に申し上げたとおりです、マザー・アディオナ」

「アディオナ？」

彼女はアッシュに向き直って尋ねた。「その名前に聞き覚えがあるようね？」

彼はうなずいて言った。「アディオナはローマ神話の女神だ」

「そのとおりよ」

アッシュは子供の頃、神話が大好きだった。細部を思い出そうとしながら続けた。「アディオナは子供を無事に家まで送り届ける女神か何かだった。確かもうひとりの女神と対《つい》になってた」

「アビオナ」と彼女は言った。「あなたがそこまで知ってるなんて意外だわ」

「ああ、おれは意外性の塊なんだ。つまり、あんたは神話にちなんで名づけられたってことか？」

「そういうこと」彼女はにっこり笑って言った。「なぜだかわかる？」

「教えてもらいたいな」

「どんな神も要は神話ということよ。北欧神話、ローマ神話、ギリシャ神話、インド神話、ユダヤ・キリスト教神話、異教の神話、なんであれ同じこと。何世紀ものあいだ、人々は神にひざまずき、神のために犠牲を払い、神に従うことに人生を捧げてきた。そして、その神はすべて嘘っぱちだった。悲しいことだと思わない？　なんて哀れなんでしょう。そうやって騙《だま》されたまま人生を送るなんて」

「そうともかぎらない」とアッシュは言った。

「そうともかぎらない？」

「本人が騙されていることに気づかないなら、それでいいのかもしれない」

「まさか本気でそう思ってるわけじゃないわよね？」

彼は何も言わなかった。

「神なんてものは嘘よ。最後に残るのは真理だけ。どんな宗教も最後に破滅するのはなぜかわかる？　なぜならそれらは真理ではないから。それらの神話とちがって、真理はこの世の始まりからずっと存在しつづけているの」

アッシュは呆れて眼をぐるっとまわしたくなるのをこらえた。

「あなた、名前は？」と彼女が尋ねた。

「アッシュ」

「苗字は？」

「アッシュだけだ」

「ホリーとはどうやって知り合ったの？」

彼は何も言わなかった。

「あなたが知っているのはディーディーのほうかしら」

彼はやはり何も言わなかった。

「アッシュ、あなたはあの子を車でここまで送ってきた」

「ああ」

「ふたりでどこにいたの？」

「彼女に直接訊いたらどうだ？」

「もう訊いたわ。それがほんとうかどうか確かめるために訊いてるのよ」

アッシュは無言で立っていた。マザー・アディオナは彼に歩み寄り、いたずらっぽい笑みを浮かべて言った。「今この瞬間、あなたのディーディーが何をしてるか知ってる？」

「いや」

「四つん這いになってるわ。裸で。うしろに男がひとり、まえにも男がひとり」

そう言って、彼女はさらに笑みを浮かべた。アッシュを反応させようとして。しかし、彼は反応しなかった。

「さあ、それを聞いてあなたはどう思うの、アッシュ?」

「三人目の男はどうしてるのかと思うよ」

「なんですって?」

「わかるだろ。真理、奉仕者、来訪者。ひとりが彼女のうしろにいて、もうひとりがまえにいるなら、三人目はどこにいる?」

マザー・アディオナは依然として微笑みながら言った。「あなたはまんまと利用されたのよ、アッシュ」

「何もこれが初めてじゃない」

「あの子は大勢の男に体を許してる。でも、あなただけはちがうわ、アッシュ」

アッシュは顔をしかめて言った。「〝体を許す〟だって?」

「あなたは深く傷ついてる。あの子を愛してるから」

「すばらしい洞察力だな。もう車に戻っていいか?」

「ふたりでどこにいたの?」

「あんたに教えるつもりはない」

マザー・アディオナはわずかにうなずいた。それでも充分だった。警備係一号がまえに進み出た。手には警棒が握られていた。ふたつのことが同時に起こった。ひとつ——アッシュはその警棒が牛追い棒か放電バトン《スタン》のようなものだと気づいた。ふたつ——その棒が彼の背中に振り下ろされた。

次の瞬間、激痛が津波のように押し寄せ、いっさいの思考が停止した。

アッシュは堅木の床にくずおれ、釣り上げられた魚のようにのたうった。電流が全身を駆け抜け、あらゆる器官に衝撃を与えた。脳の回路を麻痺《まひ》させ、神経の末端を震わせ、筋肉を痙攣《けいれん》させた。

アッシュは口から泡を吹きはじめた。

動けなかった。考えることすらできなかった。

女の声にはパニックが表われていた。「こんな……それ、設定はどうなってるの?」

「最強にしました」

「正気なの? 死んでしまうわ」

「それならいっそのこと、片づけてしまいましょう」

アッシュはまた棒の先端が自分に向けられるのを見た。動きたかった。動かなければならなかった。が、全身を駆けめぐる電流が筋肉の制御に関わるすべての回路をショートさせていた。

その棒がまたしても——今度は胸に——振り下ろされたとき、アッシュは心臓が爆発するのを感じた。

すべてが闇に包まれた。

23

変化なし。

そのことばにはもううんざりだった。サイモンはイングリッドのベッド脇に引っぱってきた椅子に腰かけ、彼女の手を握っていた。その顔を見つめ、その呼吸を見守っていた。イングリッドはいつも仰向《あおむ》けで――今とまったく同じ体勢で――眠るので、昏睡状態の彼女はいつもどおり眠っているようにしか見えない。当然といえば当然かもしれないが、昏睡状態なら様子がちがって見えるはずだと誰もが思いたがるものではないか？　環境はもちろんいつもとまったくちがう。今のイングリッドはあちこち管につながれ、機械音に囲まれている。それに普段の彼女は細い肩ひものあるシルクのネグリジェを好んで着ていた。それはもちろん、サイモンのお気に入りでもあった。妻のしなやかな胴体や広い肩や、くっきりとした鎖骨同様。

変化なし。

これは煉獄《れんごく》だ。天国でもなければ地獄でもない。煉獄こそ真の地獄だと言う者もいる——さきが見えない宙吊りの状態で、神経をすり減らしながら延々と待たされつづけるのだから。その気持ちはサイモンにもわかる。が、今の彼には煉獄でいいと思えた。イングリッドの容態が少しでも悪化すれば、もはや正気を保てそうになかった。今の彼はか細い糸にしがみついているようなものだった。その事実が彼自身よくわかっていた。もし悪い知らせを耳にしたら、もしイングリッドにこれ以上何か悪いことがあったら……

変化なし。

だからそれ以上考えるな。

そう、彼女は眠っているのだと思えばいい。サイモンは妻の顔を見つめつづけた。このフロアにいる外科医がメスがわりに使えそうなほど鋭い頬骨。サイモンが椅子に腰をおろすまえに、何かしらの反応を期待してそっと口づけた唇。深い眠りの中でも、イングリッドの唇は彼のキスに本能的に反応を示すと知っていたから——どんなにかすかな反応であっても。

しかし、今はそのかすかな反応すら得られない。

最後に彼女の寝顔をじっと見つめたときのことが思い出された。カリブ海に浮かぶアンティグア島でのハネムーン。ふたりが正式に結婚してから何日か経っていた。サイモンが日の出まえに眼を覚ますと、イングリッドは彼の隣りで手足を伸ばして仰向けになっていた。ちょうど今のように。いつものように。眼はもちろん閉じられ、胸は呼吸とともに規則正しく上下していた。サイモンはその様子をただじっと見つめた。改めて驚嘆を覚えずにいられなかった。人生の伴侶となったこのすばらしい女性の隣りで、これから毎朝こうして眼を覚ますことになるのだという事実に。

そうして彼女の寝顔を見つめて十秒か十五秒ほど経ったときだった。眼を閉じたまま身じろぎもせず、イングリッドがこう言ったのだ。「やめて、気持ち悪い」

サイモンは妻のベッド脇に坐ってそんなことを思い出し、温かい彼女の手を握ったまま微笑んだ。そう、その手は温かかった。生気があり、血がかよっていた。サイモンは思った――イングリッドは萎《しぼ》んではいない。病んでもいなければ死にかけてもいない。ただ眠っているだけだ。じきに眼を覚ますだろう。

そうして眼を覚ましたら、まっさきにペイジのことを尋ねるだろう。

それについてはサイモン自身も疑問を抱えていた。

セイディ・ローウェンスタイン宅を辞去したあと、エレナに電話して、ペイジが遺伝学や祖先のルーツに興味を持っていたことを話した。通常は手の内を見せないエレナも、これには何か思うところがあるようだった。補足の質問を次々に浴びせてきたが、サイモンはそのうちのいくつかにしか答えられなかった。

質問が尽きると、エレナはアイリーン・ヴォーンの電話番号を教えてほしいと言ってきた。サイモンは彼女の番号を伝えてから尋ねた。

「何か新たにわかったことが——？」

「なんでもないかもしれない。だけど、ダミアン・ゴースも今流行りの遺伝子検査サイトを訪問してたの。殺される少しまえに」

「それはつまり——？」

「その話をするまえに、いくつか確認させて。これから病院に行く？」

「ええ」

エレナは病院で落ち合うことを約束して電話を切った。

子供たちはそれなりにうまくやっているようだった。アーニャは同じアパートメントの二階下のスージー・フィスクに面倒を見てもらっている。当面はそれが一番よさそうだった。サムは病室のフロアを担当している研修医の何人かと仲よくなり——サムの特技のひとつだ。誰とでもすぐ仲よくなれる——今も彼らのいるラウンジで間近にひかえた物理の試験勉強に取り組んでいる。サムは昔から頭がいいだけでなく、勤勉な努力家でもあった。サイモン自身は最低限やって乗りきれればいいという学生だったので、息子の勤労意欲——朝は早く起きて、朝食まえに運動をし、宿題は何日もまえに余裕で終わらせる——には常日頃から感心していた。大半の父親とは逆に時々口出しするべきか迷うほどだった。たまには力を抜いてゆっくりしたらどうだと。サムの努力はほとんど度を越していた。

さすがに今は別だが。この状況ではサムも気分転換せざるをえないだろう。

変化なし。

だからそれ以上考えるな――もっとも、今のサイモンはイングリッドの容態もそのほかのことも忘れ、あるひとつの考えにとらわれていたが。

自分がそこまで想像力の逞しい人間だとは思わなかった。が、遺伝子検査サイトの話を聞いたあとでは想像が一気にふくらみ、有刺鉄線や地雷だらけの暗く醜い道を猛スピードで走りだしていた。できればそんなところには一生足を踏み入れたくもなかったが、今はそこを突き進むよりほかなさそうだった。

アイリーン・ヴォーンのことばがずっと頭の中にこだましていた――〝家庭の問題〟。

イヴォンがそっと病室にはいってきて声をかけてきた。「大丈夫？」

「ペイジが私の子じゃないということはありうるだろうか？」

バン。サイモンはなんの前置きもなくその問いをぶつけた。

「なんですって？」

「今言ったとおりだ」

サイモンは彼女のほうを向いた。イヴォンは青ざめて震えていた。

「私がペイジの実の父親でないということはありうるだろうか？」

「そんな、まさか」

「ほんとうのことを教えてくれ」

「いったい何を言いだすの？」

「彼女が浮気していたという可能性は？」

「イングリッドが？」

「ほかに誰の話をしてると思うんだ？」

「知らない。あまりにもありえないことだもの」

「じゃあ、可能性はゼロ？」

「ゼロよ」

サイモンは妻のほうに向き直った。

「サイモン、いったいどういうこと？」

「断言はできないはずだ」と彼は言った。

「サイモン」

「誰にも断言はできない」

「ええ、もちろん誰にも断言はできない」イヴォンの声にはわずかな苛立《いらだ》ちが表われていた。

「あなたがどこかで別の子供をもうけていないとも断言はできない」

「きみだってわかってるはずだ。私がどれほど彼女のことを愛してるか」

「ええ、わかってる。それと同じように、彼女だってあなたのことを愛してるのよ」

「だとしても、私はすべてを知ってるわけじゃない。ちがうか？」

「どういうことかわからない」

「いや、きみにはわかってるはずだ。彼女には隠された部分がある。私でさえ知らない一面が」

「隠された一面なんて、誰にだってあるわ」

「私が言ってるのはそういう意味じゃない」

「じゃあ、わたしにはあなたが言ってる意味がわからない」

「いいや、イヴォン、きみにはわかってる」

「どうして急にこんな話になったの？」

「ペイジを捜していてこういうことになった」

「それで、あなたは何、自分があの子の父親じゃないと思ってるわけ？」

サイモンは体ごと彼女に向き直って言った。「イヴォン、私はきみのことはなんでも知っている」

「ほんとうにそう思う？」

「ああ」

イヴォンは何も言わなかった。サイモンはベッドに横たわるイングリッドを振り返って言った。

「私は妻を愛している。心の底から、魂をかけて。それでも、彼女のことをすべて知っているとは言えない」

イヴォンはやはり何も言わなかった。

「イヴォン？」

「わたしに何を言ってほしいの？　イングリッドには謎めいたところがある。それは確かにそうよ。男はみんなそこに夢中になった。それは正直に認めましょう。あなたも彼女のそんなところに惹かれたはずよ」

サイモンはうなずいて言った。「初めのうちは」

「あなたはイングリッドを心から愛してる」

「ああ」

「それなのに、彼女が最悪な形で自分を裏切ったかもしれないと思ってる」

「裏切ったのか？」

「いいえ」

「だとしても、何かあるはずだ」

「あったとしても、それはペイジとはなんの関係もないし――」

「何と関係があるんだ？」

「――イングリッド自身が撃たれたこととも関係ない」

「でも、秘密はある？」

「それはそうよ。なんらかの過去はあるでしょう」そう言って、イヴォンは両手を上げた。今や困惑より苛立ちが勝《まさ》っているようだった。「誰にだって人に言えない過去はあるわ」

「私にはない。きみにもない」

「もうやめて」

「イングリッドにはどんな過去があるんだ？」

「過去は過去よ、サイモン」イヴォンはもどかしそうな口調で言った。「ただそれだけ。彼女にはあなたと出会うまえにも人生があった——学校や旅行や恋愛や仕事があった」

「でも、きみが言ったのはそういう意味じゃない。普通とはちがう何かだ」

イヴォンは眉根を寄せ、首を振って言った。「わたしはそれを話せる立場にいない」

「もう遅いよ、イヴォン」

「いいえ、遅くはないわ。わたしを信じて」

「きみのことは信じてる」

「だといいけど。わたしたちは大昔の話をしてるのよ」

サイモンは首を振った。「今起きていることは——ペイジがああなって、すべてがこんなふうにめちゃめちゃになったのは——ずっと昔に原因があるはずだ」

「どうしてそうなるの？」

「わからない」

イヴォンはベッドに近づいて言った。「サイモン、ひとつ訊いていい？」

「ああ」

「仮にすべてがうまくいったとしましょう。イングリッドは意識を取り戻し、あなたはペイジを見つける。ペイジは無事に戻ってきて、薬物依存から回復する。それはもう見事な回復を遂げて、自らの人生の黒歴史を過去に葬り去る」

「なるほど。それから？」

「それからペイジは引っ越して、新しい暮らしを始める。そこでひとりの男性と出会う。すばらしい男性と。自分を理想の女性のように見てくれて、この世の何よりも自分のことを愛してくれる男性と。その男性とペイジはふたりで幸せな人生を築く。でも、ペイジはそのすばらしい男性には絶対に知られたくないと思っている。かつて自分がヤク中で、ひょっとしたらそれ以下で、どこかのヤクの巣窟に入り浸っていて、次の〝一服〟を得るためにどんな相手と何をしていたかもわからない、なんてことは絶対知られたくないって」

「本気で言ってるのか？」

「ええ、わたしは本気よ。ペイジはその男性を愛している。だから彼の眼の輝きが曇るのを見たくない。その気持ちがあなたにはわからないの？」

サイモンはやっとのことで声を発した。囁くような声を。「なんてこった。いったいどんな過去なんだ？」

「どんな過去だろうと、知る必要はないわ」

「そんなわけないだろう」

「ペイジのクスリ漬けの過去を知る必要がないのと同じことよ」

「イヴォン？」

「何？」

「私がその秘密を知ったら、イングリッドへの気持ちが変わると本気で思ってるのか？」

イヴォンは答えなかった。

「もしそれで私の気持ちが変わるのなら、私たちの愛はその程度のものだったということだ」

「あなたたちの愛はその程度のものじゃない」

「だけど？」

「だけど、あなたが彼女を見る眼は変わるわ」

「眼の輝きが曇る？」

「ええ」

「それはちがう。私は少しも変わらず彼女を愛するはずだ」

イヴォンはゆっくりとうなずいて言った。「わたしもそう信じたい」

「だから？」

「だから、彼女の遠い過去は今起きてることとはなんの関係もない」イヴォンは彼の抗議を手で制して続けた。「それにあなたがなんと言おうと、これはイングリッドとの約束だから。わたしの口からは何も言えない。あなたももうあきらめて」

サイモンはあきらめるつもりはなかった――どうしても知らなければならない――が、次の瞬間、イングリッドの手が万力のように彼の手を締めつけるのを感じた。心臓が跳ねた。とっさに妻のほうを振り返った。今にも彼女の眼が開くのではないか、あるいは顔に微笑みが浮かぶのではないかと期待して。しかし、彼女は全身を震わせ、硬直させ、痙攣を始めた。眼は開かなかった――まばたきが止まらなくなり、そのたびに白眼が見えるだけだった。

まわりの機械がビープ音をたてはじめ、アラームが鳴り響いた。

誰かが部屋に飛び込んできた。続いてまたひとり。三人目がサイモンを脇へ押しのけた。さらに何人かが部屋に押し寄せ、イングリッドのベッドを取り囲んだ。そのあとはたえまなく動きつづけた。パニック寸前の口調で理解不能な医療用語を交わし、緊急の指示を出しつづけた。六人目が部屋にはいってきて、丁寧ながらも断固とした態度で、サイモンとイヴォンは廊下へ押し出された。

イングリッドは急いで手術室に運ばれた。

誰もサイモンに事情を説明しようとはしなかった。〝容態のぶり返し〟だと看護師のひとりが言い、すぐにお決まりの台詞を続けた。「手術が終わり次第、ドクターからお話がありますので」

サイモンはそれ以上のことを訊きたかった。同時に彼らの邪魔はしたくなかった。だから心の中でつぶやいた——とにかくイングリッドに集中してくれ。彼女の容態を安定させてくれ。そのあと詳しいことを教えてくれ。

混み合った待合室の中を落ち着きなく歩きまわった。気づくと人差し指の爪を嚙みはじめていた。昔はよくそうやって爪を嚙んだものだが、大学の四年目にきっぱりとやめたのだった。少なくともやめたはずだった。部屋の隅から隅へと歩いては立ち止まり、そのたびにほんの一秒か二秒、壁の隅にもたれかかった。そうでもしなければたちまちその場にくずおれ、床の上でうずくまってしまいそうだった。

彼はイヴォンを捜した。彼女を揺さぶってでも妻の過去についての答を聞き出したかった。が、イヴォンの姿は忽然《こつぜん》と消えてしまっていた。なぜだ？ サイモンは自問した。私を避けようとしているのか、それともただ職場に——とりわけビジネスパートナーが仕事どころの状況ではない今——戻る必要があったから？ そういえばイヴォンはそのことについて何か言っていた。職場をうまくまわさないといけない、〝長期戦〟を覚悟してやっていかないといけない、ふたり同時にここにいる必要はない、そんなようなことを。

サイモンは今、イヴォンに対して苛立ちとも腹立たしさともつかない感情を抱いていた。

が、イングリッドとの約束は破れないという彼女の言い分には一理あり、気高さすら感じた。イングリッドのことは二十四年まえから知っている——ペイジが生まれる三年まえから。そのペイジが生まれる以前、それどころかイングリッドと出会う以前のことが——それがいかに異常なことであれ、痛ましいことであれ、ただ単に不快なことであれ——今起きていることにどう影響しているというのか？

まったくわけがわからない。

「サイモン？」

いつのまにかエレナ・ラミレスが隣りに立っていた。イングリッドの容態に変化はないかと訊かれ、サイモンは彼女が手術を受けていることを話した。それから言った。「何がどうなってるのか、詳しく教えてほしい」

ふたりは彼がさきほどもたれかかった一角に——出入口や一般の人々から最も離れた奥の一角に——移動した。

「まだ全部がつながったわけじゃない」とエレナは低い声で言った。

「けど？」

エレナはためらった。

「何かわかった？」

「ええ。でも、それがどうあなたにつながるのかがわからない。あるいはあなたの娘さんに」

「聞かせてほしい」

「まずはペイジと家系図研究クラブの話から始めましょう」

「わかった」

「ダミアン・ゴースは先祖のルーツを調べる遺伝子検査サイトにアクセスしていた。サイト名は〈DNA・ユア・ストーリー〉」エレナはそう言いながら周囲を見まわした。誰かに話を聞かれまいとするかのように。「それで、依頼人に頼んで息子のヘンリーのクレジットカードの履歴を確認してもらったの」

「すると？」

「案の定、〈DNA・ユア・ストーリー〉でカード決済されていた。それだけじゃない。ヘンリー・ソープは複数の遺伝子検査サイトに登録していたの」

「なるほど」

「そういうこと」

「ということは、ペイジのクレジットカードを調べる必要があるわけだ」と彼は言った。

「あの子も登録していたかもしれない」

「ええ」

「アーロンは？　彼もサイトを利用してたんだろうか？」

「それはわからない。彼のカード履歴を調べてみないかぎり。彼のお母さんに頼めると思う？」

「頼んでみることはできるけど、彼女が協力してくれるとは思えない」

「やってみる価値はあるわ」とエレナは言った。「ひとまず話を進めるために、彼らが全員同じ遺伝子検査サイトに自分のサンプルを送って検査を受けたとしましょう。どういう検査かはわかる？」

「詳しいことはまったく」

「検査キットに唾液《だえき》を入れて送るだけで、DNAを解析してもらえるの。サイトによって内容はちがうけど。DNAを調べれば、体質や病気の遺伝的傾向がわかると謳《うた》ってるところもある——アルツハイマー病やパーキンソン病の発症リスクを高める遺伝的要素がどれくらいあるか？……そういうことも調べられるんですって」

「それは正確なもの？」

「科学的根拠は疑わしいみたいだけど、今はその点は重要じゃない。少なくともわたしは重要だとは思わない。基本のパッケージ内容はおそらくどこのサイトも同じで、祖先の民族構成を教えてくれるというのが肝心なところだから——たとえば、そう、あなたにはイタリア系の血が十五パーセント、スペイン系の血が二十二パーセントはいっています、みたいな感じで。あなたの祖先の足跡もわかるようになってる。どこが発祥の地で、そこから長い年月を経てどこへ移住していったかとか、そういうことが。まあ、すごい話よね」

「ああ、確かに面白そうだけど、祖先の話がこの件にどう関係してくるんだ？」

「関係はしてこないと思う」

「その検査では」とサイモンは言った。「両親のこともわかるわけだね？」

「ええ、それ以外の親戚のことも。だからヘンリー・ソープとダミアン・ゴースは検査を受けたんでしょう」

「ふたりとも養子だったから」

「なおかつ、ふたりとも自分の実の両親のことをまったく知らなかったから。それが鍵よ。養子がこの手のサイトを利用するのはよくあることなんですって。実の両親を捜したり、兄弟姉妹やそのほかの血縁者を調べたりするために」

サイモンは顔を手でこすって言った。「そしてアーロン・コーヴァルも同じようなことをしていた可能性があると。自分の実の母親のことを知るために」

「ええ。あるいは、自分の父親が実の父親ではないことを証明しようとしたのかもしれない」

「つまり、アーロンも養子だった可能性があるということか？」

「かもしれない。それはまだわからない。問題のひとつは、この手の遺伝子検査サイトが大きな物議を醸しているということ。なにしろ数百万人規模の利用者が検査を受けてるのよ。

いえ、数千万人ね。去年だけで千二百万人以上だそうだから」

サイモンはうなずいて言った。「私のまわりにもサンプルを送った知り合いは大勢いるよ」

「こっちも同じく。それでいて、誰もが自分のDNAをインターネット企業に送ることには抵抗を覚えるわけよね。だからこの手のサイトはセキュリティとプライヴァシーについては絶対に譲らないわけ。まあ、無理もないけど。私も知ってるかぎりの伝手《つて》を頼ってみたけど、〈DNA・ユア・ストーリー〉は令状なしじゃ何も教えてくれない。しかも、どんな令状も最高裁判所に持ち込んで徹底的に闘うと言ってる」

「だけど、きみが見つけたつながりは――」

「――薄いとしか言えない。二件の殺人にはなんの共通点もなくて――事件が起きた州も別々なら、武器も手段もちがう――唯一関連があると言えなくもないのは、ふたりともシカゴに住む誰かとインターネットでメッセージをやりとりしていたということだけ。裁判所ではなんの証拠もないのと同じね」

サイモンは彼女の話をなんとか理解しようとしながら言った。「つまり、アーロンときみの依頼人の息子とそのゴースとかいう男は――その三人ともが――血がつながっている可能性があると？」

「わからないけど、その可能性はあるわ」

「そのうちふたりは殺された」とサイモンは言った。「そして三人目は――きみの依頼人の息子は——行方がわからない」

「そのとおり」

「そこで当然ながら疑問が湧いてくる」

エレナはうなずいて言った。「ペイジ」

「そうだ。私の娘はきみの仮説にどうあてはまる？」

「わたしもそれについてはさんざん頭を悩ませた」とエレナは言った。

「で？」

「法執行機関がDNA検査を利用して犯罪を解決したケースはこれまでにもあった。だからひょっとしたら——どうやってかは訊かないで——ペイジは何かの犯罪に遭遇したのかも」

「どんな犯罪に？」

エレナは肩をすくめた。「さあ」

「それでなぜあの子がアーロン・コーヴァルを追跡しなきゃならない？」

「ペイジが彼を追跡したのかどうかはわからない。わかっているのは、彼女がコネティカットまで車を運転して彼に会いにいったということだけよ」

サイモンはうなずいた。「もしかしたら、アーロン・コーヴァルのほうからさきにあの子に連絡したのかもしれない」

「かもしれない。問題なのは、つながりを明らかにするのはむずかしいということ。うちのハッカーのルーが今まさに取り組んでるけど。ルーは最初、〈ヘンリーが〈ワッツアップ〉や〈バイバー〉みたいにメッセージが暗号化されたアプリを使ってたから、やりとりが全然見えないんだと思ってたみたい。でも、今はヘンリーが例の遺伝子検査サイトを通じてメッセージをやりとりしていて――ああいうサイトには独自のメッセージ機能があるから――それがメッセージアプリみたいに見えただけかもしれないって言ってる」

サイモンはぽかんとした顔でエレナを見た。

「ええ、わたしにもよくわからないけど」とエレナは手で振り払う仕種をしながら言った。「肝心なのは、ルーがまだその辺の関係を調べてるってこと。わたしも事務所に頼んでアーロン・コーヴァルの素性を――出生証明書とか、手がかりになりそうなものをすべて――調べてもらってるから、それももうすぐ把握できると思う。そうなったらたぶん大変なことになる」

エレナはそこでことばを切り、大きく息を吐いた。

「何が？」とサイモンは尋ねた。

「実はもうひとつのつながりを見つけたの」

サイモンは彼女の口調に妙な引っかかりを覚えながら尋ねた。「彼ら全員のあいだに？」

「いいえ。ヘンリー・ソープとダミアン・ゴースのあいだに」

「どんな？」

「ふたりはどちらも養子だった」

「それはもうわかってる」

「そして、ふたりとも同じ斡旋所《あっせんじょ》を通じて養子縁組されていた」

　予期せぬ衝撃。

「その斡旋所の名前は〈ホープ・フェイス〉」

「それはどこにあるんだ？」

「メイン州。ウィンダムという小さな町よ」

「どういうことかわからない。きみのクライアントはシカゴに住んでいる。ダミアン・ゴースはニュージャージーに住んでいた。それなのに、ふたりともメイン州で養子縁組されていた？」

「そのとおり」

　サイモンは呆然として首を振った。「で、これからどうする？」

「あなたはここで奥さんのそばについていて」とエレナは言った。「わたしはメイン州に飛ぶわ」

24

前回メイン州のポートランド国際ジェットポートに降り立ったとき、エレナはジョエルと一緒だった。ジョエルの姪っ子兼名づけ子が週末に田舎のサマーキャンプ場で〝テーマ婚〟をやるということで、いかにもネイティヴアメリカン風な名前のキャンプ場――キャンプ・マヌとかなんとか。今となっては思い出せない――に行くことになり、そのための旅行だったのだが、エレナはまったく乗り気ではなかった。

その理由のひとつは、ジョエルの元妻のマーリーン――スタイル抜群のゴージャスな美女――が来るからだった。ジョエルの家族が妙な顔でエレナを見ることはまちがいなかった。彼らには一生わからないだろう。身長百八十八センチ、ハンサムでカリスマ的魅力のあるジョエルが、いったいなぜ身長百五十三センチ、ずんぐり体型でなんの魅力もなさそうなエレナを気に入ったのか。

実際のところ、それはエレナ自身にもよくわからなかった。

「絶対愉しいから」とジョエルは請け合った。

「きっと最悪よ」

「水辺にぼくら専用のキャビンもあるし」

「ほんとに？」

「まあ、専用というのは嘘だけど」と彼は認めて言った。「水辺というのも。しかも寝るときは二段ベッドだ」

「わあ、愉しみ」

たとえどんなに条件がよかったとしても、悪夢が待ち受けているとしか思えなかった。エレナはキャンプも大自然も昆虫もアーチェリーもカヤックも、〝ジャックとナンシーのウェディングプラン〟に組み込まれた活動はどれひとつ好きではなかった。六月初めのその時期、メイン州のサマーキャンプ場は大人向けの合宿やイヴェントの場としてちょっとした稼ぎどきを迎える。学校が夏休みにはいり、子供たちが大挙して押し寄せるまえに。

結局、その週末は愉しかった。自分でも驚いたことに。エレナのチームは〝色別対抗戦《カラーウォーズ》〟なるもので優勝した。丸一日続く旗取り合戦でも、彼女の捜査官としての経験がチームの役に立った。夜には――これはいまだに忘れられない。これからも忘れることはないだろう――ジョエルが翌日のパーティ用のワイン一本とグラスふたつをこっそり持ち出した。それを特大サイズの寝袋にくるんでおき、明かりが消されると――ここでも軍隊のキャンプさながら、誰かがトランペットを吹いて消灯時間を告げた――彼は二段ベッドの上段からそっと降りてきて、エレナの手を取ってサッカー場に連れ出した。ふたりは満天の星が広がるメインの青い夜空の下で愛を交わした。

ジョエルとのセックスはなぜあんなにもすばらしかったのだろう？　彼はなぜわたしの体と魂のあれほど奥深くまではいり込んできたのだろう？　ほかの誰ひとり知りえなかった深い場所に。エレナはすでに千回はそれを分析しようと試みていた。そして気づいたのだった。セックスとは——すばらしいセックスとは——相手を信頼し、自分をさらけだすことだと。エレナはジョエルをどこまでも信頼していた。ジョエルのまえではいっさいなかった。それは相手も同じだった。互いに相手を喜ばそうとし、思いのままに振舞おうとした。それがすべてで、それ以外には何もなかった。素直に心を開き、どこまでも無防備になれた。非難やためらいや疑いの感情を抱くことはい

そんな経験は人生にそうあることではない。運がよくて一度か二度だ。一生経験することがない人も少なくないだろう。

友人たちが善意でなんと言おうとも、エレナにはわかっていた。自分があれほどの経験をすることは二度とないと。試してみる理由も意味もなかった。異性の誘いに乗ることもなければ——どのみちそうした誘いが頻繁にあるわけでもなかったが——もう一度誰かとつきあう気にはなれなかった。といって、殉教者ぶっているとか自分を憐《あわ》れんでいるとか、そういうことではまったくない。ただわかっているだけだ。ジョエルが死んだとき、自分のそうした部分も一緒に死んでしまったのだ。あれほど信頼し、身も心も委ねることのできる相手は

もう二度と現われない。それはまぎれもない事実だ。それはまた悲しい事実かもしれない。が、昨今のひどい政治情勢の中でよく聞かれるように、〝感情で事実は変えられない〟。エレナは唯一無二の相手とめぐり逢《あ》い、すばらしい関係を持った。が、それはもはや失われてしまった。それだけのことだ。

空港近くのハワード・ジョンソン・ホテルの部屋の窓からは、ガソリンスタンドが二軒とセブン－イレブンの店舗が見えた。ホテルならもっと高級な――その形容詞には引用符をつけるべきかもしれない――〈エンバシー・スイーツ〉や〈コンフォート・イン〉でもよかったが、レストランチェーンでおなじみのハワード・ジョンソンを選んだのは、ひとえに懐かしかったからだ。テキサスでの少女時代、家族そろっての外食といえば〈ハワード・ジョンソン・モーターロッジ〉でのディナーとアイスクリームだった。特徴的なオレンジ色の屋根と、風見《かざみ》を冠したキューポラ。エレナと父親は毎回クラムのフライを注文した。毎回必ず。そして今、いつも以上に心が宙をさまよっている今、エレナはもう一度あのクラムのフライを食べたいと思った。郷愁の一口はさぞかしこたえられない味がすることだろう。

フロントデスクにレストランのことを尋ねると、受付係はエレナがスワヒリ語でもしゃべっているかのように彼女を見て言った。「当ホテルにレストランはございませんが」

「ハワード・ジョンソンなのにレストランがないんですか？」

「ええ、申しわけございませんが。すぐ近くに〈ポートランド・パイ・カンパニー〉がありますし、そこの道沿いに二キロちょっと行かれると〈ドックス・シーフード〉もあります」

エレナはフロントから離れ、そのままロビーですばやくグーグル検索をおこなった。どうして今までずっと知らずにいたのだろう？　ハワード・ジョンソンが徐々にレストラン事業から撤退していたなんて。二〇〇五年時点でレストランはすでに八店舗しか残っておらず、今ではニューヨーク州レイクジョージに一店舗を構えるのみ。実際、ここからレイクジョージまで車でどれくらいかかるかというと――五時間弱。

遠すぎる。おまけに口コミ評価もぱっとしない。

エレナは懐かしの味をあきらめ、クラフトビールが売りのバーに向かい、バーのテレビでスポーツの試合を見ながら、しこたま飲んだ。そして、自分の人生に最も大きな影響を与えたふたりの男のことを思った。父親とジョエルのことを。ふたりがふたりとも、あまりに早く逝ってしまったことを。帰りはライドシェアの車でハワード・ジョンソンに戻り――トレードマークのオレンジ色の屋根もなければ風見すらないのだから、時代が変わったことに気づいてしかるべきだった――部屋にはいるなり眠りに落ちた。

朝になると、青いブレザーとジーンズを身につけ、ウィンダムという町にある養子縁組斡旋所〈ホープ・フェイス〉までの所要時間をアプリでチェックした。三十分、交通量はほぼなし。エレナはすでに事務所に頼んで委任状を手に入れていた。最近失踪したヘンリー・ソープと最近殺害されたダミアン・ゴース双方の家族の代理人として話ができるように。

どう考えても見込みの薄い話ではあったが。

〈ホープ・フェイス養子縁組斡旋所〉は、ローズヴェルト通り沿いのファミリーレストラン〈アップルビーズ〉の裏手に建っている、小さなオフィスビルの中にあった。所長はマイシュ・アイザックソンという名のぼさぼさの白髪頭の男だった。ぎこちない笑顔でエレナを出迎え、死んだ魚のような手で握手を交わした。スタイリッシュな鼈甲《べっこう》フレームの眼鏡をかけ、顎ひげを目一杯生やしていた。

「私がお力になれるとは思いませんが」とアイザックソンは三度目になる同じ台詞を繰り返した。

玉のような汗が彼の額に浮かんでいた。エレナは彼に委任状を手渡し、デスクをはさんで向かいに坐った。アイザックソンは注意深くそれらに眼を通してから尋ねた。「この方たちが養子縁組されたのは何年まえでしたか？」

「ヘンリー・ソープは二十四年まえ、ダミアン・ゴースは三十年近くまえです」

「となると、やはりこう言うしかありません――私がお力になれるとは思えない」

「このふたりの養子縁組に関して残っている記録をすべて見せていただきたいんですが」

「何十年もまえの記録を？」

「ええ」

アイザックソンは腕組みをして言った。「ミズ・ラミレス、これらがクローズド・アダプションであることはご存じですか？　実親の匿名性が守られた養子縁組であることは？」

「それはわかってます」

「では、たとえ当時の記録が残っていても、法律上それを開示するわけにはいかないこともおわかりのはずだ」

アイザックソンはきれいに手入れされた指を舐《な》め、キャビネットから一枚の紙をつまみ出すと、それをエレナのほうにすべらせて言った。「以前に比べれば法律もゆるくなってはいますが——養子側の権利やら何やらでね——それでも一定の手続きに従わなくちゃなりません」

エレナはその紙に視線を落とした。

「まずは郡書記官のところへ行って——行き方はあとで教えます——郡裁判所に申請書を提出してください。それが受理されたら、裁判官と面談する日時を向こうが指定してきますから——」

「そこまでしている時間はありません」

「私にはどうしようもないんですよ、ミズ・ラミレス」

「ご家族はここで手続きされたんです。この斡旋所で。あなたが提供するサーヴィスを利用したご家族が、当時の記録をすべて調べてほしいとわたしに頼んでるんです」

アイザックソンは頭を掻き、眼を伏せて言った。「ことばを返すようだけど、ご家族の意向だけではどうにもならない問題なんです。養子のおふたりは成人されていますから、裁判所もしくは当斡旋所に情報開示を求めるのはご本人たち次第ということになります。ミスター・ゴースは最近亡くなられたということでしたね？」

「ええ、殺害されたんです」

「なんと。それはひどい」

「そのためにわたしがここに来ることになったんです、ついでに言っておくと」

「それについては悲劇としか言いようがありませんが、法的に言うと、もっと別の類いの申請が必要になるはずです。今回のように養子の方が亡くなられて――」

「殺害されて」

「――そのあとで親御さんが……この文面からするとお母さまですか……実の両親の情報を請求するというケースは聞いたことがありません。お母さまにそういった権利があるのかどうか。ミスター・ヘンリー・ソープのほうは存命なんですよね？」

「不審な状況下で行方がわからなくなっています」

「だとしても」とアイザックソンは言った。「ご本人以外の誰かが――親御さんであれ、後見人であれ、誰であれ――ご本人に代わって情報を請求できるということにはならないでしょう」

「ふたりともこちらで養子縁組されたんですよ、ミスター・アイザックソン」

「それはもちろん承知しています」

「このふたりの男性は子供の頃にあなたの斡旋所を通じて養子縁組された。そしてこのふたりは最近、互いに連絡を取り合っていたんです。そのことはご存じですか?」

アイザックソンは何も言わなかった。

「ひとりは殺され、もうひとりは不審な状況下で行方不明になった」

「そろそろお引き取り願えますか」

「願うのは自由です」

そう言って、エレナは腕を組んだ。そのまま動かなかった。ただじっと彼を見た。

「私にはどうすることもできない」と彼は抵抗を試みた。「協力したいのはやまやまですが」

「このふたりの養子縁組はあなた自身が手がけられたんですか?」

「私どもは長年にわたって数多くの養子縁組を手がけてきました」

「アーロン・コーヴァルという名前はご存じですか? 彼の父親のワイリー・コーヴァルなら覚えているでしょう。コネティカット州で樹木農園と宿を経営している一家です」

アイザックソンは何も言わなかった。が、彼が知っていることは明らかだった。

「ミスター・コーヴァルは養父だったんですか?」とエレナは尋ねた。

「私にはわかりかねます」

「彼も亡くなったんですよ。アーロン・コーヴァルも」

アイザックソンの顔が蒼白《そうはく》になった。

「彼もここで養子縁組されたんですか？」

「私にはわかりかねます」と彼は同じことを言った。

「ファイルを確認したらどうですか？」

「そろそろお引き取り願えますか」

「いいえ、それは無理です。あなたは当時もここで働いていた——これらの養子縁組がおこなわれたときにも」

「私がこの斡旋所を始めたんです」

「ええ、知ってます。その背景には素敵な話があるんですよね。あなたは恵まれない子供たちを救って温かい家庭に入れてあげたかった。なぜならあなた自身が父子関係で問題を抱えていたから。その話は全部知ってます。あなたのことも全部知ってます。あなたはいかにも品行方正な、自分にできることを精一杯やってきた人のように見えますけど、もしあなたが手がけた養子縁組の書類に少しでもおかしな点があれば——」

「おかしな点などありませんよ」

「でも、もしあれば、わたしが必ず見つけます。あなたがこれまでやってきたことを洗いざらい調べ上げて、ひとつでも過《あやま》ちを見つけたら、それがうっかりであれ、わざとであれ、徹底的に追及します。ミスター・アイザックソン、わたしの眼を見てください」

　彼は視線をあげ、エレナと眼を合わせようとした。

「あなたは何かを知ってる」

「知りませんよ」

「いいえ、あなたは知ってる」

「私どもには隠さなければならない事例などひとつもありません。仮に従業員の誰かが不正行為を働いたのであれば別ですが……」

　やっと話が思惑どおりに転がりだした。エレナはすかさず身を乗り出して言った。「もしそういうことであれば、ミスター・アイザックソン、わたし以上の味方はいません。今すぐ力になれます。ファイルを見せてください。あなたの手元にあるものを。合法的に見られるものでなくていいんです。その不正行為を突き止めて正しましょう」

　彼は何も言わなかった。

「ミスター・アイザックソン？」

「ファイルをお見せすることはできません」

「それはなぜ？」

「なくなってしまったからです」

　エレナは次のことばを待った。

「五年まえに火災があって、私どもの記録はすべて焼失しました。それ自体は大した問題ではありませんでした。重要な書類はすべて郡書記官のオフィスに保管されていますから。さきほど申し上げたとおり。ですから、たとえ私があなたにファイルをお見せしたいと思っても——どのみちそれは法的に無理ですが——それらのファイルは郡書記官のオフィスにしか存在しないんです。見たいならそこへ行って見てください」

エレナは彼をじっと見すえて言った。

「ミスター・アイザックソン、あなたはわたしに何かを隠している」

「ここでは違法なことなど何もなかった」

「そうですか」

「それに、すべてはそう、子供たちの幸せのためになされたことです。私は常にそこを第一に考えてやってきました。子供たちのためを思って」

「それはもちろんそうでしょう。でも今、その子供たちの身に何かが起きているんです。現に殺されてすらいるんですよ」

「それが私どもとどういう関係があるのか私にはわからない」

「関係はないかもしれません」とエレナは言った。この〈ホープ・フェイス養子縁組斡旋所〉が今のところ唯一のつながりであることには触れずに。「むしろあなたが無関係であることを証明できるかもしれません。この人たちを養子縁組したときのことを覚えていますか？」

「覚えているとも言えるし、覚えていないとも言えます」

「どういうことでしょう?」

「通常の養子縁組より一段とプライヴァシーの配慮が求められるケースだったのです」

「どういった点で?」

「実親が未婚の母だったのです」

「子供を養子に出す女性の多くは未婚の母じゃないんですか? その当時でも」

「ええ」とアイザックソンは言った。不自然なまでにゆっくりと。そのあと顎ひげをしばらく撫でてから続けた。「ですが、その女性たちはキリスト教の中でもかなり保守的な宗派に属していたもので」

「なんていう宗派です?」

「それは結局わかりませんでした。でも、どうやら……彼女たちは男性を好まなかったようです」

「それはどういう意味です?」

「私にもわかりません。ほんとうにわからないんです。とにかく、その女性たちの名前は知ってはいけないことになっていました」

「あなたはここの所長ですよね」

「ええ」

「だったら、承認のサインをされたはずですが」

「ええ、しました。実母の名前を見たのはそのときだけですから、今はまったく覚えていません」

嘘だ――エレナは胸につぶやいた――覚えているに決まってる。

「父親のほうの名前はどうなんです？」

「父親は常に〝不明〟と記載されていました」

アイザックソンは顎ひげを引っぱりすぎて毛が抜けてきていた。

「従業員がいるということでしたけど」とエレナは言った。

「はい？」

「さきほどあなたはこう言いました。〝仮に従業員の誰かが不正行為を働いたのであれば別ですが〟と」そう言いながら、エレナはアイザックソンと眼を合わせようとした。が、彼はまったく応じようとしなかった。「あなたのほかに、これらのケースを手がけた人がいるわけですね？」

アイザックソンはわずかに頭を動かした。うなずいたと言えるのかどうかも怪しいものだったが、エレナはそう解釈することにした。

「それは誰です？」

「彼女の名前は」とアイザックソンは言った。「アリソン・メイフラワー」

「その人はケースワーカーだった？」

「ええ」アイザックソンは即答したものの、少し考えてからつけ加えた。「まあ、そんなようなものです」

「そのアリソン・メイフラワーという人がこれらのケースを斡旋したんですね？」

アイザックソンの声は低く、まるで遠くから聞こえてくるように小さかった。「アリソンは極秘の案件だと言って私のところに来ました。助けを必要としている子供たちがいるんだと言って。私は支援の手を差し伸べ、一定の条件下で引き受けることにしたんです」

「どんな条件ですか？」

「第一に、私は事情を知らないままでいることですね。そもそも私から質問することはできなかったし」

エレナはしばらく黙ってそれについて考えた。FBIにいた頃、彼女のチームは一見なんの問題もなさそうな教会や斡旋機関をいくつも摘発したことがあった。非合法の養子縁組を斡旋した罪で。多くの場合、白人の乳幼児は非常に需要が高く、資本主義社会のマクロ経済の現実——需要と供給の法則——に従って高く売れる。あるいは、養父母候補の過去に問題があって、合法的な養子縁組がむずかしいというケースもある。いずれの場合も金が動く。ことによっては巨額の金が。

エレナは思った——ここは慎重にいかなければならない。二十年か三十年まえに乳幼児を売るなりなんなりした容疑でアイザックソンを逮捕しにきたわけではないのだから。欲しいのは情報だけだ。

そんな彼女の考えを読み取ったかのように、アイザックソンが言った。「私はほんとうに何も知らないんです。あなたの役に立つようなことは何も」

「それでも、そのアリソン・メイフラワーなら知っているかもしれない？」

アイザックソンはおもむろにうなずいた。

「彼女が今どこにいるかわかります？」

「最後にアリソンと仕事をしたのはもう二十年もまえになります。そのあと彼女はよその土地へ行ってしまった」

「どこへ？」

彼は肩をすくめて言った。「ずっと会っていなかったんで、連絡も途絶えています」

「会っていなかった」

「はい？」

「〝会っていなかった〟と言いましたね。〝会っていない〟ではなく」

「ああ、確かにそう言いましたね」アイザックソンは髪に手を走らせ、深く息を吐いた。

「アリソンはまたこっちに戻ってきたんでしょう。実際、どうかは知りませんが。去年、ポートランドで見かけたんです。カフェで働いているところを。最近流行《はや》りのヴィーガン向けの店です。ところが、彼女は私に気づくと……」彼はそこで口をつぐんだ。

エレナは彼をうながした。「ところが、彼女はあなたに気づくと？」

「裏口から抜け出したんです。私も店を出てあとを追いました。ひとこと挨拶だけでもしようと思って。しかし、私が裏にまわったときには……」アイザックソンは肩をすくめて続けた。「まあ、でも、あれはアリソンじゃなかったのかもしれない。外見がずいぶん変わっていましたから。アリソンの髪は長くて真っ黒だった。あの女性の髪は極端に短くて真っ白だった。だから……」彼はなおも考え、そのあと自分に言い聞かせるように言った。「いや、あれはアリソンだった。まちがいない」

「ミスター・アイザックソン？」

彼は顔を起こしてエレナを見た。

「そのカフェはどこです？」

25

アッシュは眼を開けた。最初に見えたのはディーディーの天使のような顔だった。

おれは死んだのかもしれない。あるいは幻覚を見ているのかもしれない。そう思ってもおかしくはないところだった。が、もしそうだとすれば、ディーディーはいつものブロンドの三つ編みに戻っているはずだ。やむなく赤褐色に染めた短い髪のままではなく。あるいはそうとはかぎらないのかもしれない。死んだら最後に見た光景がそのまま残るのかもしれない。いつものお気に入りの光景ではなく。

「大丈夫だから」とディーディーが言った。やはり現実とは思えないほど神々しく安らかな声で。「そのままじっとしてて」

ようやく意識がはっきりしてきた。アッシュは彼女の背後に眼をやった。やっぱり。相変わらずカルトの施設の中だった。部屋の内装は質素というより、皆無に近かった。壁には何も掛かっておらず、自分が寝ているベッド以外に家具はひとつもなかった。壁はどこまで行っても逃れられない例のくすんだグレーだ。

部屋にはほかにも何人かいた。アッシュはディーディーが止めるのもかまわず上体を起こした。奥の隅にマザー・アディオナの姿があった。床に視線を落とし、体のまえで両手を固く握りしめている。それより手前、ベッドの両端にふたりの男が立っていた。あの別の部屋で見た、三角形に配置された肖像画に描かれていたふたり。キャスパー・ヴァーテージの息子たち――〝来訪者〟と〝奉仕者〟だ。

そのうちのひとり――〝来訪者〟か？――がくるりと踵《きびす》を返して、無言で部屋を出ていった。もうひとりがマザー・アディオナのほうを向いてぴしゃりと言った。「命拾いしたと思え」

「申しわけありませんでした」

「まったく、何を考えてたんだ？」

「彼は部外者であり、侵入者でした」とマザー・アディオナは床を見つめたまま言った。「わたしは真理を守らなければと思ったのです」

「それは嘘よ」とディーディーが言った。

ヴァーテージの息子はマザー・アディオナに厳しい視線を向けたまま手を振ってディーディーを黙らせた。

「理由はどうあれ、勝手な真似は慎んでもらいたい」

マザー・アディオナは下を向いたまま黙っていた。

「懸案があるなら協議会に申し出るべきだった」

マザー・アディオナは従順にうなずいた。「まったくもっておっしゃるとおりです」

ヴァーテージの息子は彼女に背を向けて言った。「もう行っていい」

「そのまえに」――彼女はアッシュのほうに向かってきた――「心からのお詫《わ》びを」

マザー・アディオナはベッドに歩み寄り、アッシュの左手を両手で包み込んだ。それから彼の眼をじっと見すえて言った。「あなたをひどく傷つけてしまったこと、ほんとうに申しわけなく思っています。輝ける真理のとこしえならんことを」

あとのふたりがすかさず繰り返した。「輝ける真理のとこしえならんことを」

マザー・アディオナはアッシュの手をいっそう強く握りしめた。

彼の手のひらに小さな紙切れが押しつけられたのはそのときだった。

アッシュは彼女を見上げた。マザー・アディオナはかすかにうなずき、彼の手に紙切れを握らせると、そのまま部屋を出ていった。

「気分はどう？」とディーディーが訊いてきた。

「悪くない」

「じゃあ、さっそく着替えて。〝真理〟があんたに会いたがっておられる」

〈グリーン&リーン　ヴィーガンカフェ〉にやってきたエレナは、店の全商品の宣伝文句が色とりどりのチョークで黒板に書かれていることに気づいた。店のコンセプトである〝ヴィーガン〟は言うまでもなく、黒板には流行りの健康用語がひしめいていた――〝オーガニック〟、〝フェアトレード〟、〝ミートトレス〟、〝テンペ〟、〝ファラフェル〟、〝豆腐〟、〝生食《ロー》〟、〝百パーセント天然由来〟、〝エコ〟、〝新鮮〟、〝グルテンフリー〟、〝地産〟、〝地球にやさしい〟、〝農場から食卓へ〟。店内の壁には〈ケールいいね！〉と書かれた看板。別の看板には〈豚《ビッグス》ではなく豆《ビーズ》を食べよう〉と、緑の野菜のモザイクで綴られている。右手のコルクボードにはさまざまなチラシが画鋲《がびょう》で貼りつけられている――ありとあらゆる類いの環境フェア（宣伝に紙を使うのはいいのだろうか？）、ヨガ教室、ヴィーガン料理教室。建物全体が麻《ヘンプ》に覆われ、環境活動を支援するゴム製のブレスレットをつけていないのが不思議なほどだった。

アリソン・メイフラワーはカウンターの中にいた。

健康意識の高い年配のヴィーガンの見本のようだった——背が高く、若干痩せすぎと言えなくもない引きしまった体型。張り出した頬骨、艶のある肌。そしてアイザックソンが言ったとおりの短く刈り込んだ真っ白な髪。そのまばゆい白さは地毛とは思えないほどだ。髪と同様、歯もまばゆいまでに白かった。が、その笑みはためらいがちで曖昧で、いかにも自信なさげだった。彼女は近づいてくるエレナを見て、しきりとまばたきをした。まるで悪い知らせを待ち受けるかのように。あるいはそれ以上のことを覚悟しているかのように。

「ご注文ですか？」

チップを入れる瓶にはこう書いてあった。〈変化《チェンジ》を怖れるなら——ここに置いていって〉（〝チェンジ〟には〝釣銭〟の意味もある）。なかなか洒落が利いている。エレナは自分の連絡先を書いた名刺を差し出した。カウンターの女性は名刺を受け取って見た。

「アリソン・メイフラワー」とエレナは言った。

カウンターの女性は——六十代前半といったところか。もっと若く見えなくもないが——さらにまばたきをしながら、一歩さがって言った。「その名前の人は知りません」

「いいえ、知らないはずがない。あなたの名前だもの。今の名前に変えるまえの」

「人ちがいだと思いますけど――」

「選択肢はふたつよ、アリソン。その一、あなたは今すぐそのカウンターから出て、わたしとふたりだけで話をする。それがすんだら、わたしは二度とあなたのまえに現われない」

「もしくは？」

「もしくはその二、あなたの人生はめちゃめちゃになる」

五分後、エレナとアリソンはカフェの奥の隅に向かった。アリソンがラウルと呼んだ男――顎ひげを生やし、本物の〝男のお団子《マンバン》〟ヘアにしている――が彼女のかわりにカウンターの中にはいった。ラウルはコーヒーのマグを布巾で拭きながら、ずっとエレナのほうを睨んでいた。エレナは呆れて眼をまわしたくなるのを我慢した。

席に着くなり、エレナは自分がここへ来た理由を切りだした。うわべを取り繕いもしなければ、まわり道もしなかった。単刀直入にすべてを話した。

殺人、失踪、養子縁組、そのすべてを。

最初にアリソンの口から出たのは否定のことばだった。「わたしは何ひとつ知りません」

「もちろんあなたは知ってる。あなたは〈フェイス・ホープ〉で養子縁組を手がけた。そのいっさいを内密にするよう、マイシュ・アイザックソンに口止めした。なんなら彼をここに連れてきて、確認してても――」

「そんな必要はありません」

「だったら、あなたが何ひとつ知らないふりをするくだりは飛ばして話をさきに進めましょう。あなたが過去に赤ん坊を売っていたにしろなんにしろ、わたしにはどうでもいいことだから」

実を言うと、どうでもよくはなかった。この件が解決したあと、これ以外にも犯罪がおこなわれていたことがわかれば、しかるべき法執行機関に通報するつもりだった。アリソン・メイフラワーとアイザックソンが処罰を受けるよう、可能なかぎり協力するつもりだった。が、今日このときにおいてはヘンリー・ソープを見つけるのが最優先事項だ。それにもし当局が関わることになれば、誰もが口を閉ざしてしまうだろう。

だから今すぐでなくていい。

「さっきの話でいくつか名前を出したけど」とエレナは続けた。「ひとつでも記憶に残っている名前はない？」

「養子縁組はたくさん手がけましたから」

またまばたきが戻ってきた。アリソンは椅子の上で身をちぢめ、うつむいて胸のまえで両腕を交差させると、自分の体を抱え込むようにした。エレナはFBI時代にボディランゲージを学んでいた。だからすぐにわかった。アリソン・メイフラワーは虐待経験者だ。おそらくは身体的な。虐待は親か配偶者、またはその両方によるものだろう。しきりにまばたきをするのは攻撃への備えだ。身をちぢめるのは、黙って従いながらも慈悲を請うているしるしだ。

ラウルがさらにエレナを睨みつけてきた。歳は二十五から三十くらいか。アリソンの虐待者にしては若すぎる。ひょっとしたらラウルはアリソンが被虐待者であることを知っていて、これ以上苦しむ彼女を見たくないと思っているのかもしれない。あるいは、ただ感づいたのかもしれない。この程度のことを察知するのに、非言語動作を読み解く専門家である必要はない。

エレナはもう一度試みた。「子供たちを助けたくてやったのよね？」

アリソンはうつむいていた顔を起こした。高速のまばたきは続いていたが、今はその眼に希望のようなものが宿っていた。「ええ。もちろん」

「あなたは子供たちを救おうとしていた？」

「ええ」

「何から？」エレナは身を乗り出して尋ねた。「子供たちを何から救おうとしていたの、アリソン？」

「わたしはただ、子供たちに温かい家庭で育ってほしかった。それだけです」

「でも、その養子縁組の裏には特別な事情があった。そうよね？」エレナは圧力をかけようとしながら言った。「あなたはそれを内密にしなければならなかった。だからメイン州の小さな斡旋所を通して養子縁組をおこなった。お金のやりとりがあった――まあ、それはどうでもいいことだけど」

「わたしは」とアリソンはまばたきを繰り返しながら言った。「男の子たちを助けるためにやったんです」

エレナはうなずき、相手の話をさらに促そうとした。が、あることばに気づいて、はたと動きを止めた。

男の子たち。

たった今、アリソン・メイフラワーはそう言った。男の子たちを助けるためにやったのだと。〝子供〟でも〝赤ちゃん〟でもなく、〝男の子〟たち、と。

「全員男の子だったの？」とエレナは尋ねた。

アリソンは返事をしなかった。

「ペイジという名前に――」

「男の子だけだった」アリソンは首を振りながら、囁くような声で言った。「わからない？わたしはあの子たちを助けるためにやったのよ」

「でも今、彼らは次々と死んでいる」

涙がひとすじこぼれ、アリソンの頬を伝った。

エレナはさらにもう一押しした。「あなたは何もせず、黙ってそれを見過ごすつもり？」

「なんてこと。わたしは何をしてしまったの？」

「話を聞かせて、アリソン」

「できない。行かなくちゃ」

アリソンは立ち上がろうとした。エレナは彼女の前腕を手で押さえた。強い力で。「わたしに協力させて」

アリソン・メイフラワーは眼を閉じて言った。「単なる偶然よ」

「いいえ、偶然なんかじゃない」

「偶然に決まってる。それだけ養子縁組をたくさん手がけてきたんだもの。生きていく中で悲しい目にあう子たちだって当然出てくるわ」

「その男の子たちはどこからやってきたの？　その子たちの父親は誰だったの？　母親は？」

「あなたにはわからない」とアリソンは言った。

「わからないから教えて」

アリソンはエレナの手を振り払い、押さえられていたところをさすった。さっきまでとは表情が変わっていた。怯《おび》えた様子でまばたきを繰り返しているのは変わらなかったが、今はそこに反抗の色が加わっていた。

「わたしはあの子たちを救った」とアリソンは言った。

「いいえ、あなたは救ってなんかいない。あなたがしたことが――あなたが二十年以上ずっとひた隠しにしていたことが――今、明るみに出ようとしている」

「ありえない」

「すべては葬られたと思っているかもしれないけど――」

「葬っただけじゃない。すべて燃やしたの。証拠はわたしが全部消し去った。今はもう名前すら覚えてない」アリソンは怒りに眼を燃え立たせ、テーブルに身を乗り出して続けた。

「これだけは言っておくわ。誰もあの子たちを傷つけることはできない。そんなことはできるはずがないんだから。わたしが全部始末をつけたんだから」

「いったい何をしたの、アリソン？」

彼女は何も言わなかった。

「アリソン？」

「この人に嫌がらせされてるのか、アリー？」

エレナはため息をつきたいのをこらえてラウルを見上げた。ラウルはヒップスターの恰好をしたスーパーマンのように、拳を腰にあてた仁王立ちのポーズでエレナを睨みつけた。

「プライヴェートな話を邪魔しないでくれる？」エレナはぴしゃりと言った。「あなたは関係ないんだから、そのお団子頭ともどもカウンターの奥に引っ込んで――」

「おれはあんたに話しかけたんじゃない。おれが話をしてるのは――」

次の瞬間、アリソン・メイフラワーが席を飛び出した。なんの前触れもなく。

エレナは不意を突かれた。一瞬まえまで向かいの席でおとなしく坐っていたはずの相手が

——突如、パチンコから放たれた小石のように駆け出したのだ。アリソンはすでに建物の廊下から裏口へ向かっていた。

やられた。

エレナは決して身のこなしがすばやいほうではなかった。とりわけ足を引きずるようになってからは。それでも急いであとを追おうとした。が、うなりながら立ち上がりかけたときにはもう、しなやかな体のヴィーガンはとっくにはるかさきを走っていた。

あとを追いはじめたエレナのまえにラウルと彼のマンバンが立ちはだかった。エレナは足をゆるめなかった。ラウルは手を出して彼女を止めようとした。その手が触れた瞬間、エレナは彼の両肩をつかんで勢いをつけ、相手の睾丸《こうがん》に痛烈な膝蹴りを食らわせた。

ラウルは両膝からがくんと崩れ落ちた。次にマンバンが。それから全身がどうと床に倒れた。伐採される大木のように。エレナはもう少しで叫ぶところだった——〝木が倒れるぞ！〟と。

叫びはしなかったが、もちろん。すぐに裏口へ向かって走り出した。ドアのかわりにヒッピー調のビーズカーテンが掛かったトイレのまえを駆け抜け、裏口のドアを体あたりで突破し、小径《こみち》に飛び出した。左に眼をやり、右に眼をやった。

しかし、アリソン・メイフラワーの姿は影も形もなかった。

26

医師から知らせがあるのを待ちながら、サイモンはひとしきり待合室を歩きまわった。そうして気を落ち着けてから、エレナ・ラミレスと話し合った内容の確認を始めた。アーロンの継母であるイーニッドの電話番号はわからなかったので、〈コーヴァル・イン〉に電話した。電話に出たのはサイモンが現地で遭遇した例の受付係と思《おぼ》しい女性だった。サイモンは彼女に伝言を頼んだ。

それはつまり、その線では何も期待できないということだ。

さて、次は――ペイジのクレジットカードの明細を調べなければ。ペイジがランフォード大学で使っていたヴィザカードの支払いは、毎月サイモンの口座から自動引き落としされるよう設定してあった。その設定はペイジが自分とアーロンのヤクを確保するためにカードを濫用《らんよう》するようになってからキャンセルせざるをえなかったが、当時の履歴には今でもアクセスすることができる。サイモンは利用明細をダウンロードし、一件ずつ眼を通した。

それは痛みを伴う作業だった。娘の初期の出費はいかにも大学生らしい無邪気なものばかりだった――近隣のレストランでのちょっとした食事、大学ショップで買った学用品やロゴ入りのトレーナー、薬局チェーン〈CVS〉で買った化粧品。ポキプシーにある〈リタズ・イタリアン・アイス〉からの請求が二件。〈エリザベスズ・ブティック〉という店から六十五ドルの請求――おそらくサマードレスを買ったのだろう。

〈DNA・ユア・ストーリー〉からの請求はなかった。

が、サイモンは七十九ドルの請求を見つけた。〈アンセ＝ストーリー〉とかいう会社から。その社名をグーグル検索してみた。案の定、遺伝子検査によって〝あなたの家系図の空白を埋めていく〟ことに特化した家系図サイトだった。サイトの説明を読んでいると、疲れきった女性の声が彼の名前を呼んだ。

「ミスター・サイモン・グリーン？」

ドクター・ヘザー・グルーはクラシックブルーの手術用スクラブを着たままだった。クラシックブルー。サイモンはその色を好ましく思った。この場にふさわしい厳粛さがあり、それゆえ心がなだめられる。あまりに多くの看護師や医療スタッフがいわゆる個性的な、あるいは眼を愉しませるデザインのスクラブを着用している。派手なピンクや花柄のもの、スポンジ・ボブやクッキーモンスターなどアニメキャラクター柄のもの。それはそれで理解できる。ここで一日じゅう働いていれば、気分転換を図ったり、何か変わったことをしたりしたくもなるだろう。この陰気な環境で対照的に明るいものを身につけようと思うのはわからないことではない。それでも――ここが小児科病棟なら別だが――サイモンとしては厳粛で真面目なスクラブがいい。だからイングリッドの執刀医がそれを着ていることを嬉しく思った。

「奥さまの手術が終わりました。容態は安定しています」

「まだ昏睡状態ですか？」

「ええ、残念ながらまだ意識はありませんが、当面の問題は緩和されました」

ドクター・グルーはそう言って、詳しい説明を始めた。が、サイモンは医学的な細かい話にはなかなか集中できなかった。全体像は——なんならすべて大文字で強調してもいい——同じに思えた。

いい、変化なし。

ドクター・グルーの話が終わると、サイモンは彼女に感謝を述べてから尋ねた。「妻に会えますか？」

「ええ、もちろんです」

ドクター・グルーはサイモンを回復室に案内した。昏睡状態の体がさらにぐったりして見えるなどということがありうるのか、サイモンには見当もつかなかったが、自身を再手術に引きずり込んだ何物かとの壮絶な闘いを経て、イングリッドは明らかに消耗しきっていた。ベッドに身を沈めたまま微動だにしなかった。以前と同様。いや、以前よりさらに沈み込んで動かなくなり、さらに脆《もろ》くなったような気がした。その手を取ることすらためらわれた。手を取ったらちぎれてしまいそうな気がして。

それでも彼はその手を取った。

　体を起こした元気なイングリッドを思い浮かべようとした。いきいきとした美しいイングリッドを。過去にこの病院で過ごしたときのことを思い出そうとした。幸せだったときのことを。生まれたばかりのわが子を抱いているイングリッドの姿を。しかし、そんな光景はすぐに掻き消された。今この眼に映るのは、青ざめてやつれた弱々しいイングリッドだけだ。ここにいるというより、もうここにはいないかのような。サイモンはそんな妻を見つめ、イヴォンが言っていた過去の秘密のことを思った。

「過去はどうだっていい」

　声に出してそう言った。昏睡状態の妻に向かって。

　彼女が過去にしたことがなんであれ、どんな最悪な行為であれ――犯罪、ドラッグ、売春、殺人すらも――赦すつもりだった。無条件に。問答無用で。

　サイモンは立ち上がり、妻の耳に唇をつけて囁いた。

「きみが戻ってきてくれればそれでいい」

　それは真実だった。が、同時にそれは真実ではなかった。彼女の過去のことはどうでもいい。とはいえ、まだいくつかの疑問を明らかにしなければならない。午前六時、サイモンは何かあったらすぐ携帯電話に連絡してほしいと病棟の看護師に伝え、気が滅《めい》入るような院内の空間から外の通りに出た。いつもなら地下鉄に乗って自宅のアパートメントに戻るところだが、電話がかかってくるかもしれないことを思うと、地下にもぐりたくなかった。車ならこの時間、病院からアッパー・ウェスト・サイドの自宅まで長く見積もっても十五分だ。万一事態が変わったと連絡を受けても、すぐに病院へとって返すことができる。

イングリッドのそばを離れたくはない。が、今はどうしてもやらなければならないことがある。

サイモンはライドシェアのアプリで車を呼び、七十五丁目通り寄りのコロンバス・アヴェニュー沿いにある二十四時間営業の薬局〈デュアン・リード〉のまえで停めてもらった。店に駆け込み、六本入りの歯ブラシを買い、また車に飛び乗った。自宅に着くと——自宅に戻ってきたのは何日ぶりだろう？——アパートメントは静まり返っていた。彼は廊下を忍び足で歩き、右のサムの寝室をのぞき込んだ。

サムは横向きになって寝ていた。両膝を引き寄せ、胎児のように体を丸めて。それがいつも息子が眠るときの姿勢だった。サイモンはまだサムを起こしたくはなかった。そのままキッチンへ行き、ジップロックの袋がはいっている引き出しを開けた。その袋を何枚かつかみ取ると、静かな足取りで〝ガールズ・バスルーム〟へ向かった。ペイジが妹のアーニャと共同で使っていたバスルームへ。

いつからか家族のあいだでこんな笑い話が繰り返されるようになった。子供たちは歯ブラシの毛先がすり減るどころか、毛がほとんどなくなるまで同じ歯ブラシを使いつづけようとする——そこで、サイモンは二ヵ月おきに新しい歯ブラシのパックを買って、自分の手で交換することにしたのだった。それを始めたのはもう何年もまえだ。今日もそれをするつもりだった。そうすれば誰も彼の目的に気づくことはないだろう。とはいえ、実際、誰がそんなことを気にかける？

ペイジの歯ブラシはまだそこにあった。最後にあの子がここに泊まったときから……それはいったいいつのことだ？

サイモンは歯ブラシの柄《え》の部分を注意深くつまんで、ジップロックの袋に入れた。サンプルとなるのに充分なＤＮＡが付着していればいいのだが。バスルームを出ようとして、はっと立ち止まった。

イングリッドのことは信じている。心から信じている。

とはいえ、用心するに越したことはない。それがサイモンの信条だ。だから二枚目のジップロックにはアーニャの歯ブラシを入れた。それからもうひとつのバスルームに移動し、三枚目の袋にサムの歯ブラシを入れた。

まるでひどくおぞましい裏切り行為を働いているような気がした。

それが終わると自分の部屋へ行き、三つのジップロックの袋を仕事用のバックパックに収めた。スマートフォンをチェックした。なんの連絡もなかった。まだ早い時間だったが、スージー・フィスクにメッセージを送った。

一時的に自宅に戻っています。もしもう起きてらしたら、朝食までにアーニャを起こしてうちへ寄こしてくれませんか?

返事が来るまでどのくらいかかるかはわからなかった。が、すぐに〝・・・〟という表示が画面の下の吹き出しに現われ、スージーが文字を入力中であることがわかった。それから返信が表示された。

今アーニャを起こすわね。
イングリッドの様子はどう?

サイモンは残念ながら何も新しい知らせはないと返事をし、スージーがアーニャの面倒を見てくれていることに厚く礼を述べた。また返信が来た。〝こちらこそアーニャがいてくれて愉しいし、いろいろ助かっている〟と。それが社交辞令であることはわかっていたが、あながち嘘でもないこともサイモンにはわかっていた。スージーには娘がふたりいる。その年頃の姉妹がたいていそうであるように、スージーの娘たちもしょっちゅう喧嘩をする。が、そこへ第三の要素が加われば、化学構造が変化して、何をするにもちょっとばかりやりやすく快適になるものだ。

サイモンはこう返信した。〝だとしても、とても感謝してます〟。

それからキッチンに戻った。ニューヨーク市に住むサイモンの男友達はそろいもそろって、ある日突然料理に凝りはじめた。もしくは料理に凝っていると言いはじめた。そして、彼らはみな一様に雄弁になった。最近つくった複雑なリゾットやら、〈ニューヨーク・タイムズ〉から毎週メール配信されるニュースレターに載っていたレシピやらについて。サイモンは自問した――いったいいつから誰も彼もがソムリエ気取りをやめて、料理好きをアピールするようになったのだろう？　料理というのは人類史の大半において面倒な雑用ではなかったのか？　歴史書を読んだり、昔の映画を見たりしてもわかるように、料理人の仕事というのは家事の中でも最悪の部類にはいるのではなかったのか？　次に偉大なアートに変わる雑用はなんだろう？　掃除機がけとか？　自分の友人たちもダイソンがフーヴァーよりいかにすごいかを議論するようになるのだろうか？

ストレスがかかると脳味噌《のうみそ》はろくでもないことを考えはじめる。

要はこういうことだ。サイモンにも実はひとつだけ得意料理と言えるものがある。家族そろっての週末の朝、家長である彼の気が向いたときにかぎり、絶大な自信を持ってつくることのできる料理だ。その名も――チョコチップ入りパンケーキ。

家族みんなが大好きなサイモンの特製朝食レシピの秘訣《ひけつ》？

チョコチップをこれでもかというほど入れることだ。

「どっちかって言うと〝パンケーキチップ入りチョコ〟のほうが近いかも」とイングリッドは冗談を言ったものだ。

チョコチップは戸棚の上段にあった。イングリッドが必ず常備するようにしていた。念のために。サイモンが最後にその絶品メニューを家族にふるまったのはもうずいぶんまえのことだったが。それを思うと気持ちが沈んだ。子供たちが家にいないのが淋しかった。ペイジの痛ましい堕落についてはいったん忘れるとして（忘れられるものなら）、上の娘が大学へ行くというのはサイモンにとって想像以上の痛手だった。続いてサムが大学へ行くと、痛手は倍になった。子供たちが巣立ってゆく。彼らはもはや大人になりかけているのではない――大人になったのだ。父親である自分は捨てられようとしている。もちろんそれは自然で正しいことだ。逆にそうでなければもっと困ったことになる。それはわかっている。それでも子供たちがいないのは落ち着かなかった。家の中がひっそりとしすぎている。それが嫌でたまらなかった。

サムが高校を卒業したときのことだ。彼のクラスの学級委員長が、ネットでよく出まわっている善意の格言画像を学校のＳＮＳにアップした。よくある自己啓発系の画像――夕陽の下でおだやかな波が打ち寄せる美しい浜辺の写真を背景に、こんなことばが書かれていた。

親を大切にしよう。ぼくらはみんな大人になるのに夢中で、親がその分老いていることを忘れがちだから。

サイモンはイングリッドと一緒にそのことばを読んだ。まさにこのキッチンで。そのあとイングリッドはこう言ったのだった。「それ、プリントアウトして筒状に丸めて、思い上がった若造のケツに突っ込んであげましょうよ」

まったく、あのときの彼女は最高だった。

ふたりでそのことばを読んだとき、サイモンは椅子に坐り、イングリッドはうしろから彼の肩越しに身を乗り出していた。彼女はサイモンの首に腕をまわし、彼の耳元に息がかかるほど顔を寄せて、こう囁いた。「子供たちがみんな家を出ていったら、もっとふたりで旅行できるわ」

「そして家じゅうを裸で走りまわれる」とサイモンは付け加えた。

「うーん、まあ、そうね」

「そしてもっと頻繁にセックスできる」

「希望の泉は枯れず」

彼はわざとむくれてみせた。

「もっと頻繁にセックスできたほうが幸せ？」と彼女は尋ねた。

「私が？　いいや。きみをもっと幸せにできるかと思って」

「あなたは自己犠牲精神の塊ね」

そんな会話を思い出して微笑んでいると、サムの声がした。「うわ、超久しぶり。父さんのパンケーキだ」

「そのとおり」

サムはぱっと顔を輝かせた。「それってつまり、母さんが快方に向かってるってこと？」

「いや、そういうわけじゃない」

しまった。なぜ思いつかなかったのか——父親が家でパンケーキをつくっているところを見たら、息子がそういう結論に飛びつくことは想像できただろうに。

「これはつまり」とサイモンは続けた。「母さんは家族がいつもどおり過ごすのを望むだろうってことだ。暗い気持ちに浸ってばかりいないで」

自分の〝父さん口調〟が思ったほど響いていないのがサイモンには自分でもわかった。

「父さんが久しぶりにパンケーキをつくってる時点でもう、いつもどおりじゃないよ」とサムは言った。「特別なことだよ」

サムの言うことには一理あった。そう、彼は正しくもあり、またまちがってもいた。出来上がった朝食は〝いつもどおり〟——特別な味だったから。アーニャはフィスク家のアパートメントから帰ってくるなり父親にしがみついた。まるで彼が救命具ででもあるかのように。

サイモンは眼を閉じてアーニャを抱きしめ、娘が落ち着くまでそうしていた。

三人は丸テーブルを囲んで坐った——キッチンには長方形のテーブルのほうが収まりがよかったが、イングリッドは丸テーブルがいいと言って譲らなかった。そのほうが〝会話がはずむから〟——あとの二脚の椅子はまぎれもなくからっぽだった。それでも三人での朝食は、いつもどおりにも特別にも感じられた。アーニャの顔はじきにチョコレートでべたべたになり、サムがそれをからかい、やがてアーニャが思い出した。母親が父親のこの特製メニューを〝パンケーキチップ入りチョコ〟と呼んでいたことを。

途中でサムがこらえきれず泣きだした。が、それもまたいつもどおりにも特別にも感じられた。アーニャが自分の席から移って、兄の体に腕をまわした。サムはそれを黙って受け入れた。妹に慰められてさえいた。サイモンはイングリッドがこの瞬間に立ち会えないことに深い胸の痛みを覚えた。それでも自分はこの光景を絶対に忘れないだろう。イングリッドが眼を覚ましたら、まっさきにこのことを話して聞かせよう。彼女の息子が妹に慰めを求めて——よりにもよって妹に！——その妹が兄の必要とする慰めを与えたことを。そしていつの日か、サイモンとイングリッドが歳を取っても、あるいはこの世を去っても、兄妹同士、いつでも互いに助け合うだろうことを。

イングリッドはどんなに喜ぶだろう。

サムとアーニャが食器を洗っているあいだに——食事の用意をした人はあと片づけをしな

いというのがグリーン家のルールだ――サイモンは夫婦の寝室に戻ってドアを閉めた。ドアには鍵がついていた。都合の悪いときに子供たちが急にドアを開けたりしないためのお粗末なものだ。その鍵をかけてから、イングリッドのクロゼットを開けた。奥のほうに袋状の衣類カヴァーを掛けた服が六着ぶら下がっていた。サイモンはその四つ目のカヴァーのジッパーを開け――中身は地味なブルーのドレスだ――袋の底に手を入れた。

ふたりはそこに現金を隠していた。

サイモンは束になった一万ドル分の紙幣を取り出し、子供たちの歯ブラシを入れた例のバックパックに詰め込んだ。それからスマートフォンをチェックして何も重要な知らせがないことを確認し、キッチンに戻った。アーニャは学校へ行くために着替え、最後にもう一度父親をハグしてから、迎えにきたスージー・フィスクと一緒に出ていった。サイモンは玄関のドアを閉めると、頭の中でイングリッドと架空の会話を繰り広げた。これが終わったらスージーにどんなお礼をしたらいいだろう――あの餃子《ギョーザ》の店で使えるギフト券？〈マンダリン・オリエンタル〉のスパ利用券？　それとももっと個人的な贈りもののほうがいい？　宝石類とか？

イングリッドなら何が正解か教えてくれるだろう。

サイモンはふと気づくと、こんなふうに頭の中でよくイングリッドと架空のやりとりをしていた。これまでにわかったことを話して反応を見るだけではなかった。彼女に訊きたくてたまらない例の質問をぶつけないよう我慢してさえいた。彼自身もエレナもあえて触れずにいる疑問、家系図の話がその醜い頭をもたげたときから彼を苛《さいな》みつづけている疑問を。

サイモンはバックパックを片方の肩に担いで言った。「サム？　もう出られるか？」

ふたりはエレヴェーターで一階に降り、通りかかったタクシーをつかまえた。運転手はニューヨーク市のタクシー運転手がみなそうであるように、サイモンにはわからない外国語でヘッドフォンに向かってたえまなく小声で話しかけていた。それ自体は今に始まったことではない。もちろん。誰もがとっくに慣れっこになっている。それでもサイモンは彼らの途方もなく強い家族の絆に思いを馳《は》せずにはいられなかった。彼自身がどれほどイングリッドを愛していても（脳内で彼女と架空の会話を繰り広げてさえいても）、相手が彼女であれ、ほかの誰であれ、何時間も延々と電話で話しつづけられるとは思えない。この運転手たちは一日じゅう誰を相手にしゃべっているのだろう？　どんなことでも逐一報告し合える相手（複数なら〝相手たち〟）がいるというのは、それだけ愛されているということなのだろうか？

「母さんは一時的に容態が悪くなった」とサイモンは息子に言った。「でも、今は落ち着いている」

そのあと詳しいことを説明した。サムは唇を嚙んで聞いていた。病院に着くと、サイモンは言った。「階上《うえ》に行って母さんのそばについててくれ。私もあとで落ち合う」

「どこに行くの？」

「ちょっと用事があるんだ」

サムは彼をじっと見つめた。

「なんだ？」

「父さんがいたのに母さんは撃たれた」

サイモンは自己弁護のために口を開きかけた。が、そのままことばを呑み込んだ。

「父さんが母さんを守るべきだったのに」

「わかってる」とサイモンは言った。「ほんとうにすまない」

それから息子を歩道にひとり残して離れた。あの瞬間を思い出した。ルーサーが銃を向けた瞬間を。とっさに弾丸《たま》をよけようとする自分が見えた。あのとき自分がよけなければ、イングリッドが撃たれることはなかった。

なんという臆病者。

しかし、実際そうだったのだろうか？

自分はほんとうに弾丸《たま》をよけようとしたのだろうか？　なんとも言えなかった。人間の〝記憶〟ほどあてにならないものはないが、それでも……一歩さがって、客観的にその場を眺めてみて気づいた。やはり実際にはそんなことはなかった。罪悪感と時間が実際の記憶をすり替えようとしているだけだ。自分自身を永遠に苦しめることになる偽の記憶に。

あのときほかにどうにかできたのだろうか？　わが身を盾にして弾丸《たま》を防ごうと思えばで

きたのだろうか？

できたかもしれない。

今さらそんなふうに考えるのはフェアではないことはわかっていた。すべては一瞬のうちに起きたことだ。反応する暇もなかった。が、そんな言いわけをしても現実は変わらない。自分はもっとどうにかするべきだったのだ。イングリッドを突き飛ばすべきだったのだ。彼女のまえにこの身を投げ出すべきだったのだ。

〝父さんが母さんを守るべきだったのに……〟。

サイモンは別館のショヴリン・パヴィリオンにはいり、エレヴェーターで十一階に上がった。受付係が廊下をさきに立って彼を研究室に案内した。ランディ・スプラットという名前の検査技師がサイモンを迎え、ゴム手袋をはめた手で彼と握手を交わした。

「本来はしかるべき手続きを踏んでもらわなければいけないんですが」とスプラットは苛立《いらだ》った口調で言った。

サイモンはバックパックを開け、歯ブラシがはいった三つのジップロックの袋をスプラットに手渡した。最初はペイジの歯ブラシだけでいいと考えていた。が、どこかの時点で考え直したのだった。この暗くじめついた道を行くなら、いっそのことどこまでも行こうと。

「私がこの三人の父親かどうかを調べてもらいたい」サイモンはそう言うと、ペイジが使っていた黄色い歯ブラシを指差した。「特にこれを優先してほしい」

こんなことはしたくなかった、もちろん。これは信頼しているかどうかの問題ではない。自分にそう言い聞かせた。これは確証を得られるかどうかの問題だ。それもまたみっともない自己正当化にすぎなかったが。

それでもかまわなかった。

「急いで結果を出してくれるということだったけど」とサイモンは言った。

スプラットはうなずいた。「三日もらえればなんとか」

「それじゃ駄目だ」

「ええ?」

サイモンはバックパックの中から現金の束を取り出した。

「どういうことですか?」

「ここに現金で一万ドルある。今日じゅうに結果を教えてくれたら、もう一万ドルだ」

27

〝真理〟は死にかけていた。

少なくとも彼のベッドの足元に立ったアッシュの眼にはそう見えた。

ベッドの両側にはキャスパー・ヴァーテージの息子たちが立っていた。父親の最期の日々を見守る、打ちのめされたふたりの立哨《りっしょう》。ふたりの全身から悲しみが染み出していた。その嘆きが手に取るように感じられた。アッシュはふたりの本名も知らなければ——知る者などいるのだろうか——どっちが来訪者でどっちが奉仕者なのかも思い出せなかったが、いずれにしろどうでもよかった。

ディーディーはアッシュの隣りに立っていた。祈りを捧げてでもいるかのように両手を組み合わせ、眼を伏せていた。ヴァーテージの息子たちも同じようにしていた。部屋の隅ではグレーの制服を着た女がふたり、声をそろえて静かにすすり泣いていた。まるでこの場面にぴったりのサウンドトラックを提供するよう頼まれでもしたかのように。

〝真理〟だけが眼を開けて上を見ていた。白いチュニックのようなものを身にまとい、ベッドの中央に横たわっていた。白髪交じりの顎ひげは長く、髪も長かった。まるでルネサンス期の絵画に出てくる神のようだった。システィナ礼拝堂の天井画の天地創造の場面に描かれた神。アッシュはそれを学校の図書館の本で初めて見たのだが、それ以来ずっとそのイメージに魅了されてきた。神が指先で——あたかも人類の起動ボタンを押すかのように——アダムに触れるという発想に。

その天井画に描かれた神は筋肉隆々でいかにも強そうだった。〝真理〟はそんなことはなかった。死に向かって刻一刻と衰えているようだった。それでもその笑顔は変わらず輝き、アッシュに向けられたその眼は超然としていた。ほんのいっとき、アッシュはこの場で何が起こっているのか理解した。〝真理〟と眼を合わせているだけで妙な高揚を覚える。この老人のカリスマ性は――こうして病床に伏していてさえ――それこそ神がかっている。

〝真理〟は片手を上げてアッシュを手招きした。もっと近くに来るように。アッシュはディーディーのほうを振り返った。彼女はうなずいて彼を促した。〝真理〟の頭は動かなかったが、眼はアッシュを追っていた。これまたルネサンス期の絵画のように。彼はアッシュの手を取り、驚くほど強い力で握りしめて言った。

「ありがとう、アッシュ」

この男には常人にはない引力がある。磁石のように人を惹きつける力が。アッシュはそれを感じずにいられなかった。もちろん、そういうものを全面的に受け入れるつもりはなかったが、それでも今ここで何が起きているのかは理解できた。心を動かされてさえいた。人にはみなそれぞれ才能がある。人より足が速い者もいれば、腕力の抜きん出た者も、数学に秀でた者もいる。この男――スポーツ選手はボールやらパックやらなにやらを使って驚異的な技で観客を魅了する。この男――キャスパー・ヴァーテージもまた、そうした特殊なスキルを持っている。とてつもないスキルを。そのスキルを目のあたりにした者はわれを忘れて陶然となるかもしれない。自分の考えに集中しておらず、なんの心構えもない場合はとりわけ。アッシュの場合はちがった。

アッシュは自分の考えに集中していた。なおかつ、今は好奇心と困惑とで頭がいっぱいになっていた。ずっと匿名で仕事をしてきたのだ。セキュリティの万全なウェブサイトやアプリやパスワードを通じて匿名でやりとりをしてきた。雇い主とじかに顔を合わせたことはなかった。ただの一度も。

ディーディーもそれは知っている。それだけ危険な仕事だということも。

アッシュは老人の手を放し、ディーディーを睨みつけて無言で尋ねた。いったいなぜおれをここへ連れてきたのかと。彼女はおだやかな微笑みでそれに答えた。ここはじっと我慢して、とでも言うように。

すすり泣いていた女ふたりが部屋を出ていき、入れちがいに例の警備係がふたり――アッシュを警棒で半殺しにしたろくでなし野郎ともうひとり――はいってきた。アッシュはまたしても嫌な予感を覚えた。特に警備係一号のしたり顔が気に入らなかった。

老人は何か言おうとしてもがきながら、なんとか声を発した。「輝ける真理のとこしえならんことを」

室内にいる全員が一斉に唱えた。「輝ける真理のとこしえならんことを」

儀式。アッシュは盲目的に従うだけの儀式が大嫌いだった。

「行きなさい」と老人はアッシュに言った。「真理はあまねく生きつづける」

また室内にいる全員が唱えた。「真理はあまねく生きつづける」

警備係一号がアッシュを見て、せせら笑いを浮かべた。次にディーディーの全身を舐めまわすように見ると、アッシュに向かって眉毛を上下に動かしてみせた。アッシュは表情を変えなかった。ディーディーをちらりと見た。彼女は気づいていた。

アッシュにもやっと少し事情が呑み込めてきた。

ヴァーテージ兄弟のひとりがアッシュに車のスマートキーを渡して言った。「新しい車を用意してある。足がつくことはない」

アッシュはキーを受け取った。ここを出たらまっさきに、駐車中の似たような車を見つけてナンバープレートをすり替えるつもりだった。念には念を入れて。州境を越えたら、さらに別の車のプレートとすり替えるかもしれない。

「きみならやり遂げてくれると信じている」ともうひとりの兄弟が言った。

アッシュは無言でドアに向かって歩きだした。警備係一号はずっとせせら笑いを浮かべていた。アッシュが近づいてきて急に彼のほうを向いても、まだせせら笑いを浮かべていた。アッシュが手のひらに隠していたナイフで彼の咽喉《のど》を切り裂いても、まだせせら笑いを浮かべていた。

アッシュは一歩も退《ひ》かなかった。相手の頸動脈から噴き出る血を顔に浴びてもたじろぎもしなかった。まわりが一斉に息を呑むのを待った。それはすぐに聞こえてきた。

アッシュはショックで顔が固まったもうひとりの警備係に歩み寄り、相手の武器をひったたくった。

最初の警備係——頸動脈を切り裂かれたほう——は床に倒れ、噴き出る血を止めようと無駄にあがいていた。まるで自分の首を絞めようとしているかのように。咽喉《のど》の奥でガラガラと濁った原始的な音を発していた。

誰も動かなかった。誰も声を発しなかった。全員がのたうちまわる警備係をただ見ていた。激しい痙攣《けいれん》が次第に収まり、やがて完全に止まるまで。

ヴァーテージ兄弟は呆然としているようだった。生き残ったほうの警備係も。ディーディーは相変わらずの微笑を浮かべていた。アッシュはそれには驚かなかった。驚いたのは、こうなることはわかっていたと言わんばかりの〝真理〟の顔だった。

この老人はおれが何をするつもりかほんとうにわかっていたのだろうか？

〝真理〟はアッシュに向かって半ばうなずいてみせた。〝メッセージは受け取った〟とでも言うように。

アッシュにしてみれば単純なことだ。警備係に痛めつけられた、ゆえに警備係に報いてやった。殴られたら倍の力で殴り返すまで。圧倒的報復、圧倒的抑止力。

これはまた残りの全員へのメッセージでもあった——おれに手を出したら、おまえらをもっと手ひどい目にあわせてやる。おれは雇われた分の仕事をするだけだ。その分の金を受け取ったらそれで終わりだ。おれの邪魔を試みたところでなんの得にもならない。

それどころか、おれの邪魔をするやつは大きな墓穴を掘ることになる。

アッシュはヴァーテージ兄弟のほうを向いて尋ねた。「後始末をする人間はいるんだろ?」

ふたりともうなずいた。

ディーディーがタオルを渡してきた。顔に飛んだ血を拭くように。アッシュはすばやく顔を拭いて言った。

「帰りの案内は要らない」

アッシュとディーディーは裏道を歩いて、はいってきたのと同じ門の外に出た。一台のアキュラRDXがふたりを待っていた。彼はディーディーのために助手席のドアを開けてやった。開けながらふと顔を起こすと、マザー・アディオナが丘の上にいるのが見えた。じっとアッシュを見下ろしていた。遠くからでもその眼が訴えかけているのがわかった。

不吉な前触れを告げるように、彼女は首を振った。

アッシュは反応しなかった。

反対側のドアにまわり込み、運転席に坐った。もと来た並木道を引き返し、〈真理の聖域〉の門がバックミラーの中で小さく遠ざかっていくのを眺めた。幹線道路に出て、最初の信号で一時停止すると、マザー・アディオナに手渡されたメモを取り出して広げ、初めてその文面に眼を通した。

彼を殺さないで。お願い。

すべて大文字のブロック体で書かれていた。その下に今度は筆記体でこう書かれていた。

このメッセージは誰にも見せないで。彼女にも。あなたはほんとうの事情を知らない。

「それは何？」とディーディーが訊いてきた。

アッシュは彼女にメモを渡して言った。「マザー・アディオナが部屋から出ていくまえに渡してきたんだ」

ディーディーはメモを読んだ。

「〝あなたはほんとうの事情を知らない〟ってのはどういう意味だ？」とアッシュは尋ねた。

「さあ」とディーディーは言った。「でも、あんたがあたしを信頼してくれて嬉しい」

「あの女よりおまえのほうが信頼できる」

「あんたにナイフをこっそり渡しておいて正解だったかも」

「役には立った」とアッシュは言った。「おれがやつを殺すつもりだって知ってたのか？」

「圧倒的報復、圧倒的抑止力」

「幹部の連中がどう反応するかは心配じゃなかったのか？」

「真理は常に必要なものを与えてくださるから」

「つまり、真理はあの警備係を殺すことをお望みだったわけか？」

彼女は窓の外に眼を向けて言った。「彼は死にかけてる。それはわかったでしょ？」

「〝真理〟がってことか？」

ディーディーはにっこり笑った。「真理が死に絶えることはありえない。でも、そう、今の化身がね」

「やつが死ぬこととおれが雇われたことは関係あるのか？」

「それって重要なこと？」

アッシュは少し考えてから答えた。「いや、そうでもない」

彼女は座席にもたれ、両膝を抱えて坐った。

「マザー・アディオナのメモはどういうことだと思う？」と彼は尋ねた。

ディーディーはトイレで切りそこねた長い髪の束を弄びはじめた。「あたしにもよくわからない」

「〝真理〟にチクる《テル・ザ・トゥルース》のか？」アッシュはそう言いながら、その台詞がそのまま――〝正直《テル》に話す気がある《ザ・トゥルース》のか？〟――二重の意味を持つことに気づいた。「つまり、その――」

「あんたが言おうとした意味はわかるわ」

「で？ やつに話すのか？」

ディーディーは少し考えてから言った。「ううん、まだ話さない。今はこの新しい任務に集中したいから」

28

集中治療室に戻ったサイモンは、アイザック・ファグベンル刑事が待ちかまえているのを見て驚いた。ほんの一瞬、希望が胸に湧いた――ペイジが見つかったのだろうか？――が、ファグベンルの表情を見れば、いい知らせでないことはすぐにわかった。希望はまたたくまに消え失《う》せ、真逆の感情に取って代わられた。その感情がなんであれ。

絶望？　不安？

「娘さんのことではありません」とファグベンルは言った。

「じゃあ、なんのことです？」

サイモンは刑事の肩越しに病床を見やった。サムがイングリッドのベッドのそばに坐っていた。何も変わりはなかったので、サイモンはファグベンルに注意を戻した。

「ルーサー・リッツのことです」

イングリッドを撃った男。サイモンは尋ねた。「やつがどうしたんです？」

「なんですって？」

「保釈です。ロッコが保釈金を支払ったんです」

「ルーサーは裁判まで再勾留されることになったんじゃないんですか？」

「推定無罪、合衆国憲法修正第八条（過度の保釈金や罰金、また残酷で異常な刑罰を科すことを禁じる条項）。この国ではいまだにそういうやり方ですから」

「やつが野放しになるんですか？」サイモンは息を吐いて言った。「イングリッドの身が危険なんじゃないですか？」

「それはないと思いますよ。この病院のセキュリティは厳重ですから」

看護師がふたりを押しのけて通り過ぎた。入口をふさがれては迷惑だと言わんばかりの視線を向けながら。ふたりは脇へ移動した。

「実を言うと」とファグベンルは言った。「ルーサーを訴えるのはそう簡単ではないんです」

「どういうことです？」

「彼はあなたがさきに撃ってきたと主張している」

「私が？」

「あなたか、あなたの奥さんか、おふたりのどちらかが」

「やつの体から発射残渣《ざんさ》が検出されたんじゃないんですか？」

「ええ。彼はふたつの主張をしています。その一、自分は試し撃ちをしていたのであって、あなた方を撃ったのでもなんでもない。その二、もしそれが信じられないなら、自分はあなた方がさきに撃ってきたから撃ち返しただけだ」

サイモンは鼻で笑った。「誰がそんな主張を信じるんです?」

「知ったら驚きますよ。いいですか、私にも細かいことはわかりませんが、ルーサー・リッツは正当防衛を主張している。となると、いくつかの難問にぶちあたることになります」

「たとえばどんな?」

「たとえば、あなたと奥さんはそもそもなぜあんなところにいたのか」

「娘を捜すためです」

「そうでした。おふたりとも不安に駆られて動揺していた。そうですね? おふたりは娘さんが入り浸っていた麻薬の取引き現場を訪ねた。誰も娘さんの居場所を教えようとはしなかった。そこで不安より動揺のほうが大きくなったのかもしれない。あなた方は必死だったのかもしれない。必死になったあまり、あなたもしくは奥さんが銃を抜いて――」

「本気でおっしゃってるとは思えない」

「――結果的に、彼が撃たれた。ルーサーが。そこで彼は撃ち返した」

サイモンは顔をしかめた。

「ルーサーはもう自宅に戻っています。重傷から回復しつつあり――」

「一方、私の妻は」――サイモンは顔に血がのぼるのを感じながら言った――「ここから数メートル先で昏睡状態に陥っている」

「それは重々承知しています。でも、わかるでしょう、誰かがルーサーを撃ったわけです」

ファグベンルが距離を詰めてきた。サイモンにもやっとわかった。話がどういう方向に進んでいるのか。

「誰が彼を撃ったかわからないかぎり、ルーサーの正当防衛の主張から当然疑問が生じます。たとえ名乗り出てくる目撃者がいるとしても、あなたの話が裏づけられることはないでしょう。彼らはルーサーの話を裏づけるでしょうから」ファグベンルは笑みを浮かべた。「あの麻薬密売所にあなたのお友達はいませんでしたよね、サイモン？」

「ええ」とサイモンは即答した。なんのためらいもなく。コーネリアスがルーサーを撃って自分たちを救ったことを認めるわけにはいかなかった。「いるわけがありません」

「そうですよね。つまり、ほかに容疑者はいないということです。よって、彼の弁護士はこう主張するでしょう。ルーサー・リッツを撃ったのはあなた自身だと。あの場から全員が逃げたあと、あなたには時間があった。あなたは銃を隠し、手袋をはめていたなら、その手袋も処分した。そんなようなことを言ってくるでしょう」

「刑事さん？」

「なんでしょう？」

「私を逮捕するんですか？」

「いいえ」

「だったら、別に急ぐことじゃないですよね？」

「今のところは。念のために言っておくと、私はルーサーの話を信じていません。それでも、ひとつ不思議に思うことがあります」

「それはなんです？」

「彼の病室に行って顔を確認したときのことを覚えてますか？」

「ええ」

「ルーサーというのは、まあ、言ってみれば、彼の私道は道路とするにはちょっぴり足りない。わかってもらえると思いますが。つまり、彼は現場で自分が銃を撃ったことを自分から認めるほど間の抜けた男です。覚えてます？」

「ええ」

「つまり、頭の回転が速いほうではない」

「わかります」

「それなのに、なぜやったのかと私が尋ねたとき、ルーサーが最初に言ったことを覚えてますか？」

サイモンは何も言わなかった。

「いいですか、サイモン。彼はあなたのほうに顎を突き出して、こう言ったんです。〝そいつに訊いたらどうなんだ?〟と」

サイモンは覚えていた。あのときルーサーを見て、一気にふくれ上がった怒りの感情も思い出した。イングリッドの命を終わらせようとした人間のくず。あれほど下劣な人間がそんな力を持ちうることに対して、言いようのない憎悪と憤りを覚えたのだった。

「やつは藁《わら》にもすがろうとしていたんですよ、刑事さん」

「ほう、そうですか?」

「ええ」

「ルーサーがそこまで機転の利くような人間だとは思えませんが。彼は何かを知っている。私たちにはまだ話していない何かを。私はそう思いますね」

サイモンはそれについて少し考えてから尋ねた。「たとえばどんなことです?」

「こっちが知りたいですよ」ファグベンルはそう言うと、いったん間を置いてから続けた。

「ルーサーを撃ったのは誰です、サイモン? 誰があなたたちを救ったんです?」

「さあ」

「あなたは嘘をついている」

サイモンは何も言わなかった。

「それこそ厄介なところです」とファグベンルは続けた。「ひとつの嘘を部屋に入れたら

――そこにどんな理由があろうと――さらにその何倍もの嘘が乗っかってくる。そして次には、その嘘がよってたかって真実を殺してしまう。だからもう一度だけ訊きます。ルーサーを撃ったのは誰です？」

　今やふたりは睨み合っていた。額が触れ合わんばかりの距離で。

「言ったでしょう」とサイモンは歯を食いしばりながら言った。「私は知りません。ほかに何か訊きたいことは？」

「特にはありません」

「それならもう妻のそばに行かせてください」

　ファグベンルはサイモンの肩を叩いた。親しみと脅しの両方を込めるように。「また連絡します」

　ファグベンルが廊下を去っていくのと同時に、サイモンのスマートフォンが鳴った。知らない番号からだった。留守番電話に応答させようか迷った――近頃は勧誘が多すぎる。個人の携帯電話にさえかかってくる――が、市外局番がランフォード大学のものと同じであることに気づき、脇に寄って電話に出た。

「もしもし？」

「ミスター・グリーン？」

「そうです」

「Eメールとお電話でメッセージをいただいたので、折り返しお電話しています。ランフォード大学教授のルイス・ヴァン・デ・ビークです」

サイモンはメッセージを残したことをほとんど忘れかけていた。「折り返し連絡いただだいてすみません」

「とんでもない」

「娘のペイジのことで伺いたいことがあるんです」

電話の向こうで沈黙が流れた。

「ペイジ・グリーン。覚えておられますか？」

「ええ」彼の声ははるか遠くから聞こえてくるようだった。「もちろん覚えています」

「あの子がどうなったかはご存じですか？」

「退学したのは知っています」

「先生、あの子は行方不明なんです」

「それは……なんと言ったらいいか」

「学校で何かあったんじゃないかと思うんです。すべての発端はランフォード大学で起きたことにあるんじゃないかと」

「ミスター・グリーン？」

「ええ」

「私の記憶が正しければ、あなたのご家族はマンハッタンに住んでおられる」

「そのとおりです」

「今もそちらですか？」

「市内にいます、ええ」

「実は今期はコロンビア大学で教えていまして」

サイモンの母校。

「よろしければ」とヴァン・デ・ビークは続けた。「直接会ってお話ししませんか」

「二十分あればそちらに行けます」

「もう少し時間をください。コロンビアのキャンパスはご存じですか？」

「ええ」

「中央の建物のまえの階段に大きな銅像があるんですが」

キャンパス中央の建物はロウ記念図書館と呼ばれている。階段にあるブロンズ像――なんとも奇妙なことに〝母校《アルマ・マータ》〟という名前がついている――はギリシャ神話の女神アテナを象《かたど》ったものだ。

「知ってます」

「一時間後にそこでお会いしましょう」

〈グリーン＆リーン　ヴィーガンカフェ〉に警察がやってきたのは、エレナの膝蹴りによってラウルと彼のマンバンが倒れた直後に誰かが通報したからだった。最初のうち、ラウルは負傷した睾丸を手でかばいながら、告訴すると言い張った。

「おれの大事なところを蹴りやがって！」とラウルは叫びつづけた。

警官たちは見るからに呆れていた。が、彼らにしても調書を取らなければならないことはわかっていた。エレナはラウルと彼の〝お団子〟を隅に引っぱって、明快に告げた。「あなたが告訴するなら、わたしも告訴する」

「おまえがおれを――」

「――あなたをやっつけた。ええ、それはわかってる」

ラウルはまだ股のあたりを手で守っていた。まるで傷ついた小鳥をかばうかのように。

「だとしても、さきに手を出したのはあなたよ」とエレナは言った。

「なんだって？　なんでそんなことになる？」

「ラウル、あなたはこういうことに不慣れかもしれないけど、わたしはちがう。防犯カメラにはあなたがさきに手を出してわたしに触れたところが映ってるはずよ」

「それはあんたがおれの友達を追いかけたからだろうが！」

「あなたはそれを止めようとして、わたしに手を出した。だからわたしは自分を守った。そういうすじがきになるはずよ。あるいはもっとひどいかも。だってほら、わたしを見て、ラウル」エレナは両手を広げてみせた。「ご覧のとおり、わたしは背が低くてぽっちゃりしている。あなたがいくら自らの女性的側面を受け入れていて、フェミニズム礼賛思想に理解があるとしても、これだけは言える。小柄で丸っこい中年女があなたのキンタマに膝蹴りを食らわせる映像は、まちがいなくバズるわ」

ラウルは眼を見開いた。そんなことは考えもしなかったのだろう。彼の〝お団子〟は考えていたかもしれないが。

「いちかばちか試してみる、ラウル？」

彼は胸のまえで腕を組んだ。

「ラウル？」

「もういい」と彼は世にも不機嫌な口調で言った。「告訴はしない」

「ええ、でも、もうその方向で考えはじめちゃったから、わたしのほうがするかも」

「なんだって？」

エレナは取引きをした。この一件を水に流すことと引き換えに、アリソン・メイフラワーの〝ほんとうの〟名前――アリー・メイソン――および現住所を聞き出した。アリソンはバクストンの郊外にある農家に住んでいた。エレナは車でそこへ向かった。家には誰もいなかった。外で待っていようかとも思ったが、引き返すことにした。家全体から長らく放置されているような気配が漂っていたのだ。

ハワード・ジョンソン・ホテルに戻ると、これ以上ないほど没個性的な部屋にいったん腰を落ち着け、次の一手を考えた。シカゴの事務所にいるルーが調べたところ、アリー・メイソンはあの農家にステファニー・マーズという女性と暮らしているとのことだった。

ステファニー・マーズというのは友人？　親戚？　パートナー？　それは重要なこと？

バクストンまで車で三十分の道のりを戻って、もう一度訪ねてみるべき？

アリソン・メイフラワーが今度はもっと協力的になってくれると考える理由はなかった。とはいえ、エレナの経験上、粘り強いアプローチなくして大金は稼げない。文字どおり。それに最初の話し合いがまったく不毛だったわけでもない。それなりに実は結んでいる。アリソン・メイフラワーが手がけた養子縁組の裏には明らかにいかがわしい事情がある。エレナは最初からそう睨んでいたが、アリソン本人との対話を経ていよいよ確信を深めた。さらに、少なくともアリソン・メイフラワーの考えでは、子供たちには助けが必要だったこともわかった。そして新たにひとつ、この途方もないパズルにどうはまるのかもわからない大きなピースが投げ込まれた――

養子縁組された子供は全員が男の子だった。

なぜ？　どうして女の子ではいけなかったのか？

エレナはメモ帳とペンを取り出し、養子たちの年齢を書いた。ダミアン・ゴースが最年長で、ヘンリー・ソープが最年少。ふたりは十歳近く離れている。十年。アリソン・メイフラワーはずいぶん長いあいだこの仕事に関わっていたことになる。

つまり、それほど深い関わりだったということだ。深いどころではなかったはずだ。

スマートフォンが鳴った。シカゴの事務所のルーからだ。彼自らエレナの端末にインストールした特別なアプリを使って電話をかけてきた。そのアプリ上なら通話が追跡されないとか、そういうことらしい。「ホワイトハウスの情報漏洩《ろうえい》者も使ってる」とルーは言っていた。

「だからやつらは捕まらないのさ」

ルーがそれを使うことはめったにない。

「今ひとりか?」彼はエレナが電話に出るなり訊いてきた。

「テレフォンセックスしたくてかけてきたんじゃないでしょ?」

「えっと、まあ、ちがうけど。余計なことは言ってないで、ノートパソコンを開いてくれ」

ルーの口調から興奮が伝わってきた。「わかった」

「Eメールでリンクを送った。クリックしてくれ」

エレナはブラウザを開き、Eメールのサインイン画面に入力を始めた。

「クリックしたか?」

「急《せ》かさないでくれる? 今パスワードを打ち込んでるの」

「マジか? パスワードを保存してないのか?」

「どうやって保存するの?」

「ああ、もういい。リンクを開いたら教えてくれ」

エレナはルーのEメールを開いてリンクをクリックした。〈アンセ＝ストーリー〉という名前のウェブサイトが表示された。

「ビンゴ」と彼女は言った。

「何がビンゴ？」

「念のために確認だけさせて」

エレナはスマートフォンのメッセージをチェックした。サイモン・グリーンから来たメッセージに書いてあったのだ。娘のペイジが使っていたクレジットカードの履歴に〈DNA・ユア・ストーリー〉からの請求はなかったが、別のサイトから七十九ドルの請求が来ていたと。

〈アンセ＝ストーリー〉から。

エレナはサイモンのメッセージの内容をルーに伝えた。「なるほど」とルーは言った。「ってことは、これからさきはおれが思ってた以上に重大な知らせになりそうだ」

エレナはそのホームページをざっと眼で追った。まちがいない――これはどこからどう見てもDNA家系図サイトのひとつだ。人々が感激して抱き合っているさまざまなパターンの写真に、いかにも気の利いたキャッチフレーズがついている。〝ほんとうの自分を知ろう〟〝世界にひとつだけの道――あなた固有の民族的起源がわかる〟といった具合に。ほかにも見込み客が――大喜びで抱き合っている写真の中の人々のように――〝新たな親戚を捜す〟ことを検討するためのリンクが貼られていた。

その下に見込み客が購入可能なパッケージ商品が表示されていた。基本のパッケージは価格が七十九ドルに設定され、DNA検査によって祖先の民族構成がわかるとともに、ほかの血縁者とつながる機会が得られると謳《うた》われていた。第二のパッケージは〝あなたの健康のためにも〟というものだった。基本のパッケージ内容はそのままに、さらに八十ドルをプラスして払えば、〝あなたの健康増進に役立つ詳細な診断書〟が付いてくるとのことだった。

高額なほうのパッケージの上にはチカチカする〝オススメ〟の文字が躍っていた。なんとなんと――エレナは思った――顧客がもっと金を注ぎ込むように企業が勧めている！

「ホームページを見てる？」とルーが訊いてきた。

「ええ」

「〝サインイン〟をクリックしてくれ」

「了解」

「入力欄がふたつ表示されるはずだ。ユーザー名とパスワード」

「表示されてる」

「オーケー。ここから法的な話をしなくちゃならない。おれが今セキュリティ万全なアプリで電話してるのは、ヘンリー・ソープのDNAアカウントにはいり込む方法を見つけたからだ」

「それはどうやって見つけたの？」

「ほんとうに知りたいか？」

「いいえ」

「彼の父親の許可を得ることはできるけど――」

「――父親に法的権利はない。そう言えば、その台詞を聞くのは今日二回目よ」

「つまり、おれたちがサインインするということが……まあ、完全に合法かどうかはわからない。厳密に言えばハッキングと見なされるかもしれない。それは警告しておきたい」

「ルー？」

「ああ」

「ユーザー名とパスワードを教えて」

ルーは教えた。エレナはそれを入力した。新たに表示されたページにはこう書かれていた。

〝ようこそ、ヘンリー。あなたの民族構成はこちら〟。

ヘンリーにはヨーロッパ人の血が九十八パーセント流れていた。その下に内訳がリストアップされていた。イギリス人の血が五十八パーセント、アイルランド人の血が二十パーセント、アシュケナージ系ユダヤ人の血が十四パーセント、スカンディナヴィア人の血が五パーセント、そしてそれ以外の血がごくわずか。

「ページの一番下を見てくれ」とルーが言った。

エレナは〝あなたの染色体〟と書かれたセクションを飛ばしてページの下までスクロールした。

「〝あなたの血縁者〟ってリンクがあるだろ？」

ある、とエレナは答えた。

「クリックしてくれ」

新しいページが表示された。一番上に〝血縁関係の強さによる分類〟とあり、続いてこう書かれていた。〝あなたの血縁者は八百九十八人です〟。

「八百九十八人？」とエレナは言った。

「ヘンリー・ソープはもっとでっかい感謝祭のテーブルを用意したほうがいい、だろ？　それが普通なんだよ。むしろ少ないほうかもしれない。ほとんどは本人固有のDNAのほんの一部を共有してる遠い血族だ。でも、一ページ目をクリックして見てくれ」

ルーの声には興奮が表われていた。

エレナはクリックした。ページはなかなか読み込まれなかった。

「見てる？」

「落ち着いて。こっちはハワード・ジョンソンのWi-Fiを使ってるんだから」

ページが表示され、エレナはついにそれを眼にした。やっと事件の全貌が見えてきた。そう感じた。これまで大量に持て余していた大きなパズルのピースが急にはまりはじめた。四人のユーザーが一覧表示されていた。ヘンリーの〝半血きょうだい〟――半分だけ血のつながったきょうだいとして。

「なんてこと」と彼女は言った。

「だろ?」

ひとり目はニュージャージー州メイプルウッドのダミアン・ゴースだった。フルネーム。一目瞭然。殺されたタトゥー店経営者はエレナの依頼人の片親ちがいの兄だったというわけだ。

その下に同じく〝半血きょうだい、男〟として表示されているユーザー名はイニシャルだけだった。

「北東部のAC」とエレナは読み上げた。推測するまでもなかった。「アーロン・コーヴァルね」

「おそらく」

「確証は得られる?」

「今調べてる。見てのとおり、このサイトは匿名では利用できない。選択肢はふたつ――フルネームか、イニシャルか。どっちにしても本名でないといけない。おれが見るかぎり、登録者の半数はフルネーム、半数はイニシャルってとこだ」

その次にこれまた〝半血きょうだい、男〟として表示されているユーザーは、フロリダ州タラハシーのNBとなっていた。

「NBが誰かを突き止める方法はある？」

「合法的な方法はない」

「合法的じゃない方法は？」

「なくはないけど。おれがヘンリー・ソープとしてメッセージを送って、向こうが名前を教えてくれるかどうかだ」

「それでお願い」とエレナは言った。

「それだと法的に――」

「足がつく？」

「おれを侮辱しないでくれ」

「じゃあ、やって」

「きみがルールを曲げるたびにぞくぞくするよ」

「すばらしい、最高。それから当局にも連絡しないと。今押さえてる情報だけで令状が取れるかどうかはわからないけど」

「おれたちが押さえてるのはここだけの情報だ。忘れたのか？」

「それはそうだけど、NBが誰か特定できたら、本人に警告しないわけにいかないでしょ？

次の犠牲者になるかもしれないんだから」

「もっといるかもしれない」

「もっといるって、何が?」

「兄弟姉妹が」

「どうしてそう思うの?」

「ヘンリー・ソープは少なくとも三つのDNAサイトに登録してるから」

「なんでそんなことをするの?」

「そういう連中は大勢いるよ。登録してるデータベースの数が多いほど、血縁者が見つかる可能性も高くなるから。要はこういうことだ。ヘンリーは〈アンセ=ストーリー〉だけで四人の半血きょうだいを見つけた。だから別のサイトでさらに何人か見つけてるかもしれない。わからないけど」

「この人たちはみんな片方の親が同じなのよね?」

「そのとおり。この場合は父方だ」

エレナはページの下まで眼をやって尋ねた。「この最後の人はどうなの? 四人目の半血きょうだいは?」

「どうって?」

「ボストン在住のケヴィン・ガーノ。この人のことは調べた?」

「ああ。実は──ドラムロール──聞いて驚くなよ。覚悟はいいか？」

「ルー」

「ガーノは死んでる」

エレナはその答を予期していた。それでも殴られたような衝撃を覚えた。「殺されたの？」

「自殺だ。地元の警察から話を聞いた。疑わしい点は何もない。ガーノは失業中で落ち込んでいたそうだ。自宅のガレージで自らの頭を撃ち抜いたらしい」

「だけど、警察は疑わしい点を見つけようとしなかっただけで」と彼女は言った。「彼はたぶん……」

そこでことばを切った。一気に心が重く沈んだ。

「エレナ？」

彼女は口には出さなかった。が、答はもはや明らかに思えた。自殺が一件、殺人が二件。そして失踪が一件。

ヘンリー・ソープはおそらくもう死んでいる。仮に殺人犯がヘンリーとほかの被害者とのつながりを隠そうとするなら──殺された被害者同士がDNAサイトでつながっている可能性を警察に嗅ぎつけられたくなかったら──被害者のひとりを失踪したように見せかけるというのは大いに考えられる。

なんてこと。

わたしは死んだ男を捜してるの？

「エレナ？」

「ええ、聞こえてる。ほかにも調べなきゃならないことがあるわ」

「というと？」

「ペイジ・グリーンも〈アンセ＝ストーリー〉に登録してるのよね」

「ああ。それで言うと、彼女は半血のきょうだいじゃない。今そこに出てるのが全員だから。四人とも男だ」

「もっと遠いつながりなのかも」

「サイト内に検索エンジンがある。調べてみたらいい」

エレナは〝ペイジ・グリーン〟と打ち込んでみた。何も出てこなかった。〝グリーン〟の苗字やイニシャルでも検索してみた。ルーが提案したほかの方法も試してみた。何も出てこなかった。そのほかの血縁者のリストに眼を通した。いとこがひとり――これも男――それからみいとこが数人。

ペイジはいなかった。PGも。

「ペイジ・グリーンは血縁者じゃない」とルーは言った。

「だったら、彼女はこの一件にどう関係してるの？」

29

サイモンの移動ルート検索アプリによると、コロンビア大学まで地下鉄一号線を利用した場合、所要時間の合計は十一分。タクシーまたは車を使うより断然早い。ワシントンハイツの深部へ急降下するエレヴェーターを待っていると、スマートフォンが鳴った。

非通知の番号からだった。

「もしもし？」

「二時間後に父親鑑定の結果が出ます」

遺伝子研究室のランディ・スプラットだった。

「すばらしい」とサイモンは言った。

「小児科棟の裏の中庭でお会いしましょう」

「わかった」

「ミスター・グリーン、〝代金引換払い〟ということばはご存じですか？」

いやはや――サイモンは驚いた――人はこれほどあっけなく小さな腐敗に手を染めるものなのか。「現金なら用意してある」

スプラットは電話を切った。サイモンは一歩さがってからイヴォンの携帯電話にかけた。その電話にイヴォンが不承不承出たのは容易にわかった。「もしもし」

「心配しなくていい」と彼は言った。「イングリッドの重大な秘密を訊くために電話したわけじゃないから。きみにひとつ頼みがある」

「どうしたの？」

「病院のそばの支店から九千九百ドルを現金で引き出す必要があるんだ」

金融機関で一度に取引きする金額は一万ドル未満でなければならない。それ以上になると、CTR——通貨取引報告書——を金融犯罪取締ネットワーク《FinCEN》に提出する必要が生じる。簡単に言うと、国税庁もしくは法執行機関の知るところとなる。サイモンとしてはそれは避けたかった。

「その手配をしてもらえないだろうか？」

「今やってる」とイヴォンは言った。「その現金は何に使うの？」

「きみとイングリッドだけが秘密を抱えているとはかぎらない」

大人げない台詞なのは自分でもわかっていた。が、要はそういうことだ。

電話を切るなり、エレヴェーターのドアが開いた。薄汚れた薄暗いかごの中に通勤者が一斉に乗り込んだ。定員オーヴァーを告げるブザーが鳴りだすまで。地下鉄のエレヴェーターで地球の中心に向かって降りていく瞬間、サイモンは思った——都市生活者が一瞬でも炭鉱労働者の気分を味わえるとしたら、それはこの瞬間だろうと。実際は似ても似つかない体験なのはわかっていたが。もちろん。

一号線の電車はすし詰めとはいかないまでも満員だった。サイモンは手すりにつかまって立っていることにした。以前はスマートフォンをチェックするなり新聞を読むなりして、大勢の他人と狭い空間に閉じ込められている閉塞感から逃れようとしたものだ。が、最近は一緒に乗り合わせた人々の顔を眺めるのが気に入っていた。地下鉄の車両はまさに世界の縮図だ。国籍も信条もジェンダーも宗派もさまざまな人々が共存している。人前でいちゃつき合う者もいれば言い合いをする者もいる。あちこちで音楽や話し声、笑い声や泣き声が聞こえる。ビジネススーツに身を固めた金持ち（しばしばサイモン自身）もいれば物乞いもいる。電車の中では誰もが平等だ。誰もが同じ料金を支払っている。誰もが座席に坐る権利を平等に持ち合わせている。

どういうわけか、サイモンにとってここ一、二年ほど地下鉄は寄りつきたくない空間ではなくなっていた。むしろ工事や遅延の問題さえなければ、ある種の避難所のようになっていた。

ブロードウェイ百十六丁目の正門からコロンビア大学のキャンパスにはいった。高校三年目に父親と一緒に見学に来たときもこの同じ門をくぐったのだった。父はサイモンが知るかぎりこの世で最も偉大な人物であり、国際電気労働者組合《IBEW》第百二支部に属する電気技師で、自分の子供が恐れ多くもアイヴィーリーグに進学できるなどとは夢にも思っていなかった。父がいればサイモンは安心できた。小さな頃からずっと。

それが問題だった。サイモンが卒業する二週間まえ、父はニュージャージー州ミルバーンでの仕事に車で向かう途中に心臓発作を起こして亡くなった。サイモン一家にはあまりに大きな打撃だった——それが終わりの始まりだった。いろいろな意味で。自分が子供を持つようになると、サイモンは父がどうやって子育てしていたのか思い出そうとした。師匠のやり方を真似ようとする弟子のように。そして、そのたびに自分は父のようにはなれないと感じた。

子供たちは私が父を愛したように私のことを愛してくれているだろうか？

同じように私のことを尊敬してくれているだろうか？

私がいれば安心だと思ってくれているだろうか？

それよりなにより——父ならこんな状況を許しただろうか？　自分の娘がヤク中になるのをうっかり見過ごしただろうか？　自分の妻が撃たれるのを手をこまねいて見ていただろうか？

サイモンはそんな考えにとらわれながら、かつて四年間を過ごしたキャンパスに足を踏み入れた。

学生たちが足早にそばを通り過ぎた。ほとんどが下を向いていた。そうした光景を眼にすれば定番の愚痴を垂れたくもなる。今時の若い者はみんな小さな画面を見つめるかイヤフォンで耳をふさぐかして外界をシャットアウトすることで、人の中にいながら自分だけの世界に浸ろうとしている、とかなんとか。とはいえ、自分たちも若い頃は上の世代の顰蹙《ひんしゅく》を買ったものだ。それと同じことではないか？

待ち合わせ場所の銅像が前方に見えた。ギリシャ神話の知恵の女神アテナが玉座に坐っていた。近くでよく見れば、彼女の左の足元の裾に小さなフクロウが隠れていることがわかる。サイモンはそのことを知っている。そのフクロウを最初に見つけた入学生が卒業生総代になる。そんな学園伝説がある。アテナ像は左の腕を高く掲げ、手のひらを天に向けている。一説には来訪者を歓迎しているそうだが、サイモンはそのポーズを見て亡き祖母を思い出すことのほうが多かった。祖母が肩をすくめて〝だって、どうしようもないでしょ？〟と言うときのジェスチャーだ。

またスマートフォンが鳴った。発信者表示はエレナ・ラミレスとなっていた。

「進展はあった？」と彼は尋ねた。

「ええ、それはもう」

エレナはメイン州でわかったことについてはごく手短にすませ、養子縁組の件で明らかに怪しい点があるとしか言わなかった。そのかわり、お抱えのハッカーの協力を得て遺伝子検査サイトを調べてわかったことを詳しく説明してくれた。サイモンはロウ記念図書館の階段をのぼると、ひんやりした大理石の上に半ばくずおれるように腰をおろし、エレナの話に耳を傾けた──養子縁組、遺伝子検査サイトで見つかった半分だけ血のつながった兄弟たち、彼らの突然の死。

「誰かが彼らを皆殺しにしようとしている」とサイモンは言った。

「ええ、どうやらそのようね」

同じサイトでDNA検査を受けていたペイジが血縁者ではないと聞かされたとき、サイモンは自分でもどう感じたものかわからなかった。安堵《あんど》を覚えるべきなのかもしれないが──自分が父親にまちがいないということではないのか？──そこでふとある考えが頭をよぎった。

「まだわからない」と彼は言った。

「何がまだわからないの？」

「ペイジが半血のきょうだいじゃないとは言いきれない」

「どうして？」

「ペイジは本名を使わなかったのかもしれない。この手のサイトでは他人のDNAを検査に出したり、偽名で登録したりするケースも少なくないと書いてあった。だからひょっとしたら、そのもうひとりのきょうだいはあの子なのかもしれない。イニシャルだけの」

「NB？」

「そうだ」

「いいえ、サイモン。それはありえないわ」

「どうしてわかる？」

「NBは男性として表示されてるから。たとえペイジが偽名を使って自分のDNAを検査に出したとしても、検体が男性のものか女性のものかは検査した時点でわかってしまう。NBの検体は男性のものだった。だからペイジではありえない」

「じゃあ、あの子は別の偽名を使ったのかもしれない」

「かもしれない。だけど、ヘンリー・ソープのページはこっちで全部把握してるのよ。血縁者の全員のリストが載ってるけど、みいとこより近い女性の血縁者はひとりもいなかった」

「そうなると、やっぱりわからない。ペイジはこの件にどう関係してるんだ？」

「アーロンを通じて関係してるんだろうけど、そこはわたしにもわからない。もしかしたら別の線で考えるべきなのかも」

「たとえば？」

「ペイジは自分のじゃなくて、別の誰かのDNAを検査に出したのかもしれない」

「それは私も考えた。でも、なぜそんなことをする？」

「さあ。それは彼女の行動をたどってみないとわからないけど、もしかしたらペイジは何かを見つけたのかも。犯罪行為か、あるいは何かおかしいと思うようなことを。その何かをたどってアーロンに行き着いたのかもしれない」

サイモンはそれについて考えてみた。「そのまえに今の段階で確実にわかっていることを確認させてくれないか?」

「ええ、どうぞ」

「まず、その四人の男は全員が同じ父親から生まれた」

「そのとおり」

「四人ともおそらくメイン州の小さな斡旋所で養子縁組された」

「そのとおり」

「そこで何かしらの隠蔽《いんぺい》がおこなわれた。父親の名前は養子縁組報告書に記載されていない」

「現時点でわかってるかぎりでは、ええ」とエレナは言った。

サイモンはスマートフォンを右手から左手に持ち替えて言った。「不妊治療医が自分の精子を使って患者を妊娠させていた事件があったね? 確かインディアナ州だったと思うけど、ある女性がDNAサイト上で、存在すら知らなかった八人のきょうだいを見つけて——今のきみの話と似たような状況だ——その八人のきょうだいが全員で集まって、ある不妊治療医が精子バンクか何かから手に入れたと偽って自分の精子を使っていたことを突き止めた。そういう事件がいくつかあった」

「ええ、覚えてる」とエレナは言った。「その手の事件は山ほどあるわ。ユタ州やカナダでも大規模なケースがあった」

「今回の件とは関係ない？」

「そう、それらは今回の件にはあてはまらない。だって、不妊治療を受けていた女性たちは子供を手放して養子に出したわけじゃないもの。それどころか、なんとしても子供が欲しかったわけだから」

　エレナの言うことはもっともだった。

「まだ何か見落としていることがあるはずだ」と彼は言った。

「わたしもそう思う。だからもう一度アリソン・メイフラワーを訪ねてみる。彼女が養子縁組を手がけた張本人だから。刑務所行きをちらつかせてでも話を聞き出すつもり。ついでにどうにかしてＦＢＩにも興味を持ってもらいたいけど、それは裏の人脈を使ってやるしかなさそうね」

「なぜ？」

「今あなたに話した情報はいっさい他言無用だから。すべて違法な手段で集めた証拠だと主張されかねないから——毒樹《どくじゅ》の果実（違法収集証拠から派生して得られた二次的な証拠）だとかなんとか。今からＦＢＩを頼ったところで、すぐには動いてくれないだろうし。担当が決まるだけで何日も、下手をしたら何週間もかかるかもしれない。わたしたちにそんな時間は……」一瞬の間《ま》があった。「サイモン、待ってて。別の電話がかかってきた」

サイモンはキャンパスに視線を漂わせ、見学に来た父親が何に感動していたか思い出した。メインキャンパス——サイモンが今坐っている階段、正門から歩いてきたカレッジ・ウォークと呼ばれる並木道、その南に広がる芝生——はロウ記念図書館とバトラー図書館のあいだにはさまれていた。

「図書館がふたつだぞ、サイモン」と父は首を振って言った。感きわまったかのように。

「これ以上の学びの象徴があるか？」

そんなことをこんなときに思い出すのもおかしな話だが、そうでもしなければもっと切実で不快な考えに呑み込まれていただろう——たとえ今追っている異母きょうだいの養子縁組だのの真相を突き止めたところで、それが果たしてペイジを見つける役に立つのだろうかと。

エレナが電話口に戻ってきた。「サイモン？」

ひとりの男が足早に彼のまえの階段を横切った。まちがいない、〝アルマ・マータ〟のアテナ像に向かっている。サイモンがオンラインのプロフィール写真で見た顔——ルイス・ヴァン・デ・ビーク教授だ。サイモンはスマートフォンを耳にあてたまま立ち上がり、教授を眼で追いながらエレナに尋ねた。

「何かあったのか？」

「いったん切るわね。アリソン・メイフラワーがわたしに会いたがってる」

30

アッシュは家の裏に車を停めた。車は道路からは見えなかったが、誰かがこの長い私道に乗り込んでくるといけないので、ディーディーが念のため見張りに立った。アッシュは後部座席を確認した。バッグはすべてそこに積んであった。彼はバッグのファスナーを開け、次々と武器を取り出して座席に並べた。

全部きちんとそろっている。

必要な武器を選んで残りをバッグに戻し、指笛を吹いた。ディーディーが戻ってくると、彼女にFN5－7を渡して言った。

「考える時間は充分あっただろ？」

「何について？」

「マザー・アディオナのメモについて。まず、あの女は何者なんだ？」

「あの人は寝所のお世話係よ。女性としては最高位ってこと」

「カルトに忠実だと思うか？」

「カルトって言わないで」とディーディーは言った。「答はイエス。マザーの位にいる女性は彼女ともうひとり、マザー・アビオナだけ。ふたりとも純然たる真理の体現者だったから、真理がふたりを選んで来訪者と奉仕者を産んだの」

「じゃあ、ヴァーテージの息子たちは」とアッシュは言った。「腹ちがいの兄弟ってことか？」

「そう」

「で、どっちがマザー・アディオナの息子なんだ？」

「奉仕者よ」

「つまり、マザー・アディオナが〝奉仕者〟の母親で、マザー・アビオナが〝来訪者〟の母親ってわけか」

「そういうこと」ふたりは家の裏に向かいはじめた。「どうして気にするの、アッシュ？」

「別に気にしちゃいない。ただ、内部の人間に足を引っぱられたくないだけだ。わかるだろ？」

「あたしはそんなふうには思ってないけど」

「マザー・アディオナは部下におれを拷問させて、おれたちの行動を訊き出そうとした。それからおれにこっそりメモを渡して、やるなと言ってきた。それでも心配要らないっていうのか？」

「それはもちろん心配よ」

アッシュは周囲を見渡してから言った。「ディーディー？」

「何？」

「おまえがまだ何かを隠してると思うのはなんでだろうな？」

ディーディーはにっこり笑って彼に向き直った。アッシュは胸の鼓動が速くなるのを感じた。「ねえ、あんたも感じたでしょ？　彼のそばにいたとき」

「ヴァーテージはカリスマだ。それは認めるよ」

「〈真理の聖域〉は？」

「静かで落ち着いた場所だ」

「それ以上よ。心が安らぐの」

「だから？」

「まえのあたしがどんなふうだったか覚えてる？」

もちろん覚えていた。目もあてられなかった。が、それは彼女自身のせいではない。あまりに多くの養父や教師や指導相談員や宗教的助言者が――とりわけ最も聖人ぶったやつらが――彼女のまえでその汚れた手や考えを抑えられなかったせいだ。

「覚えてるよ」と彼は言った。

「あたし、まえよりよくなったでしょ、アッシュ？」

「ああ」陽射しがまぶしかったが、アッシュは彼女を見ていたかった。額に手をかざし、敬礼のような恰好で続けた。「だけど、それはどっちかじゃなきゃならないってことじゃない」

「あたしにとってはそういうことなの」

「ふたりで逃げよう」自分でも聞いたことのない口調になっていた。必死に懇願するような口調に。「どこかいい場所を見つけるよ。おまえの聖域みたいに落ち着ける場所を。静かで心が安らぐ場所を」

「それもできなくはないけど」と彼女は言った。「長くは続かないわ」

アッシュはさらに口を開きかけた。が、ディーディーが人差し指で彼の唇をふさいで言った。「現実の世界には誘惑が多すぎるのよ。今こうしてあんたと一緒にいたって、集中して自制してなきゃならない。でないと、またハマっちゃうもの。また堕落する。だからそれ以上のものが必要なの」

「それ以上のもの？」

「そう」

「その真理だなんだを盲目的に信じることでそれ以上のものが得られるのか？」

「あら、あたしは別に信じてはいないわ」

「なんだって？」

「信仰を持つ人のほとんどは教義を信じてるわけじゃない。自分が欲しいものを受け取って、要らないものは捨ててるだけ。みんな自分の好きな物語を紡ぐの――やさしい神、復讐《ふくしゅう》に燃える神、活発な神、おおらかな神、なんだっていいのよ。とにかく自分が何かを得られればいいわけ。たとえば自分は永遠の命を手に入れ、憎い相手は永遠に地獄で焼かれつづけるとか。もっと具体的なものでもいいし――お金、仕事、友人、なんであれ。そこは自分に都合よく話を変えるだけよ」

「驚いたな」とアッシュは言った。

「ほんとに?」

彼は椀《わん》のように丸めた両手を家の裏の窓にあてて、キッチンをのぞき込んだ。からっぽだった。明かりもついていない。それだけでなく、キッチンテーブルは白い長い布で覆われていた。家を長期間留守にするときの埃《ほこり》よけのようだった。

ディーディーは続けた。「〝真理〟がアリゾナへ行って、砂漠に隠されたシンボルを見つけたとき――あたしたちの〝唯一絶対の真理〟への信仰はそのシンボルに基づいてるわけだけど――そこにはどんな未来が預言されてたか知ってる?」

アッシュは窓から向き直って言った。

「今の〝真理〟の化身が滅んで次のレヴェルに高められるとき、新たにあとを継ぐのは男たちではない。〝真理〟は全人類を代表するふたりの人間によって統合され強化される。ひとりの男と、彼と結びつくひとりの女によって。ある特別な女によって」

ディーディーは満面の笑みを浮かべた。

アッシュは彼女を見て言った。「それっておまえのこと？」

ディーディーは〝正解〟と言うように両手を広げた。

「マジでそんなことが預言されてるのか？　男がひとりと、今度は女がひとり？」

「そんなわけないに決まってるでしょ、アッシュ」

彼は理解できないとばかりに顔をしかめた。

「これは最近の」――ディーディーは両手の人差し指と中指を曲げて引用符をつくった――「〝解釈〟だから」

「だったら、おまえはちゃんとわかってるわけだ」

「何が？」

「すべてはくだらないたわごとだって」

「そうじゃないのよ、アッシュ。あんたはわかってない。ほかのみんなと同じように、あたしも自分に必要なものを手に入れてるの。栄養を与えてもらってるの。文字どおりに受け止めないからって、信仰の力が弱まるわけじゃない。むしろ強くなって、すべてが思いのままになるのよ」

「別のことばで言えば」とアッシュは言った。「おまえは自分が支配者になる方法を見つけたってわけだ」

「あんたにはそう見えるかもしれない。でも、それは見る者の自由よ」ディーディーはそう言うと、時計を見て言った。「そろそろ行かなきゃ」

彼女は丘をのぼりはじめた。アッシュもあとに続いた。

「おれたちが今やってる仕事のおかげで」と彼は言った。「〝真理〟はおまえに都合のいいようにその新解釈とやらを編み出した。そういうことなんだろ？」

ディーディーは歩きつづけながら言った。「人知を超えた働きをするのは神だけとはかぎらない」

サイモンは言った。「ヴァン・デ・ビーク先生？」

「ルイスと呼んでください」

ヴァン・デ・ビークは教員名簿のプロフィール写真そのままだった――若々しくハンサムな顔、蠟《ろう》のように白い肌、引きしまった体つき。これまたネットの写真と同じく、黒いタイトなTシャツを着ていた。落ち着きなく視線を泳がせながらサイモンと握手を交わしたが、それでも笑顔は忘れなかった。この笑顔――サイモンは意地悪く考えずにいられなかった――これで女子学生を骨抜きにするのだろう。わが娘もそのひとりだったのかもしれない。それともそんなふうに思うこと自体性差別になるのか。

「お嬢さんのことはほんとうに残念です」とヴァン・デ・ビークは言った。

「というと?」

「はい?」

「残念というのは、何に対して?」

「行方不明だと電話でおっしゃいましたよね?」

「残念なのはそれだけか、ルイス?」

ヴァン・デ・ビークがたじろぐのを見て、サイモンは攻撃的すぎる自分を呪った。

「すみません」とサイモンは自分を抑えて礼儀正しく言い直した。「実はその……妻が撃たれたんです。ペイジの母親が」

「なんですって? それはひどい。奥さまは……?」

「昏睡状態です」

ヴァン・デ・ビークの顔が蒼白になった。

「ハーイ、ルイス!」

ふたりの学生──どちらも男だ。念のため──がロウ記念図書館の階段をのぼる途中で彼に気づき、ひとりが挨拶した。ふたりとも立ち止まってヴァン・デ・ビークの反応を待ったが、ヴァン・デ・ビークは挨拶されたことにも気づかなかった。

もうひとりの学生が呼びかけた。「ルイス?」

サイモンは学生たちが教授をファーストネームで呼ぶのが嫌いだった。

ヴァン・デ・ビークは何に心を奪われていたにしろ、はっとわれに返って挨拶を返した。

「ああ、ジェレミー、ダリル」

彼はふたりに笑いかけた。が、その背後でまばゆい光を放っていた電球はもはや消えかけていた。学生たちは決まり悪そうに立ち去った。

「何か話したいことがあったんでしょう？」とサイモンは促した。

「ええ？　いえ、そちらがメッセージを送ってこられたので」

「そう、それで折り返しの電話をいただいたとき、あなたは明らかに何か話したがっている様子だった」

ヴァン・デ・ビークは下唇を噛みはじめた。

サイモンはさらに言った。「あなたはペイジのお気に入りの先生だった。あの子はあなたを信頼していた」

所詮、ペイジの友人から聞いた話にすぎない。が、おそらくは正確な情報であり、少なくとも言われて悪い気はしないはずだった。

「ペイジはすばらしい学生でした」とヴァン・デ・ビークは言った。「教員なら誰でも教員になることを夢見たときに、こんな学生に教えたいと思い描くような学生でした」

それは過去に何度となく言ってきた台詞のようだったが、同時にまた心からのことばにも聞こえた。

「いったい何があったんです?」とサイモンは尋ねた。

「わかりません」

「私は利発で探求心のある若い娘をあなた方のもとへ送り出した。あの子が長年生まれ育った家庭を離れてひとりでやっていくのは初めてのことだった」そう言いながら、サイモンは何かが胸に込み上げるのを感じた。それはなんとも名状しがたい感情だった。怒りと悲しみと悔恨と父性愛の入り混じった感情だった。「あなた方があの子を見守ってくれると信じていたのに」

「われわれは努力しています、ミスター・グリーン」

「その努力は無駄だったわけだ」

「それはわかりませんが、もしそういった責任を問う目的でいらしたなら――」

「そんなことのためじゃない。私がここに来たのはあの子を見つけるためです。お願いします」

「お嬢さんの居場所は私にはわかりません」

「あなたが覚えていることを話してほしい」

サイモンはそう言うと、階段の下を行き交う人々を見下ろした。

「歩きましょう」とヴァン・デ・ビークは言った。「ずっとこうやって階段に突っ立っているのも変ですから」

そう言って、階段を降りはじめた。サイモンは彼と並んで歩いた。

「さきほども言ったように、ペイジは優秀な学生でした」と彼は切りだした。「とにかく勉強熱心だった。もちろん、それだけの熱意を持って入学してくる学生はたくさんいます。彼らは意気込みすぎと言ってもいい。あらゆる機会を逃すまいとして、朝から晩までフル回転で動きまわるようになるんです。ご自分の大学時代がどんなふうだったか覚えていますか？」

サイモンはうなずいた。「ええ」

「どちらの大学へ行かれたのか、お訊きしても？」

「ここです」

「コロンビア？」ふたりはカレッジ・ウォークを横切ってバトラー図書館のほうに向かった。「自分が将来何になりたいか、入学当初からわかっていましたか？」

「いえ、まったく。最初は工学からはいりましたから」

「大学で世界が開けるとはよく言われます。ある意味ではもちろんそうですが、ほとんどの場合は逆です。入学するときは誰もが思います——卒業したら思いのままに生きられるのだと。選択肢は無限にあるのだと。しかし実際には、ここにいるあいだに毎日少しずつ選択肢が失われていきます。そうして卒業する頃には、誰もが現実の厳しさを思い知るわけです」

「それがペイジとなんの関係があるんです？」とサイモンは尋ねた。

ヴァン・デ・ビークは遠くを見つめ、口元に笑みを浮かべた。「彼女はそのことにきわめて早い段階で気づいた。ただし、最良の形で。自分が心からやりたいことを見つけたんです。遺伝学です。お母さんのような医師になりたい。たった数週間でそう心を決めたんです。それからオフィスアワーには私のところに足繁《しげ》く来るようになりました。私の教育助手《TA》になるにはどういう道すじをたどればいいのか知るために。私の眼から見ても実に順調なすべり出しでした。そのあとです、異変が起きたのは」

「異変？」

ヴァン・デ・ビークは歩きつづけた。「ミスター・グリーン、大学には規則があります。それはご理解いただく必要があります。学生の親御さんにどこまで話していいかという問題ですが、仮に学生が秘密を守ってほしいと言った場合、われわれはそれを守らなくてはなりません――可能なかぎり。教育改正法第九編《タイトル・ナイン》（教育機関における性差別・性犯罪を禁止する連邦法）に関する学内規則はご存じですか？」

サイモンは凍りついた。ランフォード大学を訪ねたとき、アイリーン・ヴォーンが言っていたことを思い出したのだ。ペイジとアイリーンの共通の友人であるジュディ・ジスキンドが、学生同士のパーティの夜にペイジが性的暴行を受けたのではないかと疑っていたことについて。それについてはあえて考えないようにしていた。考えるだけでも耐えられないからというのがひとつだが、もうひとつそれ以上の理由があった。ジュディに問い詰められたペイジが自らその可能性を否定したからだ。それがサイモンの中では事実として残っていた。

ジュディはペイジに答を迫ったが、アイリーンによると、ペイジはその可能性を否定しただけでなく、問題は別にあると言ってその話を終わらせた。

〝ペイジは、家庭の問題だと言っていました……〟。

ふたりは道を右にそれて、ガラスに囲まれたラーナー・ホールと呼ばれる建物の入口に来た。一階にカフェがある。ヴァン・デ・ビークはドアに手を伸ばそうとした。が、サイモンは彼の肘をつかんで尋ねた。

「私の娘は性的暴行を受けたんですか？」

「そうだと思います」

「そうだと思う？」

「ペイジは誰にも聞かれたくない話だと言って私のところへ来ました。取り乱した様子で。学校内のパーティで起こったことだと言っていました」

サイモンは思わず拳を握りしめて尋ねた。「あの子はそれをあなたに打ち明けたんですか？」

「ええ、打ち明けようとはしました」

「どういう意味です、〝打ち明けようとはした〟というのは？」

「まず最初に――彼女から詳しい話を聞くまえに――私のほうから説明したんです。そういった話を聞く以上、私としてもタイトル・ナインに基づくガイドラインに従う必要があると」

「どんなガイドライン？」

「報告の義務です」とヴァン・デ・ビークは言った。

「つまり？」

「仮に私が学生から話を聞いて性的暴行事件の事実を知った場合、その学生が何を望もうと、私はそれをタイトル・ナインのコーディネーターに報告しなければならないということです」

「被害者が報告を望まなくても？」

「ええ、望まなくても。率直に言って、私はこの規則が苦手です。理解はしています。理屈はわかるんですが、そのせいで教師に打ち明けにくくなる学生もいると思うんです。教師が否応《いやおう》なしに報告しなければならないと知っているために。そうなると、彼らは口をつぐみます。そして、この場合がまさにそうだったわけです」

「ペイジはあなたに話そうとしなかった？」

「すぐに部屋を飛び出しました。私も追いかけようとしたんですが、結局、逃げられてしまって。そのあと彼女に電話しました。メッセージを送りました。Eメールを送りました。一度は寮の部屋にも立ち寄ったんです。でも、どうしても口を利いてはもらえなかった」

サイモンは握りしめた拳にさらに力がはいるのを感じた。「それで、あなたはあの子の両親に話そうとは思わなかったんですか？」

「それはもちろん考えました。でも、やはりそういうことに関しては規則がありますから。それについてはタイトル・ナインのコーディネーターにも確認しました」

「彼女はなんと？」

「彼、でしたが」

サイモンは思った――嘘だろ？「彼は、なんと？」

「ペイジと話したと言っていました。彼女は否定したそうです。事件など何もなかったと」

「それでもあなたはあの子の両親に連絡しようとは思わなかった？」

「そのとおりです、ミスター・グリーン」

「つまり、あの子は――レイプされたと思われる私の娘は――誰にも言えずに苦しむしかなかったと」

「ガイドラインが定められていますから。それは守らなければなりません」

ガイドラインなどクソ食らえだ。サイモンはそう思った。このすべてが終わったら、できるかぎりのことをして娘の仇《かたき》を討つつもりだった。が、今は眼のまえのことに集中しなければならない。したくはなかったが。いっそこの場でくずおれて娘のために泣きたかった。

「ペイジの転落が始まったのはそこからということですか？」

ヴァン・デ・ビークは少し考えてから答えた。その答はサイモンを驚かせた。「いえ、そのときではありませんでした。おかしな話に聞こえますよね。でも、次に彼女を見たとき――」

「それはいつ?」

「数日後です。ペイジが授業に出てきたんです。あのときより元気になったようでした。教壇から彼女を見て、ちょっとびっくりしたのを覚えています。来るとは思わなかったので。彼女は私に向かってうなずいてみせました。〝大丈夫、心配しないで〟とでも言うように。それから何日かして、またオフィスアワーに訪ねてくるようになりました。彼女がまた来てくれて、どれだけ嬉しかったか。私は例の一件を持ち出そうとしたんですが、ペイジは大したことじゃないと言いました。ちょっと過剰に反応してしまっただけだと。だからと言って、そのことばを鵜呑《うの》みにしたわけではありません。彼女がその件に触れたがらなかったので、ひとりで抱え込まないほうがいい、誰かに相談すべきだと強く勧めました。この手の事件でなにより酷なのは、被害を受けた女子学生が依然として暴行の容疑者と同じキャンパスにいるということです」

「レイプ犯だ」

「え?」

「〝暴行の容疑者〟なんて呼ぶべきじゃない。そいつはレイプ犯だ」

「彼がなんなのかは私にはわかりません」

「だとしても、あなたはそいつが誰かを知っている。そうですね？」

ヴァン・デ・ビークはただ立ち尽くした。

「知ってるんでしょう？」

「ペイジは教えてくれませんでした」

「それでも、あなたはその男子学生の名前を知っている」

ヴァン・デ・ビークは虚空を見つめた。「思いあたることはあります。少なくとも今は」

「〝少なくとも今は〟？　どういう意味です？」

ヴァン・デ・ビークは豊かな髪を手で掻き上げ、長いため息をついて言った。「ここから話がおかしなことになるんです、ミスター・グリーン」

今までの話はまともだったとでも？　サイモンはそう言ってやりたかった。

「順番はわかりません」とヴァン・デ・ビークは続けた。「どちらがさきだったのか――ペイジが道を踏みはずしたのがさきか、それとも……」彼はそこで言いよどんだ。

「それとも？」

「実はもうひとつ」――彼はまた言いよどみ、ふさわしいことばを探すかのように宙を見上げた――「別の事件があったんです。校内で」

「事件」

「ええ」

「ほかにもレイプがあった?」

ヴァン・デ・ビークは顔をしかめた。「ペイジは〝レイプ〟ということばは使いませんでした。一度も。それだけは言っておきます」

今はことばの定義を議論している場合ではない。それはサイモンにもわかっていた。「別の暴行事件があったんですか?」

「そうです」

「で、同じ男子学生が加害者だった?」

ヴァン・デ・ビークは首を振った。「逆です」

「逆?」

「ペイジを暴行したのではないかと私が思っているその学生が」と彼は言った。今度はもっと慎重にことばを運びながら。「そのときは被害者だったのです」

そう言って、サイモンと眼を合わせた。サイモンはまばたきをしなかった。

「彼の名前はダグ・マルツァー。ピッツバーグ出身、経済専攻の二年生でした。キャンパスでおこなわれた学生同士のパーティのあと、野球バットでさんざん殴られて、脚を折られたんです。その上、バットの細いほうの端が、その……」ヴァン・デ・ビークは口ごもりはじめた。「結局、暴行のその部分は公にはなりませんでした。家族が内密にしたがったんです。それでも噂は校内に広まりました。本人は今もピッツバーグで療養中です」

サイモンは冷たいものが背すじを駆け上がるのを感じた。「で、あなたはペイジがその事件に関係していたと思っている？」

ヴァン・デ・ビークは何か言おうとしてやめ、それからまた口を開いた。ことばに細心の注意を払おうとしているのがサイモンにもわかった。「断言はできません」

「それでも？」

「その翌日の授業で、ペイジはずっと笑顔だったんです。ほかのみんながその事件のことで動揺しているのに、ペイジはずっと私のほうを見ながら、妙な笑みを浮かべてたんです。そのとき初めて彼女の眼がとろんとしていることに気づきました。クスリでもやってるみたいに。まるでハイになってるみたいに」

「それが証拠だというわけですか？　あの子がハイになって笑っていたのが？」とサイモンは尋ねた。「あの子は苦痛を感じたくなくてハイになっていたのかもしれない」

ヴァン・デ・ビークは何も言わなかった。

「どんなクスリをやってたとしても関係ない」サイモンは胸が悪くなるような暴行の場面を想像しながら言った。「ペイジがそんな恐ろしいことをするわけがない」

「私もそう思います」また別の学生が通り過ぎざまに〝ハーイ、ルイス！〟と声をかけ、ヴァン・デ・ビークは虚《うつ》ろな表情でうなずいてみせた。それからサイモンに向かって続けた。

「彼女はあんなことはしない。少なくとも自分ひとりでは」

サイモンは凍りついた。

「実はその日の授業が終わったあと、教室の外でペイジを待っている男がいたんです。学生じゃなかった。彼女と同年代でもなかった。ひとまわり年上の男でした」

アーロンだ——サイモンは思った——まちがいない、アーロンがやったのだ。

31

「今あなたに話した情報はいっさい他言無用だから」エレナは電話でサイモンに説明した。「すべて違法な手段で集めた証拠だと主張されかねないから——毒樹の果実だとかなんとか。今からFBIを頼ったところで、すぐには動いてくれないだろうし。担当が決まるだけで何日も、下手をしたら何週間もかかるかもしれない。わたしたちにそんな時間は……」

そのとき割り込み音が聞こえ、別の着信がはいったのだった。発信者番号は非通知になっていた。普通なら迷惑電話を疑うところだが、ルーがそうならないようにスマートフォンを設定してくれている。だから、エレナにかかってくる電話はたいてい仕事関連だ。

そして、最後に彼女が名刺を渡した相手はアリソン・メイフラワーだ。

「サイモン、待ってて。別の電話がかかってきた」

エレナは通話を切り替えた。「もしもし？」

「あの、すみません」囁くような女の声。アリソン・メイフラワーではない。若い女だ——二十代か、三十代か。「ミス・ラミレス？」

「そうですが。どちらさまですか？」

「いえ、わたしの名前はどうでもいいんです」

「もっと大きい声で話してもらえます？」

「ごめんなさい、ちょっと緊張しちゃって。わたし、その……友達に頼まれて電話してるんです。あなたが今日、カフェで会った女性に頼まれて」

「続けて」

「彼女はあなたに会わなきゃいけないと思ってます——ほんとに会わなきゃと思ってます——でも、怖がってるんです」

エレナはアリソン・メイフラワーが別の女性と暮らしていることを思い出した。ステファニー・マーズという女性と。今電話の向こうにいるのはそのステファニーかもしれない。

「よくわかるわ」とエレナはこのうえなくおだやかな口調で言った。「彼女が安心できる場所で会うのがいいかもしれない」

「ええ。アリソンはぜひそうしてほしいと言ってます」

「一瞬だけ待ってくれる？」

「わかりました」

エレナはすぐに通話を切り替えた。「サイモン？」

「何かあったのか？」

「いったん切るわね。アリソン・メイフラワーがわたしに会いたがってる」

エレナはまた通話を切り替えて言った。「あなたたちが住んでる場所は知ってるから、今から車で――」

「駄目！」若い声の女は取り乱したように叫んだ。「あとを尾《つ》けられたらどうするんですか⁉」

エレナは相手をなだめようと手のひらを突き出した。声だけの相手にそうしたところで、もちろんなんの意味もなかったが。「わかったから落ち着いて」

「あなたは監視されてる。わたしたちも監視されてます」

女の言うことはいかにも被害妄想じみていた。とはいえ無理もない。この件で少なくとも三人が死んでいるのだ。

「大丈夫よ」とエレナは言った。さりげない平静な口調を保ちながら。「計画を立てましょう。あなたたちがふたりとも安心できるように」

電話の女を落ち着かせる計画が固まるまで十分ほどかかった。概要はこうだ。エレナが〈ウーバー〉に乗って、インターステイト九五号線のそばのレストランチェーン〈クラッカー・バレル・オールド・カントリー・ストア〉まで行って、店のまえに立って待っている。そこへステファニーが——彼女はようやく自分の名前を名乗った——車を乗り入れ、ヘッドライトを二回点滅させて合図する。

「車種は？」とエレナは尋ねた。

「今は言わないでおきます。念のために」

そうして迎えにきたステファニーがエレナを車に乗せ、アリソンが待っている〝秘密の場所〟に向かう。そう、ステファニーは実際に〝秘密の場所〟ということばを使った。

「ひとりで来てください」と彼女は言った。

「ええ、それは大丈夫。約束するわ」

「誰かがあとをついてくるようだったら、この話はなかったことにします」

ふたりはステファニーが〈クラッカー・バレル〉で〝待機を開始〟した合図にエレナのスマートフォンに〝ワン切り〟することで合意した。通話を終えると、エレナはベッドに坐ってステファニー・マーズをグーグル検索した。情報と言えるほどのものは何も出てこなかった。エレナはもう一着の青いブレザーに着替えた。ホルスターと銃を隠すだけの余裕のあるものに。サイモンに電話をかけ直そうかとも思ったが、かわりにメッセージを送って、アリソン・メイフラワーとじきに会えそうだと伝えた。スマートフォンは充電中だった。これからモーテルを出て人と会うことはルーに知らせておいた。エレナのスマートフォンにはルーの手で高性能の追跡機能が仕込んであった。シカゴの事務所が二十四時間いつでも彼女の居場所を把握できるように。

次に非通知の番号から着信がはいったのは一時間後だった。エレナは待った。着信はワンコールで切れた。例の合図だ。エレナはそれまでずっと複数のライドシェアのアプリをチェックしていた。そのうちのひとつで、彼女のいるところから八分の距離にある一台を手配した。到着まで十五分。

〈クラッカー・バレル〉のサウスポートランド店は、ほかの店舗と同じように田舎風の外観を演出していた。正面のポーチには大量のロッキングチェアが並んでいたが、誰も坐っていなかった。エレナは立ったまま待った。長くはかからなかった。一台の車がヘッドライトを点滅させた。エレナはこっそり車のナンバープレートの写真を撮ってからルーに送信した。念のためだ。何があるかは誰にもわからない。

車が停まると、エレナは助手席のドアを開けて中をのぞき込んだ。運転しているのはレッドソックスの野球帽をかぶった、魅力的な外見の若い女だった。

「ステファニー?」

「乗ってください。急いで」

エレナは決して敏捷《びんしょう》ではなかったため、すばやくというわけにはいかなかった。で、彼女が乗り込むなり――まだドアが閉まりきらないうちに――ステファニー・マーズはアクセルを踏んだ。

「スマホを持ってますよね？」とステファニーは訊いてきた。

「ええ」

「グラヴボックスに入れてください」

「どうして？」

「これはあなたとアリソンだけの話し合いなので。録音も電話もメッセージも禁止なので」

「スマホを手放すのはあまりいい気持ちはしないんだけど」

ステファニーはブレーキを踏んで言った。「だったら、今すぐやめにしてもいいんですけど。あなたは銃を持ってる。ですよね？」

エレナは答えなかった。

「銃もグラヴボックスに入れてください。あなたが彼らの手先かどうかもわたしにはわからないんだから」

「彼らって？」

「今すぐ入れてください」

「養子縁組された男の子のひとりが行方不明なの。わたしは彼の父親に雇われたのよ」

「そのことばをそのまま信じろって言うんですか？」ステファニーは信じられないと言わんばかりに首を振った。「スマホと銃をグラヴボックスに入れてください。アリソンとの話が終わったら返しますから」

やむをえない。エレナはスマートフォンと銃を取り出した。眼のまえのグラヴボックスを開け、そのふたつを放り込み、ボックスを閉めた。万一何かあっても取り返すのにそう手間はかからないだろう。

エレナはステファニー・マーズの横顔を観察した。赤茶色の髪をおそらくはショートカットにしていて――野球帽をかぶっているのでなんとも言えないが――ひとことで言って、美人だった。高い頬骨。染みひとつない肌。ハンドルの十時十分の位置から手を離さず、路上を一心に見すえている。まるで運転するのが初めてでもあるかのように。

「あなたをアリソンに会わせるまえに、いくつか質問させてもらいますね」

「どうぞ」とエレナは言った。

「あなたを雇った人の名前は？」

クライアントの情報を勝手に洩らすことはできない。そう言おうかと思ったが、そのクライアント本人が別にいいと言っていたことを思い出した。誰に知られようとかまわないと。

「セバスチャン・ソープ。彼が養子にした男の子の名前はヘンリー」

「そのヘンリーが行方不明？」

「そのとおり」

「どこにいるか全然わからないんですか？」

「それを今調べてるのよ」

「どういうことかわかりません」

「何がわからない?」

「ヘンリー・ソープは何歳ですか?」

「二十四」

「昔の養子縁組と彼の今の人生になんの関係があるんですか?」

「関係はないかもしれない」

「彼女は善良な人です。アリソンは。絶対に誰かを傷つけたりなんかしません」

「わたしだって彼女を傷つけるつもりはないわ」とエレナは言った。「わたしは依頼人の息子を見つけたいだけよ。ただ、そこが問題なの。もしアリソンが過去に違法なことをしていたのだとしたら——」

「彼女はそんなことはしません」

「わかってる。でも、仮にアリソンが手がけた養子縁組が少しでも規則からはずれていて、それでも彼女が協力しなければ、彼女自身が責めを負うことになる。すべてが崩壊することになるのよ」

「それって脅しに聞こえますけど」

「脅したくて言ってるんじゃない。厳しい状況だということをわかってもらいたくて言ってるの。これはアリソンにとって最善の機会なのよ。正しいことをするための――そして法律上の問題を避けるための」

ステファニー・マーズは車のハンドルを握り直した。その手は震えていた。「何が最善かはわたしにはわかりません」

「わたしだってあなたたちのどちらも傷つけたくはないのよ」

「誰にも言わないって約束してくれます？」

エレナとしてもそれは約束できそうになかった。すべてはアリソン・メイフラワーの話の内容次第だ。それでも、今はこの段階で小さな嘘をつくことを気にしている場合ではない。

「ええ、約束する」

車は右に曲がった。

「彼女はどこにいるの？」とエレナは尋ねた。

「わたしの叔母のサリーが夏用の小屋を持ってるんです」ステファニーはそう言うと、ぎこちないながらも笑みを浮かべてみせた。「アリソンとわたしが初めて出会った場所です。もともとサリー叔母さんとアリソンが友達で、叔母さんは毎年夏になるとバーベキューを開くのが恒例で。六年まえ、アリソンとわたしがふたりとも招かれたんです。彼女はわたしより年上だけど、あのとおり、いろんな面で若々しい人で。わたしたちは裏庭のグリルのところで初めて顔を合わせて――彼女が焼くハラミのステーキはほんとに絶品で……アリソンのことですけど――それからふたりで話しはじめて……」ステファニーはそこで肩をすくめて微笑み、ちらりとエレナを見て言った。「そういうことです」

「素敵ね」とエレナは言った。

「あなたにも特別な人が？」

またあの胸の疼《うず》きが襲ってきた。

「いいえ」とエレナは言った。それからつけ加えた。「以前はいたけど、亡くなったわ」

自分でもなぜそんな話をしたのかはわからなかった。相手とつながろうとする無意識の策略か、あるいはどうしても言わずにいられなかったからか。

「彼はジョエルという名前だった」

「お気の毒に」

「ありがとう」

「もうすぐ着きます」

車は私道にはいった。突きあたりに丸太小屋があった。本物の丸太小屋だ。出来合いの安造りでもなければ、〈クラッカー・バレル〉風の偽物でもない。エレナは思わず顔をほころばせた。

「サリー叔母さんは趣味がいいわね」

「でしょう？」

「彼女もここにいるの？」

「サリー叔母さんですか？　いいえ。叔母さんはまだフィラデルフィアです。何ヵ月かしないとこっちには来ません。週に一度、わたしひとりでここに来るんです。管理人みたいな感じで。ここに小屋があることを知ってる人はほとんどいないし、車が来たら一キロ先からでもすぐわかるから、アリソンはここなら安全だと思ったんです」ステファニーは車を停めてエンジンを切り、大きな眼でエレナを見て言った。

「あなたのことは信じてますから。さあ、行きましょう」

車を降りると、ふたつのことばが頭に浮かんだ。〝緑豊か〟で〝静か〟。エレナは新鮮そのものの空気を深く吸い込んだ。いい気分。脚が痛んだ。どこへでもついてまわる古傷の痛み。ステファニー・マーズの話を反芻《はんすう》した。ここでのバーベキューでアリソンと初めて出会ったときの話を。運命、宿命、混沌《こんとん》――ふたつの魂の偶然の出会いをなんと呼ぶにしろ。ジョエルはよくこう言ってエレナをからかったものだ。きみとおれの〝運命の出会い〟ほど傑作な話はないと。エレナは手を振って相手にしなかったが、今思えばジョエルの言ったとおりかもしれない。

モンタナ州ビリングス郊外で白人至上主義者の民兵組織のガサ入れをしたとき、エレナは銃創を負った。上品に言えば〝臀部《でんぶ》〟――要は〝尻〟を撃たれて。痛みそのものは大したことはなかった。少なくとも撃たれた直後は。痛みより恥ずかしさが勝《まさ》った。この仕事をしている数少ないヒスパニック系の女性のひとりとして、エレナは自分自身と同族の人々の期待を裏切ってしまったように感じていた。

近くの病院で治療を受け、傷を圧迫しないよう膨張式のタイヤのような装置に尻を載せているときだった。ジョエル・マーカス特別捜査官が初めて彼女の病室に――そしてそれこそ、彼女の人生に――姿を現わしたのだ。

「あのときは知る由もなかった」とジョエルはよく冗談めかして言ったものだ。「あのお尻がやがて自分の眼を愉しませてくれることになるなんて」

そんなことを思い出して、エレナはかすかな笑みを浮かべた。ステファニーが小屋のドアを押し開けて呼ばわった。「アリソン？　ハニー？」

返事はなかった。

エレナは無意識のうちに腰に手を伸ばした。が、銃はもちろん車の中だった。ステファニー・マーズは急いで家の中にはいった。エレナもすぐあとからドアを抜けてはいった。ステファニーは左にそれて、いっそう足を速めた。エレナも遅れてそっちを向き、あとに続こうとした。

が、ステファニーはそこで足を止めた。彼女はゆっくりとエレナに向き直った。

若い女の美しい顔に笑みが浮かぶと同時に、エレナの後頭部に冷たいものが押しつけられた。

眼と眼が合った――エレナの悲しげなブラウンの眼と、若い女の野蛮なグリーンの眼が。

そしてエレナは悟った。

カチッという音を聞いた瞬間、ジョエルのことを思った。そして祈った――銃が発砲される直前――また彼に会えることを。

32

アッシュは立ったままエレナの死体を見下ろした。

彼女はうつ伏せに倒れていた。顔は不自然な角度で横を向き、眼は開いていた。後頭部から血が流れ出ていたが、アッシュはあらかじめ防水シートを敷いて片づけやすいようにしていた。ディーディーが彼の腕に手を置いてぎゅっとつかんできた。アッシュは顔を上げ、彼女があの笑い方をしているのを見た。男は愛する女のさまざまな笑顔を知っているという。嬉しいときの笑顔、心から笑っているときの笑顔、愛する男の眼を見つめているときの笑顔――そんなすべての笑みを知っていると。

だからアッシュもこの笑みを知っていた。彼女が過激な暴力を眼にしたときだけ浮かべる笑みだ。それがアッシュには昔からどうにも気になっていた。

「やっぱりちがうもの？」とディーディーは尋ねた。「男じゃなくて女を殺すのって」

アッシュはそういう話をする気分ではなかった。「こいつのスマホは？」

「まだグラヴボックスの中よ」

グラヴボックスの中にはバッテリー式の電波妨害装置を入れてあった。だから誰かがエレナの居場所を追跡していたとしても——その可能性はあるとアッシュは踏んでいた——信号は検知されない。「車を裏にまわして、そのスマホを持ってきてくれ」

ディーディーは彼の顔を両手ではさんで尋ねた。「アッシュ、大丈夫？」

「別になんともないよ。急がないと」

彼女はすばやく彼の頬にキスをし、急いで外に出た。アッシュは遺体を防水シートにくるみはじめた。すでに穴は掘ってあった。遺体が誰にも見つからないように。ディーディーがエレナのスマートフォンを持ってきたら、彼女を捜している相手に本人のふりをしてメッセージを送り、無事を知らせるつもりだった。エレナ・ラミレスの失踪が事件として扱われるまでには少なくとも数日、おそらくはもっと長くかかるだろう。

その頃にはアッシュとディーディーは任務を完了しているはずだ。だから証拠はひとつも残らない。

「皮肉よね」アッシュからその計画を聞かされたとき、ディーディーはそう言った。〝皮肉《アイロニック》〟のほんとうの意味は、アッシュには今ひとつよくわかっていなかったが——そういえばカナダの女性シンガーソングライター、アラニス・モリセットの『アイロニック』という歌。あれは〝皮肉〟の本来の意味を取りちがえていると話題になったものだ——今のこの状況にはぴったりのことばに思えた。エレナ・ラミレスは〝失踪〟したヘンリー・ソープを捜すために雇われた。が、当のソープは初めから死んでいた。そして今度はエレナ・ラミレス自身が〝失踪〟するというわけだ。

ディーディーがスマートフォンと電波妨害装置を手に戻ってきた。「はい、どうぞ」

「こいつを最後までくるんでくれ」

彼女は敬礼のポーズをして言った。「機嫌が悪いのね」

アッシュは遺体の脇に屈み込み、エレナの手を取った。親指でスマートフォンのロックを解除するのに充分な電気信号がまだ体内を流れているはずだ。彼は遺体の親指の腹にセンサーを押しつけた。

ビンゴ。

待受画面が現われた。満面の笑みを浮かべたエレナが自分よりはるかに背の高い男に抱きついている写真。男も同じく満面の笑みを浮かべている。

ディーディーがアッシュの肩越しにのぞき込んで尋ねた。「それが最愛のジョエルだと思う？」

「ああ、だと思うよ」アッシュは車の中での会話をすっかり聞いていた。ディーディーがスマートフォンをずっと通話状態にしていたので。「そもそもおまえの親戚にサリー叔母さんなんているのか？」

「いるわけないでしょ」

彼は感嘆して首を振った。「大した役者だ」

「ねえ、中学のときに学校で演《や》った『ウエスト・サイド・ストーリー』を覚えてる？」

もちろん覚えていた。アッシュは裏方として舞台セットを製作した。ディーディーはシャーク団の女たちの一員だった。

「ほんとはあたしがマリアを演るはずだったのに──オーディションでは圧勝だったのに──オルロフ先生はジュリア・フォードに演らせたのよ。ジュリアのお父さんがレクサスの代理店のオーナーだったから」

ディーディーは怒りも自己憐憫《れんびん》も込めずにそう言った。事実を正確に述べただけだった。実際、アッシュの贔屓目《ひいきめ》を抜きにしても、ディーディーには天性の華《はな》があった。まぎれもないスター性が。コーラスの一員でしかなくても、講堂にいた誰もが彼女から眼が離せなかった。

ディーディーは名のある女優になれたかもしれない。偉大なスターに。しかし、彼女にいったいどんなチャンスがあっただろう？ 愛らしい里子に伸ばされる大人の男たちの触手を必死にかわしつづけるしかなかった彼女に？

アッシュはやさしい口調で言った。「あのときのおまえは最高だったよ、ディーディー」

彼女は防水シートでせっせと遺体を包んでいた。

「ほんとだって」

「ありがと、アッシュ」

彼はスマートフォンの〝設定〟を開き、〝プライヴァシー〟のアイコンを見つけた。そこから〝位置情報サーヴィス〟をタップし、画面を一番下までスクロールして〝システムサーヴィス〟を選択し、またスクロールして〝利用頻度の高い場所〟を探した。それをタップするとまた指紋認証を要求されたので、エレナの親指を使った。それからパスワードを変更した。次からは親指を使わなくてもアクセスできるように。

世の人々は知らない。自分たちがどれほどのプライヴァシーを小さな電子機器に委ねているか。今アッシュがやっていることをやろうと思えば、いつでもどのアイフォーンでもできるのだ。その持ち主が――この場合はエレナ・ラミレスが――最近訪れたすべての場所の履歴を見ることができるのだ。

「くそ」と彼は言った。

「どうしたの？」

「こいつはあのタトゥーの店に行ってる」

「その可能性があることはわかってたでしょ、アッシュ。だから急がなきゃって言ったのよ」

彼はすべての履歴に眼を通し、ニューヨーク市内の場所をいくつか見つけた。エレナ・ラミレスは直近では百六十八丁目通り沿いのコロンビア大学メディカルセンターを訪れていた。

なぜだろうと訝《いぶか》った次の瞬間、アッシュはもっと厄介なことに気づいた。

「こいつ、ブロンクスにも行ってる」

ディーディーは防水シートをロープで縛りおえて尋ねた。「例の場所？」

アッシュは場所の詳細を確認してうなずいた。

「ああ、それはよくないわ」

「急がないと」

アッシュはエレナの通話履歴とメッセージをチェックした。最新のメッセージは八分まえに届いたものだった。

アリソンには会えたのか？　手が空いたら詳しく教えてくれないか。

ディーディーが彼の表情を見て尋ねた。「何かあった？」

「ほかにもあれこれ探ってるやつがいる」

「誰？」

アッシュは画面をディーディーのほうに向けて言った。「このサイモン・グリーンとかいうやつをどうにかしなきゃならない」

33

サイモンは地下鉄の車両の座席に崩れるように坐った。焦点の定まらない眼を向かいの窓に向け、背景の地下道がぼやけたまま流れ去るのを眺めた。たった今聞いたばかりの話を理解しようとした。まるですじが通らなかった。パズルのピースが増えたことは確かだ。重要なピースが。娘が薬物依存に陥ったきっかけもそれで説明できるかもしれない。しかし実際、ピースが増えれば増えただけ完成図のイメージは遠のくばかりだった。

地上に戻ると、イヴォンからメッセージが送られてきた。

お金は手配ずみ。あなたのサインだけ必要。窓口でトッド・ライシュを呼んで。

銀行は〈ウェンディーズ〉と高級ベーカリーのあいだにあった。順番待ちの列はなく、窓口係はひとりだけだった。サイモンは自分の名前を告げ、トッド・ライシュと約束がある旨を伝えた。ライシュはプロに徹していた。サイモンを奥の部屋に案内してから尋ねた。

「百ドル紙幣でよろしいですか？」

サイモンは大丈夫だと答えた。ライシュはその場で現金を数えた。

「袋にお入れしましょうか？」

サイモンは自分で袋を持ってきていた。イングリッドが最近利用したグルメ食材店〈ゼイバーズ〉のビニール袋。それに現金を入れ、その袋をバックパックにしまった。ライシュに礼を言って、そのまま次の目的地をめざした。

ブロードウェイを病院に向かって歩きながら、遺伝子研究室のランディ・スプラットに電話をかけた。彼が出ると、サイモンは前置きなしに言った。「金は用意した」

「では、十分後に」

スプラットはそれだけ言って電話を切った。サイモンはエレナ・ラミレスからそろそろメッセージが届いていないかチェックした。何も来ていなかった。まだ早いかもしれないと思いながら、ひとまずメッセージを送った。


アリソンには会えたのか？　手が空いたら詳しく教えてくれないか。

しばらく画面を見つめても返信は来なかった。返信を入力中であることを示す〝・・・〟

の吹き出しも現われなかった。

サイモンは歩きながらスマートフォンの画面を見つめつづけた。このさき待ち受ける結果について考えなくてすむように。父親鑑定のことはほとんどパニックのうちに、どんな影響があるかも考えずに急いで決めてしまったが、一瞬でもこうして隙間の時間ができてしまうと——鑑定結果に今にも容赦なく平手打ちを食らわされることを思うと——不安を覚えずにいられなかった。これでもしほんとうに最悪の結果が判明したらどうするのか。

もし自分がペイジの実の父親ではないとわかったら？

そのうえサムやアーニャの実の父親でもないことがわかったら？

落ち着け。彼は自分にそう言い聞かせた。

とはいえ、落ち着いていられる余裕がどこにある？　真相がどうであれ、それは貨物列車のように急速にこっちへ向かってくる。いまだにどう覚悟したものかわからなかった。ひとつにはサムは自分にそっくりだからだ。まわりはみんなそう言う。自分ではぴんと来ないもののの——ぴんと来る親などいるのだろうか？——それでも確かに……

確かになんだ？

単純にありえないことはわかっていた。イングリッドがおれにそんな仕打ちをするはずがない。それでも頭の中の小さな声が彼を嘲《あざけ》った。以前何かで読んだ統計を思い出した。この国の父親の十パーセントは別の男の子供をそうとは知らずに育てているという。それとも二パーセントだっただろうか？　それともあれはなんの根拠もないでたらめだったのだろうか？

小児科棟の裏の空き地に着くと、ランディ・スプラットがすでに隅のベンチで待っていた。スプラットは不自然に背すじを伸ばして坐っていた。トレンチコートのポケットに両手を深く突っ込み、怯《おび》えた小動物のようにきょろきょろあたりを見まわしていた。

サイモンは彼の隣りに坐った。ふたりともまっすぐ前方を見つめた。

「金は？」とスプラットが囁いた。

「身代金の受け渡しじゃないんだから」

「あるのかないのか？」

サイモンはバックパックに手を入れ、ビニール袋を探った。今さらながらためらいを覚えた。このパンドラの箱をわざわざ開ける必要があるのか。この世には知らないほうがいいこともある。今までずっと幸せにやってきたではないか。イングリッドに〝隠された過去〟があることすら知らないまま。

そう、だからこんなことになったわけだ。

サイモンは袋にはいった現金を渡した。一瞬、スプラットがこの場で金を数えだすのではないかと怖れたが、ビニール袋はすばやくトレンチコートの中に消えた。

「で？」とサイモンは尋ねた。

「あなたが優先してほしいと言った黄色い歯ブラシですが」

サイモンは口の中がからからになるのを感じながら言った。「ああ」

「それを急いでやったので、科学的に結果が確定しているのはそれだけです」

なんとも興味深い。スプラットが金を受け取るまえにそれを言わなかったのは。とはいえ、今はそんなことを気にしている場合ではない。

「で、その結果は？」とサイモンは尋ねた。

「陽性です」

「待ってくれ、それはつまり……？」

「あなたが生物学上の父親です」

安堵が――心地よい安堵が――サイモンの肺と血管を一気に満たした。

「そしてこれはあくまで私見ですが、結果はまだ仮のものであるとはいえ、あなたが三人全員の生物学上の父親であることは明らかです」

そのことばを最後に、ランディ・スプラットは立ち上がって歩き去った。サイモンはただそこに坐っていた。力が抜けて動けなかった。病院の標準仕様のスモックを着て歩行器に寄りかかった年配の女性がのろのろと花壇に近づくのを眺めた。彼女は屈んで花の香りを嗅いだ。文字どおり、かつ隠喩《いんゆ》的に（〝花の香りを嗅ぐ〟にはリラックスして身近な幸せを味わうという意もある）。サイモンも隠喩的にそうした。ただ坐ってあたりを眺めることで。若い研修医の一団が芝生に坐って、近くのフードトラックで売っているジャイロ（薄切り肉や野菜をピタにはさんだギリシャ料理）を食べていた。彼らはみなくたくたに疲れていながらも幸せそうだった。イングリッドが研修医時代にそうだったように。あの頃の彼女は信じられないほど長い時間働いていたが、それでも一生情熱を捧げられる仕事にめぐり合えた自らの幸運がちゃんとわかっていた。

医者というのは実際、それだけの情熱を捧げなければできない仕事だ。

なぜか唐突にそんなことを思った。いや、それほど唐突でもない。ペイジが母親と同じ一生の情熱を抱いていたことを最近知ったのだから。こんな状況でなければ、サイモンにとってこれほど感動的なことはない。ある意味、こんな状況でもその感動は変わらない。

なんとしてもペイジを見つけなければ。

サイモンはスマートフォンをチェックした。エレナ・ラミレスからの連絡を期待して。新着のメッセージはなかった。サイモンは新たにメッセージを送った。

ＤＮＡ検査の結果が出た。私がペイジの父親なのはまちがいない。あの子がアーロンと関わるようになった経緯はいまだにわからないけれど、やっぱり違法な養子縁組が関係してるんだと思う。アリソン・メイフラワーとの話が終わったら電話をください。

そろそろイングリッドの病室に戻らなければならない。サイモンは立ち上がり、顔を空に向けて眼を閉じた。あと少しだけこうしていたかった。以前、イングリッドと一緒に何度かヨガのレッスンを受けたことがある。夫婦の絆を深めるために。そのときのインストラクターはとにかく呼吸が大切だと言っていた。だから今、サイモンは深く息を吸い込み、息を止め、ゆっくりと息を吐いた。

なんの効果もなかった。

スマートフォンが震動した。エレナからの返信だった。

国境を越えてカナダで会うことになったから、何日か連絡が取れなくなるかも。あなたはどこにいる?

カナダ? それについてはどう考えたものかわからなかった。

サイモンは返信を打ち込んだ——〝当面は病院にいるけれど、状況次第で変わるかもしれない〟。

〝送信〟をタップして待った。新たな吹き出しの中に〝・・・〟が現われ、エレナが入力中であることがわかった。それから返信が表示された。

何か進展があったらそのつど教えて。最新情報は逃さないようにしたいから。返事はで

きないかもしれないけど。

サイモンはわかったと返信した。病院の受付で行き先を告げ、エレヴェーターに乗って集中治療室へ向かった。なぜカナダなのか、なぜ返事ができないかもしれないのかエレナに訊きたかったが、ほんとうに知る必要があれば教えてくれるだろう。エレヴェーターのドアが開くと、ヴァン・デ・ビークから話を聞いたときのあの心の痛みが十倍になって襲ってきた。あのキャンパスでペイジの身に何があったのか？

考えるな。自分にそう言い聞かせた。考えたら次の一歩を踏み出せなくなる。

病室で看護師がイングリッドの清拭《せいしき》と寝衣の交換をおこなっており、サムは廊下を行ったり来たりしていた。父親を見るなり、さっと強いハグをして言った。

「さっきはごめん」

「気にしなくていい」

「あんなこと言うつもりじゃなかったんだ。父さんを責めるようなことなんか」

「わかってる」

サムは疲れた笑顔を父親に向けて尋ねた。「ぼくが父さんを責めるのを聞いたら、母さんがなんて言うと思う？」

「さあ」

「ぼくを性差別主義者だって言うはずだよ。仮に父さんが撃たれても、ぼくが母さんのせいにすることは絶対ないはずだって」

サイモンはその考えが気に入った。「なるほど。確かにそうかもしれない」

「どこに行ってたの?」とサムは尋ねた。

サイモンは息子を守りたかった。当然ながら。とはいえ、甘やかしたくもなかった。「ペイジの大学の先生と話をしてきた」

サムは彼を見つめた。

サイモンはできるかぎり曖昧なことばを使ってサムに性的暴行の件を話した——息子を甘やかしたくないとはいえ、強いて辛い思いをさせたくはなかった。言うまでもない。サムはことばをはさまずに聞いた。感情を表に出すまいとしていたが、下唇が震えているのは隠しようもなかった。

「それは正確にいつのこと?」話を聞きおえたサムはそう尋ねた。

「はっきりとはわからない。最初の学期の終わり頃だそうだ」

「ある晩、電話がかかってきたんだ。ペイジから。なんの脈絡もなく、いきなり。それまではたまにメッセージをやりとりしてただけで、電話なんかしたことなかったのに」

「その電話ではなんて言ってた?」

「話がしたいって、それだけ」

「何について?」

「わからない」サムは大げさに肩をすくめて言った。「金曜の夜遅い時間で、マーティンのところでパーティの最中だったから、ちゃんと聞く気になれなくて。とにかく電話を終わらせたかったんだ。だから、そう、ろくに話を聞かないまま終わってしまった」

サイモンは息子の肩に手を置いて言った。「その夜のことだったかどうかはわからない。ちがうかもしれない」

「そうだね」とサムは言った。まったくそうは思っていないのが明らかな口調だった。「ちがうかもしれない」

サイモンがさらにことばをかけようとしたそのとき、うしろから咳払いが聞こえた。振り向いた彼は驚いた――イングリッドの命を救った男が眼のまえに立っていた。

「コーネリアス?」

破れたジーンズと羊のような顎ひげは相変わらずだった。

「イングリッドの容態は?」とコーネリアスは尋ねた。

「なんとも言えません」そう言うと、サイモンはサムを紹介して言った。「サム、こちらはコーネリアス。彼は……」ほんとうのことは言えなかった。コーネリアスがルーサーを撃って、イングリッドだけでなくサイモンも救ってくれたことは。「コーネリアスはペイジが住んでいたブロンクスのアパートメントの大家さんだ。私たちにいろいろと力を貸してくれている」

サムは手を差し出して言った。「お会いできて嬉しいです」

「こちらこそ光栄だ」コーネリアスは握手を交わすと、サイモンのほうを向いて言った。「ちょっとふたりで話せるかな？」

「もちろん」

「ぼくはどっちみちトイレに行くから」サムはそう断わって、廊下を歩いていった。

サイモンはコーネリアスに向き直って尋ねた。「何かありましたか？」

「一緒に来てくれ」とコーネリアスは言った。

「どこへ？」

「おれのアパートメントへ。ロッコも来ることになってる。ルーサーと。おまえさんの耳に入れたいことがあるらしい」

34

アッシュとディーディーは準備していたとおりにすばやく動いた。

ふたりでエレナの遺体を持ち上げ、裏口のそばに置いておいた手押し車にのせた。アッシュが手押し車を押して遺体を森に運び、ディーディーは小屋に残ってあと片づけをした。穴を掘るのにはそれなりに時間がかかるが、埋めるのはそれほどでもない。

車で南に向かうあいだ、ディーディーはエレナのスマートフォンを隈《くま》なくチェックした。

「大した情報はなさそうね」と彼女は画面を見ながら言った。「エレナ・ラミレスは〈VMBインヴェスティゲーションズ〉の大物。それはとっくに知ってるし。依頼人はヘンリー・ソープの父親。それも知ってるし」彼女はそこでアッシュを見て言った。「そういえば、承認がおりたわ」

「承認？　なんの？」

「サイモン・グリーンの。報酬の額はほかの全員と同じ」

「そいつをググってくれ」とアッシュは言った。「どんな情報が出てるか知りたい」

ディーディーは検索を始めた。長くはかからなかった。〈PPGウェルス・マネージメント〉のウェブサイトが検索トップに出てきた。サイモン・グリーンの経歴とともに。写真は二枚あった――顔写真が一枚と、PPGチーム全員で撮った集合写真が一枚。

ふたりは州境を越えた。

「バッテリーが残り十二パーセント」とディーディーが言った。「この機種に対応した充電器ってあったっけ？」

「おれの座席のうしろのポケットにあったはずだ」

ディーディーが座席のうしろに手を伸ばそうとしたとき、エレナのスマートフォンが震動した。サイモン・グリーンからの新着メッセージだ。ディーディーはアッシュに読み上げた

──

DNA検査の結果が出た。私がペイジの父親なのはまちがいない。あの子がアーロンと関わるようになった経緯はいまだにわからないけれど、やっぱり違法な養子縁組が関係してるんだと思う。アリソン・メイフラワーとの話が終わったら電話をください。

アッシュは彼女に頼んでもう一度読み上げてもらい、それから言った。「このまま返信しなかったら、やつはエレナ・ラミレスを心配してあちこち連絡するようになるかもしれない」

「じゃあ、これならどう……?」彼女は返事を打ち込んだ。

国境を越えてカナダで会うことになったから、何日か連絡が取れなくなるかも。あなたはどこにいる?

アッシュはうなずき、アクセルを踏み込んだ。

ディーディーは画面をじっと見つめて言った。「さっそく返信してる」

「今のやりとりが終わったら、そのメッセージアプリはもう使わないほうがいい」

「どうして？」

「追跡される可能性がないとは言いきれないから」

エレナのスマートフォンがまた震動した。

当面は病院にいるけれど、状況次第で変わるかもしれない。

「病院」とディーディーは繰り返した。「どこの病院か訊くべき？」

「いや、それは怪しまれる。それに場所ならもうわかってる。エレナが最近行った場所の履歴に、アッパー・マンハッタンの病院があっただろ？」

「さすが。じゃあ、こんな感じでどう……？」

彼女は返信を打ち込み、アッシュに向かって読み上げた。「〝何か進展があったらそのつど教えて。最新情報は逃さないようにしたいから。返事はできないかもしれないけど〟」

アッシュはうなずき、送信するように言った。ディーディーは〝送信〟をタップした。

「送ったらアプリを終了しろ」

それからしばらくふたりは無言だった。数分後にディーディーが口を開いた。「何よ？」

「わかるだろ?」

「ほんとにわからないんだけど」

「さっきのサイモン・グリーンのメッセージだよ」とアッシュは言った。

「それがどうしたの?」

「アーロンっていうのはアーロン・コーヴァルのことじゃないか?」

「あたしもそう思う」

「じゃあ、ペイジってのは?」

「アーロンのガールフレンドでしょ?」

「なんでその親父《おやじ》がからんでくるんだ?」

「さあ」ディーディーは正座をして彼に向き直った。「理由は気にしないんじゃなかったの?」

「普通は気にしないけど」

「あの女を殺すのが嫌だったのね」とディーディーは言った。「男は殺していいけど、女は駄目?」

「やめろ。そういうことじゃない」

「じゃあ、どういうこと?」

「誰かがつながりに気づいたんだ。これで動機が割れる。おれの仕事の詳細も」

ディーディーは窓の外に顔を向けた。

「おまえがおれを信用しないと」

「信用してるに決まってるでしょ？　あたしはこの世の誰よりあんたを信用してる」

アッシュは胸に小さな手ごたえを感じながら尋ねた。「で？」

「『シンボルの書』によると、〝来訪者〟と〝奉仕者〟は〝真理〟から最初に生まれた男児ふたりでなければならないの」と彼女は切りだした。「なにより重要なのはもちろん、男であること。女は――〝真理〟には少なくとも二十人の娘がいるけど――指導者になるぶんには特に問題にはならない。だけど、最も純粋な血統を受け継ぐのは男なの。特定の物理的構成要素が遺伝するのは男だけだから。配偶者は血がつながっていないし、どんなに親しい友人でもそれは同じ。だから科学的証拠の観点から言うと――」

「ディーディー？」

「何？」

「たわごとはもういい。わかったから。ヴァーテージのふたりの息子が指導者の地位を継ぐんだろ」

「ふたりはすべてを受け継ぐの。そこが重要なのよ。『シンボルの書』に書かれてるとおり――〝息子ふたりが頂に立つ〟」

「それがこのごたごたといったいなんの関係があるんだ？」

「『シンボルの書』にはこうも書かれてる」と彼女は言った。「〈真理の聖域〉並びに〝真理〟の全財産は、彼の男系相続人のあいだで均等に分配されるって」

「なるほど。で？」

「男系相続人とは書かれてるけど、〝そのうち年長のふたりだけ〟とは書かれてないわけ。言ってる意味、わかる？」

アッシュにもやっと事情が呑み込めてきた。「ヴァーテージはそのふたり以外にも息子をもうけてたってわけか？」

「そう」

「で、そのふたり以外の息子たちは――」

「――養子縁組に出された。そういうこと」とディーディーは言った。「実際には売られたようなものね。娘たちは手元に置かれた。将来役に立つから。でも、息子たちは相続を要求して、預言をめちゃくちゃにするかもしれない。それでそう決まったの。もうずっと昔のことよ――あたしが生まれるよりまえのこと」

「ヴァーテージはほかの息子たちをただ売っぱらったっていうわけか？」

「おかげでみんなが得をしたのよ、アッシュ。〝ふたりの息子〟の預言は守られて――おまけに〈聖域〉にはお金が転がり込んでくるわけだから」

「大したもんだ」

「でしょ？」

「その母親たちはそれを黙って受け入れたのか？」

「受け入れた人もいれば」とディーディーは言った。「受け入れなかった人もいる」

「どうやって納得させたんだ？」

「〝真理〟は大勢の女性と寝所をともにしてきた。だから当然、妊娠する人が出てくるわけだけど、その人たちはこんなふうに教えられた。生まれてくる赤ちゃんが男の子なら、その子はよりよい人生を送る運命にあるって。それはすなわち、アーカンソー州にある〈大聖域〉に行くことを意味してた。男の子にとってはそれが最善の道だから」

「そんなところに別の聖域が——？」

「ううん、アッシュ。そんな場所はどこにもないわ」

彼はただ首を振った。「で、母親たちはそれをあっさり信じたのか？」

「信じたり信じなかったり。その母親たちは真理の道と母性本能とのあいだで葛藤《かっとう》した。で、ほとんどの場合、真理が勝った」

「母性本能が勝った場合は？」

「赤ちゃんは出産のときに死んだってことにされた」

アッシュはめったなことでは驚かない。が、今のことばにはさすがに唖然とした。「マジで？」

「マジで。そのための盛大な葬儀やなんかもおこなわれた。母親たちの中には、死産は自分のせいだって思い込む人もいた。わが子を〈大聖域〉に行かせる運命を受け入れてさえいれば、なんてね……」

「なんてこった」

ディーディーはうなずいた。「男の子はそうやって売られた。健康な白人の男の赤ちゃんがいくらで売れると思う？　とてつもない金額よ。それを仲介したのがいまだに〝真理〟に忠実なアリソン・メイフラワーってわけ」

「〝真理〟は赤ん坊を何人売ったんだ？」

「全員男の子よ」

「わかってる。何人だ？」

「十四人」

アッシュはハンドルに手を置いたまま言った。「でもって、〝真理〟はもうすぐ死ぬのか」

「そのとおり」

「ヴァーテージの息子たちは――〝来訪者〟だか〝奉仕者〟だか知らないけど――ほかの生物学上の息子たちが自分の相続分を寄こせと言いだすことを怖れてるわけだ」

「長年ずっと〝真理〟も〝来訪者〟も〝奉仕者〟も――あたしたち全員と言ってもいいけど――怖れるものは何もなかった。養子縁組された男の子たちを〈真理の聖域〉に結びつけるものは何もなかったから。彼らは全国に散らばってる。当時の記録も何も残ってない。念のためにアリソン・メイフラワーがすべて隠滅したから。〝真理〟が自分の息子たちを見つけることはありえない――そしてもちろん、それより重要なことだけど、息子たちが〝真理〟を見つけることもありえない。誰もがそう思ってた」

「それがなんでこんなことになったんだ？」

「最近流行《はや》ってるDNAサイトの話は聞いたことある？〈23・アンド・ミー〉とか〈アンセ＝ストーリー〉とか」

そういうサイトがあることはアッシュも知っていた。

「大勢の養子育ちが自分のDNAデータを登録して、大あたりを期待するのよ」とディーディーは言った。

「つまり、〝真理〟の息子たちの何人かが――」

「サイト上でお互いを見つけだした。そういうこと」

「で、そこからヴァーテージが父親であることがわかった？」

「そのとおり」

「たとえば、どこかの息子がふたり同じサイトに登録して、自分たちが腹ちがいの兄弟だということに気づいた」

「そう。それから三人目が現われた。次に四人目が。それがここ最近のあいだに次々と起こってるわけ」

「で、おまえのカルトの誰かが決めたわけか。その問題を片づける最善の方法は、問題そのものを片づけることだって」そう言ってディーディーを見ると、彼女はまたにっこり笑った。

アッシュは続けて尋ねた。「指導者の地位と引き換えに？ そういうことか？」

「まあ、そんなところね」

アッシュは畏れ入ったとばかりに首を振った。「〈真理の聖域〉にはどれだけの財産があるんだ、ディーディー？」

「正確にはわからないけど」と彼女は言った。「四千万ドル近くあるはずよ」

アッシュは眼を見開いた。「そりゃすごい」

「だけど、これはお金だけの問題じゃないから」

「ああ、そうだろうとも」

「意地悪な言い方はやめて。ちょっと考えたらわかるでしょ？ あと十四人の息子が自分たちの権利を主張したら、〈真理の聖域〉がどうなるか。事実上、真理は壊滅するわ」

「おいおい、ディーディー」

「何よ？」

「真理だなんだはもういいだろ？ 全部くだらないでっち上げなんだから。おまえはたった今、それを認めたじゃないか」

ディーディーは首を振った。「アッシュ、あんたは何もわかってない。あたしは真理を愛してるの」

「で、おまえはそれを自分の都合のいいように利用してる」

「あたりまえでしょ？　そのふたつは別に矛盾しないもの。聖書の一言一句を信じてる人なんて誰もいない。何を信じるかはその人が決めるの。それに自分の宗教を広めてお金を稼ぐ聖職者だってみんな——自分が説教する内容を信じていようといまいと——それを利用して何かを得てるんだから。現実なんてそんなものよ、アッシュ」

なんとも乱暴に正当化したものだ。アッシュはそう思った。それでも、ある意味ではそれ以上の真実はない。それは認めないわけにいかない。

車内が暑くなってきた。アッシュは冷房を強くして言った。「で、残るはあとふたりってわけか。おれたちが片づけるのは」

「そう。ブロンクスにひとりと、タラハシーにひとり」ディーディーはそう言ってからつけ加えた。「そうそう、それとあとひとり、サイモン・グリーンも始末しなきゃね」

35

サイモンとコーネリアスは銀行の外に立っていた。数時間まえにサイモンがDNA検査のための現金を引き出したのと同じ支店の外に。ロッコがコーネリアスを寄こしたのは、ただでは情報を渡さないと念を押すためだ。そんなわけでサイモンは銀行へ舞い戻り、さらなる現金を引き出すことになったのだった。

ただ、すでにけっこうな金額を引き出したばかりだ。これ以上注意を惹きたくはなかった。で、イヴォンに電話して助けを求めたのだ。イヴォンがふたりのほうに向かって歩いてきた。

「何か問題でも？」と彼は尋ねた。

「いいえ」イヴォンはそう言うと、コーネリアスに眼をやった。すり切れたTシャツを着て、白い顎ひげを勝手気ままに生やした黒人の男に。それからまたサイモンを見て尋ねた。「この人は誰？」

「コーネリアスだ」とサイモンは言った。

イヴォンはコーネリアスのほうを向いて尋ねた。「で、コーネリアス、あなたは誰なの？」

「ただの友達だ」とコーネリアスは言った。

イヴォンは彼を上から下まで眺めてから尋ねた。「で、あなたにはなぜそのお金が必要なの？」

「彼に渡すんじゃない」とサイモンは言った。「彼は手伝ってくれてるだけだ」

「何を手伝ってくれてるの？」

サイモンは手短にロッコとルーサーのことを説明した。コーネリアスが自分たち夫婦の命の恩人であることはもちろん言わなかったが。ひととおりの説明を終えると、イヴォンの反論を覚悟した。反論はなかった。

「あなたは見えないところにいて」とイヴォンは言った。「お金はわたしの口座から出すから」

サイモンとしてはもちろん、金はあとで返すと言いたかった。が、イヴォンはイングリッドの姉だ。彼の申し出にきっと腹を立てるだろう。だから黙ってうなずいた。イヴォンが建物の中に消えると、サイモンとコーネリアスはブロック沿いに歩きはじめた。銀行のまえをうろうろしなくてすむように。

「ちょうどいい。詳しい事情を聞かせてくれ」とコーネリアスが言った。

サイモンはこれまでにわかったことを話した。

「何がなんだかわからん話だな」話を聞きおえたコーネリアスはそう言った。

「ですよね？」サイモンはそう言うと、いったん間を置いてから尋ねた。「どうして私たちを助けてくれたんです？」

「助けないほうがよかったか？」

「真面目に訊いてるんです」

「おれもだ。現実の世界で英雄になる機会なんてそうそうあるもんじゃない。そんなチャンスが訪れたら、思いきって踏み出すだけだ」

コーネリアスはそう言って肩をすくめた。むずかしく考えることじゃない、単純な話だと言わんばかりに。確かにそれだけのことかもしれなかった。

「改めて感謝します」

「それに、イングリッドはおれに礼儀を持って接してくれたからな」

「妻の意識が戻ったら、あなたがしてくれたことを伝えるつもりです。差し支えなければ」

「ああ、それはかまわない」とコーネリアスは言った。「おれが渡した銃はまだ持ってるか？」

「ええ。このさき必要になると思いますか？」

「どうかな。まあ、必要になることはないと思うが、それなりの準備は必要だ」

「というと？」

「何千ドルもの大金を持って、丸腰でのこのこ出かけるわけにはいかないってことだ」

「なるほど」

「それともうひとつ」とコーネリアスは言った。

「なんです？」

「おれは主人公を助けたあとで殺される馬鹿な黒人になるのはごめんだからな。あの手の映画は大嫌いなもんでね」

サイモンはひさしぶりに声をあげて笑った。それこそもう何ヵ月も笑っていなかったような気がした。

コーネリアスの携帯電話が震動した。彼は通話のために脇に寄った。イヴォンが銀行から出てくると、サイモンに現金を渡して言った。「九千六百五ドルにしてもらったわ」

「なんでその金額にしたんだ？」

「あなたが引き出した額とまったく同じだと、コンピューターに引っかかるかもしれないから。六百と五、六－五。六月五日。なんの日かわかる？」

もちろんわかった。サイモンの名づけ子――イヴォンの一番上の子のドルーが生まれた日だ。

「あなたに幸運をもたらすかもしれないと思ったの」とイヴォンは言った。

コーネリアスが通話を終えて戻ってきた。「ロッコからだった」

「なんて言ってる？」

「おれのアパートメントに来るまでもうしばらくかかるそうだ。ルーサーがつかまらないらしい」

コーネリアスが病院の外で待つあいだ、サイモンとイヴォンはイングリッドの病室に戻った。サムがふたりを迎えた。三人でベッドのそばに坐り、ロッコからコーネリアスに連絡が来るのを待つうちに一時間以上が過ぎた。看護師が交替すると、規則にうるさい新しい看護師が部屋にはいってきて言った。「付き添いの人数は一度にふたりまでと決まってるので、交替で入室してもらっていいですか？　どなたかひとり、廊下のさきの待合スペースにいてもらってかまわないので」

サムが立ち上がった。「どっちみち勉強しなきゃならないから」

「おまえは学校に戻るべきだ」とサイモンは言った。「おまえの母さんもきっとそれを望んでる」

「そうかもしれないけど」とサムは言った。「ぼくはそれを望んでない。ぼくはここにいたい」

そう言って、部屋を出ていった。

イヴォンが言った。「あんな子はなかなかいない」

「ああ」サイモンはうなずき、ややあってから話を切りだした。「今日、ペイジの大学の先生と話をした」

「そうなの？」

「彼はペイジが校内でレイプされたんじゃないかと思っている」

イヴォンは何も言わなかった。ただベッドにいる妹をじっと見つめていた。

「今言ったこと、聞こえたか?」

「ええ、聞こえたわ、サイモン」

彼はイヴォンの顔を探るように見て尋ねた。「まさか、知っていたのか?」

「わたしはあの子の名づけ親だから。あの子は……何かあるとわたしに打ち明けてくれた」

サイモンは顔に血がのぼるのを感じた。「それで、きみはずっと私に黙っていたのか?」

「絶対言わないって、あの子に約束させられたのよ」

「じゃあ、仮にドルーが重大な問題を私に打ち明けたとして、きみには言わないように私に約束させたら、きみは——」

「あなたが約束を守ることを期待する」とイヴォンは言った。「そのためにあなたを名づけ親に選んだんだから。ドルーがロバートやわたしには言いたくないことでも、あなたになら話せるように」

そんなことについて今ここで議論したところでどうしようもない。サイモンはそう思って言った。「で、結局どうだったんだ?」

「ペイジに個人セラピーを受けさせた」

「いや、つまりその、レイプ犯と何があったのかという意味だ」

「いろいろ複雑なのよ」

「本気で言ってるのか?」

「ペイジはその夜の記憶が曖昧で、詳しいことを思い出せなかった。飲みものに何か入れられたのかもしれない。でも、ほんとうのところはわからない。被害を受けてから何日も経ってたから、レイプキットもあまり意味がなかった。セラピーは役に立っていたと思うけど。ペイジは時間をかけて少しずつ思い出そうとしてた」

「相手を訴えようとはしなかったのか?」

「わたしもそうするように言ったけど、あの子はそこまで踏み切れなかった。覚えてなかったから。自分が合意したかどうかもはっきりしないと言ってた」そう言うと、イヴォンは彼の次の質問を手で制して言った。「簡単な話じゃなかったのよ、サイモン」

彼は首を振った。「きみは私に話すべきだった」

「お父さんに話をさせてって、わたしも何度もペイジに頼んだ。相手にされなくなったあとも。でも、そう、しばらくすると、あの子はわたしにも口を閉ざすようになった。もう大丈夫だから、対処できてるからって。何があったのかはわからない。ペイジはわたしが電話しても出なくなって、あのアーロンとかいう男とつきあうようになった……」

「それなのに私たちに黙ってたのか? あの子がすさんでいくのを目のあたりにしながら、きみはずっと黙っていたのか」

「わたしはずっと黙っていた。あなたには」

彼はそのことばに耳を疑った。「イングリッドには話したのか？」

背後でノックの音がした。サイモンは振り返った。コーネリアスが病室のドアを開け、顔をのぞかせて言った。

「行こう。ロッコが待ってる」

36

アッシュはクロス・ブロンクス・エクスプレスウェーを南に折れ、メジャー・ディーガン・エクスプレスウェーにはいった。

「息子が全部で十四人いるなら」と彼はディーディーに言った。「これからもっと出てくるはずだ。あの手のサイトに自分のＤＮＡを送るやつが」

ディーディーはうなずき、メッセージをチェックするため、エレナのスマートフォンを起動させた。

「その対策はどうするんだ？」

「〝真理〟はあと一週間ももたない。細かい法的なことはよくわからないけど、いったん遺言の検認が始まっちゃうと、異議を申し立てることはむずかしくなる」

「だとしても」とアッシュは言った。「誰かが真相を探り出すに決まってる」

「どうやって？」

「〝真理〟の別の息子が自分のＤＮＡを登録したとしよう」

「はいはい」

「そいつは自分に三人か四人の兄弟がいることに気づく――しかも全員が死んでることに」

「そうね。ひとりは強盗被害にあって撃たれた。ひとりは自殺した。ひとりはただの行方不明で、家出の可能性が高い。もうひとりはなんだろ、ドラッグ漬けのいかれたホームレスに刺し殺されるとか？　とにかくひどい偶然だってことがわかるはずよ。でも、それはそこまでの事情がわかればの話。突き止めるのは簡単じゃないわ。本人たちが死んでもアカウントは生きたままだから、死んだ腹ちがいの兄弟にＥメールを送ることはできるけど、返事は返ってこない。普通はそこであきらめるでしょう。でも、たとえ死んだ全員の身元を突き止めて、全員のつながりがわかって、いろんな州の警察を過去の事件の捜査に協力させたとして、それで何が見つかると思う？」

ディーディーがこの問題についてとっくに考え抜いているのは明らかだった。

「アッシュ？」

「何も見つかりはしない」と彼は言った。

「そのとおり。だから——あ、待って」

「どうした？」

「サイモン・グリーンからメッセージが来た」彼女はそれを読み上げた。

私たちが最初に会ったコーネリアスのアパートメントに向かってる。手がかりが得られるかもしれない。そっちはどうだ？

「そのコーネリアスってのは何者だ？」とアッシュは尋ねた。

「さあ」

「嫌な予感がする」

「大丈夫よ」

「マザー・アディオナの件はどうなった？」

「それはあたしにもわからない」

「あの女はおれにおまえを信じるなと言ってきた」

「でも、あんたはあたしを信じてる」

「ああ、そのとおり」

彼女はにっこり笑った。「あの人のことはあとで考えればいいわ。ね？」

アッシュはブロンクスのモット・ヘイヴン地区の一角に建つコンクリート防護壁のまえで車を停めた。ふたりとも銃を身につけていた。ナイフも隠し持っていた。今回は刺殺事件に見せかける予定だった。この界隈で頻繁に起こっているであろう麻薬組織同士の抗争の一部のように。

運転席のドアを開けようとしたとき、ディーディーがただならぬ声を発した。「アッシュ？」

彼が振り返ると、彼女は顎で前方を示した。それから自分のスマートフォンを取り出し、〈PPGウェルス・マネージメント〉のウェブサイトから保存した画像を掲げて言った。

「こいつじゃない？」

アッシュはすばやく見比べた。まちがいない。サイモン・グリーンが自分たちのめあての建物に足を踏み入れようとしている。

「隣りにいるのは誰？」

「あててみようか？　コーネリアスだ」

ディーディーはうなずいた。「こうなると、刺殺事件が一件ってわけにはいかないわね」

「ああ」

彼女は後部座席の武器のはいったバッグをちらりと見て言った。「どっちかって言うと、銃による大量虐殺事件のほうが近いかもね」

ロッコは生半可な巨漢ではない。その大きさは文字どおり計り知れない。だからサイモンのような常人は彼を見るたびに圧倒される。そんなロッコがコーネリアスのアパートメントの中を歩きまわるのを見て、サイモンは気づくと、『ジャックと豆の木』の巨人が歌う〝フィー・ファイ・フォー・ファム〟が聞こえてくることを半ば本気で期待していた。

ロッコは本棚を眺めて眼をすがめるようにして言った。「ここにある本を全部読んだのか、コーネリアス？」

「読んだ。おまえさんも読むといい。読書をすると他人の気持ちがよくわかるようになる」

「そうなのか？」ロッコは本棚から一冊取り出し、ページをめくりながら尋ねた。「ミスター・グリーン、約束の五万ドルは持ってきたか？」

「私の娘は持ってきたか？」とサイモンは言い返した。

「いいや」

「だったら、五万ドルはここにはない」

「ルーサーはどうした？」とコーネリアスが尋ねた。

「そう焦るな、コーネリアス。やつはすぐ近くにいる」そう言うと、ロッコは携帯電話を手にして呼びかけた。「ルーサー？」

携帯電話の粗末なスピーカーから声が聞こえた。「聞いてるよ、ロッコ」

「そのままそこにいろ」とロッコは言った。「ここにいるお友達は金を持ってないそうだ」

「金はある」とサイモンは言った。「五万ドルではないが、あんたが教えてくれた情報で娘を見つけることができたら、そのときに残りを全額払う。それは約束する」

「約束する？」ロッコはその巨体に見合った笑い声をあげた。「それで、なんだ、そのことばをただ信じろってか？　あんたら白人はそんなに信用できるのかよ？」

「白人は関係ない」とサイモンは言った。

「じゃあ、なんで信じなきゃならない？」

「私が父親だからだ」

「ほおおお」ロッコはわざとらしく驚き、両手の指をひらひらさせた。「それでおれの心が動くと思うか？」

　サイモンは何も言わなかった。

「今おれの心を動かすのは現ナマだけだ」

　サイモンは現金をコーヒーテーブルの上に放って言った。「ここにほぼ一万ドルある」

「それじゃ足りないな」

「急な呼び出しだったんで、これしか用意できなかった」

「だったらさよならだ」

　コーネリアスが横から言った。「まあそう言うな、ロッコ」

「おれはもっと欲しいんだよ」

「あとでもっと手にはいる」とサイモンは言った。

ロッコはしばらく渋っていたが、コーヒーテーブルの上の現金にはやはり心惹かれるようだった。「じゃあ、こうしよう。まず最初に、おれがある情報を教える。かなりでかい情報だ。で、そのあと、おれの可愛いルーサーが……ルーサー、まだそこにいるか？」

携帯電話から返事が聞こえた。「ああ」

「よし、おまえはまだそこにいろ。このふたりが何かしでかすといけないからな。ちょっとした保険だ」ロッコはにやりと歯を見せて笑った。「要はこういうことだ。おれの話が終わったら、ルーサーをここに呼び入れる。やつは段ちがいにでかい情報を握ってるからな」

コーネリアスが言った。「始めてくれ」

ロッコは現金を手に取って話を切りだした。「ペイジの目撃情報がはいった。確実な情報だ」

サイモンは脈が速くなるのを覚えた。「いつ？」

ロッコは紙幣を数えはじめた。「彼氏が殺された二日後だ。あんたの娘はしばらくこのあたりに隠れてたみたいだな。それから六号線に乗った」

六号線――サイモンは思った――最寄りの地下鉄の路線だ。

「それを見たやつはほぼまちがいないと言ってた。断言はできないが、ほぼまちがいないってな。だけど、おれの手下にもうひとり、あの子を見たと確信してるやつがいる。そっちは絶対まちがいないそうだ」

「どこで?」とサイモンは尋ねた。

ロッコは紙幣を数えおわると、顔をしかめて言った。「一万もないじゃないか」

「明日もう一万ドル持ってくる。あんたの手下はどこでペイジを見たんだ?」

ロッコはコーネリアスを見た。コーネリアスはうなずいた。

「ポート・オーソリティだ」

「バスターミナル?」

「ああ」

「どこ行きのバスだったかはわかるか?」

ロッコは拳を口にあてて咳払いをした。「こうしよう、ミスター・グリーン。おれがまずその質問に答える。それからルーサーが——ルーサー、準備はいいか?——残りの情報をあんたに教える。五万ドルと引き換えにだ。交渉の余地はない。なぜだかわかるか?」

コーネリアスが言った。「ロッコ、それはないだろう」

ロッコは巨大な両手を広げた。「なぜなら、ルーサーのとっておきの情報を聞いたら、あんたらは嫌でもその金を払うしかなくなるからだ。おれたちへの口止め料として」

サイモンはロッコの眼を見すえた。ふたりともまばたきひとつしなかった。が、サイモンにはわかった。ロッコは本気だ。ルーサーはそれだけ重大な事実を握っているにちがいない。

「いずれにしろ、まずあんたの質問に答えよう。バッファローだ。あんたの娘は——これは信頼できる情報筋から得た確かな情報だ——バッファロー行きのバスに乗った」

サイモンはとっさに記憶を探り、州北西部のバッファロー付近に自分か娘の知り合いがいたかどうか思い出そうとした。誰ひとり思い浮かばなかった。もちろん、ペイジはもっと手前でバスを降りたとも考えられる。実際、ニューヨーク州内のどこで降りたとしてもおかしくない。いずれにしろ、市外に知り合いがいるとは思えなかった。

「ルーサー？」

「ああ、ロッコ」

「上がってこい」

ロッコはそう言って電話を切った。それからコーネリアスににやりと笑いかけた。「あれはあんたの仕業だった。そうだろ、コーネリアス？」

コーネリアスは黙っていた。

「ルーサーを撃ったのはあんただ」

コーネリアスはただ彼を睨みつけた。ロッコは笑って両手を上げた。

「おっと、おっと。まあ、そう心配するなよ。ルーサーには黙っててやるからよ。ただ、これも今からわかることだが、やつにはやつなりの理由があったんだ」

「どんな理由だ？」とサイモンは尋ねた。

ロッコはドアのほうに近づきながら答えた。「正当防衛だ」

「何を言ってる？　私は何も――」

「あんたじゃない」

サイモンはただロッコを見つめた。

「よく考えてみろ。ルーサーはあんたを撃ったんじゃない。あんたのカミさんを撃ったんだ」

ロッコはにやりとしてドアノブに手をかけた。

いくつかのことが同時に起こった。

廊下からルーサーが叫んだ。「ロッコ、気をつけろ！」

ロッコが反射的にさっとドアを開けた。

いきなり銃弾が飛び込んできた。

37

その五分まえ、アッシュは落書きだらけのドアを押し開けた。

そして、さきに立って薄暗い玄関間にはいった。ディーディーがあとに続いた。武器はどちらも手にしていなかった。この段階ではまだ。それでも、いざというときのために手は銃のすぐそばに置いていた。

「なんでサイモン・グリーンがここにいるんだ？」とアッシュは囁いた。

「娘に会いにきたんじゃない？」

「だったらなんでエレナ・ラミレスへのメッセージにそう書かなかった？　なんでわざわざコーネリアスなんかが出てくるんだ？」

ディーディーはおんぼろの階段に足をかけて答えた。「さあ」

「いったん戻ろう」とアッシュは言った。「もっと調べてから動くべきだ」

「じゃあ、あんたは戻ればいいわ」

「ディーディー」

「アッシュ、よく聞いて。エレナ・ラミレスとサイモン・グリーンは悪性の癌《がん》細胞よ。今すぐ取り除かないと、あっというまに広がってしまう。もっと慎重にいきたい？　いいわよ、ひとりで車に戻って。銃があればあたしひとりでもやれるから」

「そうはいかない」とアッシュは言った。「それはおまえもわかってるだろ？」

小さな笑みが彼女の唇に浮かんだ。「また性差別？」

「おまえだっておれをひとりじゃ行かせないはずだ」

「まあ、そうね」

「この場所」と彼は言った。「おれが何を思い出すかわかるか?」

ディーディーはうなずいた。「ミスター・マーシャルの醸造所。あの腐ったビールのにおい」

アッシュは彼女が覚えていることに驚いた。ジョジョ・マーシャルはアッシュの里親のひとりだった。ディーディーのではなく。アッシュは彼の醸造所で発酵作業をさせられていた。ディーディーも何度かその様子をのぞきにきたことがあったが、アッシュ同様、決してそのにおいに慣れることはなかった。

ディーディーは階段をのぼりはじめた。アッシュは弾みをつけて駆け上がり、自分がさきに立とうとした。が、彼女が体ごと立ちふさがって非難がましく睨んできたので、一歩うしろにさがった。階段では誰ともすれちがわなかった。誰かが大音量でテレビを見ているのか、遠くの部屋からかすかな音洩れがしていた。

それ以外には物音ひとつしなかった。

アッシュは二階の廊下を見渡した。ディーディーは階段をのぼりつづけた。

廊下には誰もいなかった。好都合なことに。

三階まで来ると、ディーディーが振り返り、アッシュはうなずいた。ふたりとも銃を取り出し、体の脇の低い位置で構えた。たとえ今この瞬間に誰かが部屋のドアを開けたとしても、すぐにはわからないだろう。廊下の乏しい照明の下で、ふたりがそれぞれ二十連マガジンを装備したFN5-7を手にしていることは。

ふたりはB号室まで進んだ。アッシュは重金属製のドアをノックした。

ふたりとも銃を構えて待った。

返事はなかった。

アッシュはまたノックした。やはり反応はなかった。

「誰かいるはずよ」とディーディーが囁いた。「グリーンが来てるのはまちがいないんだから」

アッシュは重金属製のドアをざっと眼で調べた。空き巣対策で取り付けたのだろうが、なんともまぬけなやり方をしたものだ。ドアそのものは鋼鉄製だが、ドア枠は木でできていた。それも頑丈な木ではなさそうだった。アッシュが見てきたこの建物全体の造りからして。

アッシュは銃を握り、ディーディーに向かってうなずいた。片方の足をあげ、ボルトが木に食い込んでいる部分めがけて蹴りを入れた。

木枠はあっけなく蹴破られた。まるで乾いた小枝のように。

ドアが弾けるように開き、アッシュとディーディーは部屋に飛び込んだ。

誰もいなかった。

シングルのマットレスが床の左右にひとつずつ置かれていた。床には乾いた血痕があった。

アッシュはすばやく室内を見まわした。何かがとてつもなくおかしい。彼は床を見てしゃがみ込んだ。

「何？」とディーディーが囁いた。

「黄色いテープだ」

「ええ？」

「ここで犯罪があったってことだ」

「いったいどういうこと？」

近くでドアが開く音がした。

ディーディーは即座に動いた。マットレスの上に銃を放って廊下に出ると、壊れたドアを閉めた。男がひとり自分の部屋から出てきたところだった。イヤフォンでなにやらやかましい音楽を聞いている。四、五メートル後方にいるディーディーにも聞こえるヴォリュームで。男は階段に近づいていた。今にも階下《した》へ降りていこうとしていた。背後のディーディーにはまだ気づいていない。彼女はその場にじっと立ったまま、男が振り向かないようにと念じた。

が、男は振り向いた。

彼女に気づいた男はイヤフォンを耳から抜いた。

ディーディーはとびきりの笑顔を男に向けて言った。

「こんにちは」それはもう愛嬌《あいきょう》たっぷりに。ただの挨拶以上の意味があるのではと相手が誤解しかねないほどに。「コーネリアスを捜してるんだけど」

「この階じゃないよ」

「あら？」

「コーネリアスは二階のB号室」

「やだ、まちがえちゃった」

「みたいだね」

男は今にもこっちへ向かってきそうだった。それは困る。ディーディーは尻ポケットにそっと手を入れ、飛び出しナイフを握った。

このままではあの男の咽喉《のど》を掻き切ることになる。すばやく、音をたてずにやるしかない。

ディーディーは空いているほうの手を振って言った。「おかげで助かったわ。ありがとう」

男は彼女のほうに足を踏み出すかと思われた。が、やはりやめておこうと思い直したようだった。何かの直感に告げられたかのように。

「どういたしまして」と男は言った。「それじゃ」

ふたりはまたしばらく見つめ合った。それから男は向きを変え、急いで階段を降りていった。ディーディーは男が二階に立ち寄ってコーネリアスに知らせるのではないかと思い、足音にじっと耳をすました。そのうち男が一階に降り立ち、落書きだらけのドアを押し開けるのが聞こえた。

男が消えると、アッシュは三階のB号室から出てディーディーに彼女の銃を渡した。廊下の会話はすべて聞いていた。ふたりは静かに階段へ向かい、二階に降りてB号室のまえまで来た。アッシュはドアに耳を近づけた。

声が聞こえた。何人かの話し声。

アッシュが合図し、ふたりは銃を構えた。計画は単純だった――銃を乱射しながら部屋に突入し、居合わせた全員を皆殺しにする。

アッシュは錠前に狙いをつけて撃とうとした――ここまで来たら派手にやるだけだ――そこでふたつのことが同時に起こった。

ドアノブがまわりはじめた。

そして廊下の奥からひとりの男が叫んだ。「ロッコ、気をつけろ！」

「ロッコ、気をつけろ！」

ロッコがドアを引き開けた瞬間、サイモンは最初の銃声を聞いた。

重大な危機の只中《ただなか》では時間の流れが遅くなると言われる。映画『マトリックス』で、主人公のネオが飛んでくる弾丸《たま》をよけるスローモーションのように。もちろん、その感覚は錯覚にすぎない。時間は常に一定だ。が、そうした錯覚は記憶の仕組みによって惹き起こされるのだと、サイモンは以前何かで読んだことがある。ある出来事――たとえば恐怖を感じている瞬間――の記憶が濃密であればあるほど、その出来事は長く感じられるのだと。歳を取れば取るほど時間の流れが早く感じられるのもそれと同じことだ。子供の頃はあらゆる体験が新しく、見るもの聞くものすべてが新鮮で強烈な出来事として記憶される。そのため、やはり時間の流れは遅く感じられる。歳を取るにつれ、とりわけ毎日が同じことの繰り返しだと、目新しい経験をすることも鮮やかな記憶が残ることもほとんどなくなり、時は飛ぶように過ぎる。子供のときの夏が永遠のように感じられるのはそういうわけだ。大人の夏はまばたきするあいだに終わる。

そして今、サイモンの耳に男の――ルーサーの――叫び声と銃声が響いた瞬間、時間はおそろしく緩慢に流れはじめた。まるで膝まで糖蜜《とうみつ》に浸《つ》かっているかのように。

ロッコがドアを開け放った。

サイモンはロッコの一メートルたらずうしろに立っていた。大男の広い背中と肩に視界を阻まれ、何も見えなかった。

が、弾丸《たま》がめり込む音は聞こえた。

ロッコが痙攣《けいれん》した。まるで不気味なダンスでもしているかのようにガクガクと全身を震わせ、もがくようにあとずさりを始めた。

さらなる弾丸《たま》が立てつづけに命中した。

大男がようやく仰向けに倒れたとき、建物全体が揺れた。ロッコの眼は開いたままぼんやりと天井を見ていた。胸に血が広がっていた。

サイモンの視界が開け、戸口が見えるようになった。

ふたりの男女が立っていた。

三十前後の男が左を向いて撃っていた。おそらくは廊下の奥のルーサーに向かって。もはやルーサーの声は聞こえなかった。男よりいくらか若い赤毛のショートヘアの女が下に狙いをつけ、ロッコの頭にもう二発撃ち込んだ。

次に女はコーネリアスに銃を向けた。

サイモンは叫んだ。「やめろ！」

コーネリアスはすでに動いていた。反応していた。が、間に合いそうになかった。女はそれほど近くにいた。簡単に撃てる距離に。

狙いをはずすとは思えない。

サイモンは女を阻止しようとした。ドアに飛びかかりながら叫び声をあげ、女の注意を惹きつけようとした。コーネリアスが十分の一秒でも時間を稼げるように。

女が引き金を引きかけた瞬間、サイモンはドアに体ごとぶつかった。ドアの角が女の前腕に叩きつけられ、銃の狙いがはずれた。

躊躇《ちゅうちょ》している時間はない。

着地したサイモンはドアのまわりを探り、女の手首をつかもうとした。指が相手の肌に――腕のどこかに――触れた。すかさず手を伸ばしてつかみかけたとき、誰かが、おそらくさっきの男が、ドアの反対側から体あたりをかましてきた。

サイモンはドアに顔を直撃され、よろめきながら倒れた。

ロッコの死体の上に。

若い女は室内に踏み込み、コーネリアスに銃を向けた。コーネリアスは非常階段へ出る窓に向かって駆け寄りながら、ポケットから銃を出そうとしていた。

が、遅すぎた。

もう間に合わない。

時間の流れが遅くなったのか、思考のスピードが速くなったのかはわからない。が、サイモンには今はっきりと真実が見えた。

コーネリアスと自分がふたりとも助かることはありえない。

どう考えても無理だ。

そうなると、もはや選択肢はなかった。

床に倒れた体勢から、サイモンはドアを蹴って女にぶつけようとした。女はそれをこともなげに足で受け止めた。いかにもサイモンの悪あがきに見えたことだろう。女がはいってくるのを止めようとしてあえなく失敗したかのように。

しかし、それはサイモンの時間稼ぎでもあった。

その時間で大虐殺を阻止することは不可能だ。

が、コーネリアスが逃げたほうにサイモンも飛び出すには充分だった。

その動きに女は不意を突かれた。サイモンが自分に向かってくると踏んでいたのだろう。が、彼は別の方向に飛び出した。それでは助かるどころか自殺行為だ。銃撃をまともに浴びることになる。

女の銃とコーネリアスを隔てるものは何もなかった——サイモンの体以外。

女はかまわず発砲した。

サイモンの腰の左に弾丸《たま》がめり込んだ。焼けつくような痛みに襲われた。

それでも彼は止まらなかった。

別の一発が右肩に命中した。

サイモンはコーネリアスに向かって突進した。ディフェンシヴエンドが不意打ちのブリッツを仕掛けるように。そうして彼の腰に抱きついた。

そのまま窓をめがけてタックルした。

コーネリアスにとっても時間の流れが遅くなっていたにちがいない。が、彼は本能に逆らわなかった。タックルを受けて体が後退するに任せ、そのあいだにポケットから銃を抜いた。

ふたりは同時に窓に倒れかかった。その衝撃で窓ガラスが割れた。

コーネリアスは完全に銃を抜いていた。サイモンの肩越しに狙いをつけ、倒れながら撃った。

銃声が飛び交う中、男のうなり声と女の叫び声が聞こえた。「アッシュ！」

コーネリアスとサイモンはもつれ合ったまま、非常階段の踊り場の格子の床に倒れ込んだ——コーネリアスが背中から落ち、サイモンは腕がほどけながらも彼の上に重なって倒れた。倒れた衝撃でコーネリアスの手から銃が弾け飛んだ。サイモンは銃がアスファルトの地面に真っ逆さまに落ちるのを見た。

また女の声がした。悲痛な叫び声が。「アッシュ！ いやあああ！」

サイモンの眼がぴくぴくと震えた。口の中に銅の味が広がり、それが血だということに気づいた。なんとか体を転がしてコーネリアスの上から降りると、声を出そうとした。逃げろ。コーネリアスにそう言いたかった。赤毛の女は無傷だ、すぐにふたりとも殺しにやってくる、と。

しかし、ことばが出てこなかった。

サイモンはコーネリアスを見た。コーネリアスは首を振った。

逃げるつもりはないと。

このすべてが——ロッコがドアノブをまわしてから今この瞬間まで——五秒かそこらのあいだに起こった。

部屋の中から女の絶叫が聞こえた。原始的な、咽喉《のど》の奥から絞り出すような叫び声が。

そして今、サイモンは自らの生命力が失われつつあるのを感じながらも確信した――あの若い女はこっちにやってくると。

逃げろ。コーネリアスにそう告げようとした。

コーネリアスは逃げようとしなかった。

赤毛の女が窓に到達するのが見えた。銃を構えて。

やはり選択肢はない。

もはやほとんど残っていない力を振り絞り――コーネリアスの意表を突いて――サイモンは彼を踊り場から突き落とした。

コーネリアスは階段を転がりはじめた。でんぐり返しをするように、頭と足を交互に打ちつけながら。

痛いだろう。サイモンは思った。骨折も一個所ではすまないかもしれない。

それでも死にはしないはずだ。

これでもう為《な》す術《すべ》はなくなった。それはわかっていた。サイレンの音が近づいてくるのが聞こえたが、とうてい間に合うはずもなかった。仰向けになり、若い女の緑の眼を見上げた。その瞬間にはまだかすかな希望を抱いていたかもしれない。そこに慈悲やためらいの色が見えるのではないかと。しかし、眼と眼が合うなり、最後の望みは瞬時に潰《つい》えた。

この女はおれを殺すだろう。しかもその行為を愉しむことさえするだろう。

女は窓から身を乗り出し、サイモンの頭に銃を突きつけた。

そして次の瞬間、いなくなった。

誰かが女を窓の外に突き落としたのだ。悲鳴に続いて、女がべしゃりとアスファルトに叩きつけられる音が聞こえた。

サイモンが窓を見上げると、別の女が――赤い縞模様のはいった妙なグレーの服を着た年配の女が――姿を現わした。彼女は心配そうにサイモンを見て、急いで非常階段に出てくると、彼の出血を止めようとして言った。

「もう大丈夫」

彼は訊きたかった。あなたは何者なのか、ペイジを知っているのか、そういったことをすべて。しかし、口の中に血があふれてどうにもならなかった。全身の力が弱り、体から抜けていくのがわかった。自分の眼が白眼を剝くのもわかった。すべてが闇に覆われても、まだサイレンの音が聞こえていた。

「子供たちは無事よ」

それきり何もわからなくなった。

38

一ヵ月が過ぎた。

サイモンの傷の治療には、イングリッドと同じ病院での三度の手術と十八日間の入院、モルヒネの点滴と二週間（今までのところ）の理学療法を要した。痛みと損傷は軽くはなく、おそらくは──奇《く》しくもエレナ・ラミレスのように──残りの生涯を足を引きずって、ことによると杖《つえ》をついて歩くことになりそうだったが、幸い命に別状はなかった。

コーネリアスは足首の捻挫《ねんざ》と軽い打撲だけの軽傷ですんだ。ロッコとルーサーはふたりとも銃で撃たれて死んだ。アシュリー・〝アッシュ〟・デイヴィスという名の殺し屋の男も同様。彼の相棒の女──ダイアン・〝ディーディー〟・ラホイという名の若いカルトのメンバー──は頭から地面に落ち、頭蓋骨が割れた。意識は今なお戻らず、あらゆる状況から考えて、今後も戻ることはなさそうだった。

アイザック・ファグベンル刑事の話では、さまざまな法執行機関が情報をまとめるのに時間がかかっているものの、一連の事件には〈真理の聖域〉という名のカルトや非合法の養子縁組やプロの殺し屋がからんでいるとのことだった。

しかし、詳しいことはまだよくわかっていない。

さらに厄介なことに、〈真理の聖域〉の教祖キャスパー・ヴァーテージは老衰で亡くなったばかりだった。彼のふたりの息子は一流の弁護士を立てて身の潔白を主張していた。キャスパー・ヴァーテージが裏で何かを——それが何かはわからないが——おこなった可能性は否定できないにしろ、本人はすでに死亡しており、息子たちはいっさい何も知らない。弁護士たちはそう主張した。

「今に決定的な証拠をつかんでみせますよ」とファグベンルは言っていた。

しかし、サイモンにはそこまで確信は持てなかった。ヴァーテージの息子たちの有罪を証言しうるふたりの殺し屋はともに死んだも同然なのだから。警察はサイモンの命を救ったマザー・アディオナと名乗る女性に望みをつないでいるようだが、彼女の本名は警察にもまだ特定できていなかった。彼女はそれほど長くカルトにいたということだ。警察はマザー・アディオナの身柄を拘束することもできなかった。彼女自身はなんの罪も犯していないのだから——サイモンの命を救った以外。

証拠はもちろんそれだけではなかった。エレナ・ラミレスは違法の養子縁組の事実を知ったために、アッシュとディーディーに殺された。警察はそう結論づけた。現に〈クラッカー・バレル・オールド・カントリー・ストア〉の防犯カメラには、エレナがディーディー・ラホイの運転する車に乗り込むところが映っていた。エレナはそのまま無人の小屋に連れていかれ、そこで殺害されたものとみられるが、遺体はまだ見つかっていない。そのあと殺し屋たちはエレナのスマートフォンに侵入し、彼女とサイモンのメッセージのやりとりを見て、彼の口を封じることに決めたようだった。証拠はまだある——アーロン・コーヴァルを含む異母兄弟たちが互いの存在に気づき、実の父親を見つけるまでは自分たちの関係を秘密にしておこうと誓い合ったこと。そのうちのひとり、ヘンリー・ソープが兄弟ばかりか実の母親までも発見し、その母親がカルトの元メンバーだとわかったこと。事情を知ったその母親がヴァーテージ一族を問いつめた結果、そのことが息子たちの知るところとなったこと。

しかし、ペイジの消息についてはまだ何もわからなかった。

そんな入院五日目の夜のこと、痛みがひどく、モルヒネの自己調節用ポンプを懸命に押しつづけたあと、サイモンは半ば朦朧《もうろう》として眼を覚まし、マザー・アディオナがベッド脇に坐っていることに気づいた。

「彼らは息子たち全員を殺そうとしていたのよ」とマザー・アディオナは彼に言った。

サイモンにもそれは理解できたが、動機ははっきりしないままだった。カルトの幹部は過去に赤ん坊を売っていた罪を隠蔽しようとしたのかもしれない。あるいは一連の殺人はなんらかの異常な儀式か預言の一部だったのかもしれない。それは今なおわからない。

「ミスター・グリーン、わたしは真理を信じている。そのおかげで生かされてるの。人生のほとんどを信仰に捧げてきた。初めて男の子を産んだとき、〝真理〟に言われたわ。この子は次の指導者のひとりになるんだって。わたしはそのつもりで息子を育てた。次に男の子が生まれて、この子はここにいられないと〝真理〟に言われたとき、わたしは彼を手放した。それが二度とわが子に会えないことを意味していても」

サイモンは鎮痛剤の作用でぼうっとしたまま彼女を見つめた。

「だけど去年、息子がどうなったか知りたくて、DNAサイトを利用したの。別に害があるわけじゃなし、ちょっとしたことを知りたいだけだと思った。ほんのちょっとの」——彼女はかすかに微笑んだ——「真理を知りたいだけだと。そう思って登録したら、何がわかったと思う？」

サイモンは首を振った。

「わたしの息子の名前はネイサン・ブラノン。フロリダ州タラハシーで、ヒューとマリアのブラノン夫妻に育てられた。ふたりとも学校の先生よ。ネイサンはフロリダ州立大学を優秀な成績で卒業して、高校のときからつきあってた彼女と結婚して、今は三人の男の子がいて——上の子が十歳で、下が六歳の双子。ネイサンも学校の先生をしていて——五年生を教えてる——どこからどう見てもすばらしい立派な大人だった」

サイモンは上体を起こそうとした。が、薬の影響で全身がだるく、まったく力がはいらなかった。

「あの子はわたしに会いたがった。わたしの息子は。でも、わたしは断わった。それがどれだけ辛いことだったか想像できる、ミスター・グリーン？」

サイモンは首を振り、なんとかことばを絞り出した。「できません」

「でもね、わたしにはそれで充分だったの。息子が幸せだとわかっただけで。それで充分なはずなのよ。〝真理〟がそれを望んだんだから」

サイモンは自分の手を彼女の手に近づけた。マザー・アディオナはその手を取った。ふたりはしばらくそのままじっとしていた。暗がりの中、病棟のざわめきを遠くに聞きながら。

「でも、そのあと彼らがわたしの息子を殺そうとしていることがわかった」彼女はようやくサイモンと眼を合わせて言った。「わたしはこれまでずっと信仰のために自分を曲げてきた。でも、これぱっかりは……無理に自分を曲げたら、人は壊れてしまうものよ。わかる？」

「もちろんです」

「だから彼らを止めなければならなかった。誰も傷つけたくはなかったけど、ほかにどうしようもなかった」

「感謝しています」とサイモンは言った。

「もう帰らないと」

「どこへ？」

「〈真理の聖域〉へ。やっぱりあそこがわたしの家なのよ」

マザー・アディオナは立ち上がり、ドアに歩み寄った。

「待ってください」サイモンは唾を呑み込んで言った。「私の娘は殺された息子たちのひとりとつきあっていた」

「そう聞いたわ」

「娘は行方不明なんです」

「それも聞いた」

「どうか力を貸してください。あなたも人の親なら、私の気持ちはわかるはずだ」

「ええ、わかるわ」マザー・アディオナはドアを開けて言った。「でも、わたしは何も知らないの。今話した以上のことは何も」

そう言って出ていった。

一週間後、サイモンはファグベンルに事件のファイルを見せてほしいと頼んだ。ファグベンルは彼を哀れに思ったのか、黙ってその頼みを聞き入れてくれた。

イングリッドの容態はよくなってきていた。そこにはいくらか希望の光が見いだせた。テレビの中とはちがって、人はある日突然、昏睡状態を脱するわけではない。回復の過程は二歩進んだら一歩後退といった繰り返しであることが多い。これまでに二度、イングリッドは一時的に意識を取り戻し、サイモンとことばを交わした。二度とも意識は清明だった。それは大きな希望の光だった。が、最後に彼女が眼を覚ましたのは一週間以上まえだ。それからの変化はまだ見られない。

自分が撃たれたその日から、サイモンは事件を探りつづけていた。最大の問いに対する答はわからないままだったから。

ペイジはどこにいる？

答は得られなかった。何日も、何週間も。

その答はひと月が経ってやっと得られた。

銃撃を受けてから一ヵ月後、ようやく傷が回復すると、サイモンはポート・オーソリティのバスターミナルに向かった。そして、バッファロー行きのバスに乗り、七時間ずっと窓の外を眺めて過ごした。何かが見えた瞬間にひらめきが訪れるのではないかと、はかない望みを抱きながら。

何も訪れなかった。

到着すると、バスターミナルのまわりを二時間歩きまわった。そのブロックのまわりをぐるぐる歩いていれば、きっと何か手がかりが見つかると信じて。

何も見つからなかった。

体じゅうに痛みを覚えながら——こんな遠出は時期尚早だったかもしれない——サイモンはまたバスに乗って座席に体を押し込み、七時間の帰路についた。

帰りもずっと窓の外を眺めていた。

やはり何も見つからなかった。

バスがポート・オーソリティに着いたときはもう午前二時まえだった。サイモンは北方面の地下鉄A号線に乗って病院へ向かった。イングリッドはまだ意識が戻らないものの、集中治療室から一般の個室に移っていた。サイモンがそばで眠れるように、室内には簡易ベッドが置いてあった。サムとアーニャのためを思って自宅にとどまることもあったが、ほとんどの夜は——今夜のように——ワシントンハイツまで行って、妻の額にキスをし、彼女のベッドの隣りに簡易ベッドを広げて眠った。

しかし、今夜は事情がちがった。あの銃撃から一ヵ月後の今夜、サイモンがイングリッドの病室にやってくると、そこにはすでに先客がいた。

室内の明かりは消えていた。見えるのはベッド脇に坐った彼女のシルエットだけだった。

サイモンは戸口で足を止め、眼を見開いた。手で口を押さえたが、押し殺そうとしても声が洩れた。膝から力が抜けるのが自分でもわかった。

ペイジが振り向いたのはそのときだった。「父さん？」

サイモンは泣き崩れた。

39

ペイジは父親を助け起こして、椅子に坐らせた。

「すぐに戻らないといけないの」と彼女は言った。「でも、もう一ヵ月経ってる」

サイモンはなんとか自分を落ち着かせようとしながら訊き返した。「一ヵ月？」

「わたしがクリーンになってから」

そのことばどおりなのは見ればわかった。ペイジが薬物を断っていることは。サイモンは驚いた。可愛い娘はやつれて顔色が悪く、どこか苦しそうではあったが、それだけではなかった。眼は澄んで、素面《しらふ》で……またサイモンの眼に涙が込み上げてきた。今回は喜びの涙が。

彼はなんとかこらえた。

「まだ治療の途中だし、完全には治らないかもしれない」と彼女は言った。「でも、よくはなってる」

「じゃあ、この一ヵ月間ずっと――」

「こんなことになってるなんて知らなかった。パソコンは禁止されてるし、家族や友達や外の人たちと連絡を取ることもできなかったから。そういうルールなの。丸一ヵ月間はいっさい禁止。それしかなかったのよ。この機会に賭けるしかなかった」

サイモンはただ呆然としていた。

「すぐまたリハビリに戻らなきゃならない。それは理解して。まだ現実の世界に戻れる状態じゃないから。二十四時間だけの約束で外出を許されたけど、それも家族の緊急事態じゃなければ無理だった。だからもう戻らないと。ここに来てまだちょっとしか経ってないのに、施設にいたときよりもそわそわしてるから――」

「わかった」とサイモンは言った。「父さんが車で送ろう」

ペイジは母親のベッドのほうを向いた。「こうなったのはわたしのせいね」

「ちがう」とサイモンは言下に言った。「そんなふうに考えてはいけない」

そう言って、ペイジの近くに寄った。娘はやはり見るからに脆《もろ》そうだった。今にも壊れそうだった。サイモンは不安を覚えずにいられなかった。そうやって自分を責め、罪悪感を引き受けたりすれば、この子はまた忘我の世界に溺れたくなるのではないか。

「おまえのせいじゃない」と彼は言った。「そんなふうに思ってる人は誰もいない。ましてやおまえの母さんや父さんがおまえを責めたりするわけがない。わかったね？」

彼女はうなずいた。かなりためらいがちにではあったが。

「ペイジ？」

「何？」

「何があったか話してくれるか？」

「あの日、ブロンクスのアパートメントに戻ったら、アーロンが死んでて……だから隠れたの。きっと……警察はわたしを疑うと思ったから。アーロンはひどい状態だった。でも、そのとき心のどこかで思ったの、アーロンはもういないんだって。やっといなくなったんだって。そう思ったら、なんだか解放されたような気がした。わたしの言う意味、わかる？」

サイモンは黙ってうなずいた。

「それで、リハビリ施設に行ったの」

「その施設のことをどこで知ったんだ？」と彼は尋ねた。

彼女はまばたきをして眼をそらした。

「ペイジ？」

「まえにもそこにいたことがあったから」

「いつ？」

「父さんとセントラルパークで会ったときのことを覚えてる？」

「もちろんだ」

「あのまえにリハビリを受けたことがあったのよ」

「待った、それはいつの話だ？」

「あの直前まで施設にいたの、依存を断つために。途中まではうまくいってた。わたしはそう思ってた。でも、そのあとアーロンに見つかって。ある晩、わたしが眠ってるあいだに彼が部屋に忍び込んで、わたしにヤクを打ったの。次の日、ふたりで一緒に施設を抜け出した」

サイモンはすっかり混乱していた。「待ってくれ、あのとき公園で会う直前までリハビリ施設にいたのか？」

「そうよ」

「わからない。どうやってその施設を見つけたんだ？」

ペイジはベッドのほうに眼を向けた。

サイモンは信じられない思いで尋ねた。「イングリッドが？」

「そう、母さんが連れてってくれた」

サイモンもイングリッドのほうに眼を向けた。まるで彼女が今すぐ眼を覚まして説明することを期待するかのように。

「わたしから母さんに相談したの」とペイジは言った。「わたしの頼みの綱だった。母さんはもともとその場所を知ってた。自分も昔、そこにいたんだって。そこはほかとはちがうやり方をするって言ってた。だからやってみたの。実際、うまくいってたと思う。でもわからない、ほんとはうまくいってなかったのかもしれない。誰かのせいにするのは簡単だけど、もしかしたら……」

サイモンはこの新たな事実に衝撃を受けながら、大事なことだけに注意を向けようとした。娘が戻ってきた。それもクリーンになって戻ってきた。重要なのはそれだけだ。

自分にそう言い聞かせてから、次の質問をした。できるかぎりおだやかな口調で。「母さんはそうやっておまえを助けていたことをどうして私に言ってくれなかったんだろう？」

「わたしが言わないでって頼んだから。それが条件のひとつだった」

「どうして父さんには知られたくなかったんだ？」

ペイジは彼に向き直った。サイモンは娘の苦痛に満ちた眼を見て、ふと思った――こうして娘と正面から向き合うのはいつ以来だろう？「父さんの顔」と彼女は言った。

「なんだって？」

「まえにわたしが失敗して父さんをがっかりさせたとき、あのときの父さんの顔、あの失望の表情……」ペイジはいったんことばを切り、その思いを振り払うように首を振って続けた。「これでまた失敗して、またあの父さんの顔を見たら、もう生きていられないと思った……」

サイモンは思わずまた手で口を押さえた。「ああ……ペイジ」

「ごめんなさい」

「謝らないでくれ。お願いだから。おまえにそんな思いをさせたのなら、それは……それは父さんが悪い」

ペイジはそわそわと腕を掻きむしりはじめた。サイモンの眼にも注射の痕が見えた。かなり薄れてはいるようだったが。

「父さん？」

「ああ」

「もう戻らなきゃ」

「車で送ろう」


ふたりは途中で自宅のアパートメントに寄った。ペイジが弟と妹を起こした。サイモンはスマートフォンでその様子を動画に撮った。ほんの束の間ながらも熱烈に、三人の子供たちが涙の再会を果たすところを。イングリッドのまえでその動画を再生するつもりだった。昏睡状態で聞こえていようがいなかろうがかまわない。何度でも再生するつもりだった。彼女のために、自分自身のために。

北へ向かう帰りの道中は長かった。それは別に気にならなかった。ペイジは最初の数時間は眠っていた。

サイモンはそのあいだ自分の考えにひたった。

あまりに多くの感情が胸に押し寄せていた。なによりペイジに――クリーンなペイジに！――再会できた喜びと安堵が大きかった。その波に乗り、ほかの感情は無視しようとした――今後どうなるかという不安、自分の反応がそれほどまでにペイジを追いつめていたことの悲しみ、イングリッドがこれほど大きな秘密を隠していたことに対する困惑。

どうしてイングリッドはこんな大事なことを隠していたのか。

どうしてペイジをリハビリ施設に連れていったことを話してくれなかったのか。おれがペイジを公園で見つけ、アーロンを殴って騒ぎを起こしたあとも、どうして何も言ってくれなかったのか。子供との約束を守るのはまた別の話だ。それはわかっている。ただ、それは自分たち夫婦のやり方ではない。

ふたりのあいだに隠しごとはなかったはずだ。少なくとも自分はそう思っていた。

ふとロッコの言ったことが思い出された。ルーサーがイングリッドを撃ったことについて。ちょうどそのとき、助手席のペイジが眼を覚まし、水のはいったボトルに手を伸ばした。

「気分はどうだ?」とサイモンは尋ねた。

「大丈夫。父さんこそ長時間の運転で大変でしょ? わたしひとりでバスに乗って帰っても全然よかったのに」

「ああ。しかし、悪いが、そうはいかない」

そう言って、サイモンは疲れた笑みを向けた。ペイジは笑みを返さなかった。

「リハビリ中は父さんに来てもらっても会えない」と彼女は言った。「あと一ヵ月は面会禁止なの」

「そうか」

「今回は特別に許してもらって来たけど。父さんに心配かけたくなかったから」

「ありがとう」

サイモンはしばらく黙って運転を続けた。それから尋ねた。

「じゃあ、今回はどういう流れだったんだ？」

「どういう流れって？」

「最初の一ヵ月が終わった時点で、家族に連絡していいことになったのか？」

「そう」

「それで事件のことを知った？」

ペイジはうなずいた。「施設のカウンセラーがニュースを知っていて、それで教えてくれたの」

「いつ？」

「昨日の夜」

「つまり、そのカウンセラーは事情を知りながらずっと黙っていたのか？」

「そうよ、父さん。わたしにはそうするしかなかったの。外界との接触を完全に絶つしかなかった。それはわかって」

「わかってる」サイモンは車線を変更した。「父さんはおまえがいたアパートメントの家主さんと友達になった。コーネリアスと」

ペイジは父親に顔を向けた。

「あの人はおまえの母さんの命の恩人だ」

「どういうこと？」

サイモンは夫婦でブロンクスを訪れたときのことを詳しく話した――ペイジのアパートメントへ行ってコーネリアスと出会い、そのあとロッコに会いに廃墟の地下室へ行ったことを。

「コーネリアスはいつもわたしに親切にしてくれた」話を聞きおえたペイジはそう言った。

「彼はこうも言ってた」とサイモンは言った。「アーロンが殺される二日まえに、おまえが血だらけの顔でアパートメントから飛び出すのを見たと」

ペイジは父親から顔をそむけ、窓の外に眼を向けた。

「アーロンに暴力を振るわれたのか？」

「そのとき一度だけ」

「手ひどく？」

「ええ」

「だからおまえは逃げ出した。そのあと彼は――警察によると――例の殺し屋に殺された」

ペイジはどこか違和感のある口調で答えた。「そうみたいね」

それでサイモンにはわかった。娘は嘘をついている。

そもそもアーロン・コーヴァルの殺害について、警察の見解にはおかしな点があると思っていた。一方では完全に辻褄《つじつま》が合う。単純な話だ。納得できる。そう言えなくもない。カルトは違法に養子縁組されたかつての子供たちを次々と殺していた。アーロン・コーヴァルもその養子のひとりだった。ゆえに彼はターゲットになって殺された。アッシュとディーディーが殺害現場に舞い戻ったのは、サイモンを殺す必要があったからだ。

だとしても、サイモンがそこにいることがなぜふたりにわかったのだろう？

サイモンはあらゆる情報を徹底的に調べ上げていた。アッシュとディーディーの車に搭載されていたEZパスの履歴にも眼を通し、ふたりの車が病院付近を一度も通っていないことを確認した。だからふたりにあとを尾《つ》けられたとは考えられない。

そのあと別の情報が彼の眼をとらえた。

ある目撃者が——コーネリアスの賃借人のひとり、エンリケ・ボアズという男が——アパートメントの二階で銃撃が始まる直前に、三階でディーディーを見たと証言していた。

どうして？　彼女はどうして三階にいた？

警察にすればその程度の矛盾は大した問題ではなかった。どんな事件にもちょっとした点で説明がつかないことはあるからだ。しかし、サイモンにはその点がどうにも気になった。だから現場に戻った。コーネリアスの立ち会いのもと、自らエンリケに質問し、手がかりになりそうな情報を訊き出した——

ディーディーが三階のB号室――アーロンとペイジの部屋――のまえに立っていたことを。

やはりわからない。なぜだ？　すでにアーロンを殺していながら、なぜまた彼の部屋に戻らなければならない？　それもなぜ――警察が帰ったあとでコーネリアスが気づいたように――ドアを蹴破って部屋にはいらなければならない？

どう考えても説明がつかない。

初めて現場に来たというのでなければ。

「ペイジ？」

「何？」

「アーロンに暴力を振るわれたあと、おまえはどうしたんだ？」

「逃げた」

「どこに？」

「その……ヤクを補給しにいったの」

サイモンはずばり尋ねた。「母さんに電話したんじゃないのか？」

沈黙ができた。

「ペイジ？」

「この話はもう終わりにして」

「母さんに電話したのか？」

「うん」

「母さんはなんて言った？」

「母さんに……」ペイジはぎゅっと眼をつぶって言った。

「母さんに自分がしたことを話した。もうここにはいられないって」

「ほかに何を話したんだ、ペイジ？」

「父さん、お願い。この話はもうやめて」

「やめるのはお互いにほんとうのことを話してからだ。いいか、ペイジ。ここで話すことは父さんとおまえだけの秘密だ。絶対に誰にも知られることはない。だから真実を話してくれ。アーロンは人間のくずだった。やつの死は殺人なんかじゃない——正当防衛だ。やつはおまえを毎日少しずつ殺していた。じわじわと毒を盛って。おまえが逃げようとしたら、やつはおまえを連れ戻してまた毒を盛った。人間のすることじゃない。わかるね？」

ペイジはうなずいた。

「で、何があった？」

「あの日、アーロンに殴られたの。拳で」

サイモンはまたあの激しい怒りが湧き上がるのを覚えた。

「さすがにもう耐えられなかった。でも、彼さえいなければこのどん底から脱け出せると思った。自由になれると思った。もし彼がこのまま……」

「いなくなれば」とサイモンはあとを引き取って言った。

「公園でわたしに会ったときのことを覚えてる？　わたしがどんな様子だったか？」

彼は黙ってうなずいた。

「彼から自由にならなきゃならないことはわかってた」

サイモンは次のことばを待った。ペイジはフロントガラス越しにまえを見つめていた。

「だから、そう、彼を殺した。彼を殺して、何もかも血まみれにして、それからあの部屋を飛び出した」

サイモンは無言で運転を続けた。ハンドルを強く握りしめていた。あまりに強く握りすぎて、今にもハンドルがちぎれるのではないかと自分で思うほどだった。

「父さん？」

「おまえは父さんの娘だ。何があっても父さんはおまえを守る。何があってもだ。それに、父さんはおまえを誇りに思っている。おまえは正しいことをしようとしている」

ペイジが黙って体を寄せてきた。サイモンは片方の手をハンドルに置いたまま、腕をまわして彼女を抱き寄せた。

「だけど、おまえはアーロンを殺してはいない」

腕の下でペイジが体を固くするのがわかった。

「やつがおまえを殴ったのは殺されたその日じゃない。二日まえだ」

「父さん、もうやめて」

おれだってこんな話はしたくない。サイモンは内心そう思いながら、心を鬼にして続けた。「おまえは母さんに電話した。さっき自分で言ったように。おまえは助けを求めた」

ペイジはさらに体を寄せてきた。彼女が震えているのがわかった。娘を追いつめていると思うと心が痛んだが、この話を避けて通るわけにはいかなかった。

「母さんに言われたのか？　その晩は離れていなさいと？」

ペイジは弱々しく訴えた。「父さん、お願い」

「おまえの母さんが何を考えたかはわかる。父さんも同じことを思っただろう。もう一度おまえをそのすばらしいリハビリ施設に連れていきたいと――ただし、アーロンが生きているかぎり、やつはまたおまえを捜しだすだろうと。そこにどんなねじれた絆があるのか知らないが、おまえたちふたりは父さんにはとうてい理解できない形で結びついていた。アーロンはまさに寄生虫のようなやつだった。殺されて当然だった」

「だからわたしが殺したのよ」とペイジは虚勢を張って堂々とした口調を取り繕って言った。が、説得力のかけらもなかった。

「いいや、ペイジ、おまえが殺したんじゃない。だからルーサーは母さんを撃ったんだ。アーロンが殺された夜、彼は母さんを見たんだろう。そのことを父さんに言おうとして、そのまえに殺されてしまったが。母さんがおまえのアパートメントを出るところを見たのか、実際に殺すところを見たのかはわからないが、ともかくルーサーは知っていた。だから何日かして母さんがロッコのところにやってきたのを見て、ロッコのことも殺すつもりだと思ったのかもしれない。アーロンはロッコの下で働いていたわけだから。だからルーサーは銃を抜いたんだ。だから父さんじゃなく、母さんをさきに撃ったんだ。あれは正当防衛だとずっと言い張ってたのはそのためだ」

ファグベンルは初めから正しかった。

〝オッカムの剃刀。ご存じですか？〟

〝そんな話をする気分じゃないんです、刑事さん〟

〝その原理は――〟

〝私だって知ってますよ、その原理くらい――〟

〝――最も単純な仮説がたいていは正解である。そういうことです〟

〝最も単純な仮説。何が言いたいんです、刑事さん？〟

〝あなたがアーロン・コーヴァルを殺した。あるいはあなたの奥さんが殺した。いずれにしろ、無理からぬことです。あの男は人でなしだった。娘さんにじわじわと毒を与えつづけて、死に至らしめようとしたわけですから。両親であるあなた方の眼のまえで〟

ファグベンルはこうも言っていた。イングリッドが仕事の合間にこっそりブロンクスへ行ったのかもしれないと。警察は病院の防犯カメラの映像を押さえていた。彼女が休憩中に出ていくところを。イングリッドはタイミングを心得ていた。その時間、アーロンが確実にひとりになることを知っていた。

「ペイジ？」

「母さんが彼を殺すつもりだなんて知らなかった」

彼女はサイモンから離れ、助手席に坐り直してから続けた。

「アパートメントに早く戻ってみたら……母さんがいて。病院の手術着を着たままで、全身血まみれになっていた。それはあとでどこかに捨てたんだと思うけど。とにかくそんな母さんを見て怖くなって、夢中で走って逃げたの」

「どこに？」

「ロッコのところとは別の地下室に。そこでヤクを二回補給して、何時間もずっと横になってた。どのくらいかも覚えてない。でも、眼が覚めたとき、やっとわかったの」

「何がわかった？」

「自分の母親が人を殺したことよ。それがどれほどのことなのか。依存症から回復するには、最悪の〝底つき体験〟が必要だって言うけど――落ちるところまで落ちなきゃ這い上がれないって言うけど――母親に人を殺させたなんて、これ以上に最悪な現実がある？」

ふたりともしばらく黙っていた。

やがてサイモンは尋ねた。「母さんはなぜリハビリ施設に電話しなかったんだ？　なぜおまえがそこにいるかどうか確かめなかったんだ？」

「母さんは電話したのかもしれないけど、わたしはまだ施設にいなかった。戻るまでに何日かかかったから」

そして、そのときにはもうイングリッドは昏睡状態だった。

「父さん？」

「ああ、ペイジ」

「この話をするのはこれで最後にしてくれる？」

サイモンは少し考えてから答えた。「わかった」

「それと、ここで話したことは絶対誰にも言わないで」

「ああ、絶対だ」

「母さんにも」

「ええ？」

「父さんが知ってるってことは言わないで。お願い。この話はもうこれで終わりにして」

40

数週間が過ぎた。イングリッドが眼に見えて回復しはじめ、人生が好転するにつれ、サイモンは娘の頼みについて思いをめぐらさずにはいられなくなった。

車の中で話したことはふたりだけの秘密にすべきなのだろうか？　それがほんとうに最善の道なのだろうか？　妻が人を殺した事実を知っていながら、それを妻に黙っていることが？

その秘密を抱えたまま生きることが？

答はイエスに思えた。表面上は。

サイモンは妻が意識を回復し、家族と対面する過程を見守った。

やがてイングリッドは充分な体力を取り戻し、退院して自宅に戻ってきた。

数週間が数ヵ月になった。

すばらしい数ヵ月に。

ペイジも順調に回復を遂げた。そのうちようやく帰宅を認められ、リハビリ施設から戻ってきた。

サムは新学期の始まりとともにアマーストへ戻った。アーニャは学校で優秀な成績を収めていた。サイモンは職場に復帰した。それからまもなくイングリッドも小児科医として職場に復帰を果たした。

もとの日常が戻ってきただけではない。

すばらしい日常が戻ってきた。しみじみとすばらしい日常が。これほどすばらしい日々が続くなら、眠った犬を起こさずにいるのが最善策なのだろう。サイモンはそう思った。

毎日が笑いと喜びに満ちていた。セントラルパークの憩いの散歩、友人たちとのディナー、映画館の夜。まさに愛と光と家族に包まれた日常だった。

イングリッドとサイモンは家に戻ってきたペイジを温かく迎え入れた。常にその身を案じながら、娘を支えるためにできるだけのことをした。アーロンが彼女の体内に送り込んだ悪魔は今は鳴りをひそめているかもしれない。あるいは眠っているかもしれない。が、それは依然として存在している。飛びかかる機会をうかがっている。

なぜなら、悪魔が死に絶えることはないからだ。

秘密も同様。

それが問題だった。家の中には笑いと喜びと愛と光があふれていた。が、秘密もまたそこにあった。

夫婦でセントラルパークを散歩していたある晩、ふたりはストロベリー・フィールズで足を止めた。サイモンは普段はここを通らないようにしていた。ペイジがあのビートルズの歌をかすれた声で歌っていた場所だからだ。あの歌はなんだった？　もう忘れてしまった。いや、忘れていい。思い出したくもなかった。

しかし、イングリッドはベンチに坐りたがった。サイモンは以前の癖でプレートに記されたことばを読んだ。

名犬ジャージーに。彼は喜んでこのベンチをあなたとシェアするでしょう。

イングリッドは彼の手を取り、その眼をじっと見て言った。「あなたは知ってる」

「ああ」

「わたしがなぜやったかもわかってる」

彼はうなずいて言った。「ああ」

「あのままではあの子は溺れて死んでいた。水面に顔を出すたびに、あの男に引きずり戻されて」

「おれに弁明する必要はないよ」

イングリッドは彼の手を握った。サイモンはその手を握り返し、離さなかった。

「きみは殺害を計画した」と彼は言った。

「あの子から電話をもらってすぐに」

「そしてやつを残虐に切り刻んで——」

「——警察が麻薬がらみの殺人だと考えるように仕向けた」と彼女は言った。

サイモンは遠くを見つめ、それからまた彼女を見て尋ねた。「どうして私に相談しなかった？」

「理由は三つ」と彼女は言った。

「教えてくれ」

「その一、わたしは娘だけでなく、あなたのことも守る義務があった。あなたを心から大切に思ってるから」

「私もきみを心から大切に思ってる」

「その二、仮にわたしが捕まった場合、夫婦そろって子供たちの面倒を見られなくなると困るから」

サイモンはそれには微笑まずにいられなかった。「現実的だ」

「ええ」

「その三は？」

「あなたがわたしを止めるかもしれないと思ったから」

彼は何も言わなかった。もし相談されていたら、自分はほんとうにアーロン・コーヴァルを殺害する計画に賛成していただろうか?

　なんとも言えなかった。

「大した冒険だ」と彼は言った。

「ええ」

　彼は妻を見つめ、またあの畏敬の念に打たれた。

「わたしは家族を愛してる」とイングリッドは言った。

「おれもだ」

　彼女はサイモンの肩に頭をあずけた。これまで数えきれないほどしてきたように。

　人が心から幸せを感じる瞬間というのはめったに訪れるものではない。訪れても今がそのときであることには案外気づかないものだ。そのときが終わるまでは。しかし、今はちがった。サイモンは今、愛する女性の隣りに坐り、それがわかった。

　彼女にもわかっていた。

　これこそ至福だと。

　たとえいっときのものであっても。

エピローグ

州警察がエレナ・ラミレスの遺体を発見したのは、彼女が殺されてからほぼ一年後のことだった。

シカゴで葬儀がおこなわれた。サイモンとコーネリアスはともに参列を決めた。飛行機ではなく車で行くことになり、コーネリアスがルートを計画した。途中で風変わりな博物館や道路沿いの名所に立ち寄れるように。

エレナはジョエル・マーカスという男の隣りに埋葬された。

ふたりはシカゴ郊外のホテルに一泊した。翌朝、車で戻る途中、サイモンは尋ねた。「ピッツバーグに立ち寄ってもいいかな?」

「ああ、ちっともかまわない」とコーネリアスは言った。それからサイモンの表情に気づいてつけ加えた。「何かあるのか?」

「ちょっと訪問したい相手がいて」

サイモンが玄関をノックすると、ひとりの若者がドアを開けて顔をのぞかせた。サイモンは尋ねた。「きみがダグ・マルツァー?」

「そうですが」

マルツァーは暴行事件のあと、身体的にか精神的にか、ランフォード大学には戻れずにいた。サイモンにはどうでもよかったが。いや、どうでもよくはないかもしれないが。私的制裁はもう充分だったということだ。

「サイモン・グリーンだ。ペイジの父親の」

ニューヨーク市に戻ると、サイモンはコーネリアスを自宅へ送り届け、そのまま〈PPGウェルス・マネージメント〉のオフィスに向かった。もう夕方遅い時間だったが、イヴォンはまだ仕事をしていた。サイモンは彼女を呼んで言った。「イングリッドの秘密がわかった気がする」

その晩、自宅のアパートメントハウスの建物に戻ると、スージー・フィスクがエレヴェーターのドアを押さえていてくれた。彼女は特大の笑みと頰へのキスで彼を迎えて言った。

「おかえりなさい。サムがアマーストから戻ってきてるのね」

「ええ、休暇で今夜からこっちに」

「じゃあ、お子さん三人とも家にいるの？」

「そうなんです」

「それは嬉しいでしょう」

　サイモンは微笑んで言った。「ほんとうに」

「それから、ペイジがニューヨーク大学《NYU》にはいったんですって？」

「ええ。自宅からかようことになります」

「ほんとうによかったわね。おめでとう」

「ありがとう、スージー。お礼のことばはもう聞き飽きたでしょうけど――」

「こちらこそ〈レッドファーム〉のギフトカードをいただいて、こんなにありがたいことはないわ。もう四回は食べにいってるのよ」

　エレヴェーターがサイモンの階に到着した。彼はフロアに降り、鍵を取り出して玄関のドアを開けた。ヘヴィメタル・バンド〈バッド・ウルヴス〉がカヴァーした『ゾンビ』がキッチンのブルートゥース・スピーカーから流れてきた。イングリッドがコーラスを歌っていた

――


「〝その頭の中で何を考えてる？　ゾンビ……〟」

　サイモンはキッチンのドア枠にもたれかかった。イングリッドは振り向き、にっこり微笑んで言った。

「おかえり」

「ただいま」

「シカゴへの旅はどうだった？」

「行ってよかった」と彼は言った。「悲しくもあったけれど」

「サムが帰ってるわ」

「そう聞いたよ。それはなんの料理？」

「わたしの自慢のレシピ、アジア風サーモン。サムの大好物」

「きみは最高だ」

「あなたも」

「ペイジは？」

「自分の部屋よ。あと五分で夕食にするわね」

「わかった」

サイモンは廊下を通って娘の部屋へ行き、ドアをノックした。中からペイジの声がした。

「どうぞ」

娘はいまだにやつれて顔色が悪く、どこか苦しそうに見えた。これだけ時間が経っていても。もうもとの顔色を取り戻すことはないのだろうか。サイモンはそう自問せずにいられなかった。ペイジの格闘は今も続いている。眠れない夜もあれば、悪夢にうなされる夜もある。異常な発汗に苦しむこともあれば、涙が止まらなくなることもある。いつかそれらに打ち勝つことができるのかどうか、それはわからないが——〝完治〟が困難なことはわかっているが——可能性はあるはずだ。アーロンがペイジに与えた影響について、サイモンはずっと疑問に思ってきた。どうにも理解しがたいふたりのねじれた絆について。結局、すべては単純なことなのかもしれない。ファグベンルが言っていたように。

人はわが子を守るためなら人を殺せる。

男を殺せば、溺れる娘は救われる。

「ずっとわからなかったんだ。おまえがどういう経緯でアーロンと関わるようになったのか」とサイモンは言った。「それがずっと引っかかっていた。エレナ・ラミレスがヘンリー・ソープのDNAアカウントを調べてわかったのは、彼には腹ちがいの兄弟が何人もいたという事実だ。アーロンも含めて。だけど、ペイジ、おまえも実はあのDNA検査を受けていた。そうだね？」

「うん」

「父さんにはずっとわからなかった――おまえとアーロンのあいだにどういうつながりがあるのか。なぜおまえがあんなひどい男から離れようとしないのか」

ペイジは引き出しからフード付きのトレーナーを引っぱり出したところだった。そこで手を止め、父親の次のことばを待った。

「ブロンクスのおまえのアパートメントを見たとき、おかしいと思ったんだ」とサイモンは続けた。「シングルのマットレスがふたつ――それぞれ部屋の両側に置かれていた」彼は両手を広げた。「若いカップルが同じベッドで寝ないなんてことがあるか？」

「父さん」

「最後まで言わせてくれ。父さんは今日、帰りにピッツバーグに寄ってダグ・マルツァーに会ってきた。その話もおいおいしなくちゃならない。彼がおまえにしたことについて。おまえもセラピーでは話したのかもしれないが」

「ええ、話したわ」

「そうか。でも、それだけじゃなく、彼はそのあと暴行を受けた。悪意に満ちた暴行を」

「あれはまちがっていた」とペイジは言った。

「まちがっていたかどうかはわからない。父さんが言いたいのはそこじゃない。ダグの話では、彼は目出し帽をかぶった男に暴行されたそうだ。アーロンのことだね？」

「ええ。ダグにされたことをアーロンに話すべきじゃなかった」

「なぜ話した？」

ペイジは黙っていた。

「そこが父さんにはわからなかった。でも、そのあとダグから聞いたんだ。暴行の最中にアーロンが同じことばを繰り返し叫んでいたと」

ペイジの眼にみるみる涙が浮かんだ。サイモンの眼にも。

「〝おれの妹に手を出すやつは赦さない〟」

ペイジはうなだれた。

「DNA検査を受けたとき、おまえはアーロンという半分だけ血のつながった兄がいることを知った。ただし、父親が同じわけではなかった」サイモンには自分が震えているのがわかった。「おまえたちは同じ母親を持つ兄妹だった」

数秒の間があった。が、ペイジは顎を上げ、彼の眼を見て言った。「うん」

「イヴォン伯母さんにも訊いて確認した。おまえの母さんの重大な秘密？　母さんは十七のとき、海外でモデルをしてたんじゃない。カルトに入信したんだ。そこで教祖の子を妊娠した。ところが、いざ子供が生まれたら……赤ん坊は死産だったと告げられた。母さんは彼らが赤ん坊を殺したのかもしれないと思い、自殺を考えるようになった。だから家族が、おまえのお祖父《じい》ちゃんとお祖母《ばあ》ちゃんが、母さんを連れ戻して洗脳を解いたんだ。リハビリ施設に入所させて。それこそ母さんがおまえを連れていったあの施設だ」

ペイジは部屋を横切って自分のベッドに坐った。サイモンも隣りに坐った。

「彼は心がぼろぼろだった」とペイジは言った。「小さい頃からお父さんに虐待されていて」

「アーロンのことか？」

彼女はうなずいて続けた。「それに、わたしもそのときはひどい状態だった。大学でダグ・マルツァーに暴行されて、そのあとDNA検査で自分に兄がいることがわかって、それまでの人生が全部嘘だったような気がした。どうしていいかわからなくて、怖くて、混乱してた。アーロンに会って、ふたりで何時間も話した。わたしが暴行のことを話したら、ああいうことになって……ひどかったけど、そのときはなんだか、自分が守られてるような気がした。それからアーロンがわたしをハイにさせて……すごくいい気分になれた。いい気分なんてもんじゃないわね。もう最高だった。嫌なことも何もかも忘れられた。アーロンは何度も何度もわたしをハイにさせて……」彼女はそこでことばを切り、手で涙を拭ってから言った。「彼は自分が何をしてるかわかってたんだと思う」

「どういうことだ？」

「アーロンは妹がいることが嬉しかったんだと思う。わたしを手放したくなかったんだと思う。だからわたしを麻薬にハマらせて、それなしでは生きていけないようにした。わたしが離れていかないように。それにたぶん、わからないけど、彼は自分を産んだ母親に復讐したかったんだと思う。自分は捨てられたほうの子供だから──母親の手元で幸せに育ったほうの子供をめちゃめちゃにしてやれって」

「おまえはそれを一度も母さんに言わなかったのか？」

「母さんを問いつめたことはあるわ」ペイジは大きく息を吸って吐いた。「家に帰ったときに母さんに訊いたの。ほかに子供を産んだことがあるんじゃないかって。母さんは否定したけど、わたしは食い下がった。お願いだからほんとうのことを教えてって。母さんはとうとう泣き崩れて、昔カルトにいたことを話してくれた。ひどい男に妊娠させられて、しかも生まれた赤ちゃんはすぐに死んでしまったって」

イヴォンに聞いた話からしても、イングリッドは今でもそれを信じているのだろう。サイモンはそう思った。

「わたしは母さんがまだ嘘を言ってるんだと思った。でも、正直言ってどうでもよかった。そのときにはもうヤク中だったから。次のワンパケのことで頭がいっぱいだった。だから母さんの宝石を盗んで——兄さんのところに戻った」

ペイジとアーロンの病的でねじれた絆は血で結ばれたものだったのだ。

「おまえはまえに底つき体験の話をしたね」そう言いながら、サイモンは胸に何かがつかえるような、ほとんど息がつまるような苦しさを覚えた。「母親に人を殺させたなんて、これ以上に最悪な現実はない。おまえはそう言ったけれど……」

ペイジはぎゅっと眼をつぶった。これ以上ないほど固く。まるですべてが消えてなくなればいいとでもいうように。

「……おまえの母さんはただの〝他人〟を殺したわけじゃなかった……」

次に続くことばは明らかだった。ペイジは眼を閉じたまま、その衝撃に備えた。

「……自分の息子を殺したんだ」

「父さん、お願いだから母さんには言わないで」

サイモンは首を振った。あのセントラルパークのベンチでイングリッドと交わした会話を思い出した。「ペイジ、隠しごとはもうやめよう」

「父さん――」

「母さんはアーロンを殺したことを自分から父さんに話してくれた」

ペイジはゆっくりと父親に向き直った。その眼はサイモンがはっとするほどいつになく澄んでいた。「この秘密はそれとはちがうわ。これを知ったら母さんは立ち直れなくなる」

ドアの向こうから、イングリッドの歌うような声が聞こえてきた。「ディナーの時間よ！みんな、手を洗っていらっしゃい」

「父さん、お願い。母さんには黙っていて」

「黙っていてもそのうち明らかになるかもしれない。実はもう本人も知ってるのかもしれない」

「母さんは知らないわ」とペイジは言った。「養子斡旋所にはなんの記録も残ってないんだから。真実を知ってるのはわたしたちだけよ」

ふたりは部屋を出て食卓に向かった。家族五人――サイモン、イングリッド、ペイジ、サム、アーニャ――でそれぞれの席についた。サムが心理学のクラスで新しくペアになったおっちょこちょいの実習仲間の話を始めた。笑える話だった。その話を聞きながら、イングリッドは涙が出るほど笑った。笑いながらサイモンと眼を合わせ、幸せね、と表情で語りかけた。わたしたちってほんとうに幸運で、恵まれてるわね、と。その眼はこうも言っていた。

ねえ、あの公園でのひとときを覚えてる？　あの至福の瞬間を。これもそんな瞬間のひとつよ。でも、こっちのほうがもっと素敵ね、子供たちも一緒なんだから。わたしたちは今まさに無上の喜びを嚙みしめている。なんて幸せなの――！

サイモンはテーブル越しにペイジを見た。ペイジも彼に視線を返してきた。

ふたりの秘密も、何食わぬ顔で同席していた。

サイモンは思った――この秘密はいつまでもこの家に居坐るだろう。自分が黙っているかぎり。

そして自問した――どうすればいい？　一生この秘密を抱えて生きるのか？　それとも愛する女性に真実を突きつけるのか？　彼女が自らの手でわが子を殺した事実を？

答は明らかに思えた。明日になれば変わるかもしれない。それでも今夜、自分がどうすべきかは明らかだった。

イングリッドがルーサーに撃たれたとき、この身を盾にして彼女を守ることはできなかったかもしれない。が、今はちがう。銃弾のまえに飛び出す覚悟はできている――どれほどの痛みを受けようとも。サイモンは妻の朗らかな笑い声に耳を傾けた。どんな犠牲を払ってもいいと思った。この笑い声を聞きつづけることができるなら。

だから彼は心に誓った。隠しごとはこれからもいっさいしないと。

ただこの秘密だけを除いて。

謝辞

著者（ごくたまに自分のことを三人称で述べたがる）として次の方々に順不同で御礼申し上げたい。ベン・セヴィア、デイヴィッド・イーグルマン、リック・フリードマン、ダイアン・ディセポロ、セリーナ・ウォーカー、アン・アームストロング＝コーベン。そしてもちろん、BMVグループのみんな――ピーター・ヴァン・デル・ハイデ、ダニエル・マドニア、ジョン・バイレン――彼らは私がサイモンの職業を理解する手助けをしてくれた。

著者（同右）として以下の方々にも謝意を述べたい。マニー・アンドルース、マリキータ・ブルムバーグ、ルイス・ヴァン・デ・ビーク、ヘザー・グルー、マイシュ・アイザックソン、ロバート&イヴォン・プレヴィディ、ランディ・スプラット、アイリーン・ヴォーン、ジュディ・ジスキンド。これらの人たち（あるいは彼らの大切な人たち）は自分たちの名前がこの作品に登場することと引き換えに、私が選んだ慈善活動に気前よく寄付をしてくれた。今後参加をご希望で、詳細を知りたい方は私のウェブサイトHarlanCoben. comを訪ねるか、giving@harlancoben. comまでメールをいただければ幸いである。

解説　最先端の物語

冲方　丁

一読して、〝これは最先端の物語だ〟と感じさせる。

それが本作の、そしてまたハーラン・コーベン作品の素晴らしい強みだ。

むろん、単にテクノロジーの発達や〝ご時世〟を、敏感に、そして忠実に、作品に取り入れるというだけなら、すでにそうしている作品は山ほどある。むしろ、どんな作家も否応《いやおう》なく対応しなければならなくなったといっていい。

携帯電話一つで、Eメール、チャットアプリ、録音録画、位置情報を使ったサービスなどが受けられる。このため伝統的なトリックの文脈は、大がかりな〝翻訳〟が不可避となったし、携帯電話さえあれば解決可能な状況が多すぎるため、まずいかにして使用不能にさせるかという理屈作りが必要になった。（携帯電話会社がスポンサーの映像作品などでは、彼らの商品がそう簡単に壊れたり、電池が切れたり、盗まれたりしてはならないため、むしろ不自然なほど言い訳めいた理屈を要することになる。）

犯罪者もそれを追う者もＩＴに精通していることが必須条件となり、探偵役があれこれ考えるより、各種サーバーにアクセスした方が確実に答えを得られるようになった。

本作も当然ながら、こうした事情を踏まえつつ、逆手に取って読者の予想を覆すという小説的テクニックを様々に駆使している。だがそれだけでは〝最先端〟の領域には届かない。重要なのは、テクノロジーによってこれから人々の何が変わり、何が変わらないのかを見抜くことだからだ。

答えは出ておらず、あらゆる問題が更新され続けるこの世界に対しては、本作の表現を借りれば両手の指で引用符を作り〝今のところこれしかない〟と限定するばかりである。

そうした世界に注がれるハーラン・コーベンの眼差《まなざ》しは、ひとことで言うなら、限りなく〝公正《フェア》〟だ。あらゆる価値観が錯綜《さくそう》する現代において、最も挑戦的な態度の一つといっていい。

ここではそうしたハーラン・コーベンならではの眼差しについて語りたいが、先にお断りしておくと、本作のネタバレは極力避けている。もちろん既読の方に物足りなく感じさせてしまわないよう、本作への興味を新たにして頂けるよう工夫したいところだ。

さて、IT以後の世界で無視できないものがいくつもある。

SNSの炎上《ブローバック》、ジェンダー議論、人種差別、中毒の問題などだ。これらが至るところで我々の人生を左右するように、本作のプロットにも影響を与えている。

まずIT以前の〝人々〟といえば、政治家や有名人などでない限り、たかが知れていた。

ところが今の〝人々〟は万人にとって、自動追跡してくれるAIがなければ全体像すら把握できないほど膨大となった。噂話《うわさばなし》が、はるか彼方にいる百万人単位の人々に伝わるのだ。たいていは画像か動画つきで。

その事実は、大航海時代以来の常識の変転を再び我々にもたらした。すなわち地球上には自分たち以外にも人が大勢いて、しかもこちらに関わってくるのだ。そうしたテクノロジーがつなぎ合わせて生み出した〝人々〟に対し、目の前の現実をともに生きる本来の人々は――家族や知人の存在は――とても小さくなってしまった。もはや特定の個人が全てを司ることもならず、スーパー刑事や名探偵が首尾一貫してプロットに関わることは、それこそ関係者を山奥の館《やかた》に閉じ込めでもしない限り、現実感のないものとなった。

本作では、どんな人々も、ごく限られたシーンにしか関われない。優れた弁護士も刑事も、ある状況が終われば、できることは何もなくなる。サイモンをふくめ誰かを「追う者」全員同様だ。個人が矮小《わいしょう》化され、世界が巨大化することを痛感しながら、サイモンは娘を追う。そして『不思議の国のアリス』でアリスが小瓶の中身を飲んで小さくなってしまったくだりのように、〝明らかに自分の守備範囲外〟の場所を渡り歩かねばならなくなる。

ただ単にそうしたほうが面白かろうという小手先のプロットではない証拠に、サイモンは本当にこれが〝自分の国なのか〟と驚きながら、行く先々で、テクノロジーが自動接続する〝人々〟を、実際に接触して言葉を交わす身近な人々へ変えていく。それが同時に、不思議の国と化した現代に適応する新たなパーソナリティの獲得ともなっているのだ。

この入り組んだ隘路《あいろ》において、ジェンダー議論と人種差別の問題が、さりげなくというより、どこにでも見られる当たり前のこととして言及される。ばらばらの〝人々〟がゆいいつ使う共通言語のように。結果、どこの誰も、どう生きることが正解か知らないことが浮き彫りになり、素朴に信じていたはずの正義や悪でさえ再定義を余儀なくされる。

そうしてサイモンのパーソナリティが変遷していく際、巨大な壁となって立ち塞がるのが、中毒だ。この病が出現するには、いくつもの条件がある。大量生産、大量消費、大量流通が実現し、その結果、資本的な格差が社会的な格差を固定させたとき、社会のひずみを帳消しにしてくれるかのように振る舞う麻薬的存在が、邪悪な魔法のように出現する。

それはいわゆる麻薬とは限らない。戦争で死ぬ人間よりも、アルコールや糖分などそれまで貴重だった品の過剰摂取で死ぬ人間のほうが多くなった社会では、浪費や暴力やセックスもふくめ、何もかも中毒となりうる。

中毒がなぜ悪いかは、それこそ本作を読めばわかる。全ての価値を破壊するからだ。愛する者を失望させることがわかりながら、嘘をつき、物を盗み、自分の肉体を衰えさせ、精神を破綻させる。いったん中毒に陥ったら、一人の力では逃れられない。克服するには、現代社会から隔絶されたシェルターに逃げ込むしかなくなる。

それは誰にでも起こりうることであり、もっと言えば、全ての人々が知らぬうちに何かの中毒になっており、深刻化するまでわからないだけ、という可能性すらある。

そうしたことがらが、本作ではときに過酷なほど冷徹に示されるが、ハーラン・コーベンの眼差しは、それでもなお〝公正《フェア》〟の一語だ。あらゆる人間を、理解可能な、ともすると共感可能な相手として紹介するのである。

ＩＴ以後、錯綜しがちな価値を無理やり整理するなら、古典的手法にのっとり、言い訳のきかない悪意をふりかざす人物を描くことが最も簡単な解決法だ。ひとまずその悪意を全員で咎《とが》めればよいのだから娯楽としては十分だろう。しかしそう考えられていた時代も、過去のものになった。多くの作家が、わかってはいるが、ではどうすべきかと逡巡《しゅんじゅん》するところを、ハーラン・コーベンのような作家は臆せず、もし邪悪に見える人間がいたとしても、あるいは聖人のようだとしても、やはりごく普通の人間である、と断ずる。

もちろん長い歴史の中で、名だたる作家たちが同様の態度で多くの名作をものしているが、いずれも特異なものだった。聖職者か、政治家か、裕福なボランティア精神の持ち主か、はたまた野心的な作家でもなければ、持つ必要のなかった態度。

それが、万人に求められる世界の訪れを、ハーラン・コーベンは明らかに意識している。もしかすると、その態度こそ、テクノロジーが自動接続する〝人々〟を、血肉と心の温かみとを備えた人々に変える鍵であるかもしれないと。

と同時に、そもそも人々をつなぐものは何だったかと本作では様々な問いかけが行われる。

中でも重要なのは、血のつながりと愛だが、ではそれらがない者はどうすればいいのかという鋭い問いが突きつけられるのだ。

愛に関し、ここで一つ、可能な限りネタバレにならないよう書いておきたいのは、本作のプロット上の謎についてである。

サイモンたち「追う者」は、いわゆる５Ｗ１Ｈの解明をはかる。ＷＨＯ誰が、ＷＨＥＮいつ、ＷＨＥＲＥどこで、ＷＨＡＴ何を、ＷＨＹなぜ、ＨＯＷどのようにしたか。

過去多くの推理小説が、どの点をプロット上の最大の謎とするかで、様々に手法を凝らしてきた。あまりに多種多様な手法が生み出されたことで、とかく陳腐化を避けることに主眼が置かれがちだが、本作では実に単純でいて、驚くほど現代的なプロット作りに成功している。それは、「ＷＨＥＲＥどこ」が明らかとならない限り、どれだけ残りの謎を解明したところで、何の意味もないということだ。

生者であれ死者であれ、位置が把握できない限り、存在しないことになる。死体がなければ犯罪が成り立たず、相手の不在は愛を苦しみに変える。

至極当然と思われるかもしれないが、過去どんな社会も、今ほど厳密に人間の位置を特定してはこなかった。プライバシーは良かれ悪《あ》しかれ、永遠に判明しないものだったし、移住は永遠の別れとなり、故郷を捨てた者を、最初から存在しなかったようにみなす気分は、今も土地によっては根強い。

だが現代社会では、個人の位置情報はきわめて重要なものとみなされ、どこまでも追跡される。逆にその結果、人々はどのような場所へも安全に旅することができるようになり、生まれてから死ぬまで血縁に囲まれ、限られた土地に生きて、僅かな幸福で我慢するという束縛から、初めて解き放たれたのだともいえる。

そして本作は、「WHEREどこ」を最大の謎とすることで、そうした世界の変容を、はっきりと示してみせているのだ。

我々はみな、かつてなく自分の居場所を定める必要に迫られるということを。まるでまだ見ぬ自分だけのホームが、どこかにあるとでもいうように。

本作で、居場所がパーソナリティに影響を与えるさまが繰り返し描かれるのも、自ら赴き根づくと決めることが、愛や善や幸福の大前提となる世界の訪れを示しているからにほかならない。ときに〝逃げ去る《ランナウェイ》〟がゆいいつの選択になったとしても、正しい希望を抱き続けるべきだという積極的で公正な眼差しを通して、本作は困難な時代を生きる我々に、人それぞれが持つべき帰り道を示してくれているのである。

（うぶかた・とう／作家）

―――本書のプロフィール―――

本書は、二〇一九年にアメリカで刊行された『RUN AWAY』を本邦初訳したものです。

小学館文庫

ランナウェイ

著者 ハーラン・コーベン
訳者 田口俊樹《たぐちとしき》／大谷瑠璃子《おおたにるりこ》

二〇二〇年十二月十三日 初版第一刷発行

発行人 飯田昌宏
発行所 株式会社 小学館
〒一〇一-八〇〇一
東京都千代田区一ツ橋二-三-一
電話 編集〇三-三二三〇-五七二〇
販売〇三-五二八一-三五五五
印刷所 ―――凸版印刷株式会社

この文庫の詳しい内容はインターネットで24時間ご覧になれます。
小学館公式ホームページ https://www.shogakukan.co.jp

ISBN978-4-09-406682-1